KiWi
1770

Das Buch

Es ist Hochsommer in Fuseta, dem kleinen Fischerort an der Algarve. Nach dem für Leander Lost und sein Team erfolgreichen Schlag gegen einen spanischen Drogenboss ist Soraia Rosado endlich zu Leander in die Villa Elias gezogen. Die beiden genießen ihre Zweisamkeit, die sternenklaren Sommernächte bei einem Glas Vinho Verde am Pool und lernen, was es bedeutet, als Aspie und Normalo zusammenzuleben. Doch die sommerliche Idylle wird jäh gestört, als im Hinterland eine Autobombe explodiert und eine Filiale der Crédito Agrícola in die Luft jagt. Der Spanier im Team, Miguel Duarte, ist überzeugt: Nun ist der islamistische Terror auch in Portugal angekommen. Doch warum explodieren zwei Tage später drei Thunfisch-Trawler im Hafen von Olhão? Und was hat es mit den 40.000 US-Dollar einer Immobilienmaklerin aus Vale de Lobo auf sich, die bei der Explosion der Bankfiliale in die Landschaft flatterten? Graciana Rosado, Carlos Esteves und Leander Lost stehen vor einem Rätsel. Wer ist der raffiniert vorgehende Bombenleger, der mit verschlüsselten Bekennerschreiben Katz und Maus mit ihnen spielt? Zug um Zug kommen sie mit portugiesischer Menschenkenntnis und Leanders Kombinationsgabe dem Täter und seinen Motiven auf die Spur. Und Leander muss sich entscheiden, wie viel sein Leben im Vergleich zu dem eines Kollegen wert ist.

Der Autor

Gil Ribeiro, geboren 1965 in Hamburg, landete 1988 während einer Interrail-Reise quer durch Europa nur dank eines glücklichen Zufalls an der Algarve und verliebte sich umgehend in die Herzlichkeit und Gastfreundschaft der Portugiesen. Seitdem zieht es ihn immer wieder in das kleine Städtchen Fuseta an der Ost-Algarve, wo ihm die Idee zu »Lost in Fuseta« kam. In seinem deutschen Leben ist Gil Ribeiro alias Holger Karsten Schmidt seit vielen Jahren einer der erfolgreichsten Drehbuchautoren Deutschlands: Anfang 2020 erschien sein Kriminalroman »Die Toten von Marnow«, der 2021 in der ARD als Mini-Serie zu sehen sein wird, bei Kiepenheuer & Witsch. Holger Karsten Schmidt lebt und arbeitet bei Stuttgart.

Gil Ribeiro
Schwarzer August
Lost in Fuseta
Ein Portugal-Krimi

Kiepenheuer
& Witsch

Aus Verantwortung für die Umwelt hat sich der *Verlag Kiepenheuer & Witsch* zu einer nachhaltigen Buchproduktion verpflichtet. Der bewusste Umgang mit unseren Ressourcen, der Schutz unseres Klimas und der Natur gehören zu unseren obersten Unternehmenszielen.

Gemeinsam mit unseren Partnern und Lieferanten setzen wir uns für eine klimaneutrale Buchproduktion ein, die den Erwerb von Klimazertifikaten zur Kompensation des CO_2-Ausstoßes einschließt.

Weitere Informationen finden Sie unter
www.klimaneutralerverlag.de

FSC
www.fsc.org
MIX
Papier aus verantwortungsvollen Quellen
FSC® C083411

Verlag Kiepenheuer & Witsch, FSC® N001512

1. Auflage 2021

Covergestaltung: Rudolf Linn, Köln
Covermotiv: © amnat99 / Alamy Stock Foto
Karte: Oliver Wetterauer
Gesetzt aus der Berkeley
Satz: Buch-Werkstatt GmbH, Bad Aibling
Druck und Bindung: CPI books GmbH, Leck
ISBN 978-3-462-00149-5

Wir sind nicht nur für das verantwortlich, was wir tun,
sondern auch für das, was wir nicht tun.

MOLIÈRE

TAG EINS

1.

In dem Feuerwerk bildeten Soraias Grübchen und ihre Sommersprossen die einzigen Fixpunkte. Sie gaben ihm Halt, er musste nicht nach Ecken Ausschau halten, die sonst seinen Puls beruhigten. Denn Leander Losts Puls raste. Und die Sommersprossen – es waren 47, im Sommer wie jetzt ausgeprägt, im Winter blasser – und die Grübchen bildeten den festen Rahmen, in dem sich das Feuerwerk vollzog.

In Soraias Gesicht nämlich. Ein Gewitter an Mikroexpressionen, über die sie wie jeder Mensch keinerlei Gewalt hatte, da sie die Mimik beherrschten, bevor das Bewusstsein wieder die Kontrolle darüber übernahm. Aber Soraia hatte nicht die Absicht, ihre Gefühle zu verbergen. Sie gab sich dem Genuss hin, und Leander bot sich jenes Feuerwerk aus Gefühlen, das niemals dem vorherigen glich. Jedes ein Unikat.

Für Leander war es, als könnte er fliegen: die Schwingen ausbreiten und segeln. Und dabei trotzdem überall Berührungspunkte mit Soraia haben und ihren Geruch einatmen. Wenn er seine Nase in ihren Hals vergrub, atmete er eine unaufdringliche Mischung aus Paprika und Lavendel.

Soraia wurde nicht müde, Leander dicht bei sich zu haben. Sein sinnlicher Mund, die langen Wimpern, die feingliedrigen Finger – und wenn sie sich so wie jetzt liebten: das kindliche Staunen, mit dem er sie betrachtete. Wie ein Neugeborenes, das überrascht einen ersten Blick in die Welt warf.

So pur und unschuldig, dass sie es um jeden Preis schützen wollte.

Danach lagen sie ermattet unter dem Moskitonetz, das zusammengerollt von der Decke baumelte, und strichen mit den Händen in sanften Bahnen über die Haut des anderen.

»Du riechst nach Sandelholz«, flüsterte Soraia.

Eine Meeresbrise fächerte durch das kleine Schlafzimmerfenster in den Raum und brachte die Morgenluft zum Tanzen. Es war der erste Sonntag im August, und die 23 Grad morgens um halb acht, die an der gesamten Ostalgarve herrschten, ließen für den Tag Temperaturen über dreißig Grad erwarten.

»Das sind die Pheromone«, erklärte Leander, »unsere Zuneigung ist das Produkt eines chemischen Prozesses.«

Soraia, die noch halb in seinem Arm lag, küsste ihn auf die Schulter. »Mein Romantiker«, sagte sie leise und lächelte.

Am liebsten wäre sie den ganzen Sonntag mit ihm hier liegen geblieben. Sie hätten vielleicht im Bett gefrühstückt, sich Dinge aus ihrem Leben erzählt, sich wieder geliebt, wären ein paar Runden im Pool geschwommen, Arm in Arm auf einem der Liegestühle eingeschlafen. So in etwa.

Denn seit knapp einer Woche war das im Großen und Ganzen ihr Tagesablauf. Vor sieben Tagen hatten sie sich in die Villa Elias zurückgezogen, das Telefon ausgestöpselt und die Handys in die Schublade neben der Eingangstür verfrachtet (vermutlich waren ihre Akkus längst leer). Sie hatten den Rest der Welt hinter sich abgeschlossen und nichts anderes getan, als den lieben langen Tag ihre Zweisamkeit zu genießen. Sich anzuschauen und in der Miene des anderen die eigene Ungläubigkeit darüber zu entdecken, dass dies alles gerade zwischen ihnen stattfand. Gegen jedes Gebot von Wahrscheinlichkeit und Glück.

Am sechsten Tag kamen zwei Jungs um die zehn Jahre mit frischen Sardinen vorbei, die sie in aller Bescheidenheit als die besten der Welt anpriesen. Sie transportierten einen Plastikeimer voller frisch gefangener Exemplare auf ihren rostigen Rädern von Haus zu Haus. Lachend und mit großen Augen präsentierten sie die kleinen Fische und verlangten für zehn Stück vier Euro, was von einem guten Geschäftssinn zeugte. Soraia lachte und gab ihnen fünf Euro.

»Obrigado, obrigado!«, riefen sie noch bis zur nächsten Biegung des Feldwegs.

Allerdings gab es in der Villa Elias keine einzige Zitrone mehr, wie Soraia und Lost feststellten – obwohl Leander Lost über eine bestens organisierte Vorratshaltung verfügte. In Fuseta munkelte man, der *Alemão* sei für einen nuklearen Winter gerüstet. Wie dem auch sei: Gegrillte Sardinen ohne ein paar Spritzer Zitrone waren selbstverständlich undenkbar. Aber es gab ja Zara. Sie ersparte Soraia und Leander den Weg nach Fuseta.

Auf dem Gelände der Villa Elias stand eine weiß gestrichene *Casinha,* ein Gästehäuschen, das auf zwanzig Quadratmetern einen überschaubaren Wohnraum inklusive Bett, eine Küchenzeile und ein Badezimmer beherbergte. Seit Losts erstem Fall an der Algarve wohnte die bald achtzehnjährige Vollwaise darin – und half ihnen mit Zitronen aus.

Zara lebte in Leanders Obhut, aber die *Casinha* war ihr Refugium, in dem er sie niemals ohne triftigen Grund behelligte – und triftige Gründe hatte es übers Jahr gezählt wenige gegeben. Manchmal aßen sie zusammen, manchmal suchte Zara auch seine Nähe, um ihn etwas zu fragen. Leander war praktisch eine wandelnde Wissensdatenbank, die täglich weiter anwuchs. Denn der Kommissar mit Asperger-Syndrom vergaß nicht.

Nie.

Zara sprach auch mit ihrem Freund über Dinge, die sie beschäftigten. Oder mit Soraia oder deren Schwester Graciana. Aber der Blick des *Alemão* auf die Welt, das Leben, die Menschen, auf praktisch jedes beliebige Thema, war stets ein anderer. Und stets bereichernd. Denn meist nahm jedes Thema – einmal durch Leanders Augen betrachtet – eine neue Gestalt an.

Während die Betreuer im Waisenheim ihr von morgens bis abends Vorschriften gemacht und sie damit eingezäunt hatten, trat Lost mit keiner Zehenspitze über die unsichtbare rote Linie, die sie eng um sich herum gezogen hatte. Er war nur mit ihrem Schutz beschäftigt. Und nichts sonst an ihr schien ihn zu interessieren.

Sie war damals die einzige Zeugin gewesen, die den Mörder ihrer Mutter identifizieren konnte – und deshalb in Lebensgefahr. Und sie hatte Leander Lost anfangs nicht leiden können, ja, sie misstraute ihm. Womit er keine Sonderstellung einnahm, denn zu dem Zeitpunkt misstraute sie der ganzen Welt.

»Komm ich lebend da raus, können Sie das versprechen?«, hatte sie ihn damals gefragt.

Und Leander Lost hatte in seinem schwarzen Anzug mit ihr am Pool gesessen und ein Kopfschütteln angedeutet: »Nein. Ich kann nur versprechen, dass du nach mir stirbst.«

Diese Bedingungslosigkeit hatte Zara nach und nach aus ihrem Schneckenhaus gelockt. Sie, die die Schule damals schon abgehakt hatte, stand mittlerweile kurz vor ihrem Abitur, und aus dem schreckhaften und misstrauischen Mädchen war eine selbstbewusste, empathische junge Frau geworden.

Leander und Soraia hatten Zara auf ihre Terrasse eingeladen, die im Wesentlichen aus einem großen Steintisch samt Eckbank bestand und mit hellbraunen Fliesen ausgelegt war. Sie war überdacht und bot Schutz vor Sonne und Blicken. Von hier aus waren es nur wenige Meter zu dem von blühenden Oleanderbüschen umsäumten Pool, der sich in der Länge auf zwölf Meter erstreckte. Aus der Überdachung der Terrasse lugten abends die Geckos hervor, klebten kopfüber auf Stein und Bambus und übten sich in Erstarrung. Scheinbar. Denn wenn

Beute in Form eines Insekts in ihre Nähe kam, schossen sie blitzschnell vor.

Als Zara mit den Zitronen eintraf, wendete Leander gerade die Sardinen auf dem Holzkohlegrill. Es zischte.

»Ah, die Zitronen«, sagte er. »Was möchtest du trinken?«

Als sie ihn sah, fielen ihr vor Erstaunen die Früchte herunter.

Zara sammelte sie auf, als wäre nichts geschehen.

Und dann aßen sie zu dritt die Sardinen, die sie mit dem Zitronensaft beträufelten.

Tags darauf trafen die Rosados, Soraias Eltern, Zara – *ganz zufällig*, wie sie betonten – in der Pastelaria am Largo, wie man den kleinen zentralen Platz nannte. Was vielleicht kein allzu großer Zufall war, weil Zara dort jeden Sonntag *Pastéis de nata* kaufte, die kleinen Blätterteigtörtchen. Und sich noch weniger als Zufall entpuppte, weil Raquel Rosado gerade eben *Conquilhas* erstanden hatte, zufällig Zaras Lieblingsspeise. So frisch, dass das Salzwasser der Lagune an den Schalen der winzigen Muscheln abtropfte. Und prompt lud Raquel sie auf einen kurzen Snack ein.

Zara konnte es ihr nicht abschlagen. Für die *Conquilhas* von Raquel Rosado wäre sie bis zum Südpol marschiert.

Das Haus der Rosados schloss im zweiten Stock in Form einer ausladenden Dachterrasse ab, die auf einer Seite von kleinen Palmen in Trögen gesäumt wurde. Ein paar Wäschestücke wiegten sich im warmen Wind, ein Schwarm Möwen zog meckernd über ihre Köpfe hinweg, einige Haustüren weiter hörte jemand einem Tenor zu. Die winzigen Muscheln im Sud aus Öl, Weißwein, Koriander und Knoblauch waren ein Gedicht. Zara ertappte sich dabei, wie sie beim Essen seufzte.

António Rosado beugte sich in seinem Rollstuhl vor, umfasste mit seiner rechten Hand – die mühelos einen Apfel vor den Blicken Dritter verbergen konnte – die Kelle und füllte ihr nach.

»Ich bin satt.«

»Du bist ein Strich, Zara«, sagte Raquel Rosado, die entfernt an Sophia Loren erinnerte, und brachte es fertig, Sorge und Kompliment in einem Satz zu vereinen. Ihr fürsorglicher Blick wärmte Zara, obwohl sie im Schatten unter einem Segeltuch saß.

António flankierte die Aussage seiner Frau mit einem Nicken und schob ihr auch den kleinen Bastkorb mit den gerösteten Weißbrotscheiben zu.

»Na schön«, sagte Zara und benutzte eine leere Muschel als Zange, um das Fleisch aus den anderen *Conquilhas* zu lösen. Die Muscheln maßen kaum mehr als einen Fingernagel.

»Wie läuft es in der Schule?«, fragte António Rosado. Seine Gesichtszüge waren jetzt weich und nachgiebig, aber er konnte auch anders. Er hatte früher bei der *Guarda Nacional Republicana,* kurz GNR, als Leiter der örtlichen Polizeistation gearbeitet. Und sich vor sieben Jahren oben an der Nationalstraße 125 nach einem Überfall auf einen Geldtransporter allein auf weiter Flur einen offenen Schusswechsel mit den fünf Tätern geliefert. Daher der Rollstuhl.

»Ich muss mich noch in Englisch anstrengen, ich hab ja nur ein Jahr für den Lernstoff, für den die anderen zwei Jahre haben.«

Es war der Tribut an ihre Verweigerungshaltung während ihrer Monate im Heim, durch die sie den Anschluss verloren hatte.

»Und wenn du dir ein Jahr mehr Zeit nimmst?«, fragte Raquel. »Es kann doch nicht darum gehen, möglichst viel Wissen zu stapeln, hm? Es gibt ja auch noch ein Leben da draußen …«

»Ja, schon. Aber ich möchte … auf eigenen Füßen stehen. Größtmögliche Bildung bedeutet größtmögliche Unabhängigkeit.«

»Senhor Lost?«, fragte António Rosado.

Sie grinste ertappt und nickte.

»Apropos«, nahm Raquel wie zufällig den Ball auf: »Wie geht es unserer Tochter und Senhor Lost? Wir haben seit Tagen nichts gehört. Gut?«

Zara konnte ihr Lächeln nicht unterdrücken. António, Anfang sechzig, Raquel, Ende fünfzig, hingen an ihren Lippen wie neugierige Kinder. Sie unterdrückte den Impuls, sie in die Arme zu nehmen.

Stattdessen spannte sie sie nicht länger auf die Folter und erzählte, dass Soraia und Leander seit etwa einer Woche praktisch nicht mehr das Haus verließen und sie gestern erst mit ihnen Sardinen gegessen hatte.

»Sie haben kaum die Augen voneinander gelassen, und sie haben gegessen wie die Spatzen«, berichtete sie. »Mich haben die beiden auch nicht richtig wahrgenommen.«

Raquel sagte nichts. Sie lächelte nur und legte Zara spontan die Hand auf den Unterarm.

António atmete erleichtert aus, seine Mundwinkel hoben sich zwar nur ein wenig, aber seine Augen lächelten breit. Als Raquel das bemerkte, legte sie ihre andere Hand in seine, in der sie beinahe verschwand.

»Und Leander hatte weiße Shorts und ein hellblaues Hemd an.«

»Nein«, entfuhr es den beiden.

»Doch.«

Und daraufhin lächelten sie noch breiter.

Zu diesem Zeitpunkt, sonntags, halb zwölf, wachte Soraia allein im Bett auf. Sie legte ihre Hand links neben sich, auf Leanders Seite. Kalt.

Sie musste wieder eingeschlafen sein. Sie reckte sich, erstarrte aber mitten in der Bewegung. Denn kurz hatte sie die Angst gepackt, er könnte einfach verschwunden sein. Überfordert mit der Situation. Aber die Blicke zu seinem Nachttisch und zum Fensterbrett genügten Soraia, um sich zu beruhigen: ein daumengroßes Auge, aus Speckstein geschnitzt, das neben seinem Bett stand. Und unter dem Fenster ein Blitz aus demselben Material.

Zwei der sieben *Wächter*, wie Leander die Figuren nannte, die er in der Villa Elias verteilt hatte und die ihn vor der Implosion des Raumes schützten, die ihn unweigerlich ins Nichts reißen würde. So jedenfalls hatte er es Soraia erklärt.

Sie war noch nie dabei gewesen, aber sie glaubte ihm jede Silbe. Denn erstens konnte er nicht lügen, und zweitens hatte Zara es einmal erlebt, als sie einige der Skulpturen als Beschwerer für Servietten zweckentfremdet hatte. Sie wollte es nie wieder erleben.

Er stand mit weißen Shorts und nacktem Oberkörper am Pool, hinter dem das versengte Brachland sich über einen Kilometer weit bis zum nächsten Haus erstreckte. Die Zikaden zirpten, die Sonne hatte den Beckenrand erwärmt, auf dem Leander barfuß balancierte und mit dem Kescher die Insekten aus dem Pool fischte.

Er tat das gerne am Morgen, noch vor dem Frühstück, weil die ersten Bienen und Hummeln bereits nach Sonnenaufgang in dem Becken havarierten und ihren Todeskampf aufnahmen, den sie unweigerlich verloren, sofern Leander sie nicht rettete. Es war ihm unmöglich auszuschlafen, während sie ertranken. So zog er mit starrer, unbeweglicher Miene schon zum zweiten Mal heute mit dem Kescher systematische Bahnen durch das Wasser.

Hätte Soraia ihm neutral gegenübergestanden, hätte sie sein Verhalten als zwanghaft eingestuft. So fand sie es rührend.

Sie hatte zwei Gläser mit frisch gepresstem Orangensaft mitgebracht, von denen sie ihm eines reichte, nachdem er seine Rettungsaktion beendet hatte.

»Obrigado.«

»De nada.«

Leander trank mit Durst, sein Kehlkopf hob und senkte sich. Er lächelte sie an: »Schmeckt pelzig.«

Soraia nahm es sportlich. Er konnte ohnehin von sich geben,

was er wollte, sie liebte jedes Wort, jeden Blick, alles. Sie hätte ihm auch einen Michelin-Stern verliehen, wenn er ihr Zwieback gegrillt hätte.

Aber eins, eins wollte sie dann doch wissen: »Wie ist das mit den Pheromonen?«

»Wie das ist?«, hakte Leander nach.

Soraia nickte und präzisierte ihre Frage: »Dass sie der Grund sind für … dass wir jetzt diese Tage verleben.«

»Ja.«

»Das heißt, es ist vorherbestimmt?«

»Nein, es ist ein … Wunder.«

Soraia stutzte. Leander glaubte nicht an Wunder. Er glaubte an überhaupt nichts. Darauf angesprochen, zitierte er gerne Marie von Ebner-Eschenbach: »*Wer nichts weiß, muss alles glauben.*« Er *wusste* lieber.

Bloß, dass sich Wunder nicht mit Wissen erklären ließen.

»Entziehen Wunder sich nicht dem Wissen?«

»Nicht das Wunder, das ich meine. Wunder sind per Definition Dinge, die sich nach menschlicher Vernunft oder Erfahrung kaum ereignen können.«

Leander setzte sich auf den Beckenrand und ließ die Füße im Pool baumeln. Soraia nahm neben ihm Platz. Dort, wo ihre Unterschenkel die Wasseroberfläche durchbrachen, beschrieben sie einen unwirklichen Knick. Und die Sonne zeichnete irrlichternde Muster auf ihre Haut.

»Es gibt nur diesen winzigen Spalt, von außen betrachtet wie ein minimaler Ausschlag in einer konstanten Linie«, begann er und überlegte kurz. »Das ist die Lebenszeit, die ein Mensch hat. Die ist natürlich individuell, aber mit großzügig bemessenen hundert Jahren kann man die Sache recht gut überschlagen. Und um mit jemandem eine Liebesbeziehung einzugehen, muss man denjenigen vorher gut kennenlernen.«

Soraia nickte.

Er hob den Blick vom Pool und betrachtete ihre Grübchen:

»Die Chance, dass wir uns in der unendlichen Weite von Raum und Zeit treffen, lag bei eins zu über hundert Millionen. Ich denke, diese Größenordnung legitimiert den Begriff Wunder. Und der entzieht sich nicht dem Wissen.«

»Und die Pheromone?«, hakte Soraia nach und nahm seine Hand.

»Die haben es besiegelt. Aber sie sind nur die Tür, die die Evolution einem aufstößt. Hindurchgehen muss man selbst.«

Sie saßen unbewegt. Eine Familie Schwalben ergriff die Chance und segelte hinab, knapp über der Wasseroberfläche, schnappte etwas von dem Nass auf und zog wieder davon. Soraia beugte sich zu ihm und gab ihm einen Kuss. Am liebsten hätte sie Leander und sich für den Rest ihres Lebens hier eingeschlossen.

Sie ließ sich in den Pool gleiten. Leander betrachtete sie beim Dahintreiben im Wasser, während die Sonnenstrahlen sie beide warm bestrich. Er hatte das Gefühl, als legte man die Kontakte einer Neun-Volt-Batterie auf seine Zunge. Nur angenehmer.

So füllten sie die Tage. Und die Villa Elias bildete ihr geschütztes Eiland, auf dem sie tun und lassen konnten, wonach ihnen der Sinn stand.

Bis zum Nachmittag dieses 2. Augusts.

2.

Das Auto, das auf dem sandigen Hof der Villa Elias seitwärts zum Stehen kam, war in Montanagrünmetallic lackiert und wirbelte jede Menge Staub auf.

Weder Leander noch Soraia kannten diesen Wagen. Aber sie erkannten die kleine, dynamische Frau, die in der Sekunde nach dem Stillstand auf der Fahrerseite ausstieg und ohne Zeit zu verlieren auf die Villa Elias zuging: Graciana Rosado, Sub-Inspektorin bei der *Polícia Judiciária* in Faro.

Sie trug weiße Turnschuhe, blaue Jeans und eine weiße Bluse. Die 26er Glock steckte seitenverkehrt, mit dem Knauf nach vorne, in ihrem Gürtel. Eine Menge Leute erinnerte sie in ihrer Mischung aus geringer Körpergröße (1,62 Meter) und Eigenwilligkeit an die junge Holly Hunter.

Die Beifahrertür schwang mit Verzögerung auf. Ein kräftiger Kerl mit dunklen Locken und Sonnenbrille stieg aus. Er trug eine eigenwillige Kombination aus Shorts, buntem Hemd und einem sandfarbenen Leinenjackett plus Flipflops. Er sah nicht aus wie jemand, der wusste, was Eile ist. Er reckte sich, lehnte sich an den Wagen und biss genüsslich von einer *Sandes mista* ab, einem Weißbrot mit Käse und Schinken.

Carlos Esteves war der personifizierte Beweis von Charles Bukowskis These, dass alle Dinge zu jenem kommen, der ruhig in seinem Sessel abwartet. Eine massige Gestalt, die dennoch (kaum) ein Gramm zu viel durch die Gegend trug. Er arbeitete, wie auch Graciana Rosado und Leander Lost, als Sub-Inspektor bei der Kripo. Wobei Graciana und er in Fuseta aufgewachsen waren und dort lebten.

Gracianas schwarzer Volvo-Kombi, von ihr bisher privat wie dienstlich genutzt, hatte Anfang letzter Woche den Geist aufgegeben. Irgendwas mit einer Lambdasonde, das die Volvo-Leute nicht in den Griff bekamen.

Leander stand der Marke ohnehin kritisch gegenüber: »Der Konzern ist 2010 von einer chinesischen Firma übernommen worden. Sie wissen, dass China die Menschenrechte mit Füßen tritt.«

Die Chefin hatte Graciana und Carlos ersatzweise einen altersschwachen Passat angeboten, der bei der GNR bereits ausgemustert worden war. Er hatte knapp über 219 000 Kilometer auf dem Tacho.

»Ich möchte dem Auto gegenüber nicht ungerecht werden«, sagte Graciana, »aber ich fürchte, ich bin zu Fuß schneller. Es kann nicht sein, dass wir flüchtige Kriminelle nicht festnehmen können, weil uns die nötige Motorisierung fehlt.«

Die Chefin hob in einer Abwehrgeste die Unterarme und zuckte bedauernd die Achseln: »Wir haben kein Geld, ich bekomme das nicht bewilligt. Verstehen Sie mich nicht falsch: Ihr Bedarf ist absolut gerechtfertigt.«

Cristina Sobral – wie immer sehr gut gekleidet, heute in einem dezenten beigen Kostüm, das zeitlos wirkte – war tatsächlich ratlos. Sie saß in ihrem Büro mit den weiß gekalkten Wänden und den hellen Holzdielen. Über ihnen drehten die Ventilatoren unermüdlich ihre Runden.

Sobral kam aus dem Norden Portugals und hatte sich im Laufe der Zeit in ihrem Team Respekt erworben. Aber sie war hier an der Algarve noch nicht wirklich angekommen. Daher sperrte sie sich nicht gegen Vorschläge von Carlos oder Graciana, die im Gegensatz zu ihr hier jeden Strauch kannten.

»Haben Sie einen Vorschlag, Sub-Inspektorin Graciana?«

»Nein, leider nicht.«

Aber Carlos Esteves hatte einen, den er seiner Chefin darlegte, nachdem er sie alleine auf dem Parkplatz abgefangen hatte. Ein etwas ungewöhnlicher Plan, wie sie meinte, aber einer, der letztlich aufging.

Nur drei Tage später führte Cristina Sobral Graciana und einen Carlos Esteves, der sich beiläufig einen Oscar in Ahnungslosigkeit erspielte, in die Tiefgarage in der Rua António, in der die von der *Polícia Judiciária* konfiszierten Fahrzeuge abgestellt worden waren: Fahrräder, Motorräder, Autos, Transporter, zwei Lastwagen und ein kleiner Bagger.

Sobral führte sie unter dem Vorwand einer Fluchtwagenidentifikation zu einem Traum in Grün. Einem Mustang in der Bullitt-Edition, eine Reminiszenz an den gleichnamigen Film mit Steve McQueen.

»Nein«, sagte Graciana, »der ist mir nicht bekannt.«

Ihre Augen fuhren die Formen entlang, die alle im Geist des Understatements entworfen worden waren. Er stand dezent dort, er ließ die Muskeln nicht spielen, sie deuteten sich nur an. In ihm lag eine verborgene Kraft.

»Er hat einer Touristin gehört, einer …«, die Chefin warf einen Blick auf ihr Smartphone, »… einer Petra Lang. Sie ist letztes Jahr alkoholisiert in einen Bus gelaufen. Die arme Frau hatte keine Verwandten mehr, das Auto wird hier stehen, bis es verrostet ist. Und das ändern wir jetzt, wir nehmen es unter unsere Fittiche – und zwar als Ihren Dienstwagen.«

Damit reichte sie Graciana die Wagenschlüssel.

»Sie hat feuchte Augen bekommen«, erzählte Carlos später.

»Ich war erkältet, mir hat ein Auge getränt«, widersprach sie.

»Sie hat vor Erkältung gelächelt wie ein Honigkuchenpferd«, fügte er hinzu.

Gracianas Herz wurde weich, als sie in die Villa Elias eintrat und sah, wie Leander Lost gerade Gardinen im Schlafzimmer aufhängte.

Sie räusperte sich. Der *Alemão* blickte über die Schulter, ihre Blicke trafen sich. Er setzte die Gestalt mithilfe von fünf spezifischen Gesichtsmerkmalen zu einer Person zusammen, die er kannte: »Bom dia, Senhora Graciana.«

Graciana nickte: »Sim, bom dia ... Ich störe Sie ungerne am Sonntag, aber es ist eilig, und ich habe Sie oder ... Soraia nicht erreicht.«

»Wir haben unsere Handys in der Schublade verstaut«, sagte jemand hinter Graciana.

Es war So, Graciana erkannte sie an der Stimme und wandte sich um. Soraia kam auf sie zu, sie strahlte, wie Graciana es lange nicht mehr bei ihr gesehen hatte. Sie freute sich für ihre jüngere Schwester. Sie nahmen sich kurz in den Arm und drückten sich.

Da sie beide die Mimik der anderen im Schlaf lesen konnten, erfasste Soraia sofort, dass etwas Ernstes anlag: »Was ist passiert?«

»Auf der Straße zwischen Pereirinhas und Amaro Gonçalves ist eine Autobombe explodiert. Keine Toten oder Verletzten, heißt es.«

Soraia verging das Strahlen: »Eine Bombe? So was hat es hier doch noch nie gegeben«, stellte sie fest.

Graciana wirkte gefasster. Nicht nur, weil sie bereits Zeit gehabt hatte, sich mit Carlos auszutauschen.

Leander Lost gesellte sich zu den beiden und blickte seiner Vorgesetzten auf die Nasenwurzel. Die Leute hatten es gern, wenn man sie anblickte, während sie mit einem sprachen. Lost selbst empfand das allerdings als unangenehmes Starren, weshalb er lieber die Nasenwurzel fixierte. Keiner der normalen Menschen bemerkte den Unterschied.

»Ich hätte Sie gerne am Tatort dabei, Senhor Lost. Senhor Esteves wartet draußen. Wie lange brauchen Sie?«

Ganz untypisch für ihn zögerte Leander bei dieser Frage. Sein Blick wanderte kurz zu Soraia und dann zurück zu deren älteren Schwester: »Drei Minuten und dreißig Sekunden.«

Der dunkelgrüne Mustang schoss mit aufgesetztem Blaulicht aus dem Feldweg, an dem die Villa Elias lag, quer hinaus auf die N125. Graciana fing das ausbrechende Heck geschickt ab und trat das Gaspedal voll durch. Der V8 dröhnte sonor auf und katapultierte den Wagen nach vorne.

Carlos hatte den an Gewissheit grenzenden Verdacht, dass seine Kollegin eiligen Einsätzen nicht abgeneigt war, weil hierbei die Einhaltung von Verkehrsregeln (insbesondere Tempolimits) außer Kraft gesetzt war. In einem anderen Leben, da war man sich in Fuseta einig, wäre Graciana Rosado Rallyefahrerin geworden. Im Augenblick schaltete sie runter und zog dann auf die Leitlinie, um den Wagen zwischen zwei Lkws hindurchzumanövrieren.

In Höhe der Abzweigung in den Norden nach Belmonte bog Graciana Rosado mit ihrem Traum in Grün ins Hinterland ab. Die Straße verjüngte sich auf eine Spur. Leander Lost versteifte sich instinktiv. Die Landschaft schoss rechts und links an ihnen vorbei.

Die Anzahl der Häuser verringerte sich drastisch. Statt ihrer wurde die rissige Straße von Plantagen flankiert. Orangen, Zitronen, Oliven. Abgelöst durch Weideland, auf dem Schafe, Esel und Pferde im Schatten von Bäumen standen oder lagen. Wenn nach links oder rechts ein Weg abzweigte, endete der Asphalt und wurde zu Schotter oder festgefahrenem Sand.

Leander trug das, womit er vor einem Jahr in zwölffacher Ausfertigung hier an der Algarve eingetroffen war: einen schwarzen Anzug, ein weißes Hemd und eine Lederkrawatte. Lediglich seine schwarzen Schuhe hatte er durch die bequemen Espadrilles ersetzt.

Er war für einen Polizisten der GNR eingetauscht worden,

Rui Aviola, einen Frauenschwarm, der nach einem Jahr bei der Hamburger Polizei vor genau einer Woche wieder seinen Dienst in der örtlichen GNR-Station aufgenommen hatte.

Weil Leander Lost es vermied aufzufallen (schließlich war er nicht auf ein Außenseiterdasein erpicht), hatte er in Deutschland stets einen schwarzen Anzug mit Krawatte getragen. Dass er in Fuseta bei dreißig Grad im Schatten ungefähr so unauffällig war wie ein bunter Hund mit Außenbordmotor, hatte Leander nicht bedacht. Aber mittlerweile hielt man ihn wegen des Anzugs hier immerhin nicht mehr für *übergeschnappt*, sondern nach einem halben Jahr für *plemplem* und nun schließlich für *eigen*. Was terminologisch dem Maximum an Gastfreundschaft und Wohlwollen entsprach.

Sie schossen an Belmonte vorbei, nicht mehr als eine pittoreske Ansammlung von weiß getünchten Häusern mit roten Dachziegeln, einigen Ruinen, Ziegen und einer Bar mit den unvermeidbaren Plastikstühlen auf dem Gehsteig, auf denen Männer mit Schiebermützen rauchten, Karten spielten und Super Bock oder Sagres tranken.

»Wie gestaltet sich die Informationslage?«, fragte Leander.

»Oben auf der Landstraße zwischen Pereirinhas und Amaro Gonçalves ist ein Auto explodiert. Zum Glück ist niemand verletzt worden. Das ist das, was über Funk eingetroffen ist. Ein Reporter soll den Notruf abgesetzt haben, unsere Leute aus der GNR-Station in Moncarapacho sind sofort ausgerückt«, antwortete Graciana. Sie wusste, dass Leander auf den nackten Kern von Informationen fokussiert war und jede nicht notwendige Umschreibung für ineffizient hielt – weshalb sie sich kurzfasste.

Als sie eine Kreuzung erreichten und nach rechts abbiegen wollten, stand dort eine Traube Schaulustiger, die erst beiseiterückte, als Graciana kurz die Sirene aufheulen ließ.

Zwei GNR-Männer hatten die Straße mit Absperrband abgeriegelt und ihren Wagen, einen grünen Jeep, quer dazugestellt.

Sie trugen Dreitagebärte, Sonnenbrillen und Maschinenpistolen. Außerdem gepanzerte Westen, wie Graciana feststellte, als sie sich am Seitenfenster bei ihnen auswies.

»Wer hat Sie angefordert?«

»Sobral. *Polícia Judiciária.*«

»Gibt es Verletzte?«

»Nicht dass ich wüsste.«

Graciana nickte, nahm ihre Ausweise, die der Mann ihnen in den Mustang zurückreichte, entgegen und fragte: »Wieso tragen Sie schusssichere Westen? Ist das jetzt Routine?«

Der Mann schüttelte den Kopf: »Terrorverdacht.« Er hob das Absperrband, damit sie durchfahren konnten.

Da schwebte etwas, sich selbst in seiner horizontalen Achse umkreisend, hinab und landete auf der Windschutzscheibe: ein Fünfhundertdollarschein. Carlos beugte sich vor, schnappte ihn sich und zog ihn hinein, um ihn zu begutachten.

Nach der ersten Kurve bemerkten sie zahlreiche Einwohner, die Papierschnipsel von der Straße und aus den Gräben sammelten. Linker Hand ein Feld mit Orangenbäumen, rechts Olivenbäume, an deren silbrig glänzenden Blättern Leander sich schwer sattsehen konnte.

In der nächsten Kurve hatten GNR-Beamte eine Kreuzung gesperrt und leiteten den Verkehr um. Und plötzlich erhob sich eine kleine Bankfiliale der CA, der Crédito Agrícola, im Nichts, denn die nächsten Orte und ihre Ausläufer waren kilometerweit entfernt.

Zwei Feuerwehrleute standen neben einem ausgebrannten Autowrack und deckten es mit Löschschaum ein. Der rote Feuerwehrwagen mit der Aufschrift *Bombeiros* war mitten auf der Straße abgestellt worden. Zwei weitere Angehörige der Feuerwehr, darunter eine Frau, rollten einen zweiten Schlauch schon wieder zusammen.

Etwas war von der kleinen Bankfiliale weggerissen worden. Sie stand mutterseelenallein in Olivenbaumplantagen, die sich entlang beider Straßenseiten erstreckten. Auf dem warmen Asphalt selbst liefen ein paar Olivenbauern und einige Bereitschaftspolizisten der *Guarda Nacional* herum und fingen Geldscheine aus der Luft. Andere pflückten sie aus den Sträuchern oder lasen sie vom Boden auf. Denn eine anhaltende Brise wehte sie aus der Bank hinaus auf die Straße.

»Sieh dir Luís an«, sagte Carlos mit leicht verärgerter Miene, als sie sich näherten.

Er meinte Luís Dias, der in vier Wochen in Pension gehen würde, auf die er sich seit dem 1. Oktober 1968 freute, seinem ersten Arbeitstag bei der GNR. Wie seine Kollegen steckte er in schwarzen Springerstiefeln, einer dunkelblauen Hose, dem hellblauen Hemd mit den Rangabzeichen auf den Schultern und trug ein grünes Barett. Für sein Alter und sein Gewicht huschte er erstaunlich flink umher und bückte sich mit der Elastizität eines Gummibands nach den Dollarscheinen.

Carlos hob eine Augenbraue: »Ziemlich beweglich für jemanden, der vorhin noch kaum auftreten konnte.«

»Lass gut sein, Carlos, er hat nur noch vier Wochen«, antwortete Graciana, während Luís Dias sich ein frisch eingesammeltes Bündel Scheine in die Hosentasche steckte.

Direkt nach dem Eingang des Notrufs hatte Graciana blitzschnell alles Notwendige veranlasst: Feuerwehr, Rettungsdienst, GNR-Einheiten wurden von ihr alarmiert.

In der GNR-Station in Moncarapacho war Luís Dias ans Telefon gegangen.

»Luís, ihr rückt sofort zur Filiale der CA hinter Pereirinhas aus. Die, die seit zehn Jahren geschlossen werden soll. Und da …«

»Das geht nicht, ich … ich bin gerade ziemlich übel umgeknickt. Ich kann praktisch nicht auftreten. Ich fürchte, ich muss hierbleiben.«

»Gut. Aber dann schick Ana und Rui raus. Da muss dringend

abgesperrt werden. Es heißt, da weht jede Menge Bargeld ins Gelände.«

Jetzt entdeckte Luís den Mustang, den er zunächst nicht zuordnen konnte. Erst im letzten Augenblick erkannte er Graciana Rosado hinter dem Steuer, die direkt neben ihm hielt. Es waren ohnehin nur noch zwanzig Meter bis zur Bank, also stieg sie aus und klappte die Lehne des Sitzes nach vorne, damit Leander Lost ebenfalls den Wagen verlassen konnte.

»Olá, Luís.«

»Olá, das ist ja ein Ding, hm?«

»Ja«, sagte sie und ließ den Blick über die Szenerie schweifen. Die GNR-Polizistin Ana Gomes stellte auch Geldscheine sicher. Und weiter hinten Rui Aviola, der Polizist, der im Austausch mit Leander Lost ein Jahr in Hamburg verbracht hatte und vor wenigen Tagen zurückgekehrt war. Zwei Touristinnen, die ihre Fahrräder am Seitenstreifen abgestellt hatten, und drei Portugiesinnen zwischen siebzehn und 84 gingen ihm freudig zur Hand.

Aviola sah aus, als hätte ihn Michelangelo persönlich modelliert. Ein schöner Mann mit einem lässigen Lächeln, der in Fuseta als Liebhaber, Ehemann oder Schwiegersohn heiß begehrt war. Ganz besonders jetzt, da man ihn ein Jahr lang schmerzlich vermisst hatte.

Neben der Bank stand ein Rettungswagen mit zwei Sanitätern. Einer rauchte, der andere telefonierte mit seinem Smartphone.

»Lassen Sie uns zur Bank gehen«, forderte Graciana den *Alemão* auf. Der hagere Kerl ging neben ihr auf das Gebäude zu. Nach einem Jahr war seine Blässe einer leichten Segelbräune gewichen, die ihm ausgesprochen gut stand.

Die Genossenschaftsbank Crédito Agrícola war 1911 gegründet worden – und diese Filiale erinnerte daran. Sie war nicht mehr als ein Bungalow mit einem ausladenden Parkplatz vor dem Gebäude.

»Hatten Sie ein paar schöne Tage mit meiner Schwester?«

»Ja.«

Sie warf ihm einen Blick von der Seite zu. Losts Gesicht wirkte wie eine Maske. Es war nahezu frei von Falten.

Luís Dias wollte den beiden folgen, als sich ihm jemand in den Weg stellte, ein Mann, so groß, dass er ihm die Sonne nahm: Esteves. Der blickte ihn vorwurfsvoll an.

»Ich weiß, was du denkst, Carlos.«

»Na, was denk ich denn, hm?«

»Du denkst, ich bin ein Simulant.«

»Nein. Manchmal passieren eben Wunderheilungen, Luís. Ich freue mich für dich.«

»Du siehst aber nicht aus wie jemand, der sich freut.«

»Doch. Ganz tief drinnen freu ich mich. Und ich freue mich noch mehr, wenn ich richtig in der Annahme gehe, dass du das Bündel Geldscheine in deine Hosentasche gestopft hast, um es in der Dienststelle abzugeben.«

Luís war kurz verdutzt, dann wich die Überraschung seinem Ärger. Über Carlos' unausgesprochenen Vorwurf, er stehle Geld, über Carlos Esteves' Existenz an sich – und darüber, dass er auch noch recht hatte. Am meisten stieg die Wut in ihm hoch, weil er das Geld jetzt nicht behalten konnte.

Carlos, der in Luís' Gesicht lesen konnte wie in einem offenen Buch, musste lächeln.

Dias beugte sich konspirativ vor und senkte die Stimme: »Das ist doch alles versichert, hm? Verstehst du? Da hat niemand einen Schaden davon, das will ich sagen. In einem Monat bin ich in Rente, so eine Gelegenheit kommt nie wieder.«

»Versichert heißt, alle bezahlen das, Luís. Ich habe nicht gehört, dass du mich gerade schmieren wolltest. Und jetzt gib mir das Geld, bevor ich's mir anders überlege.«

Eine senkrechte Zornesfalte erschien auf Luís' kleiner Stirn. »Unfassbar«, begann er, schüttelte dabei den Kopf, zog das Geldbündel heraus und reichte es Carlos, »wirklich unfassbar.

Was sind das nur für Zeiten? Wo hat das alles nur hingeführt? Unfassbar.«

Inzwischen hatten Graciana Rosado und Leander Lost die Filiale erreicht. Direkt davor stand der ausgebrannte Kombi. Die Scheiben waren geschmolzen, das Nummernschild hatte sich in der Hitze zu einer irrwitzigen Figur verbogen, die sich vom Fahrzeug fortwand und in der Luft erstarrt war.

Graciana präsentierte den beiden Feuerwehrmännern, die ihre Löscharbeiten jetzt einstellten, ihren Dienstausweis: »Rosado, *Polícia Judiciária*, war da noch jemand drin?«

»Não.«

Sein jüngerer Kollege erwies sich als gesprächiger: »Der Wagen ist komplett ausgebrannt, aber da war niemand drin, nein.«

»Obrigada.«

Sie blickte sich über die Schulter. Ana Gomes war zu beschäftigt, um sie zu bemerken, und Luís war in ein intensives Gespräch mit Carlos vertieft – aber Rui Aviola fing ihren Blick auf. Sie winkte ihn zu sich.

Und dann überquerte er mit einem Schlendern die Straße, ein Pulk von drei Frauen folgte ihm und lächelte und redete auf ihn ein. Mit einem Handzeichen bedeutete er ihnen zu warten, bevor er an Graciana herantrat.

»Schön, dass du wieder da bist, Rui«, sagte sie und schenkte ihm ein warmes Lächeln, das er erwiderte. Beinahe wäre es mal passiert zwischen ihnen beiden, draußen in den Dünen der Ria Formosa, Graciana hatte zu viel *Medronho* getrunken, und das hatte Rui in ihren Augen noch unwiderstehlicher gemacht. Aber Carlos war plötzlich da gewesen, einfach so aus dem Nichts, und hatte Rui gesagt, er bringe Graciana nach Hause.

»Ich kann das auch machen«, hatte Rui gesagt.

»Nicht nötig, Rui«, hatte Carlos ihn abtropfen lassen. Die beiden Männer waren schon nächtelang um die Häuser gezogen und hatten sich amüsiert, aber hier hatte Carlos eine rote Linie gezogen.

An wichtigen Weggabelungen in ihrem Leben war Carlos immer da gewesen. Das wurde Graciana hier neben dem Autowrack plötzlich bewusst. Ein Gedanke, der sie kalt erwischte, so unerwartet wie ein Wolkenbruch.

»Ja, es ist toll, wieder hier zu sein. Hier ist es eben schön. Schön warm.«

Graciana biss sich auf die Unterlippe – er sah *noch* mehr zum Anbeißen aus als vor seiner Abreise. »Das ist Rui Aviola von der GNR, er war im Austausch mit Ihnen in Hamburg, Senhor Lost. Rui, das ist Senhor Lost.«

Aviola lächelte freundlich und reichte dem Deutschen die Hand: »Ich freue mich, Sie kennenzulernen.«

Lost, der Körperkontakt vermied, beließ es bei einem Nicken und starrte dem Mann auf die Nasenwurzel: »Ganz meinerseits.«

Die Kommunikation der Menschen trug objektiv betrachtet eine Menge überflüssigen Ballast mit sich herum, der den Blick auf die eigentliche Information vernebelte. Höflichkeitsfloskeln, Umschreibungen, zeitraubender Small Talk und all diese Schlingpflanzen menschlicher Verständigung, die den Informationsaustausch unnötigerweise in die Länge zogen.

Andererseits konnte man nicht einer von ihnen sein, ohne auf diese (ineffiziente) Weise miteinander zu sprechen. Und da hatte Leander quasi den Heiligen Gral für sich entdeckt: Dan B. Tuckers *Kompendium der sinnlosen Sätze*, mit denen er im Zweifelsfall nicht auffiel. »Ganz meinerseits« etwa war bei Begrüßungen, die mit »Ich freue mich« durch das Gegenüber begannen, eine todsichere Replik.

Falls das Kompendium mal keine Antwort lieferte, behalf Lost sich mit dem verbalen Echo.

»Hamburg ist großartig«, sagte Rui Aviola.

»Ja, das ist es.«

Man musste einfach nur die Aussage des anderen bestätigen, und schon fühlte der sich wohl.

»Aber es ist auch schön, wieder hier zu sein.«

»Ja, es ist schön, wieder hier zu sein.«

Graciana trat an Rui Aviola heran: »Hast du hier was mitbekommen?«

»Nein, ich bin mit den *Bombeiros* hier angekommen.«

»Senhor Aviola ist mit den *Bombeiros* hier angekommen.«

Man konnte das verbale Echo auch auf Dritte anwenden, was interessanterweise zu Irritationen führte.

Graciana stutzte kurz: »Ich weiß.«

Leander löste sich von ihnen und schritt um das Wrack herum. »Hat jemand das Kennzeichen überprüft?«, fragte er.

»Und?«, leitete Graciana die Frage an Rui Aviola weiter.

Der wandte sich um: »Ana, hat jemand schon das Kennzeichen überprüfen lassen?«

»Nein!«

»Luís?«

»Hm?«

»Hat jemand schon das Kennzeichen überprüfen lassen?«

»Ich nicht ...«

Rui Aviola nickte und wandte sich wieder Graciana zu, er lächelte mit seinem sinnlichen Mund: »Nein.«

»Sei so nett und lass es überprüfen, Rui«, bat sie ihn. »Wir müssen wissen, wem der Wagen gehört. Obwohl ich davon ausgehe, dass der Bombenleger nicht der gemeldete Eigentümer ist.«

»Warum nicht?«, fragte Rui. Mit einem blinzelnden Blick musterte er ihr Gesicht auf der Suche nach einer Antwort.

Graciana war ernüchtert. Um ein Haar hätte sie vergessen, was in Fuseta allgemein bekannt war: dass Michelangelo beim Modellieren von Rui Aviola das Gehirn vernachlässigt hatte.

»Weil ... wir ihn sonst sofort als Halter identifizieren könnten.«

»Ach so.«

»Besorg mir den Halter, por favor.«

Aviola nickte und ging zu dem viertürigen Wagen der GNR hinter dem Löschfahrzeug. Graciana gesellte sich zu Lost, der die Bank betrachtete.

Die Wucht der Explosion hatte das Heck des Wagens – es war ein Renault Espace – in Stücke gerissen. Die Heckklappe war wie ein Geschoss in die Frontmauer der Bank gleich neben dem Eingang katapultiert worden. Genau dort, wo sich die Schließfächer befanden. Dieser Bereich war auch von Dutzenden von Löchern überzogen. Überall lagen Glassplitter und aus der Wand gebrochene Teile aus Stein und Dämmstoff und Putz. Ein gebrochener Fensterrahmen ragte mit seinem Giebel hinaus und wiegte sich im Wind. Ein hellbrauner Staubteppich hatte sich über die Bank und vor ihren Eingang gelegt.

Graciana kannte Bilder von Gebäuden aus dem Krieg, die von Geschossnarben überzogen waren. Exakt so sah jetzt die Frontfassade der Crédito Agrícola auf der linken Seite aus.

Sie inspizierte das Heck des Espace und die Gebäudefassade. »Er hat den Wagen sehr nah vor der Bank geparkt.«

Lost nickte: »Für die größtmögliche Wirkung.« Er deutete mit dem Kopf in Richtung Foyer: »Sehen Sie die vielen kleinen Krater?«

»Ja.«

»Das war nicht die Druckwelle.«

»Sie meinen, es war eine Nagelbombe?«

»So was, ja. Er hat den Sprengsatz mit Metallteilen angereichert – die KTU wird das genau bestimmen. Das war wie ein riesiger Schrotschuss.«

Carlos Esteves trat zu ihnen und zündete sich eine an. Die Sonne wärmte ihm den breiten Rücken.

»Wer hat eigentlich den Notruf abgesetzt – und an wen?«, fragte Lost in die Runde.

»An die Zentrale in Faro«, wusste Carlos. »Es war ein Senhor …«, er kratzte sich kurz im Nacken, »… ein Senhor Moreno. Er wartet hinten bei der GNR in der Kurve. Soll ich ihn holen?«

»Ja, irgendwo müssen wir ja anfangen«, sagte Graciana.

Sie wunderte sich über Carlos' Bereitschaft, in der Hitze – er entledigte sich seines Jacketts und warf es sich über die Schulter – zu Fuß die hundert Meter zurückzulegen. Aber sie wunderte sich nur die ersten zwei Schritte, die er unternahm, denn dann zückte er sein Handy und rief die Kollegen der *Guarda Nacional* an und bat sie, Senhor Moreno zu ihnen zu bringen.

Kaum hatte er das getan, ertönte hinter ihnen ein durchdringendes Hupen. Sie reckten die Köpfe. Ein weißes Jaguar-Cabrio schoss heran und stoppte in gut dreißig Metern Entfernung.

Der Fahrer, der ein maßgeschneidertes weißes Hemd mit Krawatte trug, öffnete nicht etwa die Tür, sondern stand im Wagen auf und schwang sich seitlich hinaus, wobei er schief aufkam und fast umknickte, sich im letzten Augenblick aber fing und auf sie zuging, als wäre nichts geschehen. Er trug eine graue Anzughose und gewienerte hellbraune italienische Schuhe.

»Eh, PJ«, rief er den Feuerwehrleuten zu, die die Schläuche gerade in ihrem Löschfahrzeug verstauten, und hielt ihnen aus zwanzig Metern Entfernung seinen Dienstausweis der Polícia Judiciária entgegen, »Abstand dreihundert Meter! *Imediatamente!*«

Er kümmerte sich nicht weiter darum, ob man seinem Befehl Folge leistete, sondern nahm die drei Sub-Inspektoren ins Visier, während er eilig auf sie zukam: Miguel Duarte. Wenn er außer Hörweite war, nannten sie ihn *Pavão*, den Pfau.

Er strich sich eine Strähne aus der Stirn und stoppte vor ihnen ab. Auf seinem Nasenrücken saß eine Ray-Ban mit schmalen dunklen Gläsern. »Olá«, sagte er und begutachtete das Fahrzeug und die Bank. »Was steht fest?«, fragte er.

»Dass hier eine Autobombe explodiert ist«, sagte Graciana. »Warum schickst du die Feuerwehr weg?«

Duarte nickte, als habe er mit dieser Frage gerechnet. Er seufzte, schob die Brille ins Haar zurück und betrachtete sie aus seinen eng beieinanderliegenden Augen. In seinem Blick lag verständnisvolles Mitleid. Ganz so, wie man wohlwollend ein Kind betrachtete, das einer simplen Addition nicht zu folgen in der Lage war. Bloß ohne das Wohlwollen.

»Weil ich der Einzige aus dem Team bin, der eine Fortbildung in Explosivstoffen und Bombenentschärfung gemacht hat. Ich gebe mich nämlich«, sein Blick wanderte zu Carlos, »nicht zufrieden mit dem Erreichten.«

»Eine Fortbildung?«, fragte Graciana Rosado mit ehrlicher Überraschung. »Wann das denn?«

»Vor ein paar Monaten.«

»Und wo?«, hakte Esteves nach.

Duarte zögerte kurz. »In Sevilla«, antwortete er schließlich.

»Ah, Sevilla.« Carlos grinste, weil Duarte in Sevilla geboren und aufgewachsen war – und dort immer noch jede Menge Verwandtschaft besaß. So konnte er seine Aufenthalte und die Reisen dorthin als dienstliche Ausgaben deklarieren.

Duarte machte den Ansatz, etwas zu erwidern, schluckte es aber hinunter. Er wollte sich wegen eines Kollegen wie Esteves nicht aufregen. »Ich rette dir vielleicht gerade dein Leben, Carlos Esteves, du wirst das vielleicht später mal begreifen, sehr vermutlich nicht, aber vielleicht eben doch, ganz möglicherweise wird es dir dann klar werden, und dann wirst du mir dankbar sein.«

»Wovon redest du?«, fragte Graciana.

»Ihr wisst, was die ganzen religiösen Spinner in Europa angerichtet haben. Spanien, Frankreich, England, Deutschland. Vielleicht haben wir es hier mit denen zu tun. Ich meine: eine Autobombe! Hatten wir so was hier schon irgendwann mal?«

»Nein«, räumte Graciana ein.

»Die Attentate von Islamisten haben bisher immer darauf abgezielt, so viele Menschen wie möglich zu ermorden«, schaltete

Leander sich ein, »aber es ist Sonntag. Die Filiale war geschlossen. Sie befindet sich auch weit außerhalb jeder Ansammlung von Menschen. Wenn der Bombenleger ein Attentäter war, der viele Menschen in den Tod reißen wollte, war sein Plan nicht sehr konsequent.«

Duarte seufzte: »Diese Haarspalterei tut jetzt nichts zur Sache. Es kann hundert Gründe geben, warum der Sprengsatz jetzt explodiert ist und nicht zu einem anderen Zeitpunkt.«

»Exakt hundert?«, fragte Lost interessiert.

Duartes Miene verhärtete sich, er holte tief Luft für eine geharnischte Antwort, schüttelte dann aber den Kopf und winkte ab. Stattdessen wandte er sich an Graciana Rosado, die noch genau so lange seine Chefin sein würde, bis er sie überflügelt hatte: »Manchmal wird die erste Bombe dazu genutzt, jede Menge Helfer an den Tatort zu holen – um dann die zweite oder auch dritte Bombe zu zünden. Genau das«, er sah kurz zu Lost, »könnte der Plan sein.«

Der sah erst zu dem Wrack, dann auf das Bankgebäude.

Und er war damit nicht alleine. Carlos schluckte, sein Kehlkopf hob und senkte sich.

»Das heißt?«, fragte Graciana, deren Mundhöhle sich plötzlich sehr trocken anfühlte.

»Das heißt, alle entfernen sich mindestens dreihundert Meter«, sagte Duarte, »und dann zieh ich einen ballistischen Schutzanzug an und sehe mich um.«

»Danke, dass Sie uns gewarnt haben, Senhor Duarte«, sagte Leander. »Können wir Ihnen dabei behilflich sein?«

»Ich werde nach Sprengfallen suchen. Stolperdrähte und so was. Vielleicht hat der Mistkerl auch eine Mine hinterlegt oder irgendwas mit Bewegungssensor. Die Islamisten verstecken seit Neuestem auch gerne Sprengsätze in Spielzeug, in Teddybären oder Puppen. Wenn man sie anhebt, knallt es. Also, ich weiß nicht, was dadrinnen ist … oder in dem Auto. Wenn er uns beobachtet und manuell die zweite Bombe auslösen kann, dann hängt es davon ab, ob er einen einzelnen Polizisten als lohnenswert ansieht oder nicht. Und wenn es ein Zeitzünder ist … Wir können ja nicht ewig warten.« Und an Leander gewandt: »Nein, Senhor Lost, ich denke nicht, dass Sie mir dabei zur Hand gehen sollten. Oder haben Sie einen Speziallehrgang zur Bombenentschärfung absolviert?«

»Nein.«

Duarte nickte, weil er es sich gedacht hatte – und wandte sich wieder Graciana zu: »Rückt Senhora Isadora an?«

»Das tut sie.«

Isadora Jordão war die Kriminaltechnikerin in ihrem Team. Sie war gerade mal Anfang dreißig und hatte schon Anfragen aus Lissabon, Porto und Madrid abgelehnt. Sie wohnte mit einer Hündin auf einem Hausboot und blickte abends bei einem Joint aufs Meer.

Graciana nahm das Funkgerät, das sie an ihrem Gürtel eingehängt hatte, und sprach hinein: »Rosado, PJ. Alle Einheiten rücken auf dreihundert Meter von der Filiale ab. Alle Zivilisten im Umkreis müssen das Gebiet verlassen. Alle Zufahrtswege werden gesperrt. Fordern Sie wenn nötig weitere Einheiten an.«

Als Folge ihrer Ansage stellten Ana Gomes, Rui Aviola und Luís Dias das Einsammeln der Banknoten ein und geleiteten ihre Helfer zu den Absperrungen. Auch die GNR-Fahrzeuge dort setzten sich in Bewegung und dirigierten die Schaulustigen weiter weg. Mehrere Beamte schwärmten auf die Feldwege in den Orangen- und Olivenbaumhainen aus. Aus der Luft betrachtet hätte das alles eine Art Kreis ergeben, der sich ausdehnte und aus dem sich die Menschen entfernten.

Graciana wies Carlos an, Duarte beim Anlegen der Spezialkleidung behilflich zu sein.

Nach seinem Lehrgang hatte Miguel Duarte nämlich der Chefin so lange mit der Notwendigkeit solcher Anzüge in den Ohren gelegen, bis die sich vom Innenministerium zwei bewilligen ließ. Seitdem fuhr Duarte einen von ihnen im Kofferraum spazieren – man konnte schließlich nie wissen.

Anschließend trat Graciana an den Rettungswagen heran, an dem sich die Sanitäter die Beine in den Bauch standen und Kette rauchten. Die Notärztin hatte sich nur wenige Meter weiter einen Schattenplatz unter der einzigen Pinie weit und breit gesucht.

»Graciana Rosado, *Polícia Judiciária*«, stellte sie sich vor.

Die Frau, die ebenfalls rauchte, war für eine Notärztin recht jung, Ende zwanzig vielleicht. Dunkle Haare, zugänglicher Blick. An ihrem Handgelenk entdeckte Graciana eine Smartwatch, die alle möglichen Dinge wie Schrittzahl oder die Herzfrequenz aufzeichnete und im Hintergrund aus allen diesen Messdaten ein Bewegungs- und Gesundheitsprofil erstellte. Sie reichte Graciana die Hand: »Ich bin Lana.«

Graciana gefiel ihre direkte Art.

»Lana, jemand von uns geht da jetzt rein, in die Filiale, wir müssen noch mit einer weiteren Bombe rechnen. Ihn wird in ein paar Minuten noch eine Kriminaltechnikerin begleiten. Der Kollege hat Blutgruppe A, Rhesusfaktor positiv. Die Kollegin hat Blutgruppe B, ebenfalls Rhesusfaktor positiv. Wenn Sie die vorrätig haben, ist es gut. Wenn nicht, fordern Sie sie bitte schnellstmöglich an.«

Die Ärztin nickte ihr beruhigend zu: »Haben wir beides vorrätig. Wir haben alle Blutgruppen bis vier Liter im Wagen. Am Klinikum Faro hält sich ein Rettungshelikopter bereit, die Besatzung ist an Bord und wartet ab. Die müssen nur den Rotor anwerfen, und dann sind die in vier Minuten hier.«

Duarte sah aus wie ein gepanzerter Astronaut. Der überdimensionale Helm reichte knapp bis zu den Schultern. Beine, Oberkörper, Arme – alles war durch Panzerplatten geschützt. Duarte wog nun ziemlich exakt 23 Kilo mehr und hatte einen Wasserkopf.

Carlos schloss die Scharniere des Anzugs an seinem Hals.

Duarte sah auf, ihre Blicke trafen sich. Die ersten Schweißtropfen fielen dem gebürtigen Spanier von der Stirn auf die Wimpern. In dem Anzug steckte er in seiner ganz persönlichen Sauna. »Obrigado«, sagte er, »es ist besser, du gehst jetzt auch in den Sicherheitsbereich.«

Carlos nickte, wollte sich schon abwenden, aber noch in der Bewegung stoppte er ab und beugte sich zu dem Spanier: »Hör zu, Miguel, ich …« Carlos unterbrach sich selbst. Das, was er eigentlich sagen wollte, kam ihm nicht über seine Lippen. Dass Duarte ein hochnäsiger spanischer Pfau war, eitel bis zum Mond, dass er stets nur sein eigenes Vorankommen im Visier hatte und ohnehin stets glaubte, er sei schlauer als alle anderen. Aber dass angesichts des Umstands, dass er in ein paar Minuten sein Leben riskieren würde für sie, das alles zu einem Haufen unbedeutender Nebensächlichkeiten verblasste. Also sagte Carlos nur: »Viel Glück, *Companheiro.*«

Miguel Duarte schluckte. Es waren nur drei Worte, aber in dem Blick seines Kollegen las er mehr. Hier, in diesem winzigen Einschnitt der Zeit, wehte ihn eine Ahnung an. Die Ahnung, dass es mehr gab als Beförderungen und hohe Besoldungsstufen, dass es einen Sinn gab, zumindest einen Zipfel davon, und sich dieser Sinn gerade hier, in dem Miteinander mit diesem ungehobelten, ruppigen Kollegen, ein Stelldichein gab, das sie beide gleichermaßen überraschte.

Gerade wollte er all das in Worte fassen, als ein altersschwacher R4 vorfuhr, dessen Rot von der Sonne in ein stumpfes Matt abgeschossen worden war. Der linke Kotflügel war Isadora Jordão in den Jahren weggerostet, inzwischen hatte sie ihn durch ein baugleiches Teil in Orange ersetzt.

Die Kriminaltechnikerin stieg aus. Die Haare so kurz geschoren wie die von Lost, die Füße in schwarzen Motorradstiefeln, darüber eine Armeehose und ein weit geschnittenes kariertes Hemd aus der Herrenabteilung. Sie betrachtete kurz das Autowrack und die Bankfiliale. Dann ging sie zu Carlos und Duarte und nickte ihnen begrüßend zu. »Weiß man schon, wer das war?«

»Nein«, antwortete Carlos.

»Vielleicht IS-Spinner«, gab Duarte über den Helm zur Antwort. Er klang ein wenig nach Darth Vader. »Wir müssen mit Sprengfallen rechnen«, fügte er hinzu.

Jordão, die den Blick immer noch auf die Filiale gerichtet hatte, nickte. »Gehen wir«, sagte sie und spazierte los.

»Ihr Anzug«, sagte Carlos.

»Ist in Faro. Dauert zu lange jetzt. Gehen wir.«

»Warum haben Sie ihn denn nicht mitgebracht?«, wollte Duarte wissen.

Die Kriminaltechnikerin stoppte ab, wandte sich um und blickte ihm ohne Umschweife direkt ins Gesicht. »Ich möchte am Stück weiterleben«, sagte sie und machte nur eine kurze Pause: »Oder gar nicht.« Ohne eine Antwort abzuwarten, marschierte sie weiter, aufs Wrack zu.

»Bis gleich«, sagte Carlos Esteves.

»Ja«, gab Miguel Duarte etwas unbeholfen zurück und folgte Isadora Jordão.

Carlos sah ihnen beiden nach. Und hätte nicht tauschen mögen. Zusammen mit Lost und Graciana machte er sich auf den Weg. Der Rettungswagen fuhr im Schritttempo an ihnen vorbei.

»Die Filialleiterin«, wandte Graciana sich an Carlos, »ist das immer noch Senhora Mafalda Bento? Weißt du das?«

»Ich war ewig nicht mehr hier. Aber ja, müsste sie sein.«

»Ich brauch sie hier.«

Carlos Esteves nickte und zückte sein Handy.

Júlio Moreno war ein schmaler, sehniger Kerl, der Graciana nur um eine halbe Kopflänge überragte. Er trug Jeans, ein ausgewaschenes hellblaues Hemd und eine Spiegelreflexkamera, die über seiner linken Schulter baumelte. Moreno war erst 39 Jahre alt, aber sein Haar war trotzdem schon von einem silbrigen Grau.

Graciana hatte ihn neben einen Orangenbaum gebeten, der ihnen Schatten bot. Lost stand neben ihr, um zu kontrollieren, ob der Mann sie belog.

»Sie sind Senhor Júlio Moreno.«

»Sim.«

»Sie haben den Notruf abgesetzt.«

»So ist es.«

»Kommen Sie, erzählen Sie mir was darüber.«

Moreno nickte. Er entnahm einem abgegriffenen Etui mit Selbstgedrehten eine Zigarette, zündete sie sich an, nicht provokant, sondern eher nebenbei, zog daran und nickte erneut: »Ich war gerade auf dem Weg nach Luz de Tavira, mit der Vespa da.« Moreno deutete auf eine hellblaue Vespa mit dunkelbraunem Sitz.

Er kommt nicht von hier, dachte Graciana. Kein Mensch in der Gegend sagte Luz de Tavira. Denn Luz de Tavira war außer Luz bei Lagos an der felsigen Westküste das einzige Luz weit und breit.

»Und dann, ich kam gerade um die Kurve, gab es diesen Knall. Das Heck des Wagens ist in die Bank geflogen. Überall waren Splitter. Ja, dann hab ich angehalten und den Notruf gewählt.«

Er kniff die Augen wegen der Sonne etwas zusammen und schaute wie Carlos und ein paar andere von der GNR hinüber zu dem Gebäude, das Miguel Duarte in seinem Anzug gerade vorsichtig betrat. Isadora Jordão war in das Autowrack gekrochen und nahm Proben, wie es aussah.

»Haben Sie jemanden gesehen?«, fragte Lost.

»Nein. Nicht gleich«, schränkte Moreno seine Aussage ein, »nach der Explosion war hier ungefähr eine Minute lang nichts los. Und dann kamen die Bauern vom Olivenfeld. Und die beiden Radfahrerinnen.«

»Nach der Explosion hatten Sie die Filiale also im Blick?«, vergewisserte Graciana sich.

Moreno nickte.

»Und es ist keiner reingegangen?«

»Nein.«

Sie runzelte die Stirn und blickte zu Lost, der in sich gekehrt wirkte und über diesen Umstand ebenso zu stolpern schien wie sie.

»Was machen Sie mit der Kamera, Senhor Moreno?«

»Fotos. Ich arbeite für den *Público*.«

Graciana merkte auf. Der *Público* gehörte zu den seriösen Tageszeitungen Portugals, in denen es nicht nur um Klatsch, Verbrechen und Fußball ging. Ihr Ex-Freund arbeitete für dasselbe Blatt, allerdings von Lissabon aus.

»Wo wohnen Sie?«

»Ich habe mir für ein Jahr ein Haus in Laranjeiro gemietet, bis ich was Dauerhaftes gefunden habe. Die Villa Azul.«

Laranjeiro war eine kleine Ansammlung von ein paar Häusern um ein paar Straßen, in die sich bis auf ein paar Wanderer niemand zufällig verirrte. Es lag keine zehn Autominuten von Fuseta entfernt.

»Ich erlasse jetzt eine Nachrichtensperre, Senhor Moreno«, informierte sie ihn sachlich. Sie hatten bei einigen Fällen in der Vergangenheit Probleme mit Pressevertretern gehabt, die bei der Jagd nach einer Schlagzeile Täterwissen preisgegeben hatten.

Der Journalist nickte gelassen, als beträfe ihn das nicht. »Das wird nicht viel nützen, fürchte ich«, sagte er und deutete mit dem Kopf zu den Absperrungen, hinter denen die Trauben an Schaulustigen angewachsen waren.

Natürlich, die Sache würde wie ein Lauffeuer die Runde machen, ein Bombenattentat hatte es hier schließlich seit Menschengedenken nicht gegeben. Spätestens heute Abend würde es auf den Straßen und in den Bars Fusetas und der ganzen Umgebung *das* Gesprächsthema sein.

»Ja, aber ich will nicht, dass Einzelheiten an die Öffentlichkeit dringen. Haben Sie Fotos gemacht?«

Er schüttelte den Kopf. Dann nickte er mit einem lässigen Lächeln, das sie ärgerte, und reichte ihr die Kamera: »Sie können es gerne überprüfen.«

»Werde ich«, antwortete sie und nahm die Kamera entgegen, die schwerer war, als sie erwartet hatte.

Dann gab es einen Knall, der sie alle zusammenzucken und instinktiv die Köpfe einziehen ließ. Zwei Jungs hinter der Absperrung kicherten. Einer von ihnen hatte mit einem Holzknüppel gegen eine Blechtonne geschlagen. Eine Frau um die dreißig, vermutlich die Mutter, packte die beiden und zerrte sie schimpfend davon.

Graciana öffnete mit einem geübten Griff das Fach für die Speicherkarten und nahm sie heraus, bevor sie die Kamera an den Reporter zurückgab.

Der nahm sie wieder entgegen und hängte sie sich über die Schulter.

»Wo arbeiten Sie?«

»In der Redaktion in Faro.«

»Gut. Ich lasse Ihnen die Speicherkarten zukommen. Und jetzt verlassen Sie bitte mit Ihrer Vespa den abgesperrten Bereich.«

Carlos trat von der Straße zu ihnen in den Schatten: »Senhora Mafalda ist da.«

Senhora Mafalda Bento flatterten sichtlich die Nerven. Sie war eine ungewöhnlich große und schmale Frau um die sechzig, mit lockigem grauem Haar und Brillengläsern so dick, dass sich ihre Augen dahinter zu Stecknadeln verdichteten. Sie trug ein luftiges Sommerkleid in Weiß und Hellblau und wartete im Schatten einer Pinie innerhalb des abgesperrten Bereichs. Mit freiem Blick auf »ihre« Filiale – oder das, was noch von ihr übrig war.

»Meu deus«, sagte sie bei dem Anblick und schlug das Kreuz vor ihrer Brust.

»Ja, es ist schlimm, wenn man zum ersten Mal sieht, was eine Bombe anrichten kann«, schnitt Luís auf. Er hatte seine Sonnenbrille aufgesetzt, die Daumen in die Vordertaschen seiner Hose versenkt und stand breitbeinig neben ihr.

»Olá, Senhora Mafalda«, begrüßte Graciana sie.

»Olá, Graciana. Ist da noch was zu retten?«

»Schwer zu sagen. Wenn wir fertig sind, muss das ein Statiker beurteilen. Sollte die Filiale nicht geschlossen werden?«

»Ja, seit zwanzig Jahren. Was ist denn passiert?«

»Jemand hat eine Autobombe gezündet. Wie es aussieht, ist die Rückwand der Schließfächer dabei weggerissen worden – und von denen sind wohl welche betroffen. Wir haben schon jede Menge Banknoten eingesammelt. Dollars.«

»Eine Autobombe?«, fragte die Frau fassungslos.

»Ja.«

»Das, ähm … Das ist doch … Das kann doch …«

Ihr fehlten sichtlich die Worte, weshalb Graciana ihr aushalf: »Ja, so was ist hier noch nie passiert.«

Der Blick von Senhora Mafalda ging wieder hinüber zur Bank. »Oh je.«

»Es tut mir leid.« Graciana erinnerte sich, dass sie die einzige Mitarbeiterin in der Filiale war. Leiterin der Außenstelle, der Kreditvergabe und Frau am Schalter in Personalunion. »Vielleicht bringen sie dich in einer anderen Filiale unter.«

Senhora Mafalda schüttelte den Kopf: »Ich will hier nicht weg. Ich bin nie viel rumgekommen, ich war nur mal in Lissabon – und hatte schreckliches Heimweh. Ich hab alles hier vermisst, vor allem das Licht, du weißt schon. Ich bin jetzt 63, ich geh hier nicht mehr weg.«

Für Graciana waren diese Worte wie das sanfte Streicheln der Sonne im Nacken. Unvermutet, warm. Geborgen. Sie verstand genau, was Senhora Mafalda empfand. Und deutete ein Nicken an.

»Gab es Videoüberwachung?«

Senhora Mafalda nickte, und Graciana war hellwach. Selbst Luís dachte für einen Augenblick nicht an seine Pension, die näher rückte wie ein garantierter Lottogewinn.

»Welcher Bereich ist da überwacht worden? Nur drinnen oder auch draußen?«

»Eine für außen, zwei für den Eingang und den Schalterbereich.«

Graciana schaute hinüber zu der Bank, deren rechter Bereich ziemlich unversehrt aussah.

»Wie viele Schließfächer hat die Filiale?«

»Vier.«

»Nur vier?«

»Die Bank ist 1914 gebaut worden. Es ist eine Genossenschaftsbank«, erinnerte Senhora Mafalda sie, »damals gab es nicht viele Reiche, die ihr Geld da untergebracht haben. Damals haben vier davon gereicht, und wir haben nie neue dazubauen lassen.«

»Gut. Ich hoffe, wir können das … Gebäude bald zur Begehung freigeben. Ich möchte, dass du die Besitzer aufforderst, ihre Fächer auf Vollständigkeit zu überprüfen. Dazu wendest du dich bitte an Senhor Dias, ihr kennt euch ja – der gewährt den Besitzern dann Zutritt, nachdem sie sich ausgewiesen haben.«

Luís' Gesichtszüge erschlafften: »Heute ist Sonntag.«

3.

Eine halbe Stunde später hatte Duarte per Funk Entwarnung gegeben.

Jetzt saß er klitschnass vor Schweiß auf einem Findling und trank mit großen Schlucken aus einer der Flaschen mit eiskaltem Wasser, die Graciana hatte besorgen lassen. Sein Schutzanzug lag vor seinen Füßen, als hätte man einem Astronauten die Luft rausgelassen. Obwohl ihm die Erschöpfung ins Gesicht geschrieben stand, bemühte er sich, aufrecht zu sitzen und auch sonst Haltung zu bewahren.

Duarte war in einem Haus aufgewachsen, in dem die Kinder bei Tisch nicht sprechen durften. Und da der kleine Miguel des Öfteren vergaß, mit eng anliegenden Oberarmen das Besteck zu führen, hatte er beim Essen fortan zwei riesige Bände einer Enzyklopädie zwischen Arme und Körper zu klemmen. Wenn ihm einer der Bände dabei zu Boden fiel, war das Essen für ihn beendet. Nach vier Wochen und drei Kilo weniger begriff er zwar nicht wirklich, was sein Vater, der Torero war, predigte, aber er hatte eine Ahnung von der Anstrengung, die es ihn kosten würde, die Erwartungen seines Vaters zu erfüllen: »Das Leben ist nichts an sich, nur eine hässliche, demütigende Last. Ein großer Charakter zeichnet sich angesichts dieser Bürde durch Haltung und Würde aus, durch Souveränität. Was ist ein mutiger Mann, Miguel?«

»Einer, der den Tod nicht fürchtet.«

»Ich sprach nicht von einem Dummkopf, sondern von einem mutigen Mann. Ein mutiger Mann fürchtet den Tod – und fordert ihn trotzdem heraus.«

Und so saß Duarte auf seinem Findling im Hinterland der Ostalgarve und trank mit einem eng anliegenden Arm aus der Flasche.

Wie befürchtet, war die äußere Überwachungskamera bei der Detonation zerfetzt worden. Das stellten sie bei der Begehung mit Senhora Mafalda fest. Die Kamera, die innen angebracht war und den Schalterbereich überwachte, war von der Druckwelle oder einem Trümmerstück aus der Wand gerissen worden und baumelte an der unter Putz verlegten Stromleitung – war ansonsten aber intakt.

Auf dem Boden des Foyers lag ein aufgerissener Aktenordner, etwas weiter blitzte eine goldene Kette unter Staub und Schutt auf. Aus einem aufgerissenen Schließfach lugte eine Dollarnote.

»Wo werden die Daten gesichert?«, fragte Graciana, denn Senhora Mafalda war in dem ganzen Schutt im Foyer stehen geblieben und betrachtete das Chaos mit geöffnetem Mund. Sie schaute dabei nicht nur auf das Foyer, sie schaute gerade auf das Ende dieser Filiale und ihres Arbeitslebens. Lange hatte sie sich – mithilfe treuer Kunden – gegen eine Schließung gewehrt. Nun würde man im Hauptsitz der Crédito Agrícola in Lissabon die Gelegenheit beim Schopf packen.

Wenn sie am Morgen ihre Bank betrat oder später das Eingangsfoyer durch das Glas vor dem Schalter betrachtete, füllte sich der Raum mit Geschichten aus Jahrzehnten. Mit komischen, schönen und herzzerreißenden Momenten. Die Filiale der Crédito Agrícola zwischen Orangen- und Olivenbaumhainen war Mafalda Bentos persönliche Bühne, ein Theaterboden nur für sie, der jetzt zerstört war. Ab jetzt würden die Menschen nicht mehr durch das leere Foyer Richtung ihres Schalters wandern, ab jetzt waren sie nur noch Erinnerungen in einem Raum, der ebenfalls nur noch in der Erinnerung existierte.

»Senhora Mafalda?«, fragte Carlos erstaunlich sanft.

Sie blinzelte kurz, dann fand ihr Blick zu ihm: »Hm?«

»Werden die Aufzeichnungen hier gesichert?«

»Ja. Hier und in der Zentrale in Lissabon. Wir haben eine Standleitung über das Netz. Aber ich weiß nicht, wo ich die abrufen kann, ich … Das war nie nötig.«

»Kannst du bitte in der Zentrale anrufen und einen Link für uns anfordern?«

Sie nickte.

»Wenn du hier noch persönliche Dinge hast, die du mitnehmen willst?«

Für ein paar Augenblicke betrachtete die Bankangestellte den Schalterraum. Ihren Arbeitsplatz, die Schubladen, die Aktenschränke. All das war zum Glück unversehrt. Die Bombe hatte nur einen Teil des Eingangsbereichs zerstört.

Aber dann deutete sie ein Kopfschütteln an, notierte die Nummer der Zentrale und verabschiedete sich, um sich auf den Rückweg nach Hause zu machen.

Carlos Esteves und Graciana Rosado sahen ihr betreten hinterher.

Schließlich atmete Graciana tief durch und straffte sich. Dann rief sie im Hauptsitz der Crédito Agrícola an, um die Aufzeichnungen anzufordern. Man versprach, sie umgehend zusammenzustellen und ihr via Mail zur Verfügung zu stellen.

Isadora Jordão führte Carlos Esteves, Graciana Rosado und Leander Lost zu dem Autowrack. »Dadrinnen«, sie deutete hinein, »war eine Vorrichtung aus Beton.«

Und tatsächlich, als sie hineinblickten, erkannten sie Reste einer Betonform, die wie eine zerfetzte Trompete mit der Öffnung auf sie gerichtet war.

»Das Ganze hat wie ein überdimensionaler Schrotschuss gewirkt«, sagte Isadora, »der Täter hat seinen Sprengsatz in einer Art Trichter hinterlegt. Eine Druckwelle sucht sich immer den einfachsten Weg, um zu entweichen. In diesem Fall über die Rückseite des Autos. Das bedeutet, zielgerichtet auf die linke Seite der Bank. Die Druckwelle hat das Heck zerfetzt und die Klappe gegen die Mauer katapultiert. Und außerdem alles aufgerissen, was nicht niet- und nagelfest war.«

»Die Schließfächer«, schloss Graciana.

»Genau«, antwortete Isadora.

Sie stieg mit ihnen über allerlei Stein- und Glassplitter zurück ins Foyer und deutete auf die vier aufgerissenen und verformten Schließfächer.

»Können Sie schon eine Aussage darüber treffen, was für ein Sprengstoff verwendet worden ist?«, fragte Lost.

»Nichts Definitives. Ich tippe auf Kunstdünger, ich überprüfe das nachher im Labor.«

Hinter ihnen knarzten Splitter unter den Schuhsohlen – Duarte hatte sich zu ihnen gesellt. »Ich glaube, dass das Islamisten waren.«

»Keine unserer Einheiten war in Syrien«, gab Graciana zu bedenken.

»Aber in Afghanistan«, sagte Isadora.

»Wie kommen Sie auf Islamisten?«, fragte Leander, der ihnen eben noch den Rücken zugewandt hatte, um sich in der Bank umzusehen.

»Weil es dem Vorgehen dieser Spinner entspricht. London, Madrid, Paris, Brüssel, Manchester«, zählte Duarte auf.

»Das hier ist keine Großstadt«, entgegnete Leander, »diese Örtlichkeit befindet sich außerhalb des geografischen Musters, das Sie eben umrissen haben. Und wie vorhin schon angemerkt, ist hier keine Person zu Schaden gekommen. Bei allen Ereignissen, die Sie aufgezählt haben, ging es den Attentätern darum, durch eine möglichst hohe Anzahl an zivilen Todesopfern einen Schock in der Bevölkerung auszulösen. Aber hier ist niemand verletzt worden.«

Die Worte von Senhor Léxico hinterließen Eindruck. Miguel

Duarte sah es an den Blicken seiner Kollegen, er spürte, wie er an Boden verlor.

Er nickte in scheinbarer Einsicht und trat an den *Alemão* heran. Er hatte keine Ahnung, was die anderen an ihm fanden. Na gut, er konnte recht schnell logische Schlüsse ziehen, ja. Aber konnte das nicht jeder Computer auch? Ansonsten stellte er bisweilen merkwürdige Fragen oder fiel durch nicht minder spezielle Antworten auf, die bei Licht betrachtet befürchten ließen, dass er sich einen lebenslangen Sonnenstich eingefangen hatte. Noch dazu diese Marotte mit dem schwarzen Anzug in der prallen Sonne (daher vielleicht besagter Stich).

Aber was Duarte mit der Muttermilch aufgesogen hatte, war ein Blick für Ästhetik und Stil. Und wenn es etwas gab, was an Stillosigkeit nicht zu überbieten war, dann waren es die Espadrilles zu dem Anzug. Der Anblick bereitete ihm beinahe körperliche Schmerzen, weshalb er diesen Fauxpas mit den Augen nur streifte.

»Was sehen Sie da?«, fragte er Lost und deutete auf die Bank.

»Eine Filiale der Crédito Agrícola.«

»Nein, Sie sehen einen Tempel …«, erwiderte Duarte und wandte sich auch an die anderen: »Das da ist keine Bank. In den Augen der Islamisten ist das der Kapitalismus: eine westliche Gottheit, eine unheilvolle natürlich, und das hier, das ist einer ihrer Tempel. Tempel des Kommerzes, der Leistungsgesellschaft, der Oberflächlichkeit. Der Dekadenz. Die greifen uns nicht direkt an, die nehmen uns unsere Götter. Und dazu muss es auch keine Toten geben.«

Die letzten Sätze waren einfach so aus Duarte herausgesprudelt. Als hätte plötzlich ein verborgenes Organ in seinem Kopf die Kontrolle über sein Sprachzentrum übernommen. Und jetzt, da sie in seinen Ohren nachhallten, erzeugten sie ein Gefühl von Stolz auf sich selbst.

Während ihres letzten Falles hatte Miguel Duarte bereits eine

Autobiografie geplant: *Im Namen der Opfer.* Leider hatte er mit seiner These ein wenig danebengelegen (das passierte den besten Kriminalisten), aber jetzt erschien ihm klar und deutlich der neue Titel vor seinem geistigen Auge: *Reconquista.*

Nachdem die Mauren die Iberische Halbinsel im Mittelalter im Zuge ihrer Expansion, der sogenannten *Conquista,* weitgehend erobert hatten – ihr Emirat reichte bis auf eine Linie zwischen Porto im Westen und Barcelona im Osten, zum Reich der Franken war es nicht mehr weit –, hatte das Abendland die Mauren im Zuge der *Reconquista* zurück nach Marokko gedrängt. Und auch, wenn die anderen den Blick auf das Offensichtliche – dass hier religiöse Fanatiker am Werk waren, um einen Gottesstaat zu errichten – verweigerten, wusste er selbst die Zeichen zu deuten.

Nicht jeder hat die Gabe, Zeichen zu deuten.

Was für ein großartiger erster Satz!

Dazu muss man überhaupt erst in der Lage sein, sie zu erkennen.

Was war heute bloß mit ihm los? Eine gute Idee jagte die nächste.

Reconquistador.

Dann klang es nicht so allgemein, dann war es auf eine Person zugeschnitten: auf ihn. Der Mann, der die modernen Konquistadoren, die Attentäter, jagte, stellte und aus dem Land warf wie seine Vorfahren.

Er sah sich schon bei einer Signierstunde in der ältesten Buchhandlung der Welt, der altehrwürdigen Livraria Bertrand in Lissabon, mit ihrer spielerisch geschwungenen Treppe und den mit rotem Stoff bedeckten Stufen. Die Reihe der Wartenden führte hinaus, quer über die Straße und noch weiter hoch bis zum Café de Brasileira, in dem einst Fernando Pessoa Stammgast war.

Und dann – nach einer hübschen jungen Frau, die sich mit ihm zum Essen verabredet hatte – stand plötzlich ein ergrauter Herr vor dem Tisch, an dem er saß. Den gestrengen Blick auf den Autor gerichtet, nickte er anerkennend und reichte ihm ein

Exemplar von *Reconquistador* zum Signieren: Don Pablo Esteban Duarte.

Miguel Duarte schluckte unwillkürlich, die Augen wurden ihm feucht bei dieser Vorstellung.

Denn sein Vater hatte sich gewünscht, der Erstgeborene möge in seine Fußstapfen treten und ein berühmter Matador werden. Dazu war Miguel in der Schule für Toreros angemeldet worden. Doch mangelnde Geschicklichkeit und schlechtes Timing standen ihm im Weg.

All das hatte sein Vater ihm nie ganz verziehen. Bei einem Nachbarsjungen hätte sich Verständnis geregt, aber für seinen eigenen Sohn galten noch einmal andere Maßstäbe. Als Miguel schließlich bei der Polizei anheuerte, statt etwas Honoriges zu werden – zum Beispiel Chefarzt – oder wenigstens etwas, was der öffentlichen Anerkennung eines Matadors gleichkam – Mittelstürmer bei Real Madrid etwa –, hatte der Vater alle Hoffnung fahren lassen.

Doch was wäre er stolz, wenn Miguel mit dem Beenden einer Anschlagsserie vielen Menschen das Leben rettete. Und die Terroristen zur Strecke brächte!

Endlich hätte er seine Anerkennung.

»Alles klar, Miguel?«

»Was?«

»Ob alles in Ordnung ist?«, fragte Graciana Rosado.

Plötzlich war Duarte zurück aus der Lissabonner Signierstunde in der verwüsteten Bank an der Ostalgarve und stand in seinem verschwitzten Hemd neben den Kollegen, die ihn besorgt musterten (bis auf den *Alemão*). Er spürte, dass er feuchte Augen hatte. Schnell fuhr er sich mit dem Handrücken über das Gesicht. »Ja, alles gut bei mir. Ist nur etwas Schweiß gewesen, der hat im Auge gebrannt.«

»War ja auch eine ganz schöne Belastung«, sagte Graciana mitfühlend.

Duarte wischte das mit einer Geste beiseite, er hatte sich jetzt wieder im Griff: »Folgendes: Können wir tatsächlich davon ausgehen, dass das hier heute eine einmalige Sache war? Oder ist das der Beginn einer Serie?«

»Kommt auf die Motivation an«, analysierte Isadora Jordão.

»Vielleicht ein Bankräuber. Vielleicht wollte er an etwas, was in den Schließfächern war.«

»Dann hat er durch die Explosion alle Aufmerksamkeit auf sich gelenkt«, meinte Duarte.

»Ja, aber vielleicht war er schnell genug.«

»Ich lege mich fest«, sagte Miguel Duarte und atmete tief durch, »das waren Terroristen. Denn wer sonst sollte eine Nagelbombe an einem Sonntag vor einer Bank zünden? Ich weiß nicht, was euch davon abhält, das zu sehen, was klar auf der Hand liegt: der Beginn einer Terrorserie. Denn was hat denn der Bombenleger erreicht bis jetzt? Was? Er hat niemanden damit umgebracht, wie Senhor Lost schon angemerkt hat. Er hat kein Geld gestohlen, obwohl manche der Schließfächer offen sind, oder?«

»Wir wissen noch nicht, ob was fehlt. Aber wir haben einen Augenzeugen der Explosion. Und der hätte auch gesehen, wenn jemand in den Schalterraum gegangen wäre«, merkte Graciana an.

»Es sei denn, er selbst war der Bombenleger. Sammelt ein, was er will – vielleicht geht es ja gar nicht um Geld, wir wissen doch nicht, was sich alles in diesen Schließfächern befindet. Vielleicht geht es um Plutonium, um …«

»Ehrlich, du guckst zu viele schlechte Filme, Esteves«, ließ Duarte ihn mit einem mitleidigen Lächeln wissen.

»Das sind die einzigen, die ich verstehe«, ließ Carlos ihn abtropfen, um an die anderen gewandt fortzufahren: »Was ist, wenn der Journalist, der Augenzeuge … Wie heißt er?«

»Júlio Moreno«, antworteten Graciana und Lost gleichzeitig.

»Genau. Was ist, wenn der das Ding gezündet hat? Holt sich das, was er will, aus einem der Schließfächer und setzt dann ganz trocken den Notruf ab?«

Duarte sah die Menschenschlange vor der Buchhandlung vor seinem geistigen Auge auf mindestens die Hälfte schrumpfen.

Graciana blickte zu Lost: »Aber er hat nicht gelogen, oder? Senhor Lost?«

Alle Blicke richteten sich auf Leander.

»Nein«, bestätigte der.

Graciana wunderte sich über die Erleichterung, die sie über diesen Umstand empfand.

»Allerdings haben Sie ihm – wenn man Senhor Esteves' These heranzieht – keine Frage gestellt, bei der er diesbezüglich hätte lügen müssen. Senhor Moreno hat die Explosion bemerkt. Und er hat die Behörden über den Notruf in Kenntnis gesetzt. Beides hätte er auch als Täter tun können, um die Wahrscheinlichkeit, selbst verdächtig zu werden, zu minimieren.«

Losts Einwurf wirkte nicht nur ernüchternd, sondern erschloss auch eine neue Ermittlungslinie: Was, wenn Júlio Moreno hier einen Plan verfolgte? Luz de Tavira? Nein, er kannte sich hier nicht aus. Arbeitete er wirklich als Journalist? Oder war er schon längst über alle Berge?

Graciana schluckte. Schließlich hatte sie ihn gehen lassen. Aber wenn sie jetzt eine Streife zu seinem Wohnsitz beorderte, war er gewarnt.

»Schick niemanden hin«, sagte Carlos zu ihr. »Wenn er es war, soll er sich sicher fühlen.«

Kurz musste sie lächeln. Wenn ihr Kollege auf der Fahrt in den Abend neben ihr eine rauchte und der warme Wind in seinen Locken spielte oder wenn er von seiner Dachterrasse aus dem Horizont beim Dämmern zusah, stoisch und regungslos (bis auf das Nippen am Vinho verde), dann überdeckte das manchmal die Tatsache, dass er ein kluger Kriminalist war.

»Du hast recht«, sagte sie.

»Wir haben natürlich noch die Bänder der Überwachungskameras«, fügte er hinzu.

»Die sehen wir uns jetzt an«, entschied Graciana.

In diesem Augenblick führte Luís Dias zusammen mit Senhora Mafalda genau vier Personen an der Absperrung vorbei auf die Bank zu.

»Das sind die Mieter der Schließfächer«, fügte Graciana hinzu, »wir machen denen Platz und gehen ins Farol.«

Auf dem Weg zu dem Mustang passierten sie das Quartett auf seinem Weg zu den Schließfächern. Es waren drei Männer und eine Frau.

4.

»Merda«, sagte Carlos Esteves voller Inbrunst bei 14:01:56. Das war die Zeit, die unten eingeblendet war: 14 Uhr, eine Minute und 56 Sekunden.

Es war der Moment, in dem die erste Kamera, die den Parkplatz vor der Bank aufgezeichnet hatte, einen Schatten am Boden wiedergab, der mit einem Arm ausholte – und zuschlug. Der Blickwinkel der Kamera knickte urplötzlich senkrecht nach unten – zur Erde. Der Schatten der Gestalt, die zugeschlagen hatte, entfernte sich aus dem Aufnahmebereich.

Bevor der Schlag die Kamera getroffen hatte, war der Parkplatz leer gewesen. »Da stand kein Auto«, hielt Duarte entsprechend fest.

Sie saßen drinnen an einem Tisch im Farol, weil Carlos Esteves Hunger hatte und sie alle schier verdurstet waren. Das Farol lag an jenem Kanal, über den die Fischerboote, Fähren und Wassertaxis hinaus in die Lagune vor Fusetas Ufer fuhren. Während die Fähren die Einheimischen und Touristen auf der vorgelagerten Ilha da Armona absetzten, manövrierten die Fischer ihre Boote zwischen den beiden Inseln, die Fuseta vor dem Atlantik abschirmten, hindurch hinaus aufs offene Meer.

Sechzig Kilometer weit – von der spanischen Grenze bis nach Faro in der Mitte der Algarve – zogen sich diese vorgelagerten Inseln und boten als Ria Formosa nicht nur Zehntausenden Vögeln ein Rückzugsgebiet, sondern bewahrten die Ostalgarve auch vor jener Inbesitznahme durch Touristen, durch die die Küsten im Westen bei Albufeira und weiter hinaus mit Betonburgen, Golfplätzen und geschlossenen Luxusressorts zugepflastert worden waren.

Fuseta war ein wenig aus der Zeit gefallen. Damals, als hier noch die gigantischen Thunfischströme verlaufen waren, auf Wanderschaft zu ihren Laichplätzen im Mittelmeer, hatte man nur kilometerlange Stellnetze im Meeresboden verankern müssen. Und hoffen, dass das kleine Fischerboot den reichen Fang ohne zu sinken zurück an Land tragen konnte.

Dorf der Millionäre, so war der Ort noch in den Sechzigern genannt worden.

Doch schon in den Dreißigerjahren hatte sich die Strömung geändert. Und damit auch die Route der Thunfische. Der Kanal versandete. Die schweren Trawler, die immer weiter raus aufs Meer fahren mussten, bis vor die Küste Marokkos, konnten in Fuseta nicht mehr anlanden, weil sie sonst auf Grund gelaufen wären. Und deshalb schipperten sie weiter, nur ein paar Kilometer, und entluden ihre wertvolle Fracht in Olhão.

Mit dem Beitritt Portugals zur EU gingen die Fangrechte vor der nordafrikanischen Küste größtenteils verloren. Die Eigner der Fangboote wurden mit sehr lukrativen Abwrackprämien bedacht. Die meisten Millionäre gingen von hier fort, sie bezogen Häuser in Lissabon, Porto und auf Madeira.

Die Fischer, die keine Million gemacht hatten, blieben. Die Männer mit den Rautenmustern im Nacken, die ihnen die Sonne und die salzige Meeresluft in die Haut gebrannt hatten. Sie fanden sich mit dem Schicksal ab und versuchten, das Beste daraus zu machen. Würde man die portugiesische Seele beschreiben wollen, dann wäre das die treffendste Umschreibung.

Wie die *Saudade,* jener entrückte, aber tief empfundene Weltschmerz einer ganzen Nation, die in ihrer größten, strahlendsten Zeit zusammen mit Spanien die Welt beherrscht hatte – und nun auf Brotkrumen der EU angewiesen war.

»Dem Menschen, sagt Camus, bleibt letztlich nichts als das Trotzdem«, hatte Leander Zara erklärt, »trotz der Sterblichkeit das Leben wählen, trotz der Absurdität des Seins *sein*. Trotz der Übersichtlichkeit der eigenen Mittel alles in die Waagschale werfen. Daraus ist der Mensch, und daran bemisst er sich. Im Trotzdem. Im Trotzdem nimmt er seine wahre Gestalt an.«

Und wenn es Weltmeister im Trotzdem gab, dann waren das die Portugiesen.

Und so saß Leander mit seinen portugiesischen Kollegen in dem achteckigen Holzbau des Farol, das ein blaues Dach trug. Mit Tischen aus Metall und roten Plastikstühlen, auf denen »Sagres« stand, eine der bevorzugten Biermarken.

Jene Fischer, die geblieben waren, saßen hinter dem Farol. Dort nämlich standen kleine Fischerhäuschen aus dunklem Holz mit Satteldächern. Nicht mal zwei Meter breit, Wand an Wand. Eine Linie aus vielleicht dreißig oder vierzig Häuschen. Jedes davon über zwei Stufen erreichbar. Auf denen saßen die Fischer, ausnahmslos Männer, und flickten ihre Netze und Reusen und hörten Fußballübertragungen über Transistorradios. Sie rauchten Selbstgedrehte, und die Schiebermützen ragten tief ins Gesicht und spendeten Schatten. Ein paar von ihnen fanden sich jeden Tag zusammen und spielten auf dem flachen, sandigen Grund vor den Häuschen Boule.

Agnes, die hübsche Schwedin, die hier als Backpackerin vor wie vielen Jahren auch immer hängen geblieben war, hatte ihnen diesen Tisch beschafft und auf die umstehenden jeweils ein »Reserviert«-Schildchen gestellt, sodass sie hier in der Ecke mit Blick auf den Kanal unter sich waren.

Sie hatten sich im Halbkreis um den Dienstlaptop von Graciana versammelt und sahen sich die Aufzeichnungen der drei Kameras an. Diese waren in drei einzelnen Fenstern nebeneinander auf dem Bildschirm angeordnet. Die erste Kamera zeigte den Außenbereich. Die zweite war von innen auf die automatische Schiebetür am Eingang gerichtet, die dritte in etwa von dort auf den Schalter der Bank, hinter dem sich üblicherweise Senhora Mafalda aufhielt. Aber nicht heute, an einem Sonntag.

Die erste Kamera, die nach dem Schlag, den der Täter ihr verpasst hatte, senkrecht nach unten ausgerichtet war, zeigte um 14:04:22 nur den Schatten eines Autos, das vorfuhr, was an den Rädern gut zu identifizieren war. Man sah die Beine einer Gestalt, die ausstieg und sich dann entfernte, sonst nichts. Um 14:05:28 erreichte die Druckwelle der Explosion die Kameras eins und zwei praktisch zeitgleich. Die erste draußen fiel aus.

»Das ist der Augenblick, in dem sie zerstört wird«, kommentierte Isadora Jordão.

Die zweite Kamera zeichnete noch die Erschütterung auf, wurde dann aber aus ihrer Halterung in der Wand gerissen und baumelte, vom Netzkabel gehalten, herab und filmte nur noch einen Ausschnitt der Wand. Die dritte Kamera, die auf den Schalter gerichtet war, erzitterte nur kurz, denn dieser Bereich war unversehrt geblieben.

»Kamera eins draußen ist zerstört«, stellte Carlos Esteves fest, »Kamera zwei zeigt die Wand hinter dem Eingang. Aber nicht die Schließfächer. Und die befinden sich auch nicht im Aufnahmebereich von Kamera drei. Das heißt: Wenn sich jemand an den Schließfächern zu schaffen gemacht hat, können wir es nicht sehen.«

Graciana ließ die Bänder laufen, aber es tat sich nichts mehr. Kein Schatten oder dergleichen. Nur ein verwüsteter Foyerbereich. Bis schließlich Isadora Jordão und Miguel Duarte auf den Bändern erschienen, um das Gebäude nach Sprengfallen abzusuchen.

Graciana stoppte die Wiedergabe. Sie waren mittlerweile nur noch zu viert: Leander Lost, Miguel Duarte, Carlos und sie selbst. Isadora Jordão hatte sich mit ihren Proben auf den Weg ins Labor in Faro gemacht.

Graciana Rosado klappte den Laptop zu und blickte von einem zum anderen: »Das Gebiet bleibt gesperrt. Ich habe veranlasst, dass das Autowrack auf dem Hof der GNR in Moncarapacho abgestellt wird. Wenn ich nicht irgendwas vergessen habe, ist jetzt Schluss für heute.«

»Bis morgen«, sagte Duarte, stand auf und verließ das Farol.

»Benötigen Sie mich hier noch?«, fragte Leander. Er wirkte, als wartete auf ihn noch ein Termin.

»Nein. Vielen Dank, dass Sie uns an Ihrem freien Tag begleitet haben. Wenn Sie mögen, können wir drei noch was trinken.«

»Nein, danke. Ich möchte lieber zurück in die Villa Elias und mit Ihrer Schwester Sex haben.«

Während Graciana nicht sicher war, ob sie Leander Lost korrekt verstanden hatte, genügte ein Blick zu dem amüsiert grinsenden Carlos Esteves, um zu wissen, dass dem so war.

»Mann, Sie gefallen mir«, meinte Carlos gut gelaunt.

»Ich bin schon vergeben.«

Esteves musste die Kiefer aufeinanderpressen, um nicht laut loszulachen.

Graciana, über deren Wangen ein zartes Rot gewandert war, beherrschte sich ebenfalls und versuchte, ein förmliches Gesicht zu machen: »Das verstehe ich. Dann haben Sie eine gute Zeit zusammen.«

»Danke.«

Lost nickte ihnen zu und ging hinaus.

Graciana durfte Carlos nicht anschauen, sonst hätte sie die Kontrolle verloren. Sie erkannte nur aus den Augenwinkeln, wie er sich in die Faust biss.

Agnes trat an ihren Tisch und beugte sich diskret vor: »Hab ich das gerade richtig gehört?«

Und dann brach es aus Graciana und Carlos heraus. Sie lachten Tränen.

5.

Weil sie auf dem Weg ins Farol einen Abstecher zur Villa Elias gemacht hatten, damit Lost sein Motorrad mitnehmen konnte, mussten sie ihn nicht zu Hause absetzen.

Leander wählte nicht den kürzesten Rückweg, sondern nahm die Avenida Marginal, die am Kanal entlang nach Norden führte. Vorbei am Casa Corvo und dem A Lota, Restaurants, die beide nur einen oder zwei Tische auf dem schmalen Bürgersteig platzieren konnten. So eng, dass die Einheimischen manchmal die Füße etwas einzogen, wenn ein Kleinlaster vorbeifuhr. Auf der gegenüberliegenden Seite aber war bis zu den Booten am Kanal alles frei, also hatten die Wirte dort ihre Tische und Stühle aufgestellt, dazu jeweils ein Grill, mindestens so groß wie ein Steinway-Flügel.

Den ganzen Tag über liefen die Kellnerinnen mit ihren gefüllten Tabletts zwischen den Lokalen und den Gästen auf der anderen Seite über die Straße hin und her. Die Autos stoppten und ließen sie gewähren. Niemand hupte, niemand legte Eile an den Tag.

Kurz vor der Kurve zur Bahnstation von Fuseta stoppte Leander auf der linken Seite, wo sich ein Supermercado in einem länglichen weißen Gebäude mit etwa anderthalb Geschossen befand, der während der Sommermonate auch sonntags geöffnet hatte.

Er war hier Stammkunde, denn er fühlte sich am wohlsten,

wenn er die Dinge kannte. Ihm bereitete es Unbehagen, wenn der Filialleiter das Sortiment umstellen ließ. Was hier nie der Fall war.

Inzwischen blickte niemand mehr der schlaksigen Gestalt im schwarzen Anzug verwundert hinterher. Er gehörte längst zum Stadtbild. Aktivität löste er trotzdem aus: »Atenção, o Alemão«, warnte die Frau an der Brottheke den Metzger nebenan im Flüsterton, als Lost sich am Eingang einen Plastikkorb schnappte. Der Mann an der Fleischtheke – sein Name war Jesus – kontrollierte mit schnellen Blicken die Ausrichtung seiner Auslagen. Nur die Platte mit den Hähnchenschenkeln war etwas verrutscht. Er rückte sie gerade. In eine Linie.

Vor einem knappen Jahr hatte Leander Lost sich zunächst an den nicht auf 90° ausgerichteten Behältnissen gestört. Nicht wirklich gestört. Nein, er hatte nur geschlagene zwei Minuten darauf gestarrt und nicht auf Jesus' Fragen reagiert.

Bis der schließlich dem Blick des schwarz gekleideten Mannes gefolgt war und die Unterlage gerade gerückt hatte. Danach hatte Leander den Blick zu ihm gehoben und seine Bestellung aufgegeben: »Dreihundert Gramm *Presunto cru*, por favor«, hatte Lost gesagt und auf den Schinken seiner Wahl gedeutet.

Jesus wog 324 Gramm ab und wollte die Scheiben eintüten.

»Das sind 24 Gramm zu viel«, wandte Leander ein.

Jesus zögerte kurz. Der Mann sah ausländisch aus, man erzählte sich auch etwas über einen Deutschen bei der *Polícia Judiciária*, der oben in der Villa Elias lebte. Und der etwas … neben sich stand. Aber António Rosado hielt wohl große Stücke auf ihn.

Also hob er eine Scheibe von der Waage. Deren Nadel pendelte sich auf 290 Gramm ein.

»So?«, fragte Jesus und deutete mit dem Kopf auf die Anzeige der Waage.

Leander Lost musterte den Metzger Jesus auf der Suche nach

dem Grund für das Missverständnis. »Es sind jetzt zehn Gramm zu wenig.«

»Ja, aber ich kann die Scheibe nicht zerschneiden, um auf die dreihundert Gramm zu kommen.«

»Warum nicht? Haben Sie kein Messer?«

»Doch, natürlich«, antwortete Jesus und spannte unwillkürlich die Brust, »aber ich kann anderen Kunden ja nicht eine halbe Scheibe Schinken anbieten.«

»Warum nicht?«

»Was?«

»Warum nicht?«, fragte Leander lauter.

»Weil ich … Weil Kunden eben ganze Scheiben kaufen.«

»Das ist keine valide Aussage. Ich kaufe hier ein, also bin ich Kunde. Ich würde eine halbe Scheibe Schinken kaufen. Daraus folgt: Es gibt Kunden, die eine halbe Scheibe Schinken kaufen würden. Zumindest einen.«

Jesus seufzte. »Dann sind Sie eine Ausnahme, Senhor. Ich, ähm, warum haben Sie ein Problem mit zehn Gramm weniger?«

»Ich habe kein Problem. Ich möchte bloß dreihundert Gramm.«

Jesus war verunsichert. Jahr für Jahr kamen mehr Touristen. Sie mussten die Kommunikation umstellen von dem Hand-und-Fuß-System auf gebrochenes Englisch. Die meisten von ihnen konnte er einer Nation zuordnen. Die Franzosen waren sehr freundlich und zogen nur lange Gesichter beim Anblick des Weinregals. Die Briten waren sehr nachlässig gekleidet und kauften dies und das, aber immer Zigaretten und Bier. Die Spanier marschierten hoch erhobenen Hauptes durch den Supermarkt und machten dabei ein Gesicht, als wüssten sie nicht wirklich, welche unbarmherzige Fügung des Schicksals sie an diesen Ort verfrachtet hatte. Die Deutschen kauften gerne günstig und nahmen Dinge sehr genau. Und obwohl der Mann vor ihm sehr gut Portugiesisch sprach, hörte Jesus den harten deutschen Akzent – auch das Beharren auf den dreihundert Gramm passte ins Bild.

»Darf ich fragen, warum es genau dreihundert Gramm sein müssen?«

Inzwischen hatte sich eine kleine Traube gebildet. Nicht aus Neugier, sondern aus Kunden, die auch noch irgendwann bedient werden wollten. Doch die portugiesische Geduld, die sich aus Leidensfähigkeit speiste, ging gegen unendlich.

»Ja.«

Jesus stutzte, aber dann erfasste er, dass Leander Lost die Frage wörtlich genommen hatte: Ja, er durfte. Also tat er es auch: »Warum müssen es genau dreihundert Gramm sein?«

»Weil es so im Rezept steht.«

Die Traube schmunzelte.

Jesus war für einen Moment unsicher, ob der *Alemão* mit dem Pokerface ihn auf den Arm nehmen wollte. Ob das vielleicht ein Scherz sein sollte. Aber in dem maskenhaften Gesicht des Mannes war kein Anzeichen dafür zu erkennen.

»Was soll es denn zum Essen geben, junger Mann?«, fragte ein älterer Herr, die Nummer vier in der Reihe hinter Lost.

»Honigmelone mit Schinken.«

Das Schmunzeln wurde breiter.

»Sie können das auch mit vierhundert Gramm machen«, meldete sich Nummer zwei, eine junge Mutter.

»Oder mit 250 Gramm, ganz egal«, ergänzte Nummer sechs.

»Aber das letzte Mal habe ich mich ans Rezept gehalten, und es hat meinem Besuch gut geschmeckt. Ich möchte, dass es wieder gut schmeckt.«

»Warum sollten zehn Gramm daran etwas ändern?«

»Weil ich dann die Melonenmenge anpassen müsste, um das exakte Verhältnis herzustellen.«

»Wie viele Melonen verwenden Sie, Senhor?«

»Eine.«

»Eine ergibt sechs Stücke«, rechnete Jesus vor, weil sein Gegenüber ein Deutscher war und Deutsche sich am besten von Zahlen überzeugen ließen: »Dreihundert Gramm durch sechs ergibt fünfzig Gramm pro Stück. Wenn ich Ihnen 290 Gramm verkaufe, haben Sie 1,6 Gramm weniger Schinken pro Stück Melone. Ich darf Ihnen versichern, dass kein Mensch den Unterschied schmeckt.«

Die Traube der Wartenden sah Leander Lost gespannt an, Jesus sowieso. Er stand erstarrt und ohne zu blinzeln vor einer Metzgertheke in einem Supermarkt mit zu wenigen Parkplätzen an einem verwunschenen Ort an der Algarve und hatte keine Erklärung für sein Verhalten. Denn das Fazit des Mannes an der Theke leuchtete ihm ein.

»Sehen Sie es mal so: Die dreihundert Gramm sind eine Empfehlung. Alle Mengenangaben in Rezepten sind grobe Richtwerte.«

Was als freundlicher Befreiungsschlag für Leander gemeint war, verschärfte die Situation für ihn: Aha. All diese Mengenangaben in den Rezepten waren also nur Näherungswerte. Sie waren in einem gewissen Spektrum also *beliebig*. Das beunruhigte ihn.

Jesus, der nicht viel in dem Gesicht seines Gegenübers zu lesen vermochte, erkannte immerhin, dass diese Nachricht bei dem *Alemão* nicht zu der beabsichtigten Erleichterung führte.

»Wissen Sie was? Ich schenke Ihnen die letzte Scheibe. Dann können Sie zu Hause exakt so viel abschneiden, wie Sie benötigen.«

Die Traube nickte.

»Das ist eine gute Lösung«, antwortete Leander. »Und dann benötige ich noch 140 Gramm von der *Chouriço*.«

Die Traube seufzte.

Jetzt, fast acht Monate später, wusste man ihn hier zu nehmen. Schließlich hatte jeder gewisse Eigenarten, bei Senhor Lost waren sie eine Spur ausgeprägter. Umgekehrt wurde Leander der treueste Kunde von Jesus. Als der einmal eine Woche ausgefallen war, hatte Lost nichts von der Fleischtheke gekauft.

Heute benötigte er nur noch die Zutaten für ein *Refogado*, die Soßenbasis für zahlreiche portugiesische Gerichte.

Olivenöl und Knoblauch für diese Art Zwiebelschwitze hatte er im Haus, aber die Zwiebeln und Gewürze musste er noch besorgen. Die Gemüsetheke bestand aus großen rechteckigen Plastikkörben, die so angeliefert und schräg ins Regal gestellt worden waren.

»Ah, boa tarde, Senhor Lost«, begrüßte ihn die Angestellte, die eine Art grüne Schürze mit dem Logo der Supermarktkette trug. Ihr Name war Maria, sie trug eine Hornbrille und strahlte ihn an. Sie war gerade damit beschäftigt, frische Oliven in die Bottiche nachzukippen, aus denen man sich mit Schöpfkellen bedienen konnte.

Sie war die Tochter des Konditors, was zu einem der Merkmale ihres Gesichts führte, an denen Lost sie zweifelsfrei identifizieren konnte: Das Gesicht der 45-Jährigen war absolut faltenfrei. Ihr rechter Nasenflügel gestaltete sich schmaler als der linke, und sie hatte einen kleinen Leberfleck am Hals, ziemlich genau drei Zentimeter unter dem angewachsenen Ohrläppchen, das sich in der Mitte spreizte und an einen Schmetterling erinnerte: Senhora Maria.

Er kannte ihren Nachnamen nicht, denn Frauen wurden generell mit Senhora, gefolgt von ihrem Vornamen, angesprochen.

Anfangs hatte sie ihm keine große Beachtung geschenkt, aber seit ihrer betagten Großmutter eines der Räder ihres Rollators abgebrochen war, hatte sich das geändert. Leander hatte die 88-jährige Senhora Albertina sanft hinter sich auf die Scrambler gehoben, sie mehrmals ermahnt, sich gut an ihm festzuhalten, und war mit ihr nach Hause gerauscht. Er hatte sie in ihr Häuschen gestützt und war bei ihr geblieben, bis ihre Enkelin Maria ihn ablöste. Albertina hatte noch tagelang von der aufregenden

Motorradfahrt geschwärmt und davon, was für ein Kinderspiel das Lösen von Kreuzworträtseln mit dem *Alemão* war.

»Boa tarde, Senhora Maria«, antwortete er Maria im Supermarkt. Auch die Rituale der Begrüßung wurden vom verbalen Echo durchzogen. Eine Paradedisziplin für Papageien, wie Leander in diesem Augenblick feststellte.

»Was brauchen Sie?«

»Zwiebeln, Koriander und Petersilie.«

Sie reichte ihm einen Beutel Zwiebeln und verschwand kurz hinter einer Seitentür im Lager, um nach wenigen Sekunden mit zwei großen Bünden Koriander und Petersilie wieder aufzutauchen.

»Die sind ganz frisch«, sagte sie lächelnd und drückte sie ihm in die Hand.

Leander brauchte nur zweieinhalb Schritte in der Villa Elias, dann war Soraia da und umarmte ihn.

»Ich hab schon ein paar *Almôndegas* gemacht«, sagte sie, das war seine Lieblingsspeise, »ich dachte, du hast vielleicht Hunger?«

»Nein. Du?«

»Auch nicht.«

Sie schafften es (nicht mehr komplett angezogen) ins Schlafzimmer und liebten sich, als wären sie Jahre getrennt gewesen, eine Intensität, die sie selbst noch nicht zusammen erlebt hatten. Danach setzten sie sich auf die Dachterrasse, die so ins Gebäude eingelassen war, dass sie von einer hüfthohen Mauer umgeben waren. Sie saßen dort Arm in Arm und blickten in den aufziehenden Sternenhimmel. Schweigend, wie Leander es mochte – wenn es nicht gerade um seine Lieblingsthemen ging.

Nur sie beide, das nimmermüde Konzert der Zikaden, zwei Gläser kühler *Alvarinho* und die fernen Sterne über ihnen. Mehr brauchte es nicht. Sie spürten die Wärme der Fliesen an ihren nackten Fußsohlen, und dort, wo sich zum Meer hin die Lichter der Straßenlaternen und Häuser dichter tummelten, lag Fuseta.

TAG ZWEI

6.

Am nächsten Morgen holte sie Soraias Wecker in den Alltag zurück. Sein Klingeln drang zu ihnen durch, während sie eng beieinander im Bett lagen, und als ihre ersten Blicke sich trafen, mussten sie lächeln.

Aber in nicht mal anderthalb Stunden würde man Soraia in dem Kindergarten erwarten, in dem sie arbeitete.

Also erfrischten sie sich unter der Außendusche und zogen ein paar Bahnen durch den Pool, bevor sie zusammen auf der Terrasse frühstückten. Sie aßen für vier. Dann begleitete Leander Soraia zu ihrem Wagen. Aus dem kurzen Abschiedskuss wurde ein längerer – es hätte nicht viel gefehlt, und sie wären wieder zurück ins Haus gegangen.

Nachdem der altersschwache Peugeot vom Hof verschwunden war und auf dem Feldweg eine weithin sichtbare Staubfahne hinter sich herzog, kehrte Leander in die Villa Elias zurück und zog sich für seinen Arbeitstag als Sub-Inspektor der *Polícia Judiciária* an. Da er wegen Soraia 45 Minuten zu früh aufgestanden war, entstand in seinem Tagesablauf eine Lücke.

Und die verursachte eine gewisse, nicht näher einzugrenzende Unruhe in ihm. Um die zu bekämpfen, legte er Wäsche zusammen. Danach fegte und wischte er die Villa Elias durch.

Die Unruhe blieb.

Er rettete noch einen Schwung Insekten aus dem Pool – aber

auch danach verspürte er den unabweisbaren Drang, hin und her zu tigern.

Er streifte durch die Räume, wischte dreimal die Küchenanrichte ab und zählte schließlich Ecken, was ihn normalerweise beruhigte.

Dieses Mal nicht.

Leander wusste nicht, was mit ihm los war. 2409 Ecken und 120 Ruhepuls.

Er atmete auf, als es endlich an der Zeit war, ins Kommissariat nach Faro zu fahren.

»Die Medien rennen mir die Tür ein«, eröffnete Cristina Sobral die Teambesprechung am Montagmorgen im Kommissariat in Faro. Das Gebäude befand sich in einer Pflastersteingasse und schloss sich unscheinbar und nahtlos an das Nachbargebäude an, außen weiß getüncht und mit dunkelgrünen Fensterläden. Eine Katze lag auf dem Fenstersims und döste nach der anstrengenden Nacht in der Sonne.

Im größten Büro, dem der Chefin, zogen die Rotoren zweier Deckenventilatoren verlässlich ihre Kreise. Seit ein paar Wochen gab es hier nun auch eine Art Konferenztisch aus massivem Holz, dazu acht freischwingende Stühle mit beigefarbenem Lederbezug.

An diesem Tisch hatten sich alle versammelt. Sie tranken *Bica* und Mineralwasser. Der frische Geruch der neuen Lederstühle dominierte den Raum, der wegen des Parketts sonst einen einnehmenden Holzduft verströmte.

An einer Pinnwand steckten ein paar Fotos, neben einem Quartett, das das Autowrack aus allen vier Richtungen zeigte, auch eine Luftaufnahme aus dem Internet mit der bestmöglichen Auflösung, die den Tatort und seine Umgebung zeigte. Mit einer Bank, die zu diesem Zeitpunkt noch unbeschädigt war.

Links und rechts davon hingen wie immer die zwei Landkarten, die zum einen Portugal als Ganzes zeigten und zum anderen den Ausschnitt, für dessen rechten Teil sie hauptsächlich zuständig waren: die Sandalgarve und ihr Hinterland.

Sobral wirkte angespannt. »Die Anfragen der Nachrichtenmagazine kommen aus allen Landesteilen, das Innenministerium hakt stündlich nach – und benachbarte europäische Dienste fragen, ob es erste Erkenntnisse über den oder die Täter gibt.« Sie atmete aus wie nach einem Dauerlauf: »Es gab in unserem Land noch nie eine Autobombe. Das Interesse ist also groß. Das und der Wunsch nach einer zügigen Aufklärung.«

Wunsch nach zügiger Aufklärung war eine höfliche Formel für Druck. Druck auf sie alle, auf die Ermittlungen. Nicht in dem Sinne, die Akribie oder die Bemühungen zu erhöhen oder Überstunden zu schieben, sondern *wann* man meinte, ein Ergebnis präsentieren zu können.

»Ich habe eine Nachrichtensperre erlassen, damit Täterwissen nicht an die Öffentlichkeit gelangt. Senhora Graciana, was haben wir?«

Graciana Rosado wandte sich an die Runde: »Der Wagen, in dem die Bombe gezündet worden ist, ist am gleichen Tag in Pinheiro gestohlen worden. Das Auto stammt ursprünglich aus Frankreich. Die Familie, die hier gerade Urlaub macht, hat das Fahrzeug als gestohlen gemeldet.«

»Wann?«, fragte Leander.

Graciana sah nach: »Gestern gegen halb zwölf am Vormittag«, antwortete sie. »Die Bombe ist um kurz nach zwei detoniert, rund zweieinhalb Stunden später. In dieser Zeit hat er den Betontrichter im Heck angebracht, den Sprengsatz eingeladen, den Wagen vor die Bank gefahren und die Bombe gezündet.«

Stille.

»Das spricht dafür«, fuhr Graciana fort, »dass wir es mit einem Täter zu tun haben, der sehr gut organisiert ist.«

»Hat sich schon irgendjemand zu dem Anschlag bekannt?«

»Nein. Bisher nicht. Isadora kann uns was zu der Bombe selbst sagen.«

Die Kriminaltechnikerin, die etwas abseits saß, nickte. »Der Sprengsatz bestand nahezu komplett aus Ammoniumnitrat. Die chemische Analyse beweist, dass der Täter handelsüblichen Kunstdünger als Basis verwendet hat. Außerdem war er sehr fein mit Dieselöl vermischt. Daraus bestand das Explosivmaterial.«

Sobral runzelte die Stirn: »Kunstdünger?«

»Ja«, bestätigte Isadora Jordão.

»Er ist einfach zu beschaffen«, fügte Miguel Duarte hinzu, »ebenso wie Diesel. Breivik hat in Oslo knapp eine Tonne davon in die Luft gejagt. Islamistische Terroristen setzen genau diesen Sprengstoff auch gerne ein.« Dann setzte er eine sachkundige Miene auf und wandte sich direkt an Isadora: »Ist was über den Booster bekannt?«

»Ja. Allerdings habe ich keine Reste vom Initialsprengstoff mehr gef…«

Als fiele ihm jetzt erst sein Fachbegriff auf, wandte Duarte sich schnell an die Chefin und die anderen: »Eine Bombe aus Ammoniumnitrat explodiert nicht so einfach. Man benötigt eine kleine Ladung, die detoniert, damit die dann den eigentlichen Sprengsatz explodieren lässt. Das nennt man in der Fachwelt Booster.«

»Ich bin wirklich froh, dass du den Lehrgang absolviert hast, Miguel«, sagte die Chefin.

Duarte wuchs zwei Zentimeter.

»Der Booster war aus Nitropenta. Der war nur in mikroskopischen Mengen nachweisbar. Der Initialsprengstoff war Bleiazid. Den habe ich zwar nicht mehr gefunden, aber das hier.« Isadora Jordão kramte aus der Beintasche ihrer Armeehose einen transparenten Beutel hervor, in dem sich ein Stück eines stark verformten Metallzylinders befand, und reichte ihn weiter, sodass er die Runde machte, während sie weitersprach: »Das ist eine Zündkapsel gewerblichen Ursprungs. Aber nicht im freien Handel erhältlich.«

»Vielleicht Militär?«, spekulierte Carlos.

»Nein. Bergbau. Sie stammt aus dem Bergwerk in Neves-Corvo.«

»Wo ist das?«, fragte Cristina Sobral.

»Rund neunzig Kilometer nördlich von hier«, wusste Graciana.

»Im Februar gab es da einen nicht aufgeklärten Einbruch im Lager. Es sind da 47 Zündkapseln gestohlen worden.«

Isadora Jordão legte eine Pause ein und blickte in die Runde.

»Wir müssen uns möglicherweise auf eine Serie gefasst machen?«, hakte die Chefin besorgt nach. »Wollen Sie das sagen?«

»Tja, ich weiß es nicht. Ich weiß nur: Eine dieser Kapseln aus dem Kupferbergwerk hat sich in der Autobombe befunden. Und das bedeutet, der Attentäter hat wahrscheinlich noch 46 weitere.«

Schweigen walzte über den Tisch.

»Bitte nicht«, sagte Sobral leise und atmete einmal tief durch. Ihr war anzusehen, dass so eine Serie in ihren Augen ein kolossaler Albtraum war, dem sie sich nicht gewachsen fühlte. »Und wir haben nicht den kleinsten Hinweis, wen wir suchen«, fügte sie hinzu, um das Ausmaß des Desasters abzustecken.

»Wann hat der Diebstahl der Zündkapseln stattgefunden?«, meldete Leander Lost sich zum ersten Mal seit der Begrüßung zu Wort.

Miguel Duarte blies die Wangen ein wenig auf und wandte dem Deutschen den Kopf zu: »Im Frühjahr, hat die Kollegin doch gesagt, Senhor Lost.«

»Ich meine das Datum«, antwortete Leander ruhig.

»Ist das wichtig?«, fragte Duarte genervt.

Graciana räusperte sich zwar leise, aber doch vernehmlich genug für Duarte, der sie daraufhin ansah. Und es brauchte nur ihren Blick, so unmissverständlich wie eine kalte Dusche, damit er die rote Linie begriff, die sie gerade zog.

Einer ironischen Bemerkung gegenüber war Leander Lost hilflos. Er konnte die Ironie nicht aus dem Gesagten filtern und wurde Opfer von Duartes Abschätzigkeit, ohne sich wehren zu können. Aber da er sie gar nicht bemerkte, litt er auf der anderen Seite auch nicht darunter.

Graciana hatte allerdings von ihren Eltern ein feines Gespür für Ungerechtigkeiten mit auf den Weg bekommen. Und die Überzeugung der Rosados, im Leben stets für diejenigen einzutreten, die dazu selbst nicht in der Lage waren: die Wehrlosen. »Der Zustand einer Gesellschaft lässt sich an ihrem Umgang mit den Schwächsten ablesen«, hatte ihr Vater Graciana einmal gesagt. Ein Satz, den sie verinnerlicht hatte, weil er eine zeitlose Wahrheit darstellte.

Duarte verstand die stumme Warnung, und bevor die Stille zu erdrückend wurde, antwortete Isadora: »Am 2. Februar.«

Sie schickte ein Lächeln hinterher. Sie selbst war in vielerlei Hinsicht speziell, Leander Lost auch. Sie konnte ihn gut leiden und war sich sicher, er bemerkte es nicht einmal, was ihr kleines Faible für ihn noch intensivierte.

»Denkst du, dem Täter war klar, dass die Schließfächer aufgerissen werden?«, riss Carlos Esteves sie aus ihren Gedanken.

Jordão nickte: »Von der Richtung der Druckwelle auf jeden Fall, ja. Das Gemisch aus Ammoniumnitrat und Dieselöl detoniert mit einer Geschwindigkeit von 3,5 Kilometern pro Sekunde. Alleine die Druckwelle ist im Umkreis von vierzig Metern tödlich. Es ist ein Wunder, dass der linke Teil des Gebäudes überhaupt noch steht.«

»Wie hat er die Bombe gezündet?«, fragte Leander.

»Über ein Funksignal. Das hat den Stromkreis über eine Trockenbatterie geschlossen und die Initialzündung ausgelöst.«

Graciana legte Sobral dar, warum sie nicht an einen Bankräuber glaubten. Die Explosion hätte sofort jede Menge Schaulustige auf den Plan gerufen. Und ein Bankräuber hätte es wohl eher auf die Bargeldbestände im Tresor abgesehen.

»Wenn wir also nicht wissen, wen wir suchen«, schloss Graciana Rosado, »müssen wir versuchen, ein Täterprofil von ihm anzulegen.«

»Wie soll das funktionieren?«, fragte Duarte mürrisch. »Wir wissen ja nicht mal, ob es ein Mann war, eine Frau oder eine Gruppe.«

»Ich habe bei meinem Wechsel von der GNR zur *Polícia Judiciária* zwei Semester Kriminalpsychologie belegt«, erklärte die kleine Sub-Inspektorin, was die anderen – bis auf Carlos – aufhorchen ließ. Sie hatte es nie erwähnt, so wie sie überhaupt nie Aufhebens um etwas machte. »Vereinfacht ausgedrückt sammelt man dabei so viele individuelle Eigenschaften des Täters, bis er sich so sehr von der Allgemeinheit abhebt, dass man ihn identifizieren kann.«

Duarte grinste breit. Ihr Satz lag vor ihm wie ein Fußball vor dem freien Tor. Man musste ihn nur noch ins Netz dreschen: »Er kann Auto fahren und eine Überwachungskamera aus der Verankerung schlagen.«

Aber der Ball ging nicht ins Netz, denn Graciana spielte ihn zurück. Aber nicht an die Adresse von Duarte, sondern an die anderen: »Wie viele Menschen in Portugal sind wohl in der Lage, das richtige Gemisch aus Kunstdünger und Dieselöl herzustellen?«

Sie blickte in die Runde. Carlos, der ahnte, worauf die Sache hinauslief, antwortete: »Vielleicht zehntausend?«

Graciana nickte: »Nehmen wir die Zahl mal. Und wie viele sind in der Lage, ein Auto aufzubrechen und kurzzuschließen?«

»Vielleicht noch mal zehntausend«, mutmaßte Cristina Sobral.

»Ja. Aber wie viele können beides? Vielleicht tausend. Und einen dieser tausend suchen wir jetzt. Wir benötigen weitere Rückschlüsse auf sein Können, seinen gesellschaftlichen Hintergrund, sein Motiv, einfach alles. Und damit können wir ihn nach und nach innerhalb dieser tausend Personen immer unterscheidbarer machen. Irgendwann haben wir genug Merkmale, um ihn zu identifizieren. Das ist … grob gesagt das Vorgehen.«

Die Skepsis gegenüber ihrem Vorschlag stand fast greifbar für sie im Raum. Sobral blickte auf die Maserung der Tischplatte, überlegte kurz und hob dann die Augen, um Graciana anzuschauen: »Das wird wahrscheinlich viel Zeit in Anspruch nehmen, nehme ich an?«

»Üblicherweise ist das ein längerer Vorgang, ja«, räumte sie ein. »Je nachdem, ob wir etwas sehr Spezifisches finden, was nur für einen sehr überschaubaren Personenkreis zutrifft. Dann kann es schnell gehen.«

»Aber was haben wir denn?«, fragte Sobral. Sie wirkte entmutigt.

»Ich nehme an, er hat ein funktionierendes Gewissen«, sagte Leander.

Ihn trafen fünf verblüffte Blicke.

Sobral fand zuerst ihre Sprache wieder: »Wie kommen Sie darauf?«

»Er hat einen Sonntag gewählt, an dem sich in der Bank und um sie herum kein Mensch aufgehalten hat«, sagte Lost. Dann fuhr er fort, als hakte er eine Liste ab: »Und er hat der Außenkamera um 14:01 Uhr und 56 Sekunden einen Schlag versetzt, sodass sie den Parkplatz nicht mehr aufzeichnen konnte. Er hat dann unbeobachtet den Wagen vorgefahren, von dem er sich um 14:04 Uhr und 22 Sekunden entfernt hat. Die Detonation ist um 14:05 und 28 Sekunden erfolgt. Zwischen dem Zeitpunkt seiner Ankunft und dem Augenblick der Detonation sind eine Minute und sechs Sekunden vergangen. Das bedeutet, selbst wenn er sofort losgelaufen ist, hat er irgendwann angehalten, den Fernauslöser entsichert, ihn auf das Auto gerichtet und die Explosion ausgelöst. Ich denke, wir können von maximal einer Minute ausgehen, die er auf das Weglaufen verwendet hat.«

Leander erhob sich und trat an die Pinnwand mit der Luftaufnahme, die den Tatort zeigte. Die Straße, die sich durch die hügelige Gegend zog, auf der einen Seite die Orangenbäume, auf der anderen die Olivenhaine.

»Das Foto gibt einen Maßstab von eins zu zweihundert wieder. Zufällig war ich in Faro, als Cátia Azevedo im Mai einen Rekord über achthundert Meter aufgestellt hat – in zwei Minuten und sechs Sekunden. Sie ist die Rekordhalterin Portugals. Sie läuft die vierhundert Meter in unter einer Minute. Selbst dann«, er schnappte sich einen gelben Textmarker, »wenn der Täter das auch schaffen sollte, hat er sich innerhalb dieses Radius befunden.« Leander Lost zog mit dem Stift einen hellgelben Kreis rund um die Bank. »Ein Gebiet von vierhundert Metern Durchmesser. Senhor Moreno war hier«, er fabrizierte mit zwei Strichen ein gelbes Kreuz, »er hat sich also maximal zweihundert Meter vom Täter entfernt befunden, weil seine Position mathematisch fast dem Mittelpunkt dieses Kreises entspricht – dem Radius. Wenn es also irgendwelche Spuren von ihm gibt, dann sind sie mit hoher Wahrscheinlichkeit in diesem Bereich zu finden.«

»Ich lasse die GNR das Gebiet haarklein absuchen«, kündigte Cristina Sobral an.

Graciana nickte: »Das, was Senhor Lost über den Fluchtweg des Täters sagt, kann man auch auf den Zusammenhang zwischen dem Diebstahl des Autos und dem Zeitpunkt der Detonation anwenden.«

Sie stand ebenfalls auf und nahm einen roten Stift. Links, vor der Landkarte der Algarve, blieb sie stehen. Wie zuvor Leander markierte sie zwei Positionen mit je einem roten Kreuz. Das erste befand sich in Pinheiro.

Pinheiro bestand aus ein paar geduckten Häusern, die alle zu beiden Seiten einer Straße standen, die den winzigen Ort durchkreuzte. Nichts weiter als ein großes »U«, das an einer Stelle von der Nationalstraße 125 abzweigte, einen Bogen schlug und wieder auf die Schnellstraße zurückführte. Dieses »U« führte an seinem unteren Rand direkt an der Lagune entlang. An der Ria Formosa. Kleine Boote dümpelten im sanften Wellengang vor sich hin. Möwen kreischten, Flamingos zogen vorbei. Sonst passierte hier nicht viel.

»Die Familie aus Frankreich, der der Renault Espace gehört hat, war auf einer Delfintour unterwegs und hatte ihren Van vor dem Ferienhaus geparkt. Ein Nachbar hat gesehen, wie das Auto weggefahren ist. Das war gestern gegen halb zwölf. Dabei hat sich der Nachbar aber nichts weiter gedacht. Erst, als das Boot die Familie wieder abgesetzt hatte und ihm klar geworden ist, dass jemand anderes mit dem Auto weggefahren sein musste. Das war aber erst um 15:30 Uhr. Da war die Bombe schon explodiert.« Graciana zeichnete ein zweites Kreuz ein – den Tatort. »Die Distanz beträgt rund fünf Kilometer. Die Fahrtzeit ungefähr zehn Minuten. Das ist die geringste Entfernung, die der Täter mit dem Auto zurücklegen musste. Aber irgendwo hat er den Kombi mit dem Betontrichter und dem Sprengsatz versehen. Wo? Wenn wir für die heikle und anstrengende Arbeit mindestens zwanzig Minuten veranschlagen, hatte der Täter ein Maximum von zwei Stunden, um sich von Pinheiro weg- und zur Filiale der Bank hinzubewegen.«

»Er wollte wahrscheinlich keinesfalls auffallen«, warf Carlos ein.

Graciana nickte und nahm den Einwurf dankend an: »Ja, er wird auf der Straße so wenig Zeit wie möglich zugebracht haben. Aber wer weiß, vielleicht hat er doch längere Anfahrtswege in Kauf genommen, um unsere Ermittlungen in die Irre zu führen. Wenn man maximal eine Stunde Fahrt von Pinheiro weg zugrunde legt, ergibt das nach Westen eine Strecke bis nach Ferragudo. Im Osten bis zur spanischen Grenze. Und im Norden«, Graciana zeichnete auf der Landkarte einen Halbkreis ein, »bis in die Berge hier.«

Sie wandte sich von den Karten ab und ihren Kollegen am Tisch zu. »Jetzt sind wir schon nur noch bei einem Ausschnitt der Algarve. Er war hier. Er hat Ortskenntnis. Weil er hier aufgewachsen ist oder sie sich als Erwachsener angeeignet hat. Wenn ihr mich fragt«, sie deutete auf das Kreuz, das die Position des Autos in Pinheiro zeigte, »ist er nicht das Risiko eingegangen, mit einem gestohlenen Wagen lange hin und her zu fahren. Weil er nicht einplanen konnte, wann der Diebstahl gemeldet und ab wann nach dem Fahrzeug gefahndet wird. Meine These ist: Sein Depot für den Betontrichter und die Bombe befindet sich in diesem Gebiet.«

Damit zeichnete sie einen Umkreis auf die Karte, der vom Tatort aus gesehen nirgends mehr als zwanzig Kilometer in alle Richtungen reichte.

»Irgendwo in dieser Gegend hat er den Betontrichter und die Bombe verwahrt. Und zwar nicht hinter einem Gebüsch oder so was, sondern an einem Ort, zu dem nur er Zugang hat. Ein Gebäude. Ich tippe auf eine Quinta. Und jetzt«, sie wandte sich an Duarte, »haben wir ihn zwar noch nicht. Aber wir sind schon viel näher an ihm dran.«

Carlos wandte sich an Senhor Léxico, neben dem er saß. Eine seiner Äußerungen ging ihm nicht aus dem Kopf: »Was ändert sich für unsere Ermittlungen, wenn es stimmt, was Sie sagen: dass der Täter ein funktionierendes Gewissen hat?«

Leander wirkte etwas irritiert. Die Antwort schien für ihn auf der Hand zu liegen: »Das menschliche Gewissen sagt dem Einzelnen, was richtig ist und was falsch. Dabei besteht natürlich ein Zusammenhang damit, in was für einer Gesellschaft, in was für einem Umfeld er aufgewachsen ist. Wie er sozialisiert wurde. In unserem Kulturkreis herrscht beispielsweise die Erkenntnis, dass das Töten von Menschen grundsätzlich falsch ist. Deswegen gibt es in Europa auch keine Todesstrafe.«

Er sammelte sich kurz und wandte sich an Miguel Duarte, der sich gerade den Scheitel nachzog: »Ein religiöser Fanatiker, der im vermeintlichen Auftrag seines Gottes Frauen, Männer und Kinder umbringt, weil sie nicht an seinen Gott glauben, hat im westlichen Sinne kein funktionierendes Gewissen. Denn es würde ihm sagen, dass das Ermorden Andersdenkender keiner guten Religion entsprungen sein kann. Der Täter von gestern hat aber eines. Denn er wählt nicht nur den Sonntag, um niemanden zu verletzen. Er baut mit dem Betontrichter auch eine Vorrichtung, die die Druckwelle und die Nägel nur in exakt jene Richtung führt, die er beabsichtigt hat. Ich bin mir relativ sicher, die Bombe hätte ohne Trichtervorrichtung eine ähnliche Wirkung gehabt.«

Die Blicke gingen zur Kriminaltechnikerin, die nickte: »Das stimmt. Die Druckwelle wäre identisch gewesen.«

»Obrigado«, sagte Lost und fuhr fort: »Er wollte keine Unbeteiligten, die zufällig in der Nähe waren, verletzen. Und das bedeutet, er hat viel Arbeit, Gedanken und Mühe darauf verwendet, diese Möglichkeit so weit zu minimieren wie möglich. Es ist ihm nicht egal, es ist ihm ein Bedürfnis. Und daher nehme ich an, er verfügt über ein funktionierendes Gewissen.«

Duarte seufzte und riss sich zusammen, weil er Gracianas aufmerksamen Blick auf sich spürte: »Schön. Funktionierendes Gewissen – und was gewinnen wir durch diese ... Erkenntnis konkret für die Ermittlungen? Wenn Sie das wohl ... ausführen könnten, bitte, Senhor Lost?«

»Das bedeutet, er wägt sein Verhalten ethisch und moralisch ab. Wenn wir Kontakt zu ihm herstellen sollten, dann kann man sich das zunutze machen.«

»Ah, ich verstehe«, antwortete Duarte, »das ist ja ein sehr vorausschauender Gedanke.« Graciana hatte zwar eine diffuse Ahnung, was Losts Erkenntnisse möglicherweise für den Fall bedeuteten, aber ihr fehlte wie Duarte der augenblickliche Nutzen. Also wechselte sie das Thema: »Von den Besitzern der Schließfächer hat keiner Anzeige erstattet. Und keiner von ihnen möchte die Versicherung der Bank, die in der Miete des Schließfaches enthalten ist, in Anspruch nehmen. Laut Senhora Mafalda vermisst niemand etwas.«

»Wir haben da über 40 000 Dollar eingesammelt«, wandte Carlos Esteves ein.

Sie alle wussten, was das bedeutete: Bei dem Geld, das überall herumgeflogen war, handelte es sich um Schwarzgeld. Die Person, aus deren Schließfach das Geld stammte, hätte bei einer Anzeige möglicherweise nachweisen müssen, woher es stammte. Und schrieb stattdessen lieber die 40 000 Dollar ab.

»Vielleicht wollte uns der Täter genau auf dieses Geld hinweisen.«

»Ein bisschen viel Aufwand«, merkte Graciana an, »aber wir haken nach. Carlos, du kennst Senhora Mafalda von früher, hm?«

Carlos verstand. Er würde der Leiterin der Bankfiliale einen Besuch abstatten müssen.

So schlecht, wie sie anfangs gedacht hatte, standen ihre Chancen gar nicht. Cristina Sobral ließ sich, konstatierte sie innerlich, manchmal viel zu schnell ins Bockshorn jagen. Sie stammte aus einer Metropole, aus Lissabon, ihr Vater war der Polizeipräsident von Porto – und sie war hierher versetzt worden: nach Faro, Hauptstadt der Provinz Algarve. Mit gerade einmal 50 000 Einwohnern. Und dazu dieses merkwürdig zusammengewürfelte Team. Graciana Rosado, die viel zu klug war, die eigentlich längst eine Stelle bei der Kripo in Lissabon hätte haben sollen, die sie aber ausgeschlagen hatte, um nicht weggehen zu müssen aus Fuseta. Ihr Kollege Carlos Esteves, dessen Lässigkeit sich bis in seine Kleidung ausgewachsen hatte, die daher nicht dem idealen Erscheinungsbild eines Sub-Inspektors der *Polícia Judiciária* entsprach. Und den sie im Verdacht hatte, bei kleineren Delikten seiner Landsleute hin und wieder beide Augen fest zuzudrücken. Dann der gebürtige Spanier Miguel Duarte, dessen Ehrgeiz und Eitelkeit eine Neigung zu vorschnellen Thesen hervorgebracht hatten, der aber nicht totzukriegen war, wenn er sich einmal festgebissen hatte. Kriminaltechnikerin Isadora

Jordão, die sich so ganz und gar anders kleidete und auf einem Hausboot lebte, eine Eigenbrötlerin, von der man nicht wusste, ob es in ihrem Privatleben so etwas wie Freunde gab. Und schließlich Leander Lost, diese einzigartige Mischung aus Begabung und Einschränkung. Aber zusammen brachten sie so etwas zustande wie gerade eben.

»Ich habe noch eine Kleinigkeit«, sagte Graciana Rosado und legte sieben Fotoabzüge auf den Tisch. Auf ihnen war die Bankfiliale zu sehen, vor der die Autobombe explodiert war. Von außen, von innen, die Schließfächer, der Schalterraum. Zwei Fotos zeigten die Umgebung.

Cristina Sobral und Isadora Jordão standen beide auf, um einen besseren Blick auf die Bilder zu haben.

»Diese Fotos hat Júlio Moreno aufgenommen, der Journalist. Er hatte sie auf seinen Speicherkarten gelöscht. Aber Isadora konnte sie trotzdem auslesen. Sie sind vor zwei Wochen aufgenommen worden.«

Die Blicke flogen schnell hin und her: Was bedeutete das?

Es bedeutete, dass Miguel Duarte sich höchstwahrscheinlich einen neuen Titel für seine Autobiografie ausdenken musste.

»Júlio Moreno ist derjenige, der den Notruf ausgelöst hat«, versicherte sich die Chefin.

Graciana nickte.

»Graciana, Sie kümmern sich um Senhor Moreno, por favor. Ich hätte gerne eine Erklärung für sein Interesse an dieser Filiale. Miguel, kannst du dich in Neves-Corvo um die Sprengkapseln kümmern?«

»Claro.«

»Und Sie, Senhor Esteves, übernehmen Mafalda Bento?«

Carlos nickte.

7.

»Kennen Sie das auch?«, fragte Carlos über seine linke Schulter. »Dass Sie vor Hunger gar nicht mehr richtig denken können?«

»Nein«, antwortete Leander.

Carlos brummte vor sich hin. Sie saßen in dem grünen Mustang und waren auf dem Weg nach Laranjeiro zu Senhor Moreno, aber Carlos hatte Hunger und Graciana, die ihn von Kindesbeinen an kannte, ein Einsehen.

»Das Caracóis, hm? Liegt doch praktisch an der Strecke.«

Der komplette Name des Lokals war *Primos dos Caracóis*, »Neffen der Schnecken«.

Es befand sich zwar an der N125, die die gesamte Algarve von Ost nach West verband, aber das Gebäude lag etwas versetzt nach hinten, sodass die Autos der Besucher davor parken konnten. Wie uralte Wächter erhoben sich drei beeindruckend hohe Palmen vor dem Lokal.

Drinnen war es abends, wie in den meisten Lokalen, die vor allem von Einheimischen besucht wurden, so neonhell, als würde jeden Augenblick die portugiesische Nationalmannschaft ins nächtliche Stadion einlaufen. Aber ab 19 Uhr musste man hinein, denn dann kamen sie, pünktlich wie ein Schweizer Uhrwerk: die Moskitos.

Sie nahmen unter dem Vordach auf grünen Plastikstühlen Platz, die von 7 Up gestellt worden waren. Auf den Tischen lagen die üblichen Papierdecken.

Während es Graciana und Leander bei einem Glas Wasser beließen, trank Esteves ein Super Bock und rauchte dazu eine.

»Haben Sie sich schon was überlegt?«, fragt Leander. »Wegen der 40 000 Dollar, die niemand vermisst?«

Carlos deutete ein Nicken an und bediente sich an den Oliven, die mit dem Couvert kamen. Seine Miene, die zunehmend mürrischer gewirkt hatte, hellte sich auf und wurde zu einem entspannten Lächeln, als die Bedienung ihm sein Essen brachte: *Pica-pau*. Gebratenes Schweinefilet mit sauer eingelegtem Gemüse. Dazu ein Satz Zahnstocher, denn *Pica-pau* bedeutete »Specht«. Herrlich bei der Mittagshitze. Zum Reinlegen.

Hier bekam Carlos es so, wie seine Mutter es gemacht hatte. Was immer man aus seiner Kindheit vergessen mochte, der Geschmack der Lieblingsgerichte gehörte ganz sicher nicht dazu.

Der Dreh beim *Pica-pau* bestand aus der richtigen Mischung aus Apfelessig und Worcestersoße – und mildem Senf. Die, die in dem roten Tonschälchen vor ihm stand, kam natürlich nicht an die von *Mamã* heran, aber sie war näher dran als alle anderen, die er woanders probiert hatte. Er pickte sich ein Stück Fleisch mit Paprika heraus und aß es, bevor er Lost antwortete: »Ich hab Isadora beauftragt, die Seriennummern der Geldscheine zu überprüfen.«

Bevor Leander nachhakte, versuchte er, aus der Mimik seines Kollegen klug zu werden. Empfand er Freude oder gar Stolz wegen dieser Idee? Oder waren seine Gesichtszüge eher sachlich, weil er seine Maßnahme für naheliegend hielt? Doch alles, was er der Mimik des Mannes entnahm, war tiefer, ungetrübter Genuss. Und beim nächsten Bissen entfuhr Esteves unbewusst ein leises Seufzen.

»Sie denken, die sind irgendwo gelistet?«

»Das hoffe ich«, erwiderte Carlos mit halb vollem Mund, »das ist mit Sicherheit Schwarzgeld. Fragt sich nur, woher«, er deutete auf die Tonschale: »Möchten Sie mal probieren?«

»Nein danke. Sie haben schon mehrmals denselben Zahnstocher von Ihrem Mund in die Schale geführt.«

Carlos Esteves sah Hilfe suchend zu Graciana, die amüsiert schmunzelte.

Die Kellnerin, eine junge Frau namens Jacinta, die Carlos immer wieder zulächelte und sich beim Wischen des Nachbartisches zu Positionen verrenkte, die seine Fantasie anregten, kam zu ihnen. »Kann ich noch etwas für euch tun?«, fragte sie alle – während ihr Blick alleine Carlos Esteves galt.

»Möglicherweise«, meldete Leander sich zu Wort.

Sie löste die Augen nur widerwillig von Esteves und richtete sie auf den Mann im schwarzen Anzug, der tatsächlich eine Krawatte trug und blutjung wirkte. Bis auf seine Augen. »Ja?«

Leander deutete auf den Namen des Restaurants: »Primos dos Caracóis – ›Die Neffen der Schnecken‹. Ich überlege seit siebzehn Minuten, was die Bezeichnung des Restaurants bedeuten soll, komme aber zu keiner Lösung. Natürlich können Schnecken neben Eltern und Geschwistern auch Neffen haben und Enkel. Gibt es einen bestimmten Grund, weshalb es Neffen sind?«

»Ich ... ich weiß es nicht.« Intuitiv hob Jacinta ihr rundes Tablett vor die Brust.

Auf dem Weg nach Laranjeiro erklärte Graciana ihm die Sache mit dem Namen des Restaurants: »Das hieß früher Rei dos Caracóis, also ›König der Schnecken‹, denn das ist die Spezialität des Hauses: Schnecken. Es gibt Leute, die kommen von weit her, um sie zu essen. Aber irgendwann ist der Besitzer in den Ruhestand gegangen und hat es seinen beiden Neffen übergeben. Seitdem heißt es eben Primos dos Caracóis.«

Ein paar Häuser tauchten auf. In purer Verschwendungssucht warf die Natur Bougainvilleen in sattem Lila über die weißen Häuser und halbhohen Mauern.

»Ich gehe alleine rein, ich will nicht, dass er sofort Verdacht schöpft«, erklärte Graciana und wich zwei jungen Hunden aus, die die Fahrbahn kreuzten. »Senhor Lost, Sie bleiben mit Senhor Esteves in der Nähe. Wenn ich in zehn Minuten nicht wieder draußen bin, kommen Sie rein. Bis dahin halten Sie sich im Hintergrund. Ich möchte nicht, dass Senhor Moreno Sie von seinem Grundstück aus sehen kann.«

Damit stellte sie den Mustang rechts in den Schatten von drei großen Müllcontainern: Plastik, Glas, Papier. Private Mülltonnen waren an der Algarve praktisch unbekannt. Die meisten brachten ihren Müll zu den Sammelstellen und entsorgten ihn dort. Aber es gab kaum einen Straßengraben, in dem nicht Flaschen, Becher und manchmal ganze Autoreifen lagen.

Im Gegensatz zu den Villengegenden und Golfresorts westlich von Faro, wo einheimisches Personal dafür sorgte, dass man nicht mal eine Zigarettenkippe im Rinnstein fand.

Sie stiegen aus. Graciana deutete mit dem Kopf zu einem Haus an der Straßenecke, ihr Pferdeschwanz wippte dabei mit: »Das ist sie, die Villa Azul, ich kenne sie.«

Die Villa lag etwas abseits, eine gigantische Pinie stand an der Gartenmauer und wölbte sich über die Straße. Das Haus selbst bestand aus sandfarbenem Naturstein mit einem Satteldach aus tönernen roten Ziegeln. Sie standen wie üblich etwas über – der wenige Regen, der an der Algarve fiel, benötigte keine eigene Rinne. Er tropfte einfach hinab.

»Zehn Minuten ab jetzt«, sagte Graciana und ging los.

Lost nahm den Sekundenzeiger seiner Armbanduhr ins Visier. Er hatte sie erst kürzlich auf einem Flohmarkt erstanden.

Und so verwunderte es nicht, dass Carlos Esteves sie zum ersten Mal bewusst wahrnahm. »Ist das eine Tissot?«, fragte er und warf einen interessierten Blick aufs Losts Uhr.

»Ich habe nicht auf die Marke geschaut.«

»Meist steht der Name in der Mitte auf dem Ziffernblatt.« Gemeinsam beugten sie sich über das gewölbte Glas, unter dem die Zeiger ihre ablaufende Zeit bemaßen. »24«, las Carlos, »noch nie gehört.«

Schwungvoll öffnete Júlio Moreno die Tür und wirkte kurz überrascht, als er Sub-Inspektorin Rosado gegenüberstand. Aber eben nur kurz. Dann gewann scheinbar die Erleichterung die Oberhand: »Gut, dass Sie da sind. Ich habe gerade einen Brief bekommen.«

»Ähm – ich wollte Ihnen Ihre Speicherkarten zurückgeben.« Graciana Rosado hielt sie ihm auf ihrer offenen Handfläche entgegen.

»Kommen Sie, bitte«, sagte er und marschierte los. Er trug eine weite helle Stoffhose, ein halb aufgeknöpftes Hemd und war barfuß unterwegs. Seine leicht gebräunte Haut ließ sein Lächeln heller und intensiver wirken. Ein symmetrisches Gesicht mit ein paar Lachfältchen um die Augen.

Intensiver Kaffeegeruch stieg Graciana in die Nase, nachdem sie Diele und Bad passiert hatten und nun im Wohnraum standen. Der reichte hinauf bis zum hölzernen Dach und verlieh dem Raum Weite und Luftigkeit. Auf der Stirnseite erreichte man über zwei Stufen die höher liegende Küchenzeile.

Auf dem riesigen Esstisch aus Holz stand Morenos Laptop samt Kaffeebecher und Aschenbecher. Daneben lagen ein geöffnetes Kuvert und ein Brief.

Auf der anderen Seite endete der Raum an einem großen Bücherregal, das die gesamte Wand bedeckte. Einige Bücher hatten längs keinen Platz mehr gefunden und waren quer über die anderen gelegt worden.

Auf Graciana, die wegen des Verdachts gegen Moreno angespannt war, wirkte der Anblick der Bücher beruhigend. Sie kam nicht mehr so oft zum Lesen wie früher, aber sie liebte Bücher, ihre Schwester und sie hatten sie in ihrer Jugend dutzendfach verschlungen. Ein Regal voller Bücher war wie eine Umarmung. Denn Bücher boten geborgene Fluchten.

»Sind Sie eigentlich schon mal vorher bei dieser Bankfiliale gewesen, Senhor Moreno?«

Während sie fragte, ließ sie den Blick hinaus über die Terrasse zu dem Pool gleiten, dessen Wasseroberfläche einladend im Sonnenlicht glitzerte. Das unterstrich die Beiläufigkeit ihrer Fangfrage.

Sein Zögern war fast hörbar. Es war, als wäre die Nadel eines Plattenspielers kurz in der Vinylrille gefangen und als würfe sie sich nun mit etwas Schwung in die nächste, um zu antworten. »Nein«, log er.

»Ich muss das der Vollständigkeit halber fragen.«

»Natürlich, ich … Nein, war ich nicht.«

»Okay.«

Er log ihr mitten ins Gesicht. Graciana wunderte sich über den Anflug von Bedauern, den sie deswegen empfand.

Moreno reichte Graciana den Brief.

»Was ist das?«, fragte sie, während sie das Blatt Papier entgegennahm.

»Ich habe ihn gerade in meinem Briefkasten gefunden«, antwortete der Journalist ruhig, aber Graciana spürte seine Nervosität. Vielleicht nur ein Blinzeln, eine kleine Geste mit der Hand. Sie wusste es nicht genau zu benennen.

Der Text war offensichtlich mit einer Schreibmaschine getippt worden. Der erste Satz lautete: »O Genie, der Herr ehre Dein Ego.«

Sie ließ den Satz kurz auf sich wirken und las dann weiter. Aber was dann kam, war nur noch Buchstabensalat. Man konnte ihn vorwärts, rückwärts oder diagonal lesen, er ergab keinen Sinn. Sechzehn Buchstaben.

»Ich wollte Sie gerade anrufen deswegen.«

Graciana blickte über das Blatt hinweg in Morenos Gesicht. Es war schmal, mit einer feinen Schicht schwarzer Bartstoppeln. »Was soll ich damit? Warum zeigen Sie mir das? Ich werde daraus nicht schlau.«

»Ich auch nicht«, sagte Moreno ernst. Dann nahm er das Kuvert in die Hand, wendete es, hielt die andere Hand darunter, die das Foto auffing, das aus dem Umschlag glitt, und gab es ihr.

Es zeigte – sie alle. Oder fast alle. Das Foto war von einem erhöhten Standpunkt aus aufgenommen worden und hielt sie gut hundert Meter entfernt bei ihrer Beratung in der Bank fest: Miguel Duarte, Isadora Jordão, Leander Lost, Carlos und sie selbst.

Eine wilde Horde an Gedanken stürzte auf Graciana ein. Hatte Júlio Moreno dieses Bekennerschreiben – um das handelte es sich zweifelsfrei bei dem, was sie gerade in der Hand hielt – verfasst und es ans Kommissariat verschicken wollen und nun die Gelegenheit beim Schopf gepackt, sich als Empfänger des Briefes auszugeben? Auf diese Weise hätte er stets guten Grund, sich über den Stand der Ermittlungen zu erkundigen, ohne damit aufzufallen.

Ja, sie hatte ihm die Speicherkarten abgenommen, aber jeder Profi trug Ersatzkarten mit sich herum. Er könnte das Foto geschossen haben. Als Zeuge hatte er sich innerhalb des gesicherten Bereichs befunden.

Unabhängig davon, ob Moreno selbst das Foto aufgenommen hatte oder nicht, Tatsache war: Der Bombenleger kannte ihre Gesichter. Er kannte seine Jäger. Dann wusste er auch bald, wo sie arbeiteten und wohnten. Graciana musste bei dem Gedanken daran, was das letzten Endes bedeuten könnte – für Soraia, für ihre Eltern – schlucken.

Ihr Blick fand seinen – warum belog er sie? Warum hatte er behauptet, vor dem Anschlag noch nie bei der Bankfiliale gewesen zu sein? Sie deutete mit dem Kopf auf das Schreiben: »Ich würde das gerne von meinen Kollegen begutachten lassen.«

Júlio Moreno nickte.

Leander Lost und Carlos Esteves standen immer noch ein paar Hundert Meter neben dem Mustang. »Sie haben mehrere Chronometer?«, fragte Leander gerade.

Carlos hörte die Verblüffung, die in seinen Worten mitschwang. »Eine Nomos, eine Certina, eine Fossil«, bestätigte er.

»Messen die die Zeit unterschiedlich?«

»Nein. Sie sehen bloß anders aus. Ich trage sie zu unterschiedlichen Anlässen.«

»Das heißt, Sie besitzen drei Gegenstände für den identischen Zweck.«

Gerade wollte Esteves ausholen, um Leander zu vermitteln, dass die Welt nicht nur den Gesetzen der Zweckmäßigkeit gehorchte, sondern es auch Dinge darüber hinaus gab – da klingelte sein Handy. Graciana.

»Ja?«

»Ich bin bei Senhor Moreno, Carlos.«

So, wie sie sprach, befand sie sich mit ihm in einem Raum.

»Räusper dich, wenn du Hilfe brauchst.«

Sie räusperte sich nicht. Stattdessen sagte sie: »Senhor Moreno hat hier ein Bekennerschreiben des Bombenlegers. Könntest du Senhor Lost einsammeln und herkommen?«

»Klar. Wir sind gerade in der Nähe, wir können in ein paar Minuten bei euch sein.«

Graciana unterbrach die Verbindung.

»Senhor Moreno hat ein Bekennerschreiben des Bombenlegers erhalten. Wir sollen hinkommen«, informierte er Leander. »Gehen wir.«

»Das ist vorteilhaft für uns«, stellte Lost fest und schloss zu seinem portugiesischen Kollegen auf.

»Weil das Schreiben voller Informationen steckt, meinen Sie das?«

Leander nickte: »Ja. Jede Äußerung gibt etwas über die Person preis, die sie artikuliert.«

»Das gilt auch für Sie«, reagierte Carlos geistesgegenwärtig. »Sagen Sie deshalb bitte nicht, dass wir hier die ganze Zeit gewartet haben, sagen Sie, wir waren in der Nähe. Wenn Senhor Moreno nämlich von unserer Warteposition hier erfährt, ist ihm vermutlich sofort klar, warum: um Senhora Graciana zu unterstützen, falls es Schwierigkeiten geben sollte. Und daraus kann er seinen Status als Verdächtiger schlussfolgern. Das wollen wir nicht. Wir wollen, dass Senhor Moreno glaubt, er ist für uns ein Zeuge und nicht mehr. Deshalb – Sie müssen ja nicht lügen – sagen Sie am besten, wir sind in der Nähe gewesen. Das erklärt, warum wir so schnell bei ihm auftauchen werden.«

Losts Miene hellte sich auf – die Unwahrheit vermitteln, *ohne zu lügen!* Natürlich. »Wir waren in der Nähe« war schließlich die Wahrheit. *Nähe* nahm bei dieser Formulierung den semantischen Zustand eines Zufalls an, hinter dem sich in Wahrheit eine konkrete Absicht verbarg.

Leander musste unwillkürlich lächeln. Obwohl nur partiell anwendbar, hatte er endlich einen Kniff gefunden, um bei den Alltagslügen mitzumischen. So wie all die anderen Menschen.

»Der weiß, wer wir sind«, konstatierte Carlos tonlos.

Er und Leander saßen Júlio Moreno an dessen Holztisch gegenüber. Graciana hielt es nicht auf einem Stuhl, sie ging auf und ab. Ziellos. Dabei verschaffte sie sich über die persönlichen Gegenstände des Mannes auch einen Eindruck von dem Journalisten.

»Ich gehe davon aus«, sagte Graciana Rosado, »dass der Absender der Bombenleger ist. Der Text ist zwar kryptisch, aber das beigelegte Foto schafft die Verbindung. Der Absender möchte seine Botschaft im Zusammenhang mit der Autobombe verstanden wissen.«

Sie stellte sich an die Stirnseite des Tisches und musterte Moreno. »Haben Sie eine Idee, Senhor Moreno, weshalb der Täter dieses Schreiben bei Ihnen in den Briefkasten geworfen hat?«

Der Blick der Sub-Inspektorin erschien ihm unmissverständlich und bohrend. »Nein«, antwortete er.

»Also kennt er Sie als Mitarbeiter des *Público*. Oder er hat Sie gestern in der Nähe der Bank gesehen.«

»Beides denkbar«, schloss Moreno, zückte sein Zigarettenetui und zündete sich eine Selbstgedrehte an.

Es gab noch zwei weitere Optionen, die Graciana Rosado

aber nicht aussprach: Moreno selbst hatte die Bombe gezündet und später das Schreiben in dem Wissen entworfen, dass sie ihm früher oder später die Speicherkarten vorbeibringen würde. Oder der Bombenleger war kein Einzeltäter, und Moreno steckte mit ihm unter einer Decke.

Während Carlos Esteves sich den Brief näher ansah – er trug zu diesem Zweck ebenso wie Lost Einweghandschuhe –, inspizierte dieser wiederum das Kuvert.

Auf der Rückseite fand sich wie vermutet kein Absender. Die Adresse auf der Vorderseite war vollständig: Name, Straße, Postleitzahl, Ort. Nicht handschriftlich, sondern mit jener Schreibmaschine getippt, mit der der Urheber auch das Schreiben verfasst hatte.

Keine Briefmarke und damit auch kein Poststempel.

»Ich werde daraus nicht schlau«, stellte Carlos Esteves fest, legte den Brief ab und schob ihn Leander zu, der ihm dafür im Gegenzug das Kuvert reichte.

»Ich auch nicht«, bekannte Moreno.

»Wir waren gerade in der Nähe«, ließ Lost ihn wissen. Innerlich jubilierte er. Er *log* gerade! Wie ein Neurotypischer! In diesem Augenblick war er einer von ihnen. Jetzt stand er nicht mehr außen vor. Jetzt war er für ein paar Augenblicke Teil der Gruppe. Es war zwar nur eine Lüge über Eck, aber immerhin.

Moreno stutzte kurz, weil er in Losts Bemerkung keinen Zusammenhang zu seiner Aussage ausmachen konnte, nickte aber: »Gut, dass Sie so schnell kommen konnten.«

»Ja, wir waren gerade in der Nähe«, wiederholte Leander erfreut. Er sah dem Mann bekräftigend auf die Nasenwurzel und nickte ihm zu. Das nonverbale Echo.

Bevor die Begeisterung Losts noch auffälliger wurde, tippte Carlos auf das Schreiben, das vor Senhor Léxico auf der Tischplatte lag: »Sagt Ihnen das was? Der Anfang oder der Buchstabensalat? ›O Genie, der Herr ehre Dein Ego.‹ Das klingt wie ein Theatertext. Von Shakespeare oder so. Was meinen Sie?«

Lost richtete seine Augen auf den Satz. »Es ist ein Palindrom«, stellte er ruhig fest.

»Ein was?«, fragte Esteves.

»Ein Satzpalindrom kann man auch rückwärts sprechen«, klärte Moreno ihn ohne jede Herablassung auf, während sowohl Graciana als auch er den Tisch umrundeten, um über Losts Schulter einen Blick auf das Schreiben und vor allem dessen Eröffnung zu werfen.

»O Genie, der Herr ehre Dein Ego« ließ sich tatsächlich vorwärts wie rückwärts lesen. Carlos, der freien Blick auf Gracianas Gesicht hatte, erkannte in der Aufregung, die sie sichtlich ergriff, seine eigene.

»Warum macht er das?«

»Vielleicht ist das eine Art Code für den unteren Teil«, meinte Moreno, der im Gegensatz zu den beiden Sub-Inspektoren immer noch ruhig und gelassen wirkte. Interessiert zwar, aber nicht aufgeregt.

»Ich habe schon einige Kombinationen durchgespielt«, antwortete Leander Lost, »aber sie ergeben auf der Ebene des Alphabets keinen Sinn. Vielleicht bringt uns eine Übersetzung ins Binärsystem weiter. Aber das sollte Senhora Isadora prüfen, sie hat alle gängigen Decodiersysteme auf ihrem Rechner.«

Graciana nickte und schoss mit ihrem Smartphone ein Foto des Briefes, das sie umgehend an die Kriminaltechnikerin schickte. Leander Lost musste sie keines in Kopie senden, er verfügte über ein fotografisches Gedächtnis.

»Wenn er was mitteilen will«, fragte Carlos, »warum tut er es nicht einfach? Wenn er Geld will, warum schreibt er es nicht hin? Freunde, gebt mir da und da so und so viel Euro, oder ich mach weiter. Warum macht er … das da?«

Er vollführte eine leicht verärgerte Geste mit der Hand in Richtung des Buchstabensalats vor ihm auf der Tischplatte.

»Er macht es«, sagte Graciana, »weil er mit uns kommunizieren will. Er will etwas Wichtiges mitteilen. Und er will, dass er verstanden wird. Das Palindrom ist ein Signal dafür.« Sie wandte sich an den Journalisten: »Senhor Moreno, ich muss das Schreiben umgehend untersuchen lassen.«

Der Mann nickte. »Kann ich drüber berichten? Über die Bombe, den Brief?«

»Momentan nicht, nein.«

Júlio Moreno machte nicht den Eindruck, als überraschte ihn ihre Antwort.

»Es ist Täterwissen«, fügte sie hinzu und blickte ihm dabei in die Augen.

Eine Hummel hatte sich ins Innere verirrt und summte gegen die Scheibe. Moreno holte ein Glas, stülpte es über das Insekt, fuhr sanft mit einem Stück Papier darunter und trug die Hummel hinaus.

Bevor sie die Villa Azul verließen, richtete Graciana Rosado ihre Auflage in Form einer Bitte an Júlio Moreno, die nächsten Tage keine größeren Reisen zu unternehmen, falls sich noch Fragen ergeben sollten.

Der Journalist geleitete sie alle drei zur Tür.

»Wir waren in der Nähe«, ließ der *Alemão* ihn noch einmal wissen.

Sie verzichteten trotz der dreißig Grad im Schatten auf die Klimaanlage und rauschten mit heruntergelassenen Scheiben über die Landstraße. Graciana hatte das Haargummi gelöst, der warme Wind ließ ihre und Carlos' Haare tanzen – Lost trug sie stoppelkurz.

»Tu és a estrela e eu sou o peregrino«, tönte es aus dem Radio des Mustang, »du bist der Stern, und ich bin der Pilger.« Graciana drehte auf. Ein Lied der charismatischen *Fadista* Carminho, zu dem Carlos' rechter Fuß losgekoppelt vom Rest des Körpers den Takt zu wippen begann.

Sie kannten den Text über den Stern und den Pilger in- und auswendig, summten und flüsterten ihn mit. Es war das neue

Lied der inzwischen weltweit berühmten Fado-Sängerin, die mit vollem Namen Maria do Carmo de Carvalho Rebelo de Andrade hieß – was die Kürze ihres Künstlernamens erklärte. Und südlich von Moncarapacho, als Graciana Rosado gerade vier Autos am Stück überholte, mischte sich das sonore Dröhnen des V8-Motors mit seinem ehrlichen Bass unter den Gesang.

Graciana sah zur Seite, Carlos grinste sie an.

Er hatte sich im Beifahrersitz heruntersinken lassen, befand sich daher in einer halb liegenden Position und klappte die Sonnenbrille vom Kopf hinab auf die Nase. In einem offenen Wagen durch den Sommer sausen, die Sonne auf der Haut, die salzige Meeresluft einatmen, abends am Strand Musik aus dem Kassettenrekorder hören, tanzen, in den Fado einstimmen oder Volleyball spielen und dann nachts nackt ins Meer springen und mit der Gischt um die Wette schwimmen – all das lag hier und jetzt in dem Mustang in der Luft und in den Blicken. Carminho erinnerte Graciana und Carlos daran, wie weit der gemeinsame Weg schon reichte.

»Gier«, sagte Leander, als das Lied endete.

»Hm? Was meinen Sie?«

Graciana regelte die Lautstärke herunter.

»Der Begriff *Gier* verbirgt sich meines Erachtens hinter dem Konvolut an Buchstaben«, antwortete Leander.

Ohne Vorwarnung zog Graciana den Mustang in Höhe des Bahnhofs von Fuseta scharf links herüber und stoppte auf dem schmalen asphaltierten Weg, der als Abkürzung nach Pinheiro diente – wenn man denn mit seinem Auto durch das knapp zwei Meter breite und keinen Millimeter höhere Rechteck passte, das hier unterhalb der Eisenbahnlinie durchgestoßen worden war.

Graciana legte ihr Smartphone mit dem Foto des Bekennerbriefes auf die Kühlerhaube des Wagens. Leander und Carlos gesellten sich dazu.

Hier, an diesem Weg mit unzähligen Schlaglöchern, endete

das bebaute Gebiet Fusetas. Hier begannen die Salinen, Fusetas Salzgärten. Flache Becken, zwischen denen schmale, staubige Fußwege verliefen. Die Becken waren durch ein System von Leitungen miteinander verbunden, um bei Bedarf Meerwasser abzulassen oder zuzuführen. Das Wasser verdunstete, Salzkrusten bildeten sich, die im Schein der Sonne wie vereiste Flächen wirkten, auf denen sich gegen Spätnachmittag Hunderte von Seemöwen einfanden und alle in dieselbe Richtung blickten – zur Sonne.

Carlos' Vater hatte hier gearbeitet und *Flor de Sal* aus dem Wasser abgeschöpft, jene feinen Salzkristalle, die sich als Erste auf der Wasseroberfläche bildeten und täglich von Hand geerntet wurden. Er war damit nicht reich geworden, aber sein Rücken krumm. Eine Knochenarbeit unter sengender Hitze. Und ein Blick hinaus über die Kilometer an Salinen brachte zumindest stets eine Gewissheit: Auf Kilometer gab es hier keinen Baum. Und damit keinen Quadratzentimeter Schatten.

»Gier? Wie kommen Sie darauf?«, fragte Graciana, während sie sich über ihr Smartphone beugte. Carlos zauberte aus den unerfindlichen Tiefen seines Jacketts eine Serviette mit zwei *Pastéis de bacalhau,* frittierten Stockfischkroketten, hervor und biss herzhaft in eine der beiden.

Mittlerweile waren die Bestände von Kabeljau, der nach dem Fang an langen Stöcken zum Trocknen aufgehängt wurde, um ihn haltbar zu machen – daher der Name Stockfisch –, vor den Küsten so leer gefischt, dass der immense portugiesische Bedarf nur durch massive Importe aus Norwegen gedeckt werden konnte.

»Wie kommen Sie auf Gier?«, fragte Esteves.

»Sie sehen hier sechzehn Buchstaben. Geteilt durch vier ergibt sich die Zahl vier. Wenn vier die Zahl der sinnlosen Buchstaben zwischen den sinngebenden darstellt. Dann beginnt es mit dem G an erster Stelle, außerdem das R am Ende und die beiden I und E in der Mitte: G-I-E-R. Diese vier trennen jeweils vier Buchstaben.«

»Wie kommen Sie auf die Vier, Senhor Lost?«

»Vier Schließfächer«, antwortete Leander.

Carlos Esteves hätte gerne mal einen Tag im Kopf seines Kollegen zugebracht. Aber vermutlich hätte er ständig nach dem Weg fragen müssen.

»Eigentlich gibt es zwei logische Optionen, was diesen Text betrifft«, führte Lost aus. »Die bestehen darin, diesen Text zu begreifen oder daran scheitern. In jedem Fall gilt aber, was Senhora Graciana in der Villa Azul gesagt hat: Der Täter möchte verstanden werden. Er möchte sich mitteilen. Dazu muss er uns zumindest die Möglichkeit an die Hand geben, ihn zu verstehen. Da sich der Schlüssel zur Decodierung nicht in dem Palindrom befindet, ebenso wenig auf dem Kuvert, muss er sich außerhalb des Schreibens befinden. Ich habe mich an den Trichter für den Sprengsatz erinnert. Er hat dafür gesorgt, dass die Schließfächer am massivsten in Mitleidenschaft gezogen werden. Und die Filiale verfügt über vier davon. Wendet man die Zahl auf diese Ansammlung von Buchstaben an, ergibt sich G-I-E-R.«

Carlos und Graciana hoben beide den Kopf, um einander einen Blick zuzuwerfen. Der *Alemão* sagte Verdächtigen vielleicht ein wenig zu häufig, er sei gerade in der Nähe gewesen, und als Lügner war er eine Niete – aber er war ein brillanter Logiker.

»Ich glaube, Sie liegen richtig«, sagte Carlos ruhig und musterte Lost, dessen Gesicht trotz seiner 34 Jahre immer noch etwas Jugendliches hatte, weil die Mimik keine Falten darin hinterlassen hatte. »Und wann wurde Ihnen das klar?«

»Im Haus von Senhor Moreno. Ich wollte das dort bloß nicht mitteilen, weil Senhor Moreno ja als Verdächtiger gilt.«

Graciana grinste schief und bedachte den Asperger mit einem warmen, fürsorglichen Blick. Er war jetzt der Lebensgefährte ihrer Schwester. Vielleicht sogar irgendwann ihr Schwager. Sie verspürte den Wunsch, ihn in die Arme zu nehmen, aber sie wusste um seine Abneigung gegen Berührungen (mit Ausnahme von Soraia). Also schloss sie ihn mit ihrem zugewandten

Lächeln in die Arme. Und das schien er zu verstehen, er entspannte sich.

Tatsächlich hatte Leander diese Art von Lächeln noch nie in dem Gesicht seiner Kollegin dechiffriert. Er blinzelte, um den Blick zu schärfen.

»Alles okay mit Ihnen?«, fragte Esteves.

»Ja, danke. Ich … ich bin bei Ihnen beiden gut aufgehoben.«

Gracianas Lächeln wurde – gegen jede Physik – noch eine Spur breiter. Und Carlos, der mit so etwas nicht wirklich gerne umging, putzte die Gläser seiner Sonnenbrille ausgiebig mit einem Hemdzipfel.

»Gier also«, sagte Graciana, »Gier im Zusammenhang mit den Schließfächern. Gier im Zusammenhang mit der Bank. Meint er genau diese?«

»Diese was?«, fragte Carlos.

»Diese Filiale.«

»Hängt davon ab, ob er persönlich betroffen ist. Wenn die Bank ihm übel mitgespielt hat, dann schon. Aber«, fügte Carlos nach kurzem Innehalten hinzu, »ich glaube nicht, dass er damit genau diese Filiale meint. Vielleicht hat Duarte recht. Er meint das Symbol Bank. Geld. Kapitalismus vielleicht. Oder es ist ihm um die Schließfächer gegangen«

Graciana nickte und seufzte dann. Sie ließ die Augen über die Salinen der Ria Formosa schweifen. Wie auf ein stilles Stichwort hin erhob sich aus einem der Wasserbecken ein Schwarm von Dutzenden Flamingos und zog mit majestätischen Flügelschlägen in Richtung Meer.

»Mir macht etwas anderes Sorgen«, sagte sie schließlich. »Das Schreiben enthält keine Forderung, auf die wir eingehen könnten, um ihn zu stoppen. Und Gier ist etwas, was wir nicht stoppen können.«

8.

Soraias Arbeitsstätte lag zwischen der Kirche Fusetas und einer engen Einbahnstraße. Die breite Treppe aus Pflastersteinen, die über ein mittiges Geländer verfügte, verband die Straße mit dem Parkplatz vor der Kirche. Auf halber Höhe setzten die Stufen aus und wurden vor einer halbhohen weißen Mauer zu einer Ebene. Hier befand sich der vergitterte Eingang des Kindergartens. Auf dessen rechter Seite war eine Gegensprechanlage installiert worden, über die die Besucher sich anmelden mussten. Oberhalb des Eingangs prangte der Name: *Jardim de infância.*

Leander hatte den komplett umzäunten Bereich betreten und ging unter Schatten spendenden Zypressen und Kiefern zum Eingang des Gebäudes. Kinderlachen und -geschrei brandeten ihm entgegen.

Etwa ein Dutzend Kinder spielten draußen, Mädchen und Jungs, allesamt zwischen drei und sechs Jahren alt. Einige hielten inne und sahen den schlaksigen Kerl im schwarzen Anzug aus großen Augen an, eines der älteren Mädchen trat näher, einen gleichaltrigen Jungen im Schlepptau, den sie an der Hand hielt. Wobei er es war, der den Kontakt zu benötigen schien.

Sie sah Leander ohne jede Zurückhaltung und mit ungeschminkter Neugier ins Gesicht.

»Ich bin Almonda. Und du?«

»Ich nicht.«

»Willst du wissen, was mein Name bedeutet?«

»Ich weiß es.«

Leander hielt in seinem Gang kurz inne und musterte das Mädchen, das ihn seinerseits fassungslos anstarrte. Er, der bis auf wenige Ausnahmen ungerne Körperkontakt mit Menschen hatte, zwang sich, Almonda tröstend auf die Schulter zu tippen, da ihre Eltern sie nach einer Nuss benannt hatten.

Drinnen befanden sich weniger Kinder, aber das Tohuwabohu war nicht geringer. Überall lag Spielzeug herum, Malblöcke, Stifte, Bauklötze, Puppen, Stofftiere und allerlei mehr, das am Ende des Tages von den Mitarbeiterinnen und den Nachmittagskindern in bemalten Holzkisten verstaut wurde. Für die Vormittagskinder des Folgetages.

Leanders Herzfrequenz hatte sich im Laufe der letzten Stunde ständig erhöht, und er nahm sich vor, deshalb den Kardiologen in Faro aufzusuchen.

Soraia stand im Flur und sprach in ihrer ruhigen Art mit einer Mutter, die gerade ihre Tochter abholte. Als sie ihn entdeckte, strahlte sie und gab ihm zur Begrüßung einen kurzen Kuss. Leander mochte ihre Lippen auf seiner Haut. Sie waren gleichzeitig tief vertraut und aufregend neu. Natürlich war ihm das Paradoxon dieser Feststellung bewusst, aber genau dieser Umstand, zwei Empfindungen, die sich gegenseitig ausschlossen und doch zugleich stattfanden, machte seine Faszination aus.

Seine Unruhe, die er den ganzen Tag empfunden hatte, schwand. Jetzt fehlte auch nichts mehr, er fühlte sich vollständig.

Soraia stellte die Mutter und ihn einander vor, sie gaben sich die Hand, und Lost war bemüht, den körperlichen Kontakt so kurz wie möglich zu halten. Die Frau musterte ihn kurz und lächelte ihm zu: »Schön, Sie kennenzulernen, Senhor Lost.«

»Ebenso«, antwortete Leander. Aus Dan B. Tuckers *Kompendium der sinnlosen Sätze,* Appendix III: »Universalrepliken zur Reduktion der Gesprächsdauer«.

»Ich brauche noch ein paar Minuten mit der Senhora«, erklärte Soraia ihm.

»Ein paar Minuten?«

»Maximal fünf«, fügte sie schnell hinzu, damit er einen konkreten Anhaltspunkt hatte.

Leander blickte auf die Zeiger seiner Armbanduhr und blieb stehen.

Soraia, die die Irritation der Mutter erfasste, kam der anschwellende Lärm der Kinder aus dem Gemeinschaftsraum gerade recht. »Könntest du so lange bitte ein Auge auf die Kinder werfen – ich bin heute alleine hier?«

Kurz kam Leander ein Zyklop in den Sinn, aber dann betrat er einfach den Gemeinschaftsraum und schloss die Tür hinter sich.

Soraia geleitete die Mutter und ihre Tochter hinaus und bis zur Treppe, die rechter Hand hoch zur Kirche führte, der *Igreja Matriz da Fuseta.* Dann kehrte sie schnellen Schrittes ins Gebäude zurück. Dort angekommen verlangsamte sie intuitiv ihren Gang. Denn unbewusst hatte sie die Stille wahrgenommen. Ja, es war tatsächlich still. Mucksmäuschenstill.

Ganz bestimmt war alles in Ordnung. Leander war zwar davon überzeugt, kein guter Vater sein zu können, aber Soraia hätte ihm problemlos all die Kinder anvertraut. Diese Stille war allerdings unheimlich.

Sie ging zügig zur Tür und öffnete sie einen Spalt.

Die ganze Bande saß zusammen mit Leander auf dem Boden und hörte ihm gebannt zu. Die Gesichtszüge der Kinder waren von einer Selbstvergessenheit, als würden sie einen spannenden Trickfilm schauen.

»... und deshalb«, sagte Leander gerade, »müssen die Menschen, die sich auf dem Mars ansiedeln, Schutzanzüge tragen. So, wie ihr unter Wasser auch nicht atmen könnt.«

»Mein Papa hat eine Sauerstoffflasche.«

Leander nickte dem Mädchen zu, das das gesagt hatte. »Wie weit kannst du springen?«, fragte er einen Jungen.

»Einen Meter vierzig«, antwortete der stolz.

»Auf dem Mars könntest du vier Meter zwanzig weit springen. Denn auf dem Mars wiegen wir alle nur ein Drittel von unserem Gewicht auf der Erde.«

Die Augen der Kinder wurden groß.

Da ertönte von der Tür aus ein Räuspern. Alle Blicke wanderten zu Soraia. Sie lächelte den Kindern und Leander zu und klatschte sanft in die Hände: »So, jetzt wird aufgeräumt.« Dabei machte sie ein Gesicht, als wäre Aufräumen ein großes Vergnügen.

Während die Kinder damit begannen, stand Lost auf und trat an Soraia heran. »Kommst du heute Abend zu mir in die Villa Elias?«

»Ja, gerne.«

Leander hatte unbewusst die Luft angehalten und atmete jetzt erleichtert aus. Er lächelte sogar, aber dann verengten sich seine Augen: »Und morgen?«

»Morgen auch, ja.«

»Gut. Und übermorgen?«

Daumen und Zeigefinger seiner rechten Hand begannen in einem schnellen Rhythmus gegeneinanderzutippen. Ansonsten stand er Soraia stocksteif gegenüber, sie konnte seine Anspannung fast spüren.

»Auch übermorgen. Ich verbringe gerne Zeit mit dir«, sagte sie und legte ihre Hand auf seinen Unterarm. Üblicherweise wirkte diese Geste beruhigend auf ihn. Aber dieses Mal nicht.

Leander atmete jetzt stoßweise. Er befand sich in einer Schleife, ohne es zu realisieren.

Aber Soraia erkannte es. Seinem Unterbewusstsein war bereits klar, dass er alleine keinen Ausgang finden würde, seine Atemfrequenz erhöhte sich, winzige Schweißperlen erschienen auf seiner Stirn.

Weil ihm wichtig war, Soraia bei sich in der Villa Elias zu wissen. In einem tiefen Schmerz war ihm seine bisherige Einsamkeit bewusst geworden. Jetzt, da sie ein Paar waren, verblüffte ihn, wie er all die 34 Jahre ohne sie zugebracht hatte. Und außerdem war Leander Lost ein großer Freund von festen Strukturen und Abläufen. Wenn Soraia jetzt also nichts unternahm, um diese Spirale zu durchbrechen, würde er sie bis tief in die Nacht bis zum Rest ihres Lebens daten, um sicherzugehen.

»Und am Wochenende?«

»Auch.«

»Auch nächste Woche?«

»Ja. Leander, ich könnte auch in die Villa Elias ziehen, zu dir. Dann musst du dich nie fragen, ob ich da bin, weil ich dann mit dir dort wohne.«

Er war zwar von einer schnellen Auffassungsgabe, aber jetzt benötigte er doch einen Augenblick.

Bevor er antwortete, verlangsamte sich das nervöse Spiel von Zeigefinger und Daumen, um schließlich ganz zu enden. Sein Atem beruhigte sich. »Es wäre sehr schön, wenn du jetzt immer da bist, bis du stirbst.«

Selbst seine holprigen Komplimente waren dazu angetan, Soraias Zuneigung zu steigern. Jede Minute ohne ihn schien ihr in diesem Moment als vertane Lebenszeit. Sie wäre mit Leander auch auf eine einsame Insel gezogen, um dort tagein, tagaus Sandkörner zu zählen. Egal, was – Hauptsache, er war auch da. Mehr wollte sie gerade nicht vom Leben.

»Und wann ziehst du ein?«

Asperger waren Pragmatiker.

TAG VIER

9.

Sie traten seit zwei Tagen mehr oder minder auf der Stelle.

Die Beschattung von Júlio Moreno lief rund um die Uhr. Da er im Zuge der Tatortsicherung vor der Bank praktisch alle Mitglieder der Kripo in Faro und der GNR in Moncarapacho zu Gesicht bekommen hatte, griff Cristina Sobral auf Gracianas Anraten hin auf Einheiten aus Aljezur weiter im Nordwesten der Algarve zurück. Gesichter, die Moreno nicht kannte. Sie trugen Zivil und wechselten sich ständig ab.

Bis jetzt fuhr der Mann auf seiner Vespa durch die Gegend und sprach mit Leuten oder saß auf seiner Terrasse neben dem Pool und verfasste seine Artikel. Montagabend hatte er zu Hause gegessen, den gestrigen Abend im neu eröffneten Ti Anica auf dem Platz der Republik in Fuseta verbracht.

Die Bilanz des Besuchs von Miguel Duarte im Kupferbergwerk Neves-Corvo war ernüchternd ausgefallen. Der Verwalter des Lagers, aus dem die Sprengkapseln im Februar gestohlen worden waren, hatte laut Duarte noch weniger Engagement in puncto Aufklärung an den Tag gelegt als Luís Dias (was die Kollegen als Übertreibung werteten, denn Luís' Phlegma spielte schließlich in der Primeira Liga).

Duarte hatte daraufhin die Untersuchung des Diebstahls in der zuständigen Polizeistation überprüft. Und nichts weiter gefunden als die bloße Meldung über den Diebstahl.

Er hatte erst den GNR-Kommandanten selbst zusammengefaltet und dann dessen drei Untergebenen. Er hielt ihnen eine blumige Gardinenpredigt über ihre und insbesondere seine Rolle in der Verbrechensbekämpfung (»Und so bleibt uns nur, uns selbst als sterbliches Schild zwischen das Verbrechen und die Bürger zu stellen.«) und versäumte selbstredend nicht, auf seine nationale genetische Disposition zu verweisen (»Ich fürchte, Ihnen fehlt, was jedes männliche Kind in Spanien in die Wiege gelegt bekommt: Schneid.«).

Wie man auf allerlei Umwegen hörte, hatten seine Belehrungen keine messbare Wirkung hinterlassen.

Als er sich wutentbrannt zurück auf den Weg nach Faro hatte machen wollen, hatte irgendein Witzbold seinen Jaguar mithilfe von Ziegelsteinen aufgebockt. Er tobte.

Blass und mit dunklen Augenringen war er erst heute Morgen in dem kleinen, unscheinbaren Gebäude der *Polícia Judiciária* in Faro erschienen.

Auch die Laborergebnisse von Isadora Jordão brachten sie nicht weiter.

Oder kaum.

Der Täter hatte für das Verfassen des Briefes an Júlio Moreno eine Schreibmaschine des Typs IBM 36C verwendet. Isadora hatte ihrem über die Algarve hinaus bekannten Namen als findige Kriminaltechnikerin alle Ehre gemacht, indem es ihr gelungen war, das Schriftbild exakt zuzuordnen. Aber es war Jahrzehnte her, dass man die IBM 36C produziert hatte. Also musste der Bombenbauer eine besitzen oder Zugang zu einem Exemplar haben. Und diese Information aus der KTU war gleichzeitig die ergiebigste, die Isadora beisteuern konnte.

Wie von ihr prophezeit, fanden sich in dem Autowrack, das sie vorgestern von Moncarapacho nach Faro hatten überführen lassen, wegen der Detonation und des Löschschaums keinerlei verwertbare Spuren mehr.

Und sowohl das Kuvert als auch das Briefpapier waren chemisch behandelt worden. Als hätten sie nie Kontakt zu einem Menschen gehabt: kein Haar, keine Hautschuppe, keine Wimper. Nichts, was unter dem Mikroskop einem Menschen zugeordnet werden konnte.

Außer natürlich den Fingerabdrücken von Júlio Moreno, aber wenn seine Version stimmte, hatte er die Post natürlich aus dem Briefkasten genommen und ins Haus getragen.

Die Überlegungen, ein ehemaliger Angestellter könnte aus Rachsucht wegen seiner Entlassung gehandelt haben, hatten sich als falsch erwiesen: Senhora Mafalda arbeitete seit nunmehr vierzehn Jahren alleine in der Bank.

Sie hatte auch zu Protokoll gegeben, niemals jemandem einen Kredit verweigert zu haben, und sie war unübersehbar stolz auf diesen Umstand gewesen.

Denen also, die in irgendeiner Weise direkt mit der Bankfiliale zu tun gehabt hatten, fehlte das Motiv für eine Autobombe.

»Ich will mit dem Täter in Kontakt treten. Mithilfe der Presse«, offenbarte Graciana Rosado ihrer Chefin, die nach anfänglichen Fortschritten im Augenblick wieder unter großem Erfolgsdruck stand. Rosado hatte Cristina Sobral in der Mittagspause abgepasst, sie schlenderten am Jachthafen von Faro vorbei. Ein Gewimmel an Segelmasten, die sich emporreckten, auf manchen schunkelten die Möwen in der sanften Strömung mit.

»Das könnte dazu führen, dass der öffentliche Druck aufs Innenministerium noch zunimmt. Und damit automatisch auch auf uns.«

Die Autobombe hatte es nicht nur in die Abendnachrichten geschafft, sondern auch in jede erdenkliche Regionalzeitung. Kein Wunder. Dass eine in Portugal explodierte, war so wahrscheinlich wie Spaniens Angebot, die Iberische Halbinsel fair unter sich aufzuteilen.

Es gab keinen Terrorismus in Portugal, nicht mal radikale Splittergruppen. Selbst unter den Fußballfans fanden sich keine Hooligans.

Es existierte auch keine Protestkultur. Es wäre also ein vermutlich zum Scheitern verurteiltes Unterfangen, einen Portugiesen zur Teilnahme an einer Demonstration bewegen zu wollen. Das tat man nicht. Man murrte höchstens seinen *Bica* an.

Das alles trug zur Unerklärlichkeit dieser Autobombe bei.

Und zu der Aufregung, die sie überall hervorrief, zuvorderst im Innenministerium.

Graciana nickte wie jemand, der all diese Gedanken bereits selbst beleuchtet und durchgespielt hatte. »Wenn der Täter kommunizieren möchte, sollten wir ihm einen roten Teppich ausrollen. Setzen wir uns?«

Sie überquerten die Straße und nahmen auf einer der grünen Parkbänke des Jardim Manuel Bivar Platz. Palmen und Jacaranda-Bäume, die im Frühling in einem atemberaubend intensiven Lila geleuchtet hatten, spendeten den Besuchern Schatten. Von hier aus blickten sie auf die Ströme, die bei Flut die Ria Formosa durchquerten, die Krebse aufscheuchten und den Wasserstand im Hafenbecken ansteigen ließen.

Hinter denen begann das Wirrwarr von Faros Altstadt. Unzählige Gassen mit Boutiquen, Schuhläden, Apotheken, *Pastelarias,* die plötzlich auf einem Platz mit Bars und Restaurants mündeten, um sich dann wieder in unzählige weitere Gassen aufzufächern. Oftmals von weit gespannten Segeltüchern überdacht, die Schutz vor der Sonne boten. Ab und zu hielt ein Bus, und ein Pulk Asiaten flitzte hindurch, hielt alles auf Filmen und Fotos fest, sprang zurück in den Bus und machte sich wieder davon.

Graciana trug – wie meist, wenn sie im Dienst war – Jeans und ein T-Shirt. Dazu heute eine leichte Jacke, unter der ihre Dienstwaffe am Gürtel nicht auffiel.

»Solange er mit uns redet – wenn er es denn tut –, baut er keine Bomben. Und ganz gleich, wie er sich äußert, er gibt uns immer auch weitere Informationen über sich selbst. Und die brauchen wir. Die brauchen wir, weil wir bis jetzt zu wenige davon haben.«

»Ähm … der rote Teppich … für den Bombenleger … Wie genau wollen Sie den ausrollen?«

10.

»Was würden Sie der Person sagen, die die Autobombe gezündet hat?«

»*Knabe, nie neben eine Bank.*«

»Warum nicht?«

»Das darf ich hier nicht ausführen, ich müsste dazu auf Täterwissen Bezug nehmen.«

»Knabe, nie neben eine Bank« – Leander Lost hatte dieses Satzpalindrom für Graciana Rosado und ihr Interview erfunden, um dem Täter zu signalisieren, dass man ihn verstanden hatte – in der Hoffnung, ihm eine Gegenreaktion zu entlocken.

Sie und Moreno befanden sich am Rand eines Feldwegs, der mitten durch die Salinen von Fuseta nach Arroteia führte. An einer nahezu privaten kleinen Bucht, denn hier gab es keinen feinen Sandstreifen, die Ria Formosa wuchs mit ihren Pflanzen direkt ins Salzwasser. Überwuchert, dornig und unzugänglich präsentierte sich dieser Abschnitt.

Und genau dort saßen die Sub-Inspektorin und der Journalist nun am frühen Mittwochabend. Gerade schipperte die letzte Fähre von der Ilha da Armona herein. Touristen in Shirts, Shorts und Flipflops an Bord. Wer sich jetzt noch draußen auf der vorgelagerten Insel befand, musste sich später ein Wassertaxi rufen – oder schwimmen.

Carlos Esteves saß drei Meter hinter ihnen und rauchte. Graciana hatte ihn als Rückversicherung dabei.

Das war in diesem Fall auch bitter nötig, denn mit Júlio Moreno hier am Wasser zu sitzen, fühlte sich merkwürdig vertraut an. Merkwürdig, weil diese Vertrautheit eigentlich jeglicher Grundlage entbehrte.

»Gibt es ein Bekennerschreiben?«, fragte er für die Leser des *Público*, denn er wusste natürlich um die Antwort.

»Ja.«

Dann stellte Moreno eine Frage, die sie nicht vorher abgesprochen hatten: »Natürlich dürfen Sie nicht zu detailliert über Ihre Arbeit mit so einem Schreiben berichten, aber die Überprüfung auf Fingerabdrücke gehört sicherlich dazu. Was noch?«

Weil sie dem Täter keinerlei Informationen darüber geben wollten, mit welcher Akribie sie sich mit seinem Brief beschäftigt hatten, gab Graciana eine allgemeine Antwort, die ihm keinen Vorteil verschaffte: »Es gibt zum Beispiel eine einfache Methode, um den Wahrheitsgehalt solcher Schreiben zu bewerten, wobei das natürlich nur eine Tendenz abbildet.«

»Der Wortschatz?«

»Die Satzlänge«, entgegnete sie: »Je kürzer die Sätze, desto größer die Wahrscheinlichkeit, dass sie wahr sind.«

»Ist das so?«

»Ja. Hören Sie mal dem Sprachduktus einer wütenden Person zu. Sie werden keine verschachtelten Sätze finden. Sie verwendet keine Zeit auf die Formulierungen, die Worte kommen ihr völlig ungeprüft über die Lippen. Das Ergebnis besteht meist aus einer Anhäufung kurz gehaltener Hauptsätze.«

Moreno nickte, es schien ihm einzuleuchten.

»Und jetzt würde ich gerne in kurzen Sätzen von Ihnen hören«, fuhr Graciana unvermittelt fort, »warum Sie schon zwei Wochen vor dem Attentat in der Bankfiliale gewesen sind und sie fotografiert haben, mir gegenüber aber behaupten, Sie wären am Tag der Bombenexplosion das erste Mal vor Ort gewesen.«

Graciana sah ihm unmissverständlich und klar in die Augen. Moreno senkte erst den Blick und schaute dann über seine

Schulter. Dort saß Carlos Esteves mit jener unerschütterlichen Ruhe, die dem Betrachter vermittelte, er wäre mit dem Stein unter sich verwachsen. Der Knauf seiner Glock glitzerte in der Sonne. Esteves hatte ihn genau im Blick.

Moreno begriff jetzt, weshalb er dabei war und sich in seinem Rücken befand. Er war der Aufpasser. Er war dabei, weil er, Moreno, in den Augen von Sub-Inspektorin Graciana Rosado als Verdächtiger galt. »Sie halten es für möglich, ich könnte die Bombe gezündet haben.«

Mit dieser Direktheit hatte Graciana nicht gerechnet. Aber sie hielt seinem Blick stand. »Im Augenblick frage ich mich eigentlich nur, welchen Grund Sie haben könnten, mich zu belügen.«

Da schwang etwas Frostiges in ihrer Stimme mit. Und eine Enttäuschung, die sich an der Grenze der Hörbarkeit bewegte.

Schließlich seufzte Júlio Moreno und sagte: »Ich hätte die Fotos nicht löschen sollen.«

»Mich interessiert, warum Sie die überhaupt gemacht haben.«

Er nickte. Gerade zog zwei Meter weiter ein Schwarm Fische durch das klare, hellgrün schimmernde Wasser der Lagune. Dann hob der Journalist den Blick und sah Graciana in die Augen: »Ich arbeite an einem Bildband über das Hinterland der Algarve. Das hier«, sagte er und breitete die Arme aus über die Lagune und die vorgelagerte Insel, »ist das Bild, an das man denkt, wenn man ›Algarve‹ hört. Oder an die Sandbuchten zwischen den Felsklippen weiter im Westen. Und wenn man vom Hinterland spricht, denken die Leute sofort ans Alentejo. Aber dazwischen gibt es ja diesen beschaulichen Landstrich, der noch im Dornröschenschlaf liegt.

Doch irgendwann wird dieser Schlaf vorbei sein. Irgendwann asphaltiert man auch dort die Feldwege. Irgendwann werden auch dort Hotels und Ferienhäuser mit Pools entstehen. Die Gebäude aus einer anderen Generation verschwinden. So wie diese Bankfiliale bei Pereirinhas.

Ich möchte diesen Dornröschenschlaf festhalten. So wie auf

diesen uralten Fotos, die an den Wänden der *Pastelaria* oben an der Kreuzung nach Moncarapacho hängen. Ich möchte einfach den Moment bewahren. Sehen Sie sich nur mal den Himmel an: Ich glaube, den meisten Leuten ist gar nicht bewusst, wie einzigartig dieses Azur ist.«

Mit seinen Worten umschrieb Júlio Moreno diesen Ort, in dem sie aufgewachsen war, und dessen Umgebung exakt so, wie Graciana es selbst empfand. Aber er berührte auch etwas in ihrem Inneren und brachte es zum Schwingen. Es war diese Hingabe, mit der er sich für die Sache begeisterte, an der er arbeitete, die ihr gefiel. Júlio Moreno war nicht der Mann, den sie suchten – da war sich Graciana in diesem Augenblick sicher.

»Du glaubst ihm?«

Graciana und Carlos hatten sich von Júlio Moreno verabschiedet und auf den Rückweg zum Mustang gemacht. Mit jedem Schritt wirbelten sie etwas Staub auf. Sie passierten einen Fischer, der bunt bemalte Reusen stapelte.

»Boa tarde.«

»Boa tarde, Diogo.«

Carlos Esteves wischte sich mit dem Handrücken über die Stirn, bevor er auf die Idee kam, sein Leinenjackett auszuziehen und es sich über die Schulter zu werfen.

»Ja, ich glaube ihm. Nachdem er den Notruf abgesetzt hatte, ist ihm klar geworden, dass wir vielleicht einen Blick auf die Speicherkarten werfen. Und um nicht in falschen Verdacht zu geraten, hat er die betreffenden Fotos gelöscht.«

»Hm«, brummte Carlos, »hm-hm.«

Graciana kannte sich mit den *Hms* von Carlos ziemlich gut aus. Diese Kombination bedeutete: *Überzeugt mich nicht.*

»Hast du nicht gehört, mit was für einer Hingabe er über die Gegend hier gesprochen hat?«, fragte sie und lächelte dabei versonnen.

»Was heißt das schon?«, fragte Carlos und zündete sich eine Zigarette an.

Graciana musterte ihren Kollegen, während sie weiterliefen. Der bemerkte zwar, wie sie ihn von der Seite anschaute, blickte aber trotzdem stur nach vorne. Das gelang ihm ungefähr fünfzehn Meter, dann blickte er zu Graciana hinab: »Und hübsche Augen hat er auch.«

Kurz stutzte sie, dann schoss sie den Ball zurück: »Du hast ungünstig gesessen, deshalb ist dir sein charmantes Lächeln entgangen.«

»Oh, macht nichts, ich konnte ja seine angenehme Stimme hören.«

»Ja, nicht wahr?«

»So sanft. Schön, dass ein Mann so sprechen kann. Als hätte er beim Frühstück etwas von unserem Azur verschluckt.«

Sie hatten inzwischen den Mustang erreicht, und Graciana grinste Carlos kokett an: »Okay, ich glaube, ich muss ihn jetzt einmal die Woche verhören.«

Doch in Carlos' Augen lag etwas, was sie noch nie gesehen hatte: ein verletzter Ernst. »Ich möchte nur nicht, dass du die Sache mit den Fotos auf die leichte Schulter nimmst.«

»Ich glaube ihm.«

Schweigen senkte sich zwischen sie. Da gab es etwas Ungesagtes. Und mitten hinein platzte das Klingeln von Gracianas Handy. Sie schaute aufs Display: Isadora.

»Sim?«

»Es gibt Neuigkeiten wegen der Schließfächer.«

»Ich stell dich laut, Carlos steht neben mir: Hat sich endlich jemand wegen der 40 000 Dollar gemeldet?«

»Ja, aber niemand von den Besitzern. Die Nachricht kommt von einem befreundeten Geheimdienst. Ich habe gerade eben erst aufgelegt: Die Dollars, die wir haben, sind alle registriert. Sie sind das letzte Mal im Zusammenhang mit dem Kauf von Waffen in Libyen aufgetaucht.«

Carlos und Graciana merkten gleichzeitig auf, weil der Fall damit eine ganz andere Tragweite und Dimension anzunehmen begann.

»Und weißt du inzwischen auch, welchem Schließfach wir die Dollars zuordnen können? Wer der Besitzer ist?«

»Nein. Waren ja alle aufgerissen. Wir haben vier Schließfächer, also vier Verdächtige.«

Danach beendeten sie das Telefonat.

»Ich sprech mit Mafalda Bento, hab's bis jetzt noch nicht geschafft. Ich nehm die Abkürzung über sie, damit das nicht zu lange dauert«, sagte Carlos Esteves und stapfte los – vom Mustang weg und über den Feldweg.

»Ich kann dich bei ihr absetzen.«

»Ich geh lieber zu Fuß«, brummte er, ohne sich umzudrehen.

Die portugiesische Geduld – *Paciência* – ging üblicherweise gegen unendlich. Niemals würde ein Portugiese beim Anstehen murren oder ein langes Gesicht ziehen. *Paciência* war eine Art Nationaltugend, die den Kindern mit den Jahren von ihren Eltern und ihrem Umfeld immer wieder eingeimpft und vorgelebt wurde, bis sie zu einem Teil ihres Wesens wurde.

Graciana war da allerdings eine klitzekleine Ausnahme. Deshalb marschierte sie in schnellen Schritten hinter Carlos her und packte ihn in der linken Armbeuge und drehte ihn zu sich herum. »Was ist los, Carlos?«, fragte sie mit vorgeschobenem Kinn.

»Was los ist? Ist das nicht offensichtlich?«

»Ich würde nicht mit dir hier auf einem Feldweg stehen und fragen, oder? Warum stapfst du alleine los, statt mit mir mitzufahren?«

»Weil du anscheinend meinen Rat nicht brauchst, was Senhor Moreno betrifft.«

»Ich halte ihn nicht länger für verdächtig.«

»Weil jemand mit dieser … Leidenschaft für das Land …«

»Hingabe«, korrigierte Graciana.

Carlos Esteves blies die Wangen auf: »Hingabe von mir aus, was auch immer – also, weil der mit … Hingabe vom Hinterland spricht und jetzt zugegeben hat, dass er die Fotos gelöscht hat, damit ist der jetzt nicht mehr verdächtig?«

»Ich höre auf meinen Bauch. Und der sagt: Er hat die Bombe nicht gelegt.«

»Solange du auf deinen kriminalistischen Bauch hörst, du weißt, ich trau dem bis hintern Horizont, dann soll es gut sein, dann teil ich sofort deine Einschätzung. Aber wenn da noch was anderes aus deinem Bauch spricht, etwas, was auf hübsche Augen und ein charmantes Lächeln reagiert, dann mach ich dich darauf aufmerksam. Es geht hier ja nicht um einen Handtaschendiebstahl. Es geht um eine Bombe. Und vielleicht noch um weitere, die möglicherweise noch kommen.«

Carlos' Worte ließen die Wut in Graciana hochsteigen. Weil er ihr unterstellte, in Anwesenheit von Júlio Moreno keinen nüchternen Blick mehr auf den Fall zu haben. Weil er ihrer Intuition in diesem Fall nicht vertraute. Aber während sie das begriff, während sie Carlos' verärgertes Gesicht studierte, kam ihr ein unerhörter Gedanke, der so nahelag, dass er sich ihr seit vielen Jahren entzogen hatte. »Geht es vielleicht gar nicht um Senhor Moreno? Geht es in Wirklichkeit um dich und mich?«

Er sah sie nicht wütend an – womit sie gerechnet hatte –, sondern traurig. Das nahm ihr den Schwung, es verblüffte sie. Üblicherweise konnte sie Carlos' Verhalten ziemlich präzise voraussagen. Diesmal nicht.

»Nein. Aber du hast etwas Besseres verdient.«

Er wartete ihre Reaktion nicht ab, sondern drehte sich weg und ging fort.

Dieses Mal lief sie nicht hinterher. Seine Worte lösten einen ziehenden Schmerz in ihrer Brust aus, und sie verwünschte sich für das, was sie gesagt hatte. Umso mehr, da man einmal abgeschossene Pfeile nie wieder einholen konnte. Sie hatte es ausgesprochen. Damit war es in der Welt. Und nichts und niemand würde die Erinnerung daran aus dem Kopf von Carlos Esteves für den Rest seines Lebens löschen können.

TAG FÜNF

11.

Morenos Interview mit Sub-Inspektorin Graciana Rosado erschien noch in der Nacht in der Onlineausgabe des *Público*, in den frühen Morgenstunden lasen es die Leute auf dem Weg zur Arbeit in der Printausgabe.

Es gab zwei psychologische Kniffe, die ins Interview eingewoben waren. Dazu hatten sie Júlio Moreno die entsprechenden Fragen vorgegeben.

Die eine bestand in der Frage des Journalisten an sie: »Da die Ermittlungen noch laufen, können Sie nicht alles preisgeben. Sie haben aber gesagt, bei dem Tatmotiv könne es sich um die Anprangerung von Gier handeln. Haben wir es mit einer Art moderner Robin Hood zu tun?«

Gracianas Antwort, die literarische Figur habe aus einer Not heraus die Reichen bestohlen, um die Armen zu versorgen, spielte hier mit Hinblick auf den Täter keine große Rolle. Aber wie von ihr erhofft, griffen andere Zeitungen diese Formulierung des Journalisten sofort auf: »Moderner Robin Hood an der Algarve?«

Lob und Anerkennung minderten aggressives Potenzial. Bei jedem Menschen. Mit etwas Glück würde es eine mögliche zweite Bombe verzögern und ihnen damit wertvolle Zeit verschaffen. Vielleicht sogar verhindern.

Der zweite Kniff sollte den Bombenleger zur Kommunikation animieren. Dazu bat sie Senhor Moreno darum, ihr die Frage nach einer Forderung des Täters zu stellen. Einzig, damit sie darauf erwidern konnte: »Bisher liegt uns keine Forderung vor.«

Durch das Satzpalindrom »Knabe, nie neben eine Bank« hatte der Täter das Signal erhalten, dass es da jemanden im Team gab, der ihn offensichtlich verstand. Mit dem er also, so er wollte, kommunizieren konnte. Und Gracianas Verweis auf die fehlende Forderung vermittelte dem Mann, den sie suchten, dass die *Polícia Judiciária* nicht abgeneigt war, über eine solche Forderung zu verhandeln.

Natürlich in der Hoffnung, ihn dadurch vielleicht identifizieren zu können.

Carlos Esteves hatte, wie angekündigt, Senhora Mafalda in ihrer Dreizimmerwohnung in der Rua da Fornalha aufgesucht. Die kleine Straße war eine Sackgasse, zu deren beiden Seiten neue, kubische Mehrfamilienhäuser errichtet worden waren. Mit Terrassen im ersten Stock, die zur Straße hinausgingen und die mit einer Glasfassade auf halber Höhe versehen waren.

Die Häuser standen ganz traditionell Seitenwand an Seitenwand, sodass sie eine über hundert Meter lange undurchlässige Wand bildeten. Auf der Straße warfen sich zwei Jungs abwechselnd ein knallrotes Frisbee zu.

Mafalda Bento stand auf ihrer Terrasse und hängte gerade die Wäsche auf. Sie schenkte Carlos ein wehmütiges Lächeln, als er die Straße überquerte. Sie und Carlos' Vater hatten mal eine schöne Zeit miteinander verbracht.

Sie tranken einen *Garoto*, eine Mischung aus Kaffeeaufguss und Milch, denn Senhora Mafalda schlug die starke Bica auf den Magen. Gänzlich verzichten auf den Geschmack (und vor allem den Geruch!) von gerösteten Kaffeebohnen wollte sie aber auch nicht. In allen Bereichen des Lebens war sie hin- und hergerissen, sodass es ihr am einfachsten erschien, sich stets für den Mittelweg zu entscheiden.

»Schön hast du's hier«, brummte Carlos nach einem Schluck.

Ihm war es zwar zu viel Milch, aber das Leben war zu kurz, um an Kleinigkeiten herumzumäkeln.

»Ich werde dir die Eigentümer der Schließfächer nicht nennen.«

Er sah sie überrascht an. Überrascht und ertappt.

Mafalda schenkte ihm beim Anblick seines Gesichtsausdrucks ein Lächeln: »Die Leute verwahren die merkwürdigsten Dinge in so einem Fach. Manchmal wollen sie sie nur vor dem Ehepartner geheim halten. Manchmal haben sie Angst, das Haus brennt ab. Oder sie verwahren ideelle Sachen darin. Erinnerungsstücke. So was. Oder …«

»Oder Dinge, die die Behörden nicht sehen sollen«, kürzte Carlos die Aufzählung sanft ab.

»Oder so, ja«, bestätigte Mafalda und nippte an ihrer kleinen Tasse. Zu den beiden Jungs unten gesellte sich ein kniehoher Streuner mit hellbraunem Fell, der der fliegenden roten Scheibe nachjagte. Ohne Erfolg, aber die Jungs machten sich einen Spaß daraus, das Frisbee nur knapp über den Vierbeiner hinwegzuwerfen.

»Ich benötige nur den Eigentümer eines der Dinger«, sagte Carlos. »Hast du vielleicht ein paar Oliven?«

Hatte sie. Binnen einer Minute kehrte sie mit welchen zurück, die sie unten auf dem Markt gekauft hatte. Sie stammten aus der Gegend und waren klein und fest. Wenn man mit ihnen mal anfing, konnte man nicht aufhören, bis die Schale leer war.

»Ich werde dir auch nicht den einen Eigentümer nennen. Es ist das Bankengesetz, Carlos. Daran muss ich mich halten. Du musst dich doch auch an das Gesetz halten, als Polizist.«

»Nun ja, Gesetzestexte sind so etwas wie Richtlinien. Eine Vorschrift passt nicht auf hundert Situationen. Es wird immer ein paar Situationen geben, die eine Art Ausnahme bilden. Deshalb haben wir bei der Kripo so etwas wie einen Ermessensspielraum. Damit die Gerechtigkeit zum Zug kommt. Und immer wieder muss eine Vorschrift dabei ein klein wenig zurücktreten.

Da muss man abwägen. Zum Beispiel habe ich – rein zufällig – von deinem Punktestand beim Führerschein erfahren.«

Senhora Mafalda lächelte nicht ganz so gelassen, wie sie vorgehabt hatte. Tatsächlich machte ihr die schwindende Anzahl ihres Punktekontos zu schaffen. Seit Kurzem erhielt jeder Führerscheinbesitzer in Portugal ein Guthaben von zwölf Punkten. Mit jedem Verstoß gegen die Straßenverkehrsordnung verringerte sich die Anzahl. Bei verbleibenden vier Punkten wurde es ungemütlich, dann musste man sich einem Eignungstest unterziehen. Mafalda Bento stand bei fünf.

»Du weißt ja, du bist letzte Woche auf dem Weg zur Bank zu schnell gefahren«, stellte Carlos Esteves fest und stellte sich mit dem Rücken zu ihr ans Geländer, damit sie ihr Gesicht wahren und in Ruhe überlegen konnte, »und das Bankengesetz, von dem du redest, gibt es schon seit einigen Jahren nicht mehr. Die Bank ist verpflichtet, uns zum jeweiligen Schließfach den entsprechenden Mieter zu nennen. Wir kennen die vier Namen längst, die Zentrale in Lissabon hat sie durchgegeben. Wir wissen bloß noch nicht, wer von den vieren die 40 000 Dollar aufbewahrt hat. Tja, das erschwert uns die Ermittlungen natürlich … Andererseits .... Ich bin mir sicher, dass eine verantwortungsvolle Filialleiterin wie du hin und wieder … wie soll ich es formulieren? … ›nachsieht‹, ob auch noch alles da ist, wo es sein sollte. Du weißt, wer die 40 000 in seinem Fach hatte, nicht wahr?«

Paciência.

»Wirklich schön hier«, fügte er hinzu. Gleich nebenan auf der Wiese hatten sich die *Feirantes* eingefunden. Alle paar Wochen stoppten die fahrenden Händler hier, boten von Schuhen über Seifen bis hin zu Büchern und Schmuck alles Mögliche an und legten die Straße zu den Strandparkplätzen in eine Richtung lahm.

Als Kind hatten diese Märkte eine übernatürliche Anziehungskraft auf Carlos ausgeübt. Nicht wegen all des bunten

Trödels, den es dort zu bestaunen gab, nicht wegen der Feilscherei und der kleinen Köstlichkeiten, die auf so einem Markt selbstredend nicht fehlen durften, sondern wegen der Aura der großen, weiten Welt. Fahrende Händler!

In Fuseta gab es damals nur die Fischerei. Und die Bars. Und den Fußballplatz. Und sonntags die Kirche. Niemand verirrte sich ohne guten Grund hierher, und gute Gründe gab es damals nicht. Bis auf die fahrenden Händler, die ihre Sachen an den Mann bringen wollten – sie waren nicht weniger als das Tor zur Welt. Sie brachten all die wichtigen, regionalen Informationen mit, die nicht in der Tageszeitung standen.

Die Erinnerung daran rief bei Carlos ein Schmunzeln hervor, das die gleiche Wehmut trug wie Mafaldas Lächeln bei seiner Ankunft.

»Wie willst du mir denn helfen mit dem Führerschein? Die Aufnahme ist doch schon gemacht worden.«

»Du glaubst nicht, wie oft Messfehler vorkommen.« Noch immer hatte er sich nicht umgedreht, sondern ließ den Blick hinüberschweifen zum Friedhof.

»Adelina Simões«, gab Senhora Mafalda in seinem Rücken nun preis. »Von mir hast du es nicht.«

Carlos wandte sich um: »So etwas nennt man einen Tipp aus der Szene.«

Seine Worte entlockten ihr ein Schmunzeln.

»Habe ich auch schon mal gehört, den Namen«, sagte er.

Senhora Mafalda nickte: »Sie ist eine Immobilienmaklerin. Sie hat ein Büro in Faro und eine Quinta bei Vale do Lobo.«

»He!«, rief einer der Jungs von der Straße.

Carlos grinste, als er sah, wie der Streuner mit dem roten Frisbee quer über das Feld in Richtung Friedhof davonschoss. Die beiden Jungs liefen ihm nach, aber natürlich würden sie den Hund nicht einholen. Manchmal, so wie jetzt, gab sich die höhere Gerechtigkeit ein Stelldichein.

Der Tag war ergebnislos verlaufen. Zumindest ohne große Fortschritte.

Carlos ermittelte in der Gegend herum, als weiche er seiner Kollegin aus, und Senhor Lost hatte sich den Rest des Nachmittags freigenommen. Alle ihre Spuren in dem Fall verliefen vorerst im Sande. Und der Bombenleger reagierte nicht wie erhofft auf ihr Interview, das sie Júlio Moreno quasi ins Mikrofon diktiert hatte.

Als Graciana Rosado dann am frühen Abend vor dem kleinen Haus in Fuseta stoppte, das sie sich mit ihrer Schwester teilte, entdeckte sie Losts gelbe Ducati und Soraias altersschwachen Peugeot vor der Tür. Was war passiert? Seit eineinhalb Woche hatten die beiden sich wann immer möglich in der Villa Elias verkrochen. Und nun war Soraia zu Hause? Mit Leander?

»Olá, So«, rief sie und benutzte Soraias Kosenamen. Sie hatte absichtlich laut und umständlich an der Tür herumgenestelt, um den beiden zu signalisieren, dass gleich jemand ins Haus kommen würde.

»Olá, wir sind hier hinten!«, rief ihre Schwester zurück.

Graciana ging vom kleinen Eingangsbereich in die sich daran anschließende Küche. Neben dem kleinen Tisch mit dem Telefon entdeckte sie einen Karton.

Im Vorbeigehen warf sie einen Blick hinein. Soraias Kulturbeutel, ein paar Handtücher, der Bademantel, der kleine Reiseföhn. Dann spürte Graciana einen Blick in ihrem Nacken. Sie schaute sich über die Schulter – Soraia, deren Augen noch immer dieses gewisse Leuchten hatten.

»Du ziehst aus?«

Kurz senkte ihre Schwester den Blick.

»Ich hätte erst mit dir drüber reden sollen, aber … es hat sich so ergeben. Wir haben es erst vor ein paar Stunden beschlossen, und jetzt … probieren wir es aus, Leander und ich.«

Le-an-der. Sie sprach den Namen immer noch aus wie eine kleine Melodie.

Graciana ging auf sie zu und nahm sie kurz in die Arme, um ihr das schlechte Gewissen zu nehmen: »Ich freu mich für dich.«

Soraia hob erleichtert den Blick.

»Du hast dein Zimmer hier noch genau ein Jahr. Bist du dann nicht zurück, gehört's mir«, fügte Graciana hinzu und lächelte.

Da erschien auch Leander Lost im Flur. Er hatte zwei Schuhkartons in den Händen.

»Boa noite, Senhora Graciana.«

»Olá, Senhor Lost.«

»Wohin?«, wandte er sich an Soraia.

»Was ist drin?«

»Zwei Armreife, ein Lippenstift, drei Paar Ohrringe, sechs Socken, vier …«

»Danke, ich erinnere mich. In den großen Karton in der Küche, bitte.«

Er nickte und passierte sie, um die Schuhkartons noch in dem Karton in der Küche unterzubringen. Dabei stellte er fest, dass Soraia die Sachen aus dem Bad in einer Weise angeordnet und gestapelt hatte, die das Kartonvolumen nicht optimal ausnutzte.

Er korrigierte das.

Auf diese Weise waren die Rosado-Schwestern kurz unter sich.

»Es wird hier vielleicht etwas still werden«, sagte Soraia.

»Endlich.«

Graciana war bemüht, sich gegenüber ihrer kleinen Schwester nicht anmerken zu lassen, wie still es hier ohne sie werden würde. Deshalb war sie dankbar über das Klingeln ihres Handys – auf dem Display las sie Carlos' Namen. Sie wollte ihn nicht wegdrücken, nicht nach dem gestrigen Abend am Kanal.

»Carlos, was hältst du davon, wenn wir …«

»Beim Anleger von Tuna Sun in Olhão hat es Explosionen gegeben. Drei Boote sind gesunken. Bis jetzt keine Verletzten. Ich bin auf dem Weg.«

12.

Tuna Sun hatte seinen Sitz im Gewerbegebiet direkt neben dem Fischereihafen von Olhão und besaß dort einen eigenen Anleger. Der Gebäudekomplex beschrieb ein großes »U«, und an einem seiner Enden stand ein Helikopter mit dem Firmenlogo abflugbereit.

Als Graciana Rosado und Leander Lost eintrafen, war es bereits dunkel. Die Lichtkugeln der Laternen und die Scheinwerfer an dem Gebäude spendeten blaues, kaltes Licht.

Graciana stellte den Mustang vor einem kleineren Gebäude ab, das offenbar nicht zu der Fabrik gehörte. »Tuna Dive Tours« stand an dessen Tür.

Luís Dias und Rui Aviola bewachten den Zugang zum Betriebsgelände von Tuna Sun. Vor dessen Zaun standen bereits ein paar Reporter und schossen Fotos. Hin und wieder gleißte ein Blitzlicht auf. Kurz glaubte sie, Moreno unter ihnen erkannt zu haben, aber sich dessen zu vergewissern, dazu blieb jetzt keine Zeit.

Am Anleger waren zwei Flutlichtscheinwerfer aufgebaut, die fast senkrecht hinab ins Wasser leuchteten. Dort, wo zwei Masten aus der Lagune ragten und ein auf dem Kopf treibender großer Schiffsrumpf mit einem metergroßen Loch im Schiffskörper zu sehen war. Trümmerstücke der Thunfisch-Trawler, um solche handelte es sich, lagen auf dem Anlieger und dem Kai verstreut.

Eine kräftige Gestalt hockte neben einem der Scheinwerfer. Es war Carlos. Wie ein Scherenschnitt hoben sich seine Umrisse dunkel von dem Lichtschein ab. Nur wenige Meter weiter, neben einem Rolltor der Fabrik, befanden sich vier Personen miteinander im Gespräch.

Eine davon, die größte, beugte sich mit gefalteten Händen und steifem Rücken immer wieder nach vorne. Wie eine dieser Figuren, die man mit einer Schraube in ihrem Rücken aufziehen konnte, sodass sie die immer gleichen Bewegungen vollführten: Godofredo Barros, der Bürgermeister von Olhão. Neben ihm stand Cristina Sobral. Weder hatte sie die Hände gefaltet, noch vollführte sie Verbeugungen zu den beiden Männern, die ihnen gegenüberstanden.

Als Graciana und Leander zu ihnen stießen, stellte die Chefin sie dem Bürgermeister und den beiden anderen Männern vor. Der vordere, schmale Mann war Taro Yada, Assistent und Dolmetscher des Chefs der portugiesischen Niederlassung von Tuna Sun: Katsumi Gasai.

Während der Dolmetscher freundlich und bemüht wirkte, hatte es den Anschein, sein Vorgesetzter mit den silbergrauen Haaren, militärisch knapp geschnitten, sei vor fünf Minuten aus Stein gehauen worden. Kantige Gesichtszüge und ein stechender, unerbittlicher Blick.

»Senhor Gasai macht sich große Sorgen«, erklärte Yada, »Sorgen um unseren letzten Trawler. Und um die Fischer darauf.«

»Ist jemand zu Schaden gekommen?«, erkundigte sich Graciana Rosado besorgt.

»Nein, es war niemand mehr an Bord. Die *Hitsujikai* und ihre Schwesternschiffe sind schon seit 19 Uhr zurück am Anleger. Der Zugang dazu ist durch ein Tor gesichert. Vor 45 Minuten gab es dann einen lauten Knall, eine wohl riesige Stichflamme, dann noch mal zwei Explosionen, dann sind die drei Trawler gesunken. Mehr wissen wir noch nicht. Isadora Jordão sieht sich den dritten Rumpf gerade an«, informierte Sobral sie.

Leander und Graciana warfen beide gleichzeitig einen Blick auf ihre Armbanduhren: Es war Viertel vor elf. Also hatten sich die Detonationen um ziemlich genau 22 Uhr ereignet.

Katsumi Gasai redete auf den Dolmetscher ein. Kurze, schnelle Sätze. Sie klangen abgehackt. Taro Yada zuckte kurz zusammen, nickte seinem Chef zu und wandte sich wieder an Sobral: »Senhor Gasai bittet um eine schnelle Ergreifung des Täters.«

»Das hier sind die besten Polizisten an der Algarve«, erklärte Bürgermeister Barros schnell. Taro Yada übersetzte, aber Katsumi Gasais Miene blieb unverändert. Vielmehr redete er weiter ohne Punkt und Komma auf seinen Untergebenen ein, der immer wieder höflich nickte, bevor er sich schließlich an die portugiesische Seite wandte: »Senhor Gasai weist darauf hin, dass Tuna Sun angewiesen ist auf die vier Boote – sonst rechnet sich unser Engagement hier nicht – und dass wir jetzt mithilfe der Versicherung für Ersatz sorgen müssen.«

»Sehr weise«, lobte der Bürgermeister und deutete erneut eine Verbeugung in Richtung Katsumi Gasai an, der sie mit einem höflichen Lächeln quittierte, »sehr weise, weise, weise.«

»Und«, führte der Dolmetscher weiter aus, »dass wir mit dem geplanten Bau der neuen Produktionshalle warten werden, bis Sie den Täter gefasst haben. Bis dahin werden wir den Fang, der hier nicht schnell genug verarbeitet werden kann, zu einem anderen Standort ausfliegen.«

Damit wünschte Taro Yada allen einen schönen Abend und schloss sich seinem Chef an, der sich schon auf den Weg zum Helikopter gemacht hatte.

»Eine Kleinigkeit noch, Yada-san«, rief Lost dem Übersetzer hinterher: »Sie sagten, die *Hitsujikai* und die anderen Trawler seien um 19 Uhr hier eingetroffen.«

»Sim.«

»Treffen sie jeden Abend um diese Uhrzeit ein?«

»Jeden Abend.«

»Und dann gehen alle Leute von Bord, korrekt?«

»So ist es. Dann wird der Thunfisch entladen.«

»Bis wann?«

»Bis um acht. Bis um acht muss entladen sein, damit der Flug nach Tokio noch erreicht wird.«

»Nach Tokio?«, fragte Lost. »Ich verstehe nicht.«

Der Asiate nickte geduldig und deutete auf die Fabrik hinter sich: »Wir verarbeiten an Bord der Schiffe und hier ganz unterschiedliche Arten von Thunfisch. Der wertvollste wird nach Tokio ausgeflogen und dort versteigert. Die anderen werden sortiert – einige kommen in die örtlichen Restaurants und zu den Märkten. Der Rest wird dort«, er deutete auf einen flacheren Teil des Gebäudekomplexes, »zu unterschiedlichen Doseninhalten verarbeitet. Mit Öl, mit Wasser, mit Piri-Piri, mit anderen Beigaben und so weiter. Wir ... verwerten den Thunfisch komplett.«

»Ah so – dann waren die Schiffe ab etwa acht menschenleer. Und das bleibt üblicherweise auch die ganze Nacht so?«, fragte Leander.

»Richtig, Senhor Lost.«

Nun gesellte sich auch Graciana Rosado noch einmal zu ihnen: »Senhor Yada, hat die Firma Überwachungskameras, die den Bereich um den Anleger aufzeichnen?«

»Nein. Wir haben hier bisher keine Erfahrungen gemacht, die uns bewogen hätten, das Gelände zu überwachen.«

Er nickte den beiden zu und folgte Katsumi Gasai in Richtung Helikopter. Und endlich fand Leander die Synapsen in seinem Kopf, die ihm Aufschluss darüber gaben, an wen Taro Yada ihn die ganze Zeit erinnert hatte – an eine Figur aus einem Science-Fiction-Film, die klein und grün war, in Lumpen herumlief und Kraft ihres Geistes übermenschliche Dinge vollbringen konnte. Aber keinen Satz gerade herausbrachte.

Nachdem die Japaner verschwunden waren, wandte sich Bürgermeister Barros mit bestürzter Miene an Cristina Sobral: »Tuna Sun ist für Olhão ein wichtiger Arbeitgeber. Die Firma zählt zu den größten Beitragszahlern an Gewerbesteuern. Und sie beschäftigt jede Menge Leute. Nicht zuletzt viele Fischer von Culatra. Es wäre extrem nachteilig für die Stadt, wenn die ihre Investitionen zurückfahren – oder sogar komplett dichtmachen .«

»Das wird unsere Ermittlungen nicht beschleunigen«, stellte Graciana klar: »Wir ermitteln ohnehin so schnell, wie wir können.«

»Natürlich«, räumte Barros ein, »es war nur … Ich wollte Sie nur wissen lassen, wie gerne ich Tuna Sun hier halten würde.«

»Das ist doch selbstverständlich«, beruhigte Sobral ihn und folgte Graciana, die sich auf den Weg zum Anleger machte. Barros und Lost schlossen sich den beiden Frauen an.

»Ich gehe jetzt schon auf dem Zahnfleisch«, sagte Barros.

Leander Lost warf einen unauffälligen Blick auf die Schuhe des Bürgermeisters, der Leander daraufhin fragend anschaute.

»Ebenso«, entgegnete Leander schnell.

Barros nickte: »Tja, kann ich mir gut vorstellen.«

Sie erreichten den Anleger, als Carlos der Kriminaltechnikerin gerade dabei behilflich war, sich aus ihrem triefenden Taucheranzug zu schälen. Am Boden lagen ein Gehäuse für eine Unterwasserkamera und eine Taschenlampe.

Ein *Olá* wurde getauscht. Kurz begegneten sich die Blicke von Carlos und Graciana – sie hatten sich seit ihrem Streit gestern nicht mehr gesehen –, aber dann beugte sich Esteves hinab und zauberte aus einer Tüte ein Handtuch hervor, das er Isadora reichte.

Dank der beiden kräftigen Strahler konnte man sich ein gutes Bild von den gesunkenen Trawlern machen. Selbst das große Loch im schräg liegenden Rumpf ließ sich durch das grünblaue Wasser erahnen. Dasjenige, das oberhalb der Wasseroberfläche im Rumpf des zweiten Trawlers klaffte, sowieso.

»Lässt sich schon etwas sagen?«, fragte Cristina Sobral.

Isadora schüttelte ihren Kopf: »Nur, dass die drei Löcher von jeweils einem Sprengsatz gerissen worden sind. Ohne Perforation – keine Nägel. Ich habe ein paar Proben genommen. Und etwas Neßlers Reagenz aus dem Labor mitgebracht. Das reagiert auf Ammoniumnitrat.«

Die Kriminaltechnikerin ging zu ihrem R4 und führte den Test noch vor Ort durch. Zu diesem Zeitpunkt hatte Bürgermeister Godofredo Barros sich bereits verabschiedet. Nicht ohne ihnen jegliche Unterstützung zuzusagen und sie der ewigen Dankbarkeit Olhãos zu versichern.

Isadora Jordão entnahm ihrer *Mala mágica* ein Reagenzglas und füllte es mit destilliertem Wasser. Graciana und Carlos waren sich schon lange einig, dass sich in diesem durch vielerlei Schrammen vernarbten Metallkasten ein Loch im Raum-Zeit-Kontinuum befinden musste. Denn mit den zur Verfügung stehenden Naturgesetzen war nicht hinreichend erklärbar, wie all die Dinge, die die Kriminaltechnikerin bei diversen Gelegenheiten daraus entnahm, in dem Behälter Platz finden konnten. Es war eigentlich unmöglich. Oder eben magisch.

»So, jetzt die Probe«, kommentierte sie und ließ ein nicht mal fingerkuppengroßes dunkles Stück Etwas ins Wasser sinken. »Halt das mal«, wies sie Carlos an und drückte ihm das Reagenzglas in die Hand. Anschließend zog sie eine Pipette hervor und ließ ein paar transparente Tropfen ins Reagenzglas fallen. Es dauerte nur ein paar Sekunden, dann verfärbte sich das destillierte Wasser in eine hellbraune, etwas ins Rötliche gehende Flüssigkeit. Isadora nickte: »Ammoniumnitrat.«

Damit war gesagt, was keiner von ihnen bis jetzt ausgesprochen hatte. Die unübersehbare Parallele. Carlos Esteves senkte den Blick, Cristina Sobral und Graciana Rosado seufzten.

Was Leander Lost in den Gesichtern der anderen sah, war vor allem Erschütterung. »Was erschüttert Sie?«, fragte er.

»Dass es nicht vorbei ist – dass wir es jetzt mit einer Attentatsserie zu tun haben«, antwortete Cristina Sobral.

Lost nickte unbekümmert: »Aber damit ist zu rechnen gewesen. Und das Bedauern hilft uns nicht weiter. Wir sollten vielmehr die Informationen, die wir haben, zügig vernetzen, vor allem, weil es vermutlich demnächst eine dritte Bombe geben wird. Also: Warum versenkt er drei Boote dieser Firma? Was macht Tuna Sun? Warum ist diese Firma für ihn ein Ziel?«

Losts zielgerichtete Fragen bauten den anderen die Brücke heraus aus ihrer Erstarrung.

Carlos, der ein paar Leute von Culatra kannte, darunter eine frühere Liaison, erklärte: »Sie fangen hier Thunfische und verkaufen sie in Japan.«

»Das hat Senhor Yada uns erklärt.«

Isadora Jordão, die das Reagenzglas verschlossen und in ihrer *Mala mágica* verstaut hatte, wandte sich ihnen zu: »Ja, sie verarbeiten sie teilweise noch an Bord und dann hier«, eine Kopfbewegung nach links in Richtung des Fabrikgebäudes, »und dann gehen sie gekühlt mit der nächsten Frachtmaschine nach Tokio.«

»Das heißt«, hakte Leander ein, »Tuna Sun hat Fangrechte vor der portugiesischen Küste gekauft?«

»Ja«, bestätigte Carlos, »die haben draußen Farmen.«

»Farmen? Sie meinen, Tuna Sun züchtet Thunfische auf dem offenen Meer?«

»Nein, nicht ganz, Senhor Lost. Sie fangen sie ein. Sehen Sie, etwa zwischen Mai und September kommen Scharen an Thunfischen aus dem Atlantik zum Laichen ins Mittelmeer. Auf dem Rückweg schwimmen sie etwas näher an der Küste. Da werden sie eingefangen und dann in einem … Becken gehalten. In einem sehr, sehr großen Netz«, erklärte Cristina Sobral.

»Dann ist der Begriff Farm terminologisch falsch«, meinte Leander Lost.

»Das ist richtig«, bestätigte Isadora und wandte sich an ihn und die Chefin, »es ist trotzdem eine Art Farm. Die Thunfische sind, wenn sie vom Laichen aus dem Mittelmeer zurückkommen, abgemagert und erschöpft. Deshalb werden sie nicht sofort gefischt, sondern erst eine Weile gemästet, bevor sie geschlachtet werden.«

»Was für eine Dienstleistung bietet dann die Firma da vorne an, Tuna Dive Tours?«

»Da können Sie in dem abgetrennten Bereich mit den Thunfischen tauchen«, antwortete Carlos.

»Das ist dann ein Spaziergang im Schlachthof«, sagte Leander und lächelte leicht. »Das war eine Metapher«, fügte er für den Fall hinzu, dass den anderen entgangen war, was er da gerade zustande gebracht hatte. Deren Reaktionen reichten von leicht pikiert (Sobral) bis zu amüsiert (Isadora).

Es entstand eine unangenehme Pause, die die Chefin zu überbrücken versuchte: »Und die Thunfische da draußen – wer hat die gefischt, bevor die Fangrechte an Tuna Sun verkauft wurden?«

»Die Fischer von Culatra. Und auch welche aus Olhão«, wusste Carlos.

»Dann hätten die ein Motiv«, fuhr Sobral fort: »Sie können jetzt weniger Thunfisch fangen und weniger verkaufen als früher. Das frisst ja an der Substanz.«

Leander Lost wandte sich ohne ein Wort ab, er ging mit nachdenklichem Gang zurück zum Anleger und den drei Wracks. Kurz sahen die Kollegen samt Chefin hinterher.

»Was hat er?«, fragte Sobral, als wäre Losts kleiner Spaziergang eine Reaktion auf ihre Vermutung.

»Er denkt«, sagte Graciana.

Carlos nickte: »Solange er nicht im Kreis um etwas herumläuft oder gekrümmt auf dem Boden kauert, ist er gut drauf.«

Sobral entspannte sich.

»Ich glaube, von denen hat keiner ein Motiv. Im Gegenteil. Viele Fischer oder deren Frauen oder andere Angehörige arbeiten jetzt bei den Japanern«, führte Carlos Esteves aus, »und die sind ziemlich zufrieden. Die Arbeitsbedingungen sind weit über dem Standard – und die Bezahlung auch.«

Graciana deutete mit dem Kopf zu Leander und dem Anleger: »Ich schau mal kurz nach unserem Kollegen.«

Er überragte sie um eine gute Kopflänge. Gemeinsam blickten Graciana Rosado und Leander Lost stumm hinaus aufs Wasser und zu den Lichtern. Wenn es keine Informationen auszutauschen galt, präferierte Lost die Stille. Small Talk nahm er als Lärm wahr.

»Wir werden den Täter nicht unter denen finden, die der Bank oder Tuna Sun persönlich etwas vorzuwerfen haben«, sagte er schließlich in die Stille hinein, »das hier ist kein privater Rachefeldzug. Er ist nicht persönlich involviert. Jedenfalls nicht …«, Lost suchte nach dem passenden Begriff, »… nicht direkt. Er war weder Mitarbeiter der Bank noch Angestellter von Tuna Sun, es sind … Das sind nur Symbole. Es geht ihm um das Ganze.«

Obwohl Graciana seine Worte nicht ganz nachvollziehen konnte, glaubte sie ihm. Jetzt erst nahm er den Blick von der Linie, an der man den Übergang vom Meer zum Himmel erahnen konnte, und sah Graciana an. Wenn er nicht auf die Nasenwurzel blickte (Soraia hatte ihr das verraten), sondern tatsächlich in die Augen, was wohl für Leander mit keinem angenehmen Gefühl verbunden war, blickte er direkt auf den Grund.

»Wir suchen einen Idealisten«, fuhr er fort, »aber er kennt, was er angreift.«

»Also kennt er sich hier aus.«

Lost nickte. Er ließ den Blick wieder schweifen. Graciana konnte förmlich sehen, wie seine Gedanken sich auf entfernten Ebenen bewegten, Dinge ausloteten, er daraus Rückschlüsse zog und dann zurückfand. Hierhin, zum Anleger von Tuna Sun.

Aus dem Dunkel hinter ihnen trat Carlos an sie heran. Wortlos. Ein gütiger, schützender Schatten. Stumm und diskret. Irgendwo weiter entfernt sprang der Motor von Cristina Sobrals

Auto an, man konnte das Klappen einer Tür hören. Dann ein zweiter Motor, der R4 von Isadora Jordão.

»Er kennt die Gegend, er kennt die Leute«, fuhr Lost unbeirrt fort. »Er ist hier aufgewachsen oder hat hier Zeit zugebracht. Und er ist noch vor Ort.«

»Warum? Weil er Anteil nimmt, meinen Sie das? Weil ihn irgendetwas wütend macht oder ohnmächtig?«

»Beides ist möglich, aber beides erfordert keine physische Nähe. Er könnte in Porto sein oder auf Madeira. Aber gegen die Logik der Zeit ist niemand immun – auch er nicht. Erinnern Sie sich an den Zeitpunkt, an dem er den Wagen für die Autobombe gestohlen hat. Und an den des Anschlags selbst. Dazwischen lagen gut drei Stunden. Auch heute: Die Boote sind um 19 Uhr eingelaufen. Um 20 Uhr waren die Thunfische in der Fabrik, die Besatzung hat die Trawler verlassen. Um 22 Uhr sind die Sprengsätze explodiert. Wieder ein Zeitfenster von drei Stunden. Wieder Ammoniumnitrat. Wir sollten einen Aufruf starten – wer uns Fotos oder Filme von heute zur Verfügung stellen kann, die diesen Abschnitt hier zeigen.«

»Sie haben recht«, stimmte Graciana ihm zu, »es ist ein planvoller Täter. Er kennt die Abläufe haargenau. Er weiß, wann die … Wie heißt der erste Trawler noch mal?«

»Hitsujikai.«

»Ah … also, wann die … wann der Trawler eintrifft. Denken Sie, er war mit einem eigenen Boot da?«

»Vielleicht. Es hängt vom Gewicht der Bomben ab. Zehn Kilogramm kann man sicherlich noch unter Wasser bewegen. Aber bei zwanzig Kilo wird es schon schwieriger, obwohl sich das Gewicht im Wasser natürlich vermindert. Aber die Sprengsätze schwimmend bis hierher zu transportieren ist bei zwanzig Kilo schon eine ziemliche Kraftanstrengung. Vielleicht reicht auch ein Schlauchboot, und man klemmt den Sprengsatz knapp unter der Wasseroberfläche an den Schiffsrumpf. Dazu muss der Täter nicht tauchen.«

»Ich starte den Aufruf «, versprach Graciana.

»Er ist … irgendwo hier. Und es gibt einen Punkt. Es muss einen Auslöser geben. Vielleicht dieser Februartag …«

»Welcher?«

»An dem er die Zünder in Neves-Corvo gestohlen hat.«

»Deshalb wollten Sie das Datum wissen.«

»Ja. Vielleicht hat das Datum keinerlei Bedeutung. Vielleicht ist ihm aber auch an genau jenem Tag alles zu viel geworden. Wir wissen es nicht. Aber ganz sicher ist: Es gab nur *einen* Auslöser. Ein Auslöser ist immer singulär. Und der könnte mit diesem Tag im Februar verknüpft sein.«

Graciana verstand.

»Wenn Ihre Annahme zutrifft, dass es sich um einen Idealisten handelt …«

»Sie trifft mit sehr hoher Wahrscheinlichkeit zu«, unterbrach er sie.

Anfangs hatte es ihr einige Mühe bereitet, aus solchen Aussagen die Überheblichkeit zu subtrahieren. Denn Losts Aussagen waren frei davon. Für Senhor Lost handelte es sich um Tatsachen, die er aussprach. Ihm ging es nicht darum, sich damit über jemanden zu erheben. Dieser Mechanismus war ihm fremd.

»Gut. Gehen wir davon aus. Der Täter ist ein Idealist. Ihm geht es um die Sache, er attackiert Symbole. Ein Gutes hat Ihre These, Senhor Lost: Ein Idealist wird keine Menschenleben aufs Spiel setzen. Er hat es bei der Bankfiliale nicht getan. Und heute nicht. Ich glaube nicht, dass das ein Zufall ist.«

Leander Lost wandte den Blick vom Meer ab, von den Lichtern, dem schwarzen Wasser, das ihn nahezu magisch anzog. Wenn es Soraia nicht gäbe, wäre er am liebsten für immer in der Schwärze versunken. Aber jetzt gab es seit Kurzem einen Sinn. »Ein Idealist wird sich immer für die Notwendigkeit entscheiden, nicht für die Moral«, widersprach er Graciana. »Wenn die Notwendigkeit ein Menschenleben erfordert, wird er der Notwendigkeit den Vorzug geben.«

»Aber ein Idealist schätzt das menschliche Leben doch«, erwiderte Carlos.

»Es ist ihm ein hohes Gut, ja«, bestätigte Leander, »aber er wird es im Zweifelsfall opfern. Nicht nur fremdes Leben, sondern – das macht ihn so gefährlich – auch sein eigenes. Das liegt in seiner Natur.«

Gracianas Handy vibrierte. Es war eine Nummer, die sie nicht eingespeichert hatte, die Graciana aber nichtsdestotrotz sofort zuordnen konnte: »Senhor Moreno?«

»Sim. Hat er wieder zugeschlagen?«

»Wie kommen Sie darauf?«

»Ich habe Post.«

»Von dem Täter?«

»Ja, und ...«

Moreno legte eine Pause ein, die sie nicht zu deuten wusste. War er in Gefahr? Versuchte er, ihr etwas zwischen den Zeilen mitzuteilen? »Ja?«, fragte sie sanft.

»Ja, und er ... er erwähnt Sie. Mit Ihrem Namen.«

13.

»Wo erwähnt er mich?«

»Ganz am Ende.«

Sie waren zu dritt in dem Haus des Journalisten aufgetaucht. Júlio Moreno sah mitgenommen und bedrückt aus. Von seiner Gelassenheit war nicht mehr allzu viel zu bemerken.

Inzwischen stand Graciana am Tisch und hielt das Bekennerschreiben in ihren mit Einweghandschuhen versehenen Fingern. Lost und Carlos blickten ihr dabei über die Schulter. Graciana hob das hinterste Blatt an und flog über die letzte Zeile: *Das waren jetzt alles sehr kurze Sätze, Sub-Inspektorin Graciana Rosado.*

Ihr war, als sei plötzlich ein Fremder ungebeten und von ihr zunächst unbemerkt in ihr Haus getreten. Die direkte Ansprache löste bei Graciana ein Gefühl der Beklemmung aus, das sie von den anderen unbemerkt abzuschütteln versuchte. Es war ein Text. Es war nur ein Satz. Sie leitete die Ermittlungen. Und sie wollte sich keine Blöße geben.

»Er setzt die Kommunikation fort«, sagte Leander Lost hinter ihr. In seiner Stimme schwang keine Beklemmung mit und auch keine Furcht, sondern Zuversicht.

Während Graciana wieder nach vorne blätterte, um den Text von Anfang an zu lesen, wandte Carlos sich Moreno zu. In seinem Blick lag die reine Sachlichkeit: »Wann haben Sie den Brief gefunden?«

»Vorhin, ich habe sofort Senhora Graciana angerufen.«

»Und wo?«

»Im Briefkasten. Wie beim letzten Mal.«

»Waren Sie hier, als der Brief eingeworfen worden ist?«

»Nein.«

»Und wo waren Sie?«

»Ich bin heute Nachmittag nach Faro gefahren und habe da eine Kollegin getroffen, pensioniert. Sie hat mal über die ETA berichtet, da wollte ich ein bisschen von ihren Erfahrungen mit Terroranschlägen hören, aber das hier ist wohl was anderes.«

»Wie heißt sie?«

Moreno nannte ihren Namen.

»Kenne ich«, sagte Carlos Esteves, und es blieb unklar, ob er Morenos Aussage mit einem Anruf bei der Frau überprüfen würde oder nicht.

»Können Sie einen Zeitraum eingrenzen?«

»Ja – ja, das kann ich. Der Brief ist hier zwischen 23 und 24 Uhr eingeworfen worden.«

Die drei sahen ihn überrascht an.

»Nach meinem Treffen bin ich noch mal kurz zurück, der Mechaniker aus Luz de Tavira wollte mir einen Bremszug für meine Vespa vorbeibringen. Da war der Brief noch nicht da. Und um elf bin ich noch auf ein Bier ins Do Carmo gefahren.«

»Das in Boavista?«, fragte Carlos.

Der Journalist nickte.

Carlos Esteves kannte praktisch jedes Restaurant und jede Bar in einem Umkreis zwischen Tavira und Portimão. Samt ihrer Inhaber. Die *Casa de Pasto Do Carmo* war eine gute Adresse im Nachbarort von Laranjeiro. Hauptsächlich portugiesische Gäste.

Júlio Moreno räusperte sich und riss Carlos damit aus seinen Gedanken. »Also? Hat er wieder zugeschlagen?«

Es war das erste Mal, dass sowohl Graciana als auch Carlos den Blickkontakt mit dem jeweils anderen suchten und fanden und sich stumm verständigten. Wahrscheinlich war die Explosion rund um Olhão bereits Gesprächsthema – und eine Lüge in der Anwesenheit von Leander Lost flog ohnehin auf.

»Ja«, ließ Carlos ihn deshalb wissen, »das heißt: Wir nehmen es an. Es hat drei Trawler von Tuna Sun erwischt. Es gab keine Verletzten.«

»Tuna Sun?«

Carlos Esteves brachte den Mann kurz auf den aktuellen Stand. Sie zündeten sich beide eine Zigarette an.

»Was schreibt er?«, fragte er Graciana.

»Eine Menge«, antwortete sie und löste dabei die Augen nicht von dem Papier, »es ist eine Art …« Sie suchte nach dem richtigen Begriff.

»Eine Art Manifest«, schaltete Lost sich ein.

Seine terminologische Präzision, die sie eigentlich nicht mehr überraschen sollte, überraschte sie und sie nickte: »Ja, das trifft es.« Dann begann sie vorzulesen:

»Shib ist Japanisch und bedeutet vier. Shib ist aber auch der abfällige Name für Thunfisch. Gemeint waren damit die vier Tage, die es früher gebraucht hat, um den blutigen Geschmack des Thunfischs loszuwerden. Thunfisch war damals den armen Leuten in Japan vorbehalten. Aber nach dem Zweiten Weltkrieg wurde er mangels Alternativen in ganz Japan gegessen. Und seit der Ausbreitung der japanischen Küche – Stichwort Sushi – ist er weltweit salonfähig und begehrt. Jeden Morgen um 5 Uhr beginnt in Japan die Versteigerung von Fischen. Vor Kurzem hat einer der Thunfische dort 278 Kilo gewogen. Er ist für 2,7 Millionen Euro ersteigert worden. Was ist also passiert zwischen Shib und 2,7 Millionen Euro?

Das: Nachdem die Küsten um Japan leer gefischt waren und Fukushima sein Übriges getan hatte, waren Ost- und Westafrika dran. Und dann das Mittelmeer. 85 % des Fischfangs aus dem Mittelmeer gehen nach Japan. Und nun die Fischfarmen. Thunfische vermehren sich nicht in Gefangenschaft. Junge Thunfische, die noch nicht geschlechtsreif sind, können sich noch nicht vermehren. Eben-

so wenig wie hier gefangene trächtige Weibchen. Beides vermindert den Fortbestand der Thunfische. Im Atlantik sind sie bereits zu 90 % ausgestorben.«

»Ist das alles korrekt?«, fragte Leander.

»Ich … weiß es nicht«, antwortete Graciana. Und las weiter vor:

»Denen, die mit Augenmaß Fische gefangen haben, die Küstenbewohner in Afrika, die einheimischen Fischer hier, die stellt man jetzt ein und bezahlt sie gut: Um mit ihnen und vor ihren Augen ihre eigene Lebensgrundlage zu vernichten! Denn wenn die Fischbestände hier erschöpft sind, wird Tuna Sun in Portugal die Tore schließen und die Zelte in einem Land wieder aufschlagen, in dem noch was zu holen ist. Aber Arbeitsplätze gibt es hier dann nicht mehr – und Thunfische auch nicht. Und das gilt auch für die Generation nach uns. «

Graciana stoppte und sah die anderen an. Carlos ließen diese Worte anscheinend ebenso wenig kalt wie Júlio Moreno. Beide hatten eine nachdenkliche Miene aufgesetzt. »Dreht sich alles in dem Brief um Tuna Sun?«, wollte Carlos wissen.

»Nein«, antwortete Júlio Moreno, während Graciana weitere Zeilen überflog und seine Aussage bestätigte: »Nein, er schneidet auch andere Themen an. Hier: »›*Zins ist die Währung für Zeit. Zins wird für die Zeit gezahlt, die vergeht. So wird auch Zeit zu einem Produkt: zu Geld.*‹ Oder hier: ›*Das Persönlichste und Intimste, das ein Mensch besitzt, ist seine Lebenszeit. Deren Endlichkeit nimmt exponentiell zu – je älter er wird, desto knapper ist sie. Eine Stunde Lebenszeit einer Kassiererin im Pingo Doce ist acht Euro wert. Sie verkauft das Wertvollste, das sie besitzt, für acht Euro pro Stunde. Damit sie sich die Lebenszeit nach Feierabend leisten kann.*‹ *Und* …« Sie stockte, weil sie beim Umblättern auf einen anderen Abschnitt aufmerksam geworden war.

Ihr Gesichtsausdruck ließ Carlos Esteves aufmerken: »Was?«

»Hier ist eine Forderung«, brachte sie über die Lippen, während sie die Zeilen überflog, »weiter unten, nach anderen Ausführungen. Er oder die Gruppe schreibt: ›*Wir sehen unter zwei Bedingungen von weiteren Maßnahmen gegen Tuna Sun ab. Zum einen, wenn dieses Schreiben ohne die Forderung in der morgigen Ausgabe des Público erscheint. Und zum anderen, wenn Tuna Sun die Fischfangrechte bis zum Ende des Monats unwiderruflich wieder aberkannt werden.*‹«

Graciana seufzte, Carlos kratzte sich am Kinn.

»Mit dem Abdruck in der Zeitung könnten wir Zeit gewinnen«, stellte Graciana fest.

Moreno fiel fast die Zigarette aus der Hand: »Sie wollen sich erpressen lassen?«

»Von Wollen kann keine Rede sein«, entgegnete Graciana trocken.

»Wer befindet über die Fischfangrechte?«, wollte Leander wissen.

»Der portugiesische Staat, genauer: das Wirtschaftsministerium«, sagte Moreno, »aber die Leute da werden kaum so schnell reagieren.«

»Aber Tuna Sun kann reagieren«, sagte Lost. »Die Firma kann den Fischfang auf unbestimmte Zeit aussetzen. Mit beiden Maßnahmen würden wir auf die Forderung des Bombenlegers eingehen. Und ihm damit die Motivation nehmen, weitere Anschläge zu verüben.«

Graciana Rosado nickte. Manchmal kam es ihr so vor, als sei dieser Fall für den *Alemão* ein Schachspiel. Er hatte jedenfalls schneller als sie und vermutlich auch rascher als Carlos und Senhor Moreno analysiert, welche Züge ihnen blieben und welche beiden davon die größte Wahrscheinlichkeit auf Erfolg mit sich brachten.

Carlos deutete mit dem Kopf auf den Brief, den Graciana jetzt wieder auf den Tisch legte, und wandte sich an den Journalisten: »Schaffen die Kollegen das noch, dass der … Text morgen früh erscheint?«

»Wird eng, aber die schaffen das. Ich ruf gleich durch.«

An der Art, wie er nach seinem Handy in der Brusttasche griff, erkannte Graciana, dass er ein Stück seiner Gelassenheit wieder zurückgewonnen hatte. Sie betrachtete ihn so intensiv, dass er ihren Blick spürte und aufsah.

»Warum wendet er sich an *Sie?*«

Moreno bemerkte, wie sich zwei weitere Augenpaare auf ihn richteten. Er lächelte entschuldigend und deutete ein Achselzucken an: »Ich weiß es nicht.«

Es war spät in der Nacht, als sie alle drei, jeder für sich, nach Hause zurückkehrten.

Leander war mit der gelben Scrambler über den Feldweg gefahren, vorsichtig natürlich, denn einige der Portugiesen mit Häusern auf dem Land gingen langsam dazu über, ihre Hunde nicht länger Tag und Nacht an der Kette zu halten.

Natürlich nicht alle, was den Besitzern hin und wieder und hier und da ein Gespräch mit Soraia einhandelte: Darf man einem Hund von seiner Geburt bis zu seinem Tod nur einen täglichen Radius von vier oder manchmal auch nur zwei Metern um seinen Schlafplatz herum zubilligen?

Nicht bei jedem trug das Früchte, aber einige ließen ihre Hunde jetzt frei herumlaufen. Was dazu führte, dass einer von ihnen nachts durchaus mal den Feldweg kreuzte. Oder eine Ziege. Oder eines der kleinen Kaninchen, die nachts über die Felder hoppelten.

Leander Lost fuhr also mit Bedacht und schaltete hundert Meter vor der Villa Elias den Motor aus, ließ die Ducati ausrollen und schob sie den Rest, falls Soraia schon schlafen sollte.

Zu seinem Erstaunen standen drei der vier Umzugskartons noch verschlossen auf der überdachten Terrasse. Kaum aus den Espadrilles geschlüpft, spürte Leander die Wärme der immer noch vom Sonnenlicht aufgeheizten Steine unter den Fußsohlen. Ein Blick durch den Türspalt des Schlafzimmers bestätigte seine Vermutung. Soraia lag seitlich unter einer dünnen Decke.

Leander schloss die Tür sehr langsam und sehr leise. Er hatte Hunger und aß ein paar in einer Piri-Piri-Marinade eingelegte Oliven in der Küche.

Dabei fiel ihm auf, dass ein Kaffeebecher auf der linken Seite eingeräumt worden war. Und ein Teller zwar richtigerweise unten links, aber seitenverkehrt.

Leander brachte das kurz in Ordnung und ging dann hinunter zum Swimmingpool. Er hätte ein paar Lampen einschalten können, die das Wasser beleuchteten, unterließ es aber. Er mochte die Dunkelheit. Schon als Kind hatte er sich nicht vor ihr gefürchtet, sondern sie als Freundin empfunden, die ihn einfach verschluckte – unzugänglich für den Rest der Welt.

Er zog sich aus, duschte sich kurz ab und sprang splitternackt in die Schwärze. Er ließ sich sinken, er schloss die Augen, nichts drang mehr zu ihm, kein Reiz – bis auf das Wasser auf seiner Haut. Er zog die Beine an und umklammerte sie fest mit den Armen. So sank er auf den Grund.

Soraia wusste um die besänftigende Wirkung des Pools auf Leander, zumindest ahnte sie es. Sein Ritual, nach einem besonders anstrengenden Tag ins schwarze Nichts abzutauchen und sich aus dem Tohuwabohu dieser Welt abzumelden.

Natürlich war sie noch wach gewesen. Hatte seine Schritte gehört und sich schlafend gestellt. Sie im Haus vorzufinden, wenn er nach Hause kam, würde ihm Sicherheit geben. Deshalb hatte sie Leander den Umzug vorgeschlagen. Aber ihr war dabei durchaus bewusst – vielleicht bewusster als ihm –, dass ihr Einzug in die Villa Elias Auswirkungen auf seine gewohnten Abläufe und Strukturen haben würde.

Sie hatte, gedämpft durch die Kakteen und die Oleandersträuche, das Eintauchen seines Körpers in das Becken gehört. Nun war es still.

Ebenso still wie in dem kleinen Haus am Ende jener namenlosen Straße, die an der Bahnlinie der Linha do Algarve endete, jener eingleisigen Strecke, die Tavira im Osten mit Lagos im Westen verband.

Graciana hatte sich den Staub und den Schweiß des Tages abgeduscht und die malträtierte Haut eingecremt. Sie spürte förmlich, wie die Spannung nachließ, und setzte sich im Bademantel auf die Terrasse. Von hier aus sah sie die Lichter Fusetas, die an der Lagune endeten. Sie konnte die Dachterrasse ihrer Eltern erahnen und die von Carlos sehen.

Ab heute war es hier anders, ab heute war sie alleine. Wenn es etwas mit Soraia zu bereden gab – und das gab es immer –, konnte sie sie nicht mehr in der Küche treffen oder an ihre Tür klopfen. Ab jetzt musste sie So anrufen oder sich mit ihr verabreden oder beides.

Andererseits: Alleine im Haus zu sein, bedeutete auch, auf niemanden Rücksicht nehmen zu müssen. Ihr einziger Nachbar, Richard aus Paris, stolze 89 Jahre alt, war stocktaub. Und Graciana hatte schon eine Ewigkeit nicht mehr *Slow it down* von Amy MacDonald gehört.

Carlos Esteves saß auf der Dachterrasse seiner Wohnung in der Rua Miguel Bombarda und beobachtete die nächtlichen Linienmaschinen, deren Positionslichter am wolkenlosen Nachthimmel aufblinkten. Sie kamen aus Nordosten und beschrieben eine weite Kurve über das Meer, bevor sie in Faro landeten.

Zuvor hatte er sich im A Lota um die Ecke noch mit ein paar lauwarmen Stockfischkroketten samt Piri-Piri-Mayonnaise versorgt. Der Besitzer wollte ihm ein Bier ausgeben und mit ihm plauschen, gar nicht mal über die Bomben, sondern über dies und das und vermutlich noch über jenes, aber Esteves stand nicht der Sinn danach.

Er hatte es sich lieber hier oben gemütlich gemacht, auf seinem schicken Liegestuhl, den er bei einem Ausverkauf in Olhão erstanden hatte. Wenn er sich ein wenig nach rechts streckte, konnte er den halbhohen silbernen Kühlschrank öffnen, ohne aufzustehen, und war damit für die Unwägbarkeiten der Nacht gewappnet. Carlos beschloss, sich bis zum Morgen nicht mehr von der Stelle zu rühren.

Er blickte über den Kanal, die Salinen der Ria Formosa und schließlich bis zum Meer. Von fern drang eine Melodie bis zu ihm auf die Dachterrasse, irgendein Irrer hatte *Slow it down* voll aufgedreht.

Aber immerhin war es ein Irrer mit Geschmack. Der Gedanke daran und ein Biss in eine Krokette ließen ihn lächeln.

Als Leander leise ins Bett schlüpfte, drehte Soraia sich zu ihm um und nahm ihn wortlos in die Arme. Das Wasser im Pool hatte ihn abgekühlt und beruhigt. Und nun genoss er ihre Wärme und dann, nach einer Weile, den ersten Kuss, der eine Welle in Gang setzte, die ihn bis zu den Zehen durchlief.

Vielleicht gab es ja noch ein kleines Feuerwerk?

Gab es.

TAG SECHS

14.

Dafür, dass die Ereignisse sich gegen halb elf am Vormittag überschlagen würden, begann der Morgen betont ruhig. Er brachte eine angenehme Frische mit sich, wenn man 23 Grad als frisch bezeichnen konnte.

Zara kam herüber, weil ihr die Milch ausgegangen war. Zu dritt bereiteten sie sich in der Küche ein Frühstück zu, als wäre das seit Jahren nicht anders gewesen. Es war nicht opulent, aber gleichzeitig fehlte es an nichts, ein schmaler Pfad der Perfektion, der einem erst mal so locker von der Hand gehen musste.

Zara fühlte sich heute besonders wohl, weil ihr das Miteinander von Leander und Soraia gefiel. Vermutlich bemerkten die beiden ihre eigene Veränderung gar nicht. Soraia lief mit einem buddhistischen Dauerlächeln durch die Gegend, und Leander, der manchmal steif und verkrampft wirkte, war heute die Entspanntheit in Person. Zara schien es sogar – obwohl es aus seiner logischen Sicht keinerlei sinnvollen Vorteil barg –, als habe an diesem Morgen eine gewisse Verspieltheit bei ihm Einzug gehalten.

»Was ist mit den Kartons?«, fragte Zara: »Seid ihr noch nicht zum Auspacken gekommen?«

»Ich dachte, Leander hat bestimmt schon eine Idee, wo ich meine Sachen unterbringen kann. Ich wollte damit auf ihn warten. Und ich glaube, er hat mir«, fuhr Soraia mit einem liebevollen Blick auf Leander und einem Augenzwinkern in Richtung

Zara fort, »schon Kontingente im Bad und Schlafzimmer zugeordnet.«

Was womöglich bürokratisch oder lieblos anmutete, war für einen Asperger wie Leander ein großes Entgegenkommen. Es kostete ihn viel Überwindung, seine Gewohnheiten aufzubrechen und zu ändern und diese Änderungen in seinen neuen Alltag zu integrieren. Dass er bereit war, diese Hürde zu nehmen, blieb von den beiden Frauen nicht unbemerkt.

Gracianas Anruf holte ihn vom Frühstückstisch: »Senhor Lost, ich brauche Sie in Olhão bei Tuna Sun. Wann können Sie da sein?«

Leander benötigte nur einen kurzen Blick auf seine Armbanduhr: »In vierzehn Minuten. Wird Senhor Esteves auch da sein?«

»Senhor Esteves ist versumpft.«

Jegliche Entspannung wich von Leander. Stocksteif stand er jetzt neben Zara und Soraia. »Das tut mir sehr leid«, brachte er hervor, und er wusste nicht einzuordnen, warum ihm die Augen feucht wurden, »das ist kein wünschenswerter Tod.«

Für gute drei Sekunden herrschte absolute Stille in der Leitung. Bis Graciana antwortete: »Nein, nein, er ist nicht im Moor versunken. Er hat zu viel Alkohol getrunken. Er hat einen Kater.«

»Hoffentlich ist er sterilisiert«, sagte Leander.

Katsumi Gasai hob die flache rechte Hand, den Daumen auf neunzig Grad angewinkelt, und führte sie in einer energischen Bewegung von links nach rechts, als übte er einen Handkantenschlag gegen den Kehlkopf eines Gegners. Tatsächlich unterstrich er auf diese Art seine Ablehnung: »Dame desu!«

Es klang wie eine Salve.

Graciana Rosado und Leander Lost standen im Büro des Mannes mit Blick auf das Meer. Es war geräumig, aber spartanisch eingerichtet. Bis auf die Größe entsprach es dem Klischee eines japanischen Geschäftsraumes.

»Senhor Gasai sagt«, setzte Taro Yada an, der wie sonst auch in einer Mischung aus Zerknirschung und Unterwürfigkeit lächelte, »es ist zwecklos. Auf gar keinen Fall.«

Auch ohne die Hilfe des Dolmetschers war die Ablehnung des Filialleiters von Tuna Sun schwer zu übersehen. Selbst für Lost nicht. Graciana hatte Gasai gerade gebeten, zum Schein die Schließung der Firma zu verkünden.

»Der Täter hat zwei Forderungen gestellt«, versuchte sie es noch einmal mit betont ruhiger Stimme, »zum einen die Veröffentlichung seines Bekennerschreibens. Das ist heute Morgen geschehen. Zum anderen, dass Tuna Sun seine Aktivitäten hier in Portugal einstellt. Sie sollen nur so lange den Anschein erwecken, bis wir den Mann gefasst haben.«

Taro Yada kam seiner Aufgabe nach und übersetzte. Und wenn Graciana gedacht hatte, die Miene von Katsumi Gasai könne sich nicht weiter verhärten, wurde sie Zeugin, wie jetzt jeder einzelne Gesichtsmuskel gefror. Das Einzige, was sich noch bewegte, waren seine Pupillen. Und die nahmen sie ins Visier. Dann folgte fast eine Minute lang ein Stakkato an Sätzen, gegen das jedes Maschinengewehr lahm wirkte.

Leander hörte dem kleinen Mann gerne zu. Seine mimische Reduktion ersparte ihm das ständige Entschlüsseln seines Gefühlszustandes. Katsumi Gasai war konstant auf hundertachtzig.

Schließlich wandte sich Taro Yada mit einem um Verzeihung bittenden Lächeln ihnen wieder zu: »Senhor Gasai kann Ihrer Bitte leider nicht nachkommen. Selbst nur zum Schein auf die Forderung eines Kriminellen einzugehen, wäre ein Gesichtsverlust für ihn und auch für Tuna Sun, für den er sich vor dem Mutterkonzern verantworten müsste. Es ist zwecklos.«

Leander hatte bisher nur darüber gelesen, dass es in Japan zwar ein Wort für Nein gab, dass dieses allerdings so gut wie nie verwendet wurde. Denn die direkte Verneinung galt als unhöflich, weshalb die Japaner zu zahlreichen Umschreibungen neigten. Und hier, bei Tuna Sun an der portugiesischen Atlantikküste, erlebte er es zum ersten Mal: »Dame desu« – »Es ist zwecklos«.

Graciana atmete einmal tief durch und richtete sich erneut an Katsumi Gasai. »Und was ist, wenn sich der Bombenleger durch diese Haltung herausgefordert fühlt? Wenn er einen weiteren Anschlag verübt und dabei Mitarbeiter ums Leben kommen?«

Yada übersetzte. Die Gesichtszüge von Gasai blieben weiterhin starr. Lost begann sich zu fragen, ob er möglicherweise unter einer Gesichtslähmung litt.

»Sorekara kare wa shinde imasu.«

»Dann sind sie tot«, übersetzte Taro Yada.

Aus dem leicht erhobenen Wangenknochen und dem millimeterweisen Lupfen der Mundwinkel las Lost eine leichte Belustigung Gasais. »Wer ist der Mutterkonzern?«, erkundigte er sich.

»Die Mitsubishi Corporation«, antwortete Yada.

Graciana schluckte ihren Ärger über die Halsstarrigkeit von Katsumi Gasai herunter, dankte für das Gespräch und verließ mit Leander das Büro.

Kaum waren sie draußen, bat sie ihn, einen Augenblick auf sie zu warten. Dann ging sie zum Anleger. Er hörte sie übers Wasser brüllen, ein einziger, lang gezogener Schrei. Bevor er sich gegen ihre Bitte entscheiden und zu ihr laufen konnte, wandte sie sich bereits um und kam zu ihm zurück. Sie wirkte gelöst, ja, sie lächelte sogar ein wenig.

»Sonst wäre ich geplatzt«, ließ sie ihn wissen.

Manche Metaphern beschworen bei Leander schaurige Bilder herauf.

»Das geht nicht!«

Cristina Sobrals Nasenflügel bebten, und sie blinzelte vor Erregung. Sie hatte Graciana Rosado bei deren Ankunft auf dem Flur abgefangen und zu sich ins Büro gebeten. Kaum war Graciana eingetreten, hatte die Chefin die Tür hinter ihr geschlossen.

»Das geht so nicht, Senhora Graciana. Sub-Inspektor Esteves hat mich eben über den gestrigen Abend informiert. Über die Forderungen des Täters. Ich weiß, es sollte noch in den Druck gehen, sie mussten schnell entscheiden. Aber Sie können nicht einfach den Abdruck eines solchen Schreibens anordnen.«

Graciana nickte: »Das stimmt. Entschuldigen Sie. Ich hätte das mit Ihnen abstimmen müssen – auch wenn es mein Fall ist.«

Sobral schüttelte vehement den Kopf, ihr Haar flog eindrucksvoll hin und her. »Nein, nein, nein. Darum geht es nicht. Es ist Ihr Fall, es bleibt Ihr Fall. Aber ich möchte, dass Sie nie wieder, niemals, der Forderung eines Erpressers nachgeben. Das war ein Fehler!« In ihrer Stimme schwang heiliger Ernst mit. Wie bei jemandem, der sich erregt über etwas äußerte, das er nicht nur aus der Theorie kannte.

»Senhor Lost hat meiner Meinung nach korrekt festgestellt, dass wir es hier mit jemandem zu tun haben, der über ein funktionierendes Gewissen verfügt. Mit einem Idealisten. Kommt man seiner Forderung nach, können wir erwarten, dass der Mann ebenfalls sein Wort hält. Komme ich seiner Forderung aber nicht nach, riskiere ich Menschenleben bei der Mitarbeiterschaft von Tuna Sun. Stellen Sie sich vor, die nächste Bombe reißt drei Fischer in Stücke. Was dann? Wer übernimmt dann dafür die Verantwortung? Sie?«, verteidigte sich Graciana.

Cristina Sobral, die in ihrer Position manchmal überfordert oder sogar deplatziert wirkte, die andererseits aber auch immer für eine Überraschung gut war, blickte ihrer Sub-Inspektorin jetzt direkt in die Augen und hörte auf zu blinzeln. »Ja, ich«, antwortete sie mit fester Stimme: »Wenn wir uns erpressbar machen, kommt der nächste Kriminelle mit einer anderen Forderung. Wir dürfen die Büchse der Pandora nicht öffnen. Niemals. Und wer wie ich fordert, dass sie geschlossen bleibt – der muss dann auch dafür geradestehen, wenn es schiefgeht. Risiken gibt's immer, nicht wahr?« Sobral atmete tief durch, entspannte sich etwas und ergänzte dann: »Ich habe eben mit dem Innen- und dem Wirtschaftsministerium telefoniert. Die Kollegen in Lissabon lassen fragen, ob sie mit Spezialisten aushelfen sollen. Ich habe abgelehnt. Ich hoffe, das ist in Ihrem Interesse.«

Graciana war dankbar, empfand aber auch die Last, so viel Vertrauen in sich gesetzt zu sehen. Wenn die Sache aus dem Ruder lief, würde es aus dem Lager jener, die es später immer besser wussten, unangenehme Fragen in ihre Richtung geben. Zum Beispiel, warum sie so hochmütig gewesen war, die angebotene Hilfe abzulehnen. »Was will das Innenministerium?«, fragte sie.

»Ich hatte Senhor Pereira direkt dran. Er will wissen, ob wir die Serie in den Griff kriegen. Und ob sie vorsorglich weitere GNR-Kräfte in die Touristenzentren entsenden sollten. Außerdem steht er in Kontakt mit einigen Botschaften, die wissen möchten, ob es ratsam sei, für ihre Bürger eine Reisewarnung auszusprechen.«

Graciana bekam langsam eine Vorstellung davon, wie die Sache auf diversen Kanälen hochkochte und dies stetig den Druck erhöhte. Vor allem auf sie hier, die Polícia Judiciária in Faro.

»Was haben Sie ihm gesagt?«

»Dass der Bombenleger es nicht auf Touristen abgesehen hat. Und dass er darauf achtet, keine Menschen zu verletzen«, antwortete sie und zog am Ende die Stimme etwas hoch, woran Graciana ihre Unsicherheit über das Gesagte erkannte.

»Genau das hätte ich auch geantwortet.«

Cristina Sobral war Erleichterung anzusehen.

Graciana entschloss sich intuitiv, nicht auf die These von Senhor Lost zu sprechen zu kommen, nach der der Täter im Zweifelsfall auch Tote in Kauf nehmen würde. »Und Cabral?«, fragte sie stattdessen.

Manuel Caldeira Cabral bekleidete aktuell den Posten des Wirtschaftsministers.

»Er sagt, dass die Fischfangrechte in einer absolut transparenten und legalen Weise an Tuna Sun vergeben worden sind. Selbst wenn man wollte, könnte man nicht ohne einen triftigen Grund diesen Vertrag kündigen.«

Es klopfte dreimal schnell hintereinander an der Tür. Bevor Sobral etwas sagen konnte, wurde sie mit Elan geöffnet, und Duarte, der nur ganz kurz über die Anwesenheit von Graciana Rosado stutzte, marschierte herein. Er trug heute wieder seinen hellgrauen Anzug, dazu schmale dunkelbraune Lederschuhe. Statt einer Krawatte war sein Hemd weit aufgeknöpft. »Ich muss dich kurz sprechen«, ließ er Sobral wissen.

»Das ist in Ordnung«, antwortete die mit einem Seitenblick auf Graciana.

Duarte blies die Wangen auf, er wirkte aufgebracht, jetzt stützte er die Hände in die Hüfte und starrte Graciana vorwurfsvoll an: »Du hast grünes Licht für den Abdruck dieses … Geschreibsels gegeben?«

Graciana straffte sich: »Ja.«

Duarte schüttelte den Kopf: »Du kannst dem doch nicht nachgeben! Was kommt dann als Nächstes?«

»Ich habe versucht, Zeit für uns herauszuschlagen, Zeit, in der es keine weiteren Anschläge gibt und wir ihn einkreisen können.«

»Und wenn das nicht klappt? Was dann? Wenn er das nächste Mal will, dass einer von uns aus dem Fenster springt – muss dann einer springen?«

»Ich wüsste schon jemanden, Miguel.«

»Ja, Carlos und der … unser *Alemão* werden es kaum sein.«

»Ganz recht.«

Duarte verlor vor Wut ein wenig von seiner sonnengebräunten Gesichtsfarbe.

»Hast du das gehört?«, fragte er Sobral.

Die nickte: »Sub-Inspektorin Rosado hat den Abdruck im *Público* mit mir abgestimmt.«

Duarte wirkte, als wäre er gerade gegen eine Glastür gelaufen. Er hatte den Zusammenstoß nicht kommen sehen. »Aber …«

»Wir werden sehen, ob das ein Fehler war oder nicht. Das Bekennerschreiben ist jetzt in der Welt, wir können es nicht mehr rückgängig machen.«

Da war sie, eine dieser Überraschungen, die man bei Cristina Sobral nie kommen sah. Graciana war dankbar für die kurze Atempause, die ihr der Schutz der Chefin bescherte.

»Was ist mit der Presse? Äußern wir uns öffentlich oder nicht?«, fragte Miguel Duarte.

»Das entscheiden wir je nach Situation«, erklärte Sobral ruhig. »Wichtig ist dabei nur eines: Es wird sich vorher mit mir abgestimmt. Wir sprechen nach draußen mit *einer* Stimme.«

So uneins Miguel und Graciana in vielen Dingen waren, fanden sie sich in ihrer Verblüffung über die entschlossene, angenehm ruhige Art der Chefin vereint. Es schien, als wüchse Sobral mit steigendem Druck von außen über sich hinaus.

»Schön, unten treten sich die Reporter nämlich gegenseitig auf die Füße. Man kommt kaum bis zum Eingang durch«, warf Duarte ein.

»Ich habe Marisa Bescheid gesagt, sie soll sich darum kümmern. Wenn es etwas mitzuteilen gibt, werden wir das in einer Pressekonferenz tun, die wir rechtzeitig ankündigen.«

Marisa Veiga, 45, war die Sekretärin, auf deren Unterstützung sie alle zugreifen konnten. Sie saß unten, im ersten Büro rechts nach dem Eingang. Wer zu ihnen wollte, musste an ihr vorbei. An ihr und ihrem Arbeitsplatz, an dem man sie beinahe wie auf einem dieser Suchbilder überhaupt erst einmal entdecken musste – zwischen all den Topfpflanzen, die von der Decke hingen und auf den beiden Fensterbänken und in den Regalen neben den Akten standen.

Marisa Veiga war eine Frohnatur – es sei denn, man überspannte den Bogen und reizte sie.

»Gut«, nahm Miguel den Faden wieder auf, »aber was es über

die Sache zu sagen gibt, hat sich mittlerweile sowieso verselbstständigt.«

»Wie meinst du das?«

»So ein kleiner Thai erklärt auf RTP 3 gerade, dass Tuna Sun der Forderung nach Schließung der Fabrik in Olhão nicht nachkommen wird.«

»Der Thai heißt Katsumi Gasai und ist Japaner.«

»Wie auch immer: Er erzählt das vor laufender Kamera. Drüben läuft der Fernseher.«

Drüben war das gegenüberliegende Büro, in dem sich zunächst nur die Schreibtische von Carlos Esteves und Graciana Rosado gegenübergestanden hatten. Seitdem Leander Lost zu ihrem Team dazugestoßen war, hatten sie ihren Arbeitsplatz um einen dritten Tisch erweitert (Duarte hatte bei seinem Einzug in die Räume auf seinem eigenen Büro bestanden und jenes neben dem von Cristina Sobral bekommen).

Es gab ergonomische Stühle auf Rollen, und auf den einfachen weißen Schreibtischen standen Monitore und Telefone. Ein großer Flachbildfernseher dominierte die Stirnseite des Raumes. Er war vor ein paar Monaten angeschafft worden, um sich fallrelevante Beiträge oder die Filme und Fotos von Überwachungskameras in großem Maßstab anzusehen. In Verbindung mit dem gesicherten Netz des Hauses konnten zum Beispiel auch die Bewegungsdaten von Personen auf Google Maps angezeigt werden, die sich auf deren Handys fanden.

In seltener Einigkeit hatten Esteves und Duarte begeistert ein Formular für die Anschaffung des Fernsehers ausgefüllt und waren dabei nicht müde geworden, sich für die dienstliche Unverzichtbarkeit dieses Fernsehers jede Menge Verwendungsmöglichkeiten auszudenken. Was weniger ihrem beruflichen Ehrgeiz geschuldet war als der Übertragung von Fußballspielen während des Dienstes.

Ihre Fantasie sprühte regelrecht. Im Nu hatten sie 27 Punkte aufgelistet, und das nach Feierabend. Sie plädierten für das größte Modell mit der allerneuesten Technik, weil dann lange kein Ersatz nötig sei, und erklärten ihre Wahl mit der Sorgfaltspflicht zur sparsamen Verwendung öffentlicher Gelder.

Carlos Esteves war eingefleischter Fan des FC Porto. Und Miguel Duarte von Real Madrid.

Nun konnten sie ihre Lieblingsmannschaften auf einer Bilddiagonalen von ein Meter neunzig siegen und verlieren sehen.

»Cristiano Ronaldo ist in seinem Herzen eigentlich Spanier.«

»So ein Unsinn, Miguel.«

»Er ist auf Madeira geboren. Das ist auch nicht wirklich Portugal.«

»So wenig wie Mallorca zu Spanien gehört, hm?«

»Aber wenn er wirklich mit Leib und Seele Portugiese wäre, im Ernst, ich will dich nicht ärgern …«

»Natürlich nicht …«

»Warum hat er dann nie für einen portugiesischen Fußballklub gespielt?«

»Weil die Briten damals über siebzehn Millionen hingeblättert haben. Deshalb.«

»Aber nach Manchester United hätte er nicht zu Real Madrid gehen müssen.«

»Warum gehst du nicht raus und fängst ein paar Fliegen?«

Jetzt allerdings standen Carlos Esteves und Leander Lost vor dem riesigen Fernseher und sahen Katsumi Gasai dabei zu, wie er in nicht weniger als vier Mikrofone sprach. Und wie Taro Yada sein Statement übersetzte. Im Hintergrund konnte man das Gebäude von Tuna Sun entdecken. Oben, in der Bildschirmecke, prangte das Logo von RTP 3, dem Nachrichtensender von Rádio e Televisão de Portugal.

Sobral, Duarte und Graciana Rosado gesellten sich zu ihnen.

»Tuna Sun hat die Fischfangrechte legal und für einen hohen Betrag erworben, der der portugiesischen Staatskasse zugutekommt. Tuna Sun bezahlt seine Arbeitnehmer über Tarif. Wir haben in den letzten zwei Jahren über 33 Arbeitsplätze in Olhão geschaffen. Unsere Art des Fischfangs ist nachhaltig und schont das Ökosystem Meer. Wir werden deshalb dem Ansinnen eines Verbrechers, unsere Aktivitäten in Portugal einzustellen, keinesfalls nachkommen. Wir lieben dieses Land, mit dem uns eine jahrhundertelange Tradition verbindet, und appellieren an die zuständige Stelle bei der Polícia Judiciária in Faro, ihre Ermittlungen schnell zum Erfolg zu führen.«

Der letzte Satz war an sie persönlich gerichtet, das war Graciana klar.

Danach kamen kurz hintereinander Godofredo Barros, der Bürgermeister, und eine Meeresbiologin aus Lagos zu Wort, die sich praktisch hundertprozentig widersprachen. Während Barros von einem Vorzeigeunternehmen redete, von einem Segen für die Stadt und den ganzen Kreis, gab die Meeresbiologin dem Bombenleger hinsichtlich der Überfischung und des vom Aussterben bedrohten Thunfisches in allen Punkten recht.

Für ein kurzes Gespräch mit dem Moderator im Studio wurde Manuel Caldeira Cabral, der Wirtschaftsminister, hinzugeschaltet. Dieser bestätigte die Ausführungen von Katsumi Gasai: Die Fischfangrechte seien in einem öffentlichen Bieterverfahren von Tuna Sun erworben worden. Die Unterlagen dazu seien jederzeit einsehbar und überprüfbar, kurz: transparent. Er mahnte die Medien zu mehr Ruhe und sprach der Kriminalpolizei Faro sein volles Vertrauen aus.

Auf die These eines modernen Robin Hood angesprochen, reagierte der Minister kühl. Die britische Literaturgestalt habe keine Autos in die Luft gejagt und keine Schiffe versenkt.

Aber, gab der Moderator geistesgegenwärtig zurück, der Täter sei offenbar ebenso wenig wie der Romanheld darauf aus, sich selbst zu bereichern.

Cabral verlor daraufhin ein wenig von seinem Habitus des besonnenen, staatstragenden Politikers, seine Augen wurden schmal: »In einer Demokratie erfährt niemand Nachteile dadurch, dass er einen Missstand an die Behörden meldet. Wem das Allgemeinwohl am Herzen liegt, der kann jederzeit diesen Weg wählen und muss keine Bomben legen.«

Anschließend meldete sich ein Sammelsurium zufällig ausgewählter Passanten in Olhão zu Wort und sprach nach Aufforderung des Reporters vor Ort in die Kamera und ins Mikrofon. Die Kommentare zeigten die breite Palette der Einschätzungen, die sich grob in zwei Lager einteilen ließen. Es gab die einen, die meinten, dass es schwer kriminell sei, Bomben zu legen, und die von den Gründen dafür nichts wissen wollten, da in ihren Augen kein noch so gewichtiger Grund diese Taten legitimierte. Und die anderen, die ins Feld führten, man dürfe es sich nicht so einfach machen. Man dürfe mit der Verurteilung des Vorgehens nicht auch die Beweggründe und Ziele des Täters mit Nichtbeachtung strafen. Sie führten ins Feld, dass bei seinen Aktionen bisher niemand verletzt worden sei und dass es sich möglicherweise um eine Art Whistleblower handle.

»Und warum«, fragte ein aufgebrachter älterer Herr, der vor der Markthalle von Olhão mit seinem Gehstock wedelte, »veröffentlicht er dann nicht, was er herausgefunden hat, in diesem … Wiki?«

»Vielleicht«, erwiderte eine junge Frau, »weil er begriffen hat, dass das bloße Veröffentlichen nichts bringt. Schauen Sie sich doch an, was Pinto passiert.«

Rui Pinto, der Tonnen an Dokumenten über die geheimen Machenschaften des Profifußballs der Öffentlichkeit zugänglich gemacht hatte – man nannte sie *Football Leaks* –, wartete in Lissabon im Gefängnis auf seinen Prozess. Kein demokratisches Gesetz hatte ihn geschützt, kein Mensch ging seinetwegen auf die Straße.

Die kleine Umfrage beschloss der Moderator mit dem Versprechen, das werte Publikum auf dem Laufenden zu halten. Darauf folgte die Wettervorhersage.

Esteves schaltete den Ton aus, sodass die Moderatorin die Temperaturen der nächsten Tage – in der Spitze allesamt über 33 Grad – stumm vortrug. Sie hörten keinen Wortlaut, erkannten aber nichtsdestotrotz die Stimme derjenigen Person, die die Reporter vor dem Haus gerade in den Senkel stellte: Marisa.

»Ich habe die Ergebnisse«, sagte Isadora Jordão, die in der Tür stand und die keiner hatte kommen hören. Sie trat näher an sie heran und legte ein Stück Papier mit den ausgedruckten Resultaten auf den Tisch. »Das Briefpapier und das Kuvert weisen keinerlei Rückstände auf, die von einem Menschen stammen. Nichts, was sich in irgendeiner Weise zuordnen lässt. Die Behandlung ist identisch mit der bei dem ersten Schreiben. Das kann ich immerhin bestätigen.«

»Ein und derselbe Mann«, fasste Sobral zusammen.

Die Kriminaltechnikerin nickte. »Vermutlich, ja. Dieses Mal hat er allerdings keine Schreibmaschine benutzt. Es handelt sich um einen Tintenstrahldrucker der Marke Hewlett-Packard, Modell MFP X585.«

»Er variiert die Geräte, damit wir ihn mit keinem speziellen in Verbindung bringen können und sich nicht mal die kleinste Spur wiederholt«, stellte Graciana fest.

»Ja, das denke ich auch«, gab Isadora zurück: »Der Drucker ist in Portugal seit seiner Einführung 3452 Mal verkauft worden. Meist an kleinere Unternehmen. Mehr lässt sich nicht sagen.«

»In einem Unternehmen haben mehrere Personen Zugang zu einem Drucker«, sagte Leander, »selbst wenn wir von nur drei Personen pro Gerät ausgehen, sind das über 10000 Verdächtige.«

Isadoras Neuigkeiten und Losts Hochrechnung ernüchterten sie alle. Eine Hautschuppe, eine Wimper, eine Asymmetrie im Schriftbild, irgendetwas, mit dem man etwas in der Hand hatte, um den Kreis der Verdächtigen zügig einzuengen – darauf hatten sie insgeheim gehofft. So viele alte Fälle wurden selbst nach

Jahrzehnten noch per DNA-Analyse aufgeklärt, aber – das war spätestens in diesem Augenblick klar – sie hatten es mit jemandem zu tun, der sich keinen Fehler erlaubte.

»Und die Schreibmaschine?«, hakte die Chefin nach.

Isadora Jordão schüttelte ihren Kopf mit den kurzen Haaren: »Die Fertigung der IBM 36C ist mittlerweile so lange her, dass hier überhaupt keine Zahlen über ihre Verbreitung und ihre Verkaufszahlen vorliegen. Tut mir leid.«

Carlos setzte sich an seinen Platz und zog die oberste Schublade seines Schreibtisches auf. Dort lagerten drei Stück *Pastéis de nata*. »Jemand ein *Pastel?*«, fragte er.

Miguel Duarte warf einen kurzen Blick auf das Gebäck, widerstand dann aber der Süßigkeit. Da die anderen ebenfalls ablehnten, schnappte sich Carlos eines und schloss die Schublade wieder. »Ich hab noch mal über sein Schreiben nachgedacht«, meinte er dann und schnupperte an dem Pastel, es roch einfach großartig, »und da ist mir sein Bezug auf die Lebenszeit aufgefallen.«

»Und was ist damit?«, fragte Duarte unwirsch, weil er jetzt doch Appetit auf eines der Stückchen hatte, sich aber nicht überwinden konnte, Carlos Esteves um eines zu bitten. Der hatte schon zweimal abgebissen und genoss das Puddingtörtchen, als wäre es sein allererstes.

»Na, es scheint ihm wichtig zu sein. Ich hab überlegt, ob es etwas mit seinem Leben zu tun haben könnte. Vielleicht Lebenszeit, die man ihm gestohlen hat. Aus seiner Sicht. Sprich: Vielleicht hat er irgendwo im Gefängnis gesessen. Vielleicht ist es jemand, der gerade entlassen worden ist.«

Er aß den Rest der Süßspeise, öffnete besagte Schublade und entnahm ihr das nächste Pastel.

Duarte lief das Wasser im Mund zusammen. Was sollte es, fragte er sich in Gedanken. Was vergab er sich schon dabei, wenn er den Kollegen ganz beiläufig um eines der Pastéis de nata bat? Er kam etwas näher, öffnete den Mund und …

... und Leander Lost sagte: »Ich bin davon überzeugt, dass der Täter sich immer noch in der Nähe aufhält. In einem Radius von unter hundert Kilometern. Senhor Gasai hat angegeben, dass die *Hitsujikai*, das erste der versenkten Schiffe, um 19 Uhr abends die Anlegestelle erreicht hat. Von Senhor Moreno wissen wir von einem sehr begrenzten Zeitfenster von nur dreißig Minuten, das der Täter genutzt hat, um sein Bekennerschreiben bei ihm einzuwerfen. Und zwar zwischen 23 und 23:30 Uhr. 23 Uhr wäre nur eine Stunde nach dem Anschlag im Hafen von Olhão gewesen.«

»Alles richtig«, antwortete Carlos Esteves, »aber das bringt uns im Augenblick nicht weiter, Senhor Lost.«

»Nun ja, vielleicht ...«, setzte der zu einer Antwort an, aber Miguel Duarte wusste plötzlich, worauf der Deutsche hinauswollte. Und da es sich großartig als Breitseite gegen Graciana Rosado eignete, schnitt er Lost das Wort ab: »Warum wird eigentlich das Haus von Senhor Moreno nicht überwacht? Das erste Schreiben ist doch auch bei ihm gelandet?«

Graciana senkte den Kopf. Natürlich. Der Gedanke war so naheliegend, dass sie ihn übersehen hatte. Und sie wusste auch warum – sie würde sich zu keinem Mann hingezogen fühlen, der sie mit dieser Bombenserie heimsuchte, da war sie sich sicher. Júlio Moreno war unschuldig. Deshalb war die Überwachung seiner Person in ihren Augen überflüssig gewesen. Und war es noch. Das alles war freilich etwas, was sie nicht aussprechen durfte, Sobral hätte sie umgehend von dem Fall abgezogen.

»Ist doch schon längst geschehen, Duarte«, sagte Carlos zwischen zwei Bissen, »hat Graciana gestern angeordnet.«

Die sah ihn ebenso perplex an wie Miguel Duarte.

»Schräg gegenüber von Morenos Haus gibt es die Casa Estrela. Ich hab die gestern Nacht für die PJ angemietet. Seitdem sitzen da Ana, Luís und Rui in einzelnen Schichten und observieren Morenos Haus. Der Briefkasten und der Eingang der Villa werden außerdem rund um die Uhr aufgezeichnet.«

»Sehr umsichtig, Senhora Graciana«, lobte Sobral.

Graciana brachte kein »Danke« über die Lippen. Sie war nicht aus dem Stoff, den es brauchte, um sich mit fremden Federn wohlzufühlen. »Es war nicht meine Idee, sondern die von Sub-Inspektor Esteves«, stellte sie daher in Richtung Sobral klar.

Kurz gingen deren Blicke zwischen Carlos und Graciana hin und her. »Wissen Sie, letztlich ist es für das Gelingen des Ganzen nicht von Bedeutung, wer im Einzelnen verantwortlich war. Wir lösen das hier als Team – oder scheitern als Team.«

Alle bis auf Leander stutzten. Was war nur mit der Chefin los? Hatte sie heimlich irgendwo einen Wochenendkurs durchlaufen? Eine Fortbildung in Sachen agiles Führen? Sie schien mit einem Mal in sich zu ruhen.

»Ist noch ein Pastel übrig?«, fragte Leander.

»Claro.« Esteves reichte ihm das Dritte der Pastéis de nata.

Duarte schluckte.

Da erschien Marisa Veiga im Büro und hielt einen USB-Stick zwischen Daumen und Zeigefinger: »Das sind gut 600 Fotos und über 150 Handyvideos unterschiedlicher Länge. Alle von Leuten geschickt, die gestern in der Nähe von Tuna Sun waren. Und es kommen noch mehr.«

Auf Sobrals Anordnung hin verteilten sie die Sichtung des Materials auf den Schultern aller. Sie setzten sich an ihre Rechner oder Laptops und erstellten eine Art visuellen Zeitstrahl, wie Leander Lost es nannte: Die chronologische Anordnung des Materials lieferte ihnen über weite Strecken des Tages und der einbrechenden Dämmerung ein Abbild der Anlegestelle von Tuna Sun.

Manchmal von fern, dann wieder näher, manchmal nur als Bestandteil eines Schwenks in einem kleinen Urlaubsvideo, hoch aufgelöst oder verpixelt, Weitwinkel oder Zoom. Es war alles dabei, ein buntes Kaleidoskop der Lagune.

»Ausgedruckt würden die eine riesige Wand bedecken, wie ein überdimensionaler Farbklecks«, sagte Isadora mitten in der Arbeit. Sie erntete Nicken und schiefes Grinsen – ja, das traf es, jeder konnte sich vorstellen, was sie meinte: ein großes Bildnis eines Nachmittags aus Hunderten individuellen Mosaikstückchen; den Fotos.

Während die anderen sich um den Fernseher sammelten, weil sie etwas entdeckt zu haben glaubten, beugte Graciana sich zu Carlos und flüsterte: »Danke. Ich geh kurz raus und setze Ana, Luís und Rui wirklich auf Morenos Haus an.«

Er sah sie von der Seite an und wusste nicht, ob er beleidigt oder belustigt sein sollte. »Die sind wirklich seit gestern Nacht da.«

Und dann musste Carlos Esteves wegen des Grades ihrer Verblüffung breit grinsen. Es kam nicht oft vor, dass man Graciana Rosado auf dem linken Fuß erwischen konnte.

Es entstand ein kurzer Moment der Stille. Da lag immer noch etwas Unausgesprochenes zwischen ihnen. Ihre Frage, ob er hinter seinem schnoddrigen »Du hast was Besseres verdient« in Wirklichkeit nicht seine Zuneigung für sie verbarg.

Carlos war schon immer da gewesen. Wie ihre Mutter und ihr Vater, von klein auf. Nun ja, eigentlich erst zehn Monate später, aber so weit Gracianas Erinnerung zurückreichte (bis in den Kindergarten), gab es nur eine Welt mit Carlos. In der Pubertät wuchs die Distanz zwischen ihnen, dann begegneten sie sich wieder öfter, weil sich ihre Freundeskreise überschnitten.

Während Carlos jeden Tag bis zur Neige auskostete, orientierte sich Graciana bereits beruflich und war neben den üblichen Partys auch gerne zu Hause in der Virgílio Inglês.

Zentraler konnte man in Fuseta ja ohnehin nicht wohnen. Wer wissen wollte, welcher Acker demnächst zu Bauland umdeklariert wurde und wer bald heiratete, oder wer einfach nur um Rat suchte oder ein geduldiges Ohr brauchte, der kam zwangsläufig bei den Rosados vorbei. Für Kinder und heranwachsende Jugendliche war es das Paradies – weil man sie in Ruhe ließ.

Und wenn man sich ihrer endlich wieder entsann und sie ins Bett schickte, öffneten sie das kleine Fenster zur Dachterrasse und hörten heimlich den Gesprächen der Erwachsenen zu. Nur unterbrochen von ihren kleinen Raubzügen in die Küche, wo sie ein paar Kleinigkeiten stibitzten und flink wieder nach oben trugen. Und wo sie nach dem Schwur, bis zum Morgengrauen wach zu bleiben, mit bleischweren Lidern einnickten.

»Das ist von ihm«, sagte jemand und riss Graciana aus ihren Gedanken. Auch die anderen wandten sich vom Fernseher und den Fotos ab und Marisa Veiga zu, die mit einem Zettel in der Hand in der Tür des Büros stand.

Sie wirkte angespannt und legte das Stück Papier so vorsichtig auf den nächsten Schreibtisch, als befürchtete sie, es könne ihr zwischen den Fingern explodieren. »Es hat ohne Briefmarke in der Post gelegen.«

Und damit stand unausgesprochen fest: Er hatte das Papier hier eingeworfen. Er war hier gewesen.

Sobral und Lost näherten sich zuerst, dann folgten die anderen und bildeten eine lockere Traube um das Schreiben. Es handelte sich um eine Schwarz-Weiß-Kopie.

Das Schriftbild konnte Isadora Jordão schon auf den ersten Blick identifizieren, denn es stammte von einem Gerät, dem sie selbst noch in ihrer Ausbildung begegnet war: einem Nadeldrucker. Sie zog sofort ein Schweizer Allzweckmesser aus ihrer Hosentasche, das aussah, als hätte es mindestens einmal das Sonnensystem durchquert, und klappte daraus eine Lupe aus, durch die sie das Schriftbild genauer inspizierte.

Ja, der erste Eindruck hatte sie nicht getäuscht. »Das stammt aus einem Neun-Punkt-Nadeldrucker«, war sie sich sicher, »blasses Schriftbild. Altes, oft benutztes Farbband. Auf jeden Fall variiert er also weiter die Geräte für seine Bekennerschreiben.«

»*Aha*«, begann das Schreiben mit dem kürzesten möglichen Palindrom. »*Tuna Sun stellt trotz drei versenkter Schiffe den Profit über die Unversehrtheit seiner Mitarbeiter. Wir stellen unsere Ziele daher ab jetzt auch über die Unversehrtheit Einzelner. In einem sensiblen Bereich mit vielen Menschen haben wir einen Sprengsatz deponiert. Wir werden ihn gegen zwei Millionen Euro per Funksignal entschärfen. Eine Million ist zu überweisen an die Tierschutzorganisation Dignidade dos Animias. Die andere Hälfte ist uns zu übergeben um 17 Uhr. 37.240102-7.802662. Ein Polizist in Zivil.*

Erhalten wir das Geld nicht, entschärfen wir nicht.

Sind die Scheine markiert, entschärfen wir nicht.

Folgt uns Polizei, entschärfen wir auch nicht.«

»Das ist aber nicht sehr Robin-Hood-mäßig«, stellte Carlos fest.

»Das kommt darauf an«, so Lost, »was sie mit der Million in bar machen.«

»Ist das eine GPS-Position?«, fragte Sobral.

Isadora Jordão und Leander Lost bejahten.

»Das haben wir gleich«, sagte Graciana und ging mit dem Fernseher ins Netz und auf Google Maps, wo sie die Zahlenreihe in die Suchmaske eingab. Es dauerte keine zwei Sekunden, dann erschien ein Zipfel der Ilha da Armona. Der Strand am Fähranleger zog sich in einer schmalen Sichel am Ufer entlang. Dort, wo nichts mehr bebaut war und der Strand endete, befand sich der Punkt für die Übergabe.

»Den holen wir uns«, befand Sobral mit einem Gesichtsausdruck, der keinen Zweifel an ihrer Entschlossenheit aufkommen ließ.

»Wir haben noch 122 Minuten.«

Lost natürlich.

15.

Carlos Esteves setzten die 36 Grad in der Sonne nicht so zu, wie man meinen könnte, denn es strich eine angenehme Brise über die Lagune, die die Ilha da Armona und Olhão voneinander trennte. Er war gerade mit einem Wassertaxi angekommen, das die Leute, die nicht mit der regulären Fähre fuhren, für dreißig Euro übersetzte. Nicht pro Kopf, sondern pro Fahrt.

Der Anleger bestand aus einer großen Betonplatte, die auf Säulen über das Ufer ragte. Zum Wasser hin zogen sich hüfthohe, leicht rostige Geländer mit Querstreben. Den Besucher erwarteten in der ersten Reihe der nahezu ausnahmslos einstöckigen Bebauung vier Restaurants und Bars, die überwiegend von Touristen frequentiert wurden.

Cristina Sobral und Miguel Duarte waren mit der letzten regulären Fähre bereits vor einer halben Stunde hier angekommen. »Er hat ein Foto von Ihnen allen aus der Bank. Er kennt vermutlich Ihre Gesichter«, hatte Sobral im Kommissariat gesagt, *»das müssen wir bedenken.«*

Hatten sie.

Carlos Esteves schlenderte wie ein Tourist über den Anleger. Er trug eine Sonnenbrille, damit er die Leute um sich herum beobachten konnte, ohne dass diese das bemerkten. Rechter Hand, direkt am Wasser, tummelten sich die Gäste im Restaurante Tolinhas. Es ruhte auf einem fußhohen Betonfundament, um dessen rechte Ecke bei Flut das Wasser plätscherte.

Cristina Sobral hatte es sich mit einem Buch auf der hölzernen Veranda des Lokals bequem gemacht. Hin und wieder warf sie erst einen Blick auf ihre Armbanduhr und anschließend einen hinüber zum Anleger, als wäre sie mit jemandem hier verabredet, auf den sie im Tolinhas wartete.

»Wir wissen nicht, ob er in seinem Schreiben die erste Person Plural nur benutzt, um eine Gruppe und damit Größe vorzutäuschen«, hatte Graciana gesagt. »Oder ob wir es tatsächlich mit mehreren Tätern zu tun haben. Wir gehen sicherheitshalber von der komplexeren Situation aus: Es ist eine Gruppe.«

»Und mindestens einer sitzt dort auf der Insel«, hatte Miguel Duarte mit wichtiger Miene ergänzt, »und checkt, ob da Polizisten in Zivil rumlaufen.«

Checken gefiel Duarte, wie er gerade feststellte. Es klang ein wenig nach FBI.

Der Checker. Auch kein schlechter Titel für eine Autobiografie.

Er musste lächeln. Miguel Duarte lag in Badehosen auf einem Laken im Sand der Bucht, die vor allem von Familien mit Kleinkindern bevölkert war. Einige Badegäste hatten ihre Campingstühle mitgebracht, andere Kühlboxen, in denen Getränke und Sandwiches lagerten, wieder andere vertrieben sich die Zeit mit einem Federballspiel.

Damit man ihn nicht erkannte, war auch Duarte mit einer Sonnenbrille ausgestattet und mit einem Baseballcap, dessen Schirm er sich tief ins Gesicht gezogen hatte. Neben ihm lagen zwei sehr hübsche Portugiesinnen, vielleicht Mitte zwanzig. Duarte hatte sich den Platz neben ihnen ausgesucht.

»Olá«, hatte er gesagt und sein Handtuch ausgebreitet.

»Olá«, hatten sie geantwortet und ihn nicht weiter beachtet.

Nach einigen Minuten lächelte er ihnen zu, und eine der beiden erwiderte das Lächeln.

»Ich bin Spanier«, sagte er.

»Sie Armer«, antwortete sie. Und dann kicherten beide, drehten sich auf den Bauch und lachten in ihre Handtücher.

Duarte lief rot an.

»Fünf Minuten«, hörte er per Intercom. Sie alle trugen die nahezu unsichtbaren Ohrhörer und waren so mit der Chefin und Graciana verbunden. Die hatten die winzigen Funkmikrofone an Halsketten angebracht. Sobral trug ohnehin immer eine, und Graciana, die auf Schmuck nicht viel Wert legte, hatte sich Marisas ausgeliehen. Sobral verbarg den Ohrhörer hinter ihrem Haar und Duarte unter dem Baseballcap.

In der knappen Zeit, die ihnen bis zur Übergabe geblieben war, hatten sie versucht, alle Notwendigkeiten und Möglichkeiten zu bedenken.

Warum auf der Ilha da Armona? Welchen Vorteil hatten die Täter durch die Wahl dieses Ortes?

»Wenn sie mit dem Geld verschwinden«, hatte Lost kombiniert, »dann sind alle Verfolger gezwungen, entweder in ein Boot zu steigen oder einen Helikopter zu benutzen. Beides ist auffällig genug, um von ihnen als polizeiliche Maßnahme erkannt zu werden.«

Aus diesem Vorteil, so ihre gemeinsame Überzeugung, während sie sich vorbereiteten, erwuchs aber auch ein Nachteil für die Täter: Für ihre Flucht mussten sie selbst ebenfalls das Wasser überqueren. Und dann gab es nur zwei mögliche Anlaufpunkte: zurück zum Festland oder hinaus aufs offene Meer.

Graciana Rosado und Leander Lost warteten an zwei unterschiedlichen Punkten in der Hafengegend von Olhão und hatten ein Auge auf den Schiffsverkehr – sowohl auf den, der hier ablegte, als auch auf den ankommenden. Aber sie erwarteten nicht, dass die Flüchtigen mit dem Geld genau hier ablegen würden. Sie hielten sich bereit, um mit dem Mustang und der gelben Scrambler so schnell wie möglich an einen anderen Küstenabschnitt zu fahren, und falls es aufs offene Meer ging, warteten sowohl dort als auch im Fischerhafen der Nachbarinsel Culatra zwei Schnellboote der portugiesischen Küstenwache. Und sollten sie versuchen, die schmale Fahrrinne durch die Ria Formosa nach Fuseta zu nehmen, kämen sie auch nicht weit: Der Kapitän der Fähre von Fuseta würde sein Schiff in der Fahrrinne quer stellen und diesen Fluchtweg so blockieren.

Der Zugriff selbst war der heikelste Punkt in Cristina Sobrals Plan. Wenn es sich um eine Gruppe von zwei oder mehr Tätern handelte, dann würden nicht alle auf der Ilha da Armona auftauchen und das Geld von Carlos entgegennehmen, sondern eine Person. Und höchstwahrscheinlich befand sich diese bereits irgendwo auf der Insel und beobachtete, ob außer Carlos Esteves noch ein Kriminalbeamter vor Ort war.

»Wenn die ihre Drohung ernst meinen und wir das auch tun, dann haben sie, wenn sie mit dem Boot kommen, praktisch freies Geleit«, hatte Isadora Jordão gesagt. »Es ist nur logisch, dass sich zumindest einer aus der Gruppe nicht auf diesem Boot befinden wird: derjenige nämlich, der den Sprengsatz entschärfen kann. Wenn der eine Nachricht erhält, dass wir irgendwann nach der Übergabe zugegriffen haben, müssen wir davon ausgehen, dass er die Bombe hochjagt.«

Und zwar in einem sensiblen Bereich mit vielen Menschen, wie man ihnen mitgeteilt hatte. Zum Beispiel in einem Kindergarten oder einer Schule, hatte Carlos als Beispiele angeführt. Und die Bilder, die er damit in den Köpfen seiner Kollegen erzeugte, waren grauenhaft.

Der Gedanke einer Räumung aller denkbaren sensiblen Bereiche war schlicht unmöglich. Aber Isadoras Gedanke bezüglich des Signals, das derjenige, der das Geld entgegennahm, demjenigen zukommen lassen musste, der die Explosion verhindern konnte, brachte sie weiter. »Man könnte ausschließen, dass die Nachricht den Mann mit der Bombe erreicht«, sagte Lost.

»Wie soll das gehen?«, hatte Duarte genervt gefragt. Der Deutsche kam manchmal mit möglicherweise logischen Ideen um die

Ecke, die aber ohne jede Praxistauglichkeit waren. So was wie: Wenn wir den Täter im Sonnensystem von Proxima Centauri fassen, hätten wir 4,25 Lichtjahre Zeit, um den zweiten Mann dingfest zu machen. Das war natürlich prima, aber bevor sie Proxima Centauri erreichten, wären sie schon lange tot.

»Indem man das Mobilfunknetz runterfährt«, antwortete Graciana auf Duartes Frage. Und Lost nickte.

Also nahm die Chefin mit der Telefónica Kontakt auf, die kooperationswillig war und versicherte, sie könnten das Mobilfunknetz in Abstimmung mit anderen Anbietern auf ihr Kommando hin ausschalten.

Aber all diese Überlegungen würden erst dann zum Zuge kommen, wenn der Plan von Cristina Sobral aus irgendeinem Grund nicht weiterverfolgt werden konnte.

»Wir verhalten uns absolut passiv«, hatte sie angeordnet, »wir *folgen* ihnen nur. Das alles läuft unter dem Sammelbegriff ›Observierung‹. Wir folgen ihnen, bis sie denken, dass sie sich in Sicherheit befinden. Und bis wir wissen, wie viele Mitglieder diese Gruppe hat und wer die sind. Die nehmen wir dann alle in einer konzertierten Aktion gleichzeitig fest. Denken Sie bitte alle daran, sich so unauffällig wie möglich zu bewegen. Wenn wir auffallen, wenn denen auch nur der leiseste Verdacht kommt, dann wissen Sie, was passieren kann. Und ganz gleich, ob wir dann unseren Job behalten oder verlieren – wenn Sie mich fragen, wäre das dann eines unserer geringeren Probleme –, wissen wir alle, dass wir in unserem Leben nicht mehr froh werden. Behalten Sie das bitte immer im Hinterkopf. Notfalls lassen wir die ziehen und greifen nicht ein. Wir retten damit vermutlich Menschenleben.«

Carlos fuhr sich mit der flachen Hand über den Nacken: »Was ist, wenn die Bombe ein Bluff ist?«

Sobral nickte. Sie machte ein Gesicht, als habe sie sich diese Frage auch schon gestellt: »Und was ist, wenn nicht, Senhor Esteves?«

Carlos schluckte leer. Er hatte verstanden, dass das im Augenblick keinerlei Unterschied für sie alle machte.

Das Geld zu besorgen, gestaltete sich reibungsloser als erwartet. Denn wie in anderen EU-Ländern auch, hielt das Innenministerium Bargeldbestände für solche Krisensituationen vor.

Sobral wurde nach einer kurzen Schilderung der Umstände direkt zu Innenminister Rui Pereira durchgestellt. Dem musste sie die Lage nicht lange erläutern, Pereira hatte während seiner Laufbahn jahrelang den Inlandsgeheimdienst SIS geleitet.

Etwas über eine halbe Stunde nach dem Telefonat konnten Miguel Duarte und Carlos Esteves die eine Million Euro am Sitz der Banco de Portugal in Faro, der sich nur zweihundert Meter von ihren Büros entfernt befand, abholen. Nach ihrer Rückkehr ins Kommissariat blieb Isadora gerade noch genug Zeit, um die Scheine chemisch zu präparieren.

Sobral sorgte außerdem dafür, dass der Tierschutzorganisation *Dignidade dos Animiais* die geforderte Million vom Innenministerium überwiesen wurde. Pereira selbst versicherte ihr, man werde sich darum kümmern – wobei zwischen den Zeilen auch die Gewissheit mitschwang, dieses Geld auf die eine oder andere Art zurückzuholen.

Mit den präparierten Scheinen in einer Stofftasche, die er über der rechten Schulter trug und aus der ein Badehandtuch lugte, stapfte Carlos Esteves gerade an Duarte vorbei. Er trug Flipflops, Shorts und ein hellblaues Hemd. Die Zweihunderteuroscheine waren immer noch fein säuberlich gestapelt und von Banderolen der Banco de Portugal umschlossen.

Esteves war nicht bewaffnet. Sollten die Täter die Übergabe nicht auf der Insel durchführen, sondern ihn mit einem Boot abholen, um die Sache dort über die Bühne zu bringen, würde eine Waffe unnötiges Misstrauen erwecken.

»Sub-Inspektor Esteves auf Position«, sagte Cristina Sobral

leise, und ihre Worte wurden von allen verstanden, von Miguel Duarte und der Küstenwache, von Graciana Rosado und Leander Lost. Nur von Carlos selbst nicht, denn ihn mit einem Ohrhörer auszustatten, erschien ebenfalls zu riskant.

Der hatte soeben die GPS-Position erreicht, die in dem Schreiben angegeben worden war. Er sah sich ein wenig um. Bisher gab es noch niemanden, der am Strand oder in einem Lokal aufgestanden und langsam auf ihn zugekommen wäre. Und auch keines der Boote, die auf der Lagune vor sich hin schipperten, nahm Kurs auf seine Position. Er sah auf seine Armbanduhr: Es war exakt 17:00 Uhr.

Und nichts passierte.

Carlos setzte sich in den Sand und begann, eine Zigarette zu rauchen. Dann musste er gähnen. Kein Wunder, die Nacht war schließlich ziemlich kurz gewesen. Er legte sich auf den Rücken und verschränkte die Arme hinter dem Kopf.

Er hörte das Lachen der Kinder beim Baden und den leichten Wellengang, der ans Ufer schwappte. Dann und wann mischte sich der Schrei einer Möwe dazu. Die einfache Form des Glücks lauerte manchmal an Stellen, an denen man sie nicht vermutete, und sprang einen plötzlich an. Er sollte, dachte Carlos, mal wieder einen Tag am Wasser verbringen. Vielleicht mit den Jungs, mit denen er sich zu den Fußballübertragungen traf. Oder mit den Rosado-Schwestern. Dann könnte er auch Senhor Léxico mitnehmen, wenn der versprach, ihnen nichts über die Kolonialisierung des Mars zu erzählen.

Und darüber nickte er ein.

Fünf Minuten später entdeckte Cristina Sobral es als Erste. Als sie nämlich wieder einmal von ihrem Buch aufsah, um zum Anleger zu blicken. Dabei nahm sie eine Bewegung wahr. Ein kleiner Punkt, der sich recht zügig näherte und dessen Oberfläche das Sonnenlicht reflektierte. Sie stutzte und schaute genauer hin, weil sie sich keinen Reim auf das Ding machen konnte.

Auf jeden Fall besaß es eine hellgraue Oberfläche. Und es war auch kein Boot, denn es bewegte sich *oberhalb* der Wasserlinie. Es flog.

»Merda«, entfuhr es ihr leise. Jetzt wusste sie, warum die Übergabe genau hier stattfinden sollte.

»Was ist passiert?«, fragte Graciana von der Uferpromenade in Olhão aus und kam damit Duarte zuvor, dessen Mikrofon in der Wölbung des Schirmes der Baseballkappe steckte.

Sobral musste sich zwingen, nicht aufzustehen und genauer hinzuschauen – sie durfte gerade jetzt um keinen Preis auffallen. Aber was vor einem Sekundenbruchteil noch eine Vermutung gewesen war, wurde zur Gewissheit.

»Es ist eine Drohne«, sagte sie, »sie schicken eine Drohne.«

Sie war mit ihrer Entdeckung nicht mehr alleine. Ein paar der Strandbesucher hoben die Köpfe, denn jetzt war auch ein Surren zu hören. Es klang wie ein aufgeregter Bienenschwarm. Ein Geräusch, das hier, direkt an der Lagune, deplatziert wirkte.

Auch Duarte wurde nun aufmerksam. Und sah zu Esteves, der immer noch auf dem Rücken lag und sich schon seit ein paar Minuten nicht mehr bewegte.

Graciana hatte ihre Position verlassen und sich auf den Weg zu Leander gemacht, dem sie mit einer Geste zu verstehen gab, sich gleichfalls auf sie zuzubewegen. Während er der Aufforderung nachkam und vom Fähranleger über die Promenade auf die Markthallen zuging, wo Graciana Rosado bis jetzt gewartet hatte, schaltete er sich per Intercom ein: »Das ist Sub-Inspektor Lost. Senhora Cristina, können Sie das Modell der Drohne bestimmen?«

»Was?«

»Das Modell. Was ist das für eine Drohne?«

»Ich … weiß nicht. Ich kenne mich damit nicht aus.«

»Können Sie ein Foto davon machen mit Ihrem Smartphone?

Ich bin mir sicher, dass einige Strandgäste das ebenfalls machen werden und Sie dadurch nicht weiter auffallen.«

Tatsächlich zückten vor allem Jugendliche und Twens ihre Smartphones, während die Drohne nun den Anleger erreichte und abstoppte. Für ein paar Augenblicke schwebte sie auf der Stelle. Das war der Moment, in dem Sobral das Foto schoss und sofort an Lost weiterleitete.

Sie sah zu Carlos Esteves, der regungslos im Sand lag.

»Miguel, was ist mit Esteves?«, fragte sie. »Kannst du von dir aus mehr sehen?«

»Nein«, kam es prompt zurück, »ich weiß nicht, was er da veranstaltet. Ich glaube, es wäre besser gewesen, *ich* hätte die Übergabe gemacht. Am Ende ist er noch eingeschlafen.«

Die Drohne maß etwa vierzig Zentimeter. Oben bestand sie aus einer schmalen, stromlinienförmigen Kuppel aus hellgrauem Kunststoff. Darunter ein schwarzer Korpus, aus dem vier kräftige Ausleger führten, die jeweils in einem schwarzen Rotor endeten. Die vorderen Rotoren waren mit einem roten Positionslicht ausgestattet, die hinteren mit einem grünen.

Unterhalb des Quadrokopters war eine Kamera angebracht, die offensichtlich frei beweglich war. Während die Drohne auf der Stelle schwebte, schwenkte die Kamera den Uferbereich ab, bevor sie seitlich weiterflog – jetzt aber langsam, als suche sie etwas.

Duarte linste durch seine Sonnenbrille hinüber zu Carlos Esteves. Dessen Kopf lag auf seinen Unterarmen, der Mund war geöffnet. Der Brustkorb hob und senkte sich gleichmäßig.

»Ich glaube, der schläft tatsächlich!«

Duartes Stimme hob zum Satzende in der Lautstärke empört an und dröhnte in ihren Ohren.

»Miguel, rühr dich nicht vom Fleck«, kam Sobrals Mahnung über Funk – und tatsächlich hatte er gerade aufstehen wollen, setzte sich nun aber lediglich auf, während die Drohne auch an seiner Position vorbeischwebte.

»Ich kenne den Typus«, sagte Leander ebenso ruhig wie sachlich beim Betrachten der Aufnahme, die er gerade von Sobral empfangen hatte.

»Und?«, fragte Graciana und wusste nicht, was sie sich von der Antwort erhoffte. Wenn er ihr den Namen des Fabrikats nannte, wäre sie keinen Millimeter schlauer.

»Es ist eine Drohne des Herstellers DJI, das Modell ist eine Inspire 2.«

»Und das heißt?«

»Das heißt, sie besitzt bestimmte Spezifikationen. Zum Beispiel, dass das Bild der Kamera direkt an den, der sie steuert, übertragen wird. Er sieht, was die Drohne sieht – ohne anwesend sein zu müssen. Aber die Eigenschaft der Inspire, die für uns im Moment maßgeblich ist, ist ihre Reichweite: fünf Kilometer. Das bedeutet, derjenige, der sie steuert, kann sich maximal fünf Kilometer von Senhor Esteves entfernt befinden. Noch dazu darf der Funkkontakt nicht gestört sein. Das wiederum bedeutet, er steht entweder auf einer freien Ebene – dazu bieten sich die Salinen an. Sie sind flach und meist menschenleer. Oder er nutzt einen erhöhten Standpunkt. Da wir hier keine Hügel haben, kommt dafür nur ein Gebäude infrage. Und so ein Gebäude kann sich im Umkreis von fünf Kilometern nur hier befinden – in Olhão.«

»Aber dann könnte er die Drohne auch von der Ilha da Culatra aus steuern«, nahm Graciana den Ball auf.

»Theoretisch ja. Auch von einem Boot aus. Aber beide Varianten würden den Vorteil zunichtemachen, den er mit dem Übergabeort gewählt hat – er hat sich für die Ilha da Armona entschieden, damit wir dort alle Kräfte zusammenziehen. Die Inspire 2 hat eine Höchstgeschwindigkeit von 94 Stundenkilometern. Wenn er sich der gleich bedient, dann gibt es nicht mal ein Schnellboot, das die Drohne verfolgen könnte.«

»Damit hängt er alle unsere Leute ab.«

»Nicht ganz«, wandte Leander ein, »sein Vorteil besteht darin, dass er die Drohne ans Festland fliegen wird. Aber auf dem sind wir auch.«

Die Drohne, die im Seitwärtsflug nun fast die gesamte Bucht hinter sich gelassen hatte, wurde stetig langsamer und stoppte exakt dort, wo das Wasser auf den Sand traf. Und wo Carlos Esteves lag. Mittlerweile gab es kaum noch jemanden am Strand, der nicht aufmerksam verfolgte, was gerade geschah.

Esteves rührte sich nicht. Die Kamera der Drohne schwenkte von links nach rechts und wieder zurück, ganz so, als wolle sich der Pilot versichern, ob dieser Mann in Flipflops wirklich ein Mitarbeiter der Polícia Judiciária war. Da die Bucht hier endete und sich die nächsten zehn Meter rechts von dem Mann mit den Flipflops keine weitere Person befand – außer zwei Kleinkindern, die eine Sandburg errichteten –, näherte sich die Drohne schließlich und schwebte jetzt nur zwei Meter über Carlos Esteves' Füßen.

In dessen Traum mischte sich ein Bienenschwarm, der sich ganz in seiner Nähe befinden musste. Bloß konnte er ihn nicht sehen. Dafür spürte er aber, wie ein sanfter Wind über seine Füße strich. Und langsam drangen noch andere Geräusche zu ihm durch. Getuschel von Leuten und sanfter Wellengang. Blinzelnd öffnete er die Augen – und erstarrte. Dann schnellte er mit dem Oberkörper hoch und begriff, dass er kurz eingenickt sein musste. Was ihm noch keine Erklärung dafür lieferte, was es mit diesem Ding über ihm auf sich hatte. Unauffällig linste er zur Seite – Duarte befand sich unverändert auf seiner Position und starrte wie alle anderen auch zu ihm und der Drohne hinüber.

An der Unterseite des Kopters öffnete sich eine Klappe, und aus dem Hohlraum darüber fiel direkt vor Carlos Esteves eine Tasche in den Sand. Sie war hell, säuberlich zusammengefaltet und aus feinem Stoff. In schwarzer Schrift stand darauf eine Anweisung für ihn: »Geld verstauen und Tasche einhängen.«

Carlos sah auf. Tatsächlich hing an der Innenseite der Klappe ein Karabinerhaken.

Er öffnete den Reißverschluss der Tasche, an dessen Ende die Täter einen silbernen Metallring eingenäht hatten, der zum Aufhängen diente.

Carlos war mit einem Schlag wach bis in die Fingerspitzen. Die neugierigen Blicke der Leute am Strand ignorierte er. Mit Sicherheit würde diese Drohne mitsamt des Geldes in Richtung Festland verschwinden. Und damit hätten die Täter sie alle hier mächtig verladen. Aber im Gegensatz zu ihm verfügten sowohl die Chefin als auch Miguel Duarte über Funk.

Wenn Cristina Sobral die Nerven behielt (und nach ihrem heutigen Auftritt sah das ganz danach aus), würde sie keine Verfolgung der Drohne übers Wasser anordnen – denn wer immer sie steuerte, würde das bemerken. Stattdessen würde sie – so hoffte er – die Kolleginnen und Kollegen an Land in Stellung bringen, um die Drohne zu verfolgen. Graciana, Senhor Lost und die insgesamt über vierzig Polizisten aus den benachbarten Dienststellen der GNR und der Polícia de Segurança Pública, kurz PSP. Sicherheitshalber allesamt in Zivil. Carlos konnte nicht hören, wie Cristina Sobral diese gerade präzise in diverse Ausfallstraßen Olhãos beorderte.

Er verschaffte den Kollegen Zeit, indem er das Geld ebenso langsam wie ungeschickt von seiner Tasche in die der Erpresser umschichtete. Was Drohnen betraf, hatte er nicht sehr viel Ahnung. Aber sein gesunder Menschenverstand sagte Carlos, dass die Drohne aus einer Batterie gespeist wurde. Je mehr Zeit er hier vertrödelte, desto weniger Kapazität blieb ihr für den Rückflug. Und als er aus den Augenwinkeln bemerkte, wie Duarte sich erhob und scheinbar gelangweilt in Richtung Anleger spazierte, wusste er Bescheid.

Mittlerweile hatte sich eine lockere Menschentraube in rund fünf Meter Abstand um Carlos gebildet, die ihm interessiert dabei zusah, wie er das letzte Bündel Geld in der Tasche verstaute, sie schloss und dann – wie gewünscht – am Karabinerhaken einhängte.

Als er die Tasche losließ, stieg die Drohne auf etwa vier Meter. Dort verharrte sie wie in einer Gedenksekunde, um dann urplötzlich nach hinten und oben gleichzeitig wegzurasen. Nach fünf Sekunden war sie mit bloßem Auge nicht mehr zu sehen.

Sobral funkte Graciana und Lost an: »Die Drohne fliegt jetzt mit hoher Geschwindigkeit Richtung Olhão. Richtung Hafen. Das Geld ist in der Tasche unter ihr. Wir müssen wegen möglicher Verfolger abwarten. Wir starten in fünf Minuten.«

16.

»Wir fahren mit Ihrem Motorrad. Sie fahren, ich sitze hinter Ihnen und behalte die Drohne im Auge.«

»Wenn Sie Ihren Mustang nehmen, können wir möglicherweise besser reagieren.«

»Nein«, widersprach Graciana und schüttelte den Kopf, »kommen Sie. Schnell.«

Sie lief zu der Ducati Scrambler, die Leander Lost auf einem regulären Parkplatz an der schnurgeraden Promenade abgestellt hatte, die sich über zwei Kilometer zog. Da er seinem Sicherheitsbedürfnis nachgekommen war, musste er zwei Schlösser lösen. Graciana, der das zu lange dauerte, ging ihm dabei zur Hand.

»Ich kann mit dem Auto bei dem Verkehr niemals schnell genug folgen«, erklärte sie ihre Entscheidung, und die leuchtete Leander jetzt ein. Er legte die zweite Kette unter die Sitzbank und setzte sich den schwarzen Helm auf, auf den er ein magnetisches blaues Blinklicht setzte.

»Senhor Lost, ich glaube, Sie sollten dieses Blaulicht lieber ablegen. Wir sollten so spät wie möglich als Polizisten erkannt werden. Am besten gar nicht.«

»Verstanden.«

»Ich … ich höre sie.«

Leander nahm auf der Scrambler Platz und blickte in den Himmel Richtung Lagune. Das helle Surren konnte er trotz der vorbeifahrenden Autos hören.

»Hier Sub-Inspektor Graciana. Wir hören die Drohne. Sie nähert sich. Senhor Lost sagt, das Modell heißt Inspire 2 und hat einen Radius von fünf Kilometern. Wir stehen zwischen dem Hafen und der Fischhalle und … da kommt sie.«

Die Drohne schoss mit ziemlicher Geschwindigkeit auf den Fähranleger zu, änderte dann aber abrupt den Kurs. Hätte sie ihre ursprüngliche Richtung beibehalten, wäre sie auf der Küstenlinie in westlicher Richtung weitergeflogen und hätte Olhão nur gestreift. Jetzt aber jagte sie nach Nordwesten. In den Ort hinein.

»Sie hat den Kurs gewechselt und fliegt Richtung Zentrum«, informierte Graciana die anderen und nahm hinter Lost Platz, »wir versuchen, dranzubleiben.«

Und schon hatte der das Motorrad gestartet, war angefahren und hatte einen Halbkreis beschrieben, damit er in der vermuteten Flugrichtung der Drohne stand.

Beide blickten sie in den Himmel. Die Drohne befand sich im Sinkflug, vielleicht dreißig Meter über ihnen.

So, wie Leander nur einen einzigen Bericht über die Inspire 2 gelesen hatte und trotzdem jede Information für ihn im Gedächtnis abrufbar war, hatte er auch nur einen Blick auf den Straßenplan von Olhão benötigt, um ihn sich einzuprägen. Deshalb wollte er der Avenida Cinco de Outubro, die an der Promenade entlangführte, folgen, um dann wieder rechts abzubiegen. Aber Graciana kannte die Schleichwege: »Gleich hier rechts und am Zebrastreifen scharf links!«

Lost jagte los und rauschte in eine enge Gasse, die eigentlich Fußgängern vorbehalten war.

»Und am Ende rechts!«, rief Graciana, während Leander einem Mädchen auf einem Dreirad auswich, das unvermittelt aus einem Hauseingang fuhr.

»Kopf runter!«, rief er nach hinten und beugte sich hinab. Graciana sah noch das Baugerüst auf Augenhöhe, dann presste sie schnell ihren Kopf auf seinen Rücken, um nicht enthauptet zu werden.

Die Scrambler donnerte unter den Holzplanken des Baugerüsts hindurch.

Am Ende der Gasse, als Lost nach rechts auf eine Pflasterstraße abbog, hatte Graciana die Drohne wieder im Blick.

»Links«, korrigierte sie.

Leander lenkte die Retromaschine in eine Einbahnstraße. Ein entgegenkommendes Auto hupte, der Fahrer gestikulierte wild.

Lost bremste scharf ab, um eine Neunzig-Grad-Kurve nach rechts möglichst zügig zu nehmen, denn Graciana trieb ihn zur Eile an: »Ich sehe sie gleich nicht mehr, Tempo, Leander!«

In ihrer Aufregung hatte sie ihn geduzt. Da brach ihm das Hinterrad wegen etwas Sand auf der Straße nach links weg. Er spürte, wie sich Graciana an ihm festkrallte, weil sie den Sturz erwartete. Aber er riss den Lenker nach links herum und fing so die Scrambler knapp vor einer Hauswand ab, um danach wieder zu beschleunigen. Aber nicht lange: Nur fünfzig Meter vor ihnen stand ein Laster der Müllabfuhr, der die schmale Straße zu beiden Seiten voll ausfüllte.

»Direkt vor dem Müllwagen rechts hoch!«, hörte er von hinten.

Als er den Lkw erreichte, sah er, was sie meinte: Rechts führte eine jahrhundertealte Steintreppe zur nächsthöheren Straße. Ein paar Jugendliche wichen zu beiden Seiten aus, als Leander und Graciana auf dem Motorrad die Treppen hinaufjagten. Graciana verlor den Sichtkontakt zur Drohne. Bisher war sie wie auf unsichtbaren Schienen eine Gerade quer über die Stadt geflogen, wobei *quer* es ihnen so schwer machte, ihr zu folgen, weil sie eben quer über die Straßenzüge jagte.

Nach den Treppen konnte Leander endlich auf eine breite Straße biegen und gab Gas. Sie jagten mit knapp hundert Sachen am Bahnhof von Olhão vorbei und näherten sich jetzt wieder der Drohne, bis sie an einem Bahnübergang verlangsamen mussten, um scharf rechts abzubiegen. Mit achtzig Sachen hoben sie an einer Bodenschwelle zu einem langen Satz ab, Losts Krawatte flatterte Graciana um den Kopf.

»Sie sinkt!«

Leander blickte kurz nach oben – tatsächlich verringerte die Drohne ihre Höhe. Und die Geschwindigkeit. Aus dem kleinen Punkt wurde ein großer. Die Verschalung blitzte immer wieder in der Sonne auf. Das Surren der Propeller wurde lauter.

Lost bremste scharf ab. Graciana war zu überrascht, sie musste ihn umarmen, um nicht von der Maschine zu rutschen.

»Was machen Sie?«

»Ich bremse!«

»Das merke ich! Warum bremsen Sie?«

»Weil die Tasche unter der Drohne fehlt.«

Graciana Rosado sah hinauf und hielt die flache Hand über die Augen, damit sie nicht gegen die Sonne anblinzeln musste: Er hatte recht. Die Tasche war weg.

»Denken Sie, die hat sich gelöst?«

»Nein. Ich denke, er hat sie ausgeklinkt und sie aufgefangen.«

Graciana war, als würden ihre Gedanken viel langsamer vorankommen als die von Leander Lost. Als wateten sie durch Morast. »Aber … die Drohne fliegt … weiter.«

»Ja. Aber dort, wo sie landet, wird mit hoher Wahrscheinlichkeit niemand sein.«

Leander Lost stieg ab und zog den Helm vom Kopf: »Sie fliegt vermutlich nur noch zur Ablenkung. Dieser Kopter verfügt über eine Sicherheitstechnik. Verliert er den Kontakt zu dem Sender, zum Beispiel, weil ihn der Pilot bewusst ausschaltet, dann kehrt er selbstständig über das GPS-Signal zu der Stelle zurück, an der er gestartet worden ist. Und landet dort ohne fremde Hilfe. Der Täter muss hier irgendwo in der Nähe sein. Mit der Tasche. Sie ist zu groß, um sie unter einer Jacke zu verstecken.«

»Vielleicht in einem Rucksack.«

»Ja.«

Sie ließen die Maschine stehen und machten sich zu Fuß auf den Weg, um möglichst unauffällig Ausschau nach dem Täter zu halten. Ein Mann, vermutlich. Mit einer Tasche. Oder einem Rucksack.

»Sub-Inspektorin Rosado an alle: Die Drohne ist jetzt außerhalb unseres Sichtfelds. Wir folgen ihr nicht weiter, weil sie die Tasche nicht mehr transportiert. Senhor Lost glaubt, der Täter hat sie absichtlich ausgeklinkt und aufgefangen. Und zwar irgendwo zwischen der Rua Gil Eanes und der Rua 18 de Junho Ecke Rua Joaquim Ribeiro. Und ich glaube das auch.«

»Das ist Cristina Sobral an GNR und PSP, wir sperren sofort sämtliche Ausfallstraßen«, schaltete sich die Chefin ein und beorderte die Einheiten, die sich vor den Toren Olhãos in Bereitschaft hielten, an insgesamt neun Positionen innerhalb und außerhalb des Stadtgebiets. Neun neuralgische Punkte. Wer immer Olhão verlassen wollte, musste einen von ihnen passieren.

»Senhora Graciana, ich komme mit den Kollegen zu Ihnen und unterstütze Sie. Wir sind in ein paar Minuten am Hafen.«

»Gut«, antwortete diese und erreichte zusammen mit Leander Lost die letzte Kreuzung, die von Bahnschienen unterquert wurde. Gerade fuhr der kleine Linienzug aus Faro unter ihnen vorbei.

Zwei Mädchen und ein Junge bolzten mit einem Plastikball in einer Seitengasse. Auf der anderen Seite grillte jemand Fisch auf seinem Balkon. Die Leute flanierten vorbei, wie immer gut gekleidet, zwei Nachbarinnen hielten von Fenster zu Fenster ein Schwätzchen.

Ein junger Mann mit einem Rucksack ging vorbei, er trug einen Kopfhörer und wippte beim Gehen ganz leicht im Takt. Lost nahm ihn ins Visier. Plötzlich holten ihn ein paar lachende Freunde ein, klopften ihm auf die Schultern und begrüßten ihn. Der junge Mann nahm den Kopfhörer ab. Lachte nun auch. Umarmungen.

Leander wandte seine Aufmerksamkeit wieder von ihm ab.

Via Funk gingen die ersten Meldungen der Kollegen ein, die ihre Kontrollpunkte erreicht hatten.

»Das ist Cristina Sobral«, hörten sie daraufhin, »in den nächsten Minuten wird das Netz der Telefónica für Olhão und Umgebung heruntergefahren. Auch das Festnetz. Nur die Notrufnummern sind erreichbar.«

Auf diese Weise würde der Erpresser nicht mehr mit dem möglichen Rest der Gruppe kommunizieren können, aber hoffentlich von einem allgemeinen Netzausfall, wie er in der Gegend hin und wieder vorkam, ausgehen. Denn alle um ihn herum würden davon ebenfalls betroffen sein.

Leander blickte in den Himmel. Vergegenwärtigte sich die Fluglinie der Drohne.

»Was überlegen Sie?«, fragte Graciana leise, während sie die Leute in der Nähe unauffällig betrachtete.

»Wir haben es mit einem organisierten, planvollen Täter zu tun«, stellte Lost fest.

»Das ist, wovon wir ausgehen.«

»Der Ort der Übergabe war genau geplant.«

»Genau bis auf die GPS-Position – Senhor Lost, er muss hier irgendwo sein. Können wir das andere später besprechen?«

»Das andere?«

»Das, was Ihnen gerade durch den Kopf spukt … Ich meine: das, woran Sie gerade denken.«

»Das ist nichts anderes«, widersprach Lost ruhig und ging zügig ein paar Meter weiter nach links, weil ihm ein Haus den Blick nach Westen versperrte. Notgedrungen hielt Graciana mit ihm Schritt.

»Wenn er«, fuhr der Deutsche fort, »alles geplant hat, dann auch den Abwurf hier. Etwas hier in diesem Viertel ist für ihn von Vorteil. Die Frage ist: was?«

»Er könnte sein Auto hier haben.«

»Er hätte es besser außerhalb geparkt.«

»Vielleicht wäre die Drohne nicht bis dorthin geflogen – ich meine wegen der Reichweite.«

»Punkt für Sie.«

Dan B. Tucker, Seite 56: »Sportliche Antworten«.

»Aber«, fügte Leander hinzu, »dann hätte er es auch näher am Hafen parken können. Es muss *hier* etwas geben, was für seinen Plan essenziell ist. Anders gesagt: Von ganz Olhão war dieses Viertel das für seinen Plan geeignetste.«

»Vielleicht wohnt er hier. Oder jemand aus der Gruppe, der jetzt in seiner Wohnung abtaucht.«

»Was wäre dann Ihre Maßnahme?«

»Wir würden alle Anwohner überprüfen, wir würden das Viertel absperren.«

»Er wird vermutlich mit so etwas rechnen. Oder sich nicht sicher sein. Ich an seiner Stelle würde alle Risiken auf ein Mindestmaß minimieren. Daraus folgt: Er muss sich aus diesem Viertel absetzen.«

»Dazu haben wir die Kontrollen an den Ausfallstraßen.«

»Müsste er damit nicht ebenfalls rechnen?«

Er sah ihr in die Augen. Klar und unmissverständlich. Sie folgte dem Pfad seiner Gedanken und kam zum gleichen Ergebnis: »Ja. Es wäre unlogisch, die Übergabe bis ins Detail zu planen und sich hier auf sein Glück zu verlassen.«

»Was ist damit?«, fragte er und deutete auf den Zug der Linha do Algarve, der sich gerade in Richtung Osten in Bewegung setzte: »Der Bahnhof ist laut Stadtplan ein Alleinstellungsmerkmal dieses Viertels, korrekt?«

Graciana wurde von der Erkenntnis kalt erwischt: Natürlich – die Bahnlinie. Daran hatten sie nicht gedacht. Und die einzige Haltstelle in Olhão befand sich genau in diesem Viertel.

»Sie haben recht.«

Die Bahn entfernte sich.

»Schnell, wir müssen hinterher.«

Lost sprintete in der Abendsonne so schnell in Richtung

Motorrad, dass die Krawatte ihm wieder über die Schulter flatterte.

Eilig wählte Graciana im Lauf Luís' Nummer. Laranheiro, wo er, Ana und Rui seit gestern Nacht das Haus von Júlio Moreno observierten, lag bei Fuseta. Mit etwas gutem Willen und dem Fuß auf dem Gaspedal konnten sie die erste der Haltestellen in Fuseta, recht emotionslos Fuseta A genannt, erreichen.

Nach dem zehnten Klingeln meldete sich Luís und gähnte leise – in dem Irrglauben, Graciana könne das nicht hören.

»Luís, wir vermuten den Bombenleger in der Linha do Algarve. Ich will, dass du alle Personen verfolgst, die in Fuseta A aussteigen.«

Das waren um diese Zeit für gewöhnlich nicht mehr als zwei oder drei Fahrgäste.

»Ich kann hier nicht weg. Senhor Moreno hat …«

»Vergiss Senhor Moreno. Schnapp dir, wen du brauchst, ihr geht in Zivil und bleibt denen auf den Fersen, die eine Tasche oder einen Rucksack dabeihaben, bis ich da bin. Und bitte kein Trara, schön unauffällig.«

Luís richtete sich in dem Sessel, auf dem er in dem Ferienhaus gegenüber von Morenos Quinta selig geschlafen hatte, alarmiert auf. Auge in Auge mit einem skrupellosen Bombenleger! Er hatte jetzt bald fünfzig Jahre für die GNR gearbeitet (23 060 heimliche Solitär-Spiele und täglich ein Kreuzworträtsel). Selbstverständlich hatte er Recht und Ordnung nicht dogmatisch ausgelegt, sondern mit Rücksicht und Augenmaß – insbesondere, wenn dabei ein Euroschein in seine Brusttasche fiel. Bei heiklen Einsätzen, einem handfesten Streit etwa, hatte er in den letzten Jahren meist Ana Gomes vorgeschickt, nicht aus Furcht vor Blessuren, versteht sich, sondern, so sah er das, aus intellektuellem Scharfsinn: Wer schlug schon eine Frau? Klugheit und sein untrüglicher Instinkt für den Zeitpunkt, an dem man besser einen Schritt nach hinten vollzog, hatten ihn also recht unbeschadet durch diese fünf Jahrzehnte getragen.

Und jetzt, auf den letzten Metern, das.

»Aber wenn der bewaffnet ist? Der kann doch so einen Sprengstoffgürtel tragen. Das ist doch ein Himmelfahrtskommando. Es ist doch besser, wir überwältigen den sofort. Ich stehe ja kurz vor der Pens…«

Das Netz war weg.

Cristina Sobral, Carlos Esteves und Miguel Duarte liefen vom Anleger aus zur Straße. Die Holzplanken vibrierten unter ihren Fußsohlen, links schaukelten die Wassertaxis. Die Fahrer rauchten oder lasen oder hörten Radio. Manche taten alles auf einmal. Am Ufer standen kleine Holzhäuschen, in denen Tickets für Touristentouren verkauft wurden: Ria Formosa, Delfine, Wale.

»Senhor Lost und ich verfolgen den Zug Richtung Osten«, erklang Gracianas Stimme in ihren Ohren, denn mittlerweile trug auch Carlos Esteves ein Intercom. So hörten sie alle drei zusammen und doch jeder für sich, wie Graciana in aller Kürze Losts Schlussfolgerung weitergab.

»Wir versuchen, den Zug einzuholen und den Mann zu identifizieren.«

»Wo?«, fragte Carlos.

»Im Bahnhof Fuseta-Moncarapacho. Luis, Ana und Rui fahren nach Fuseta A.«

»Wir unterstützen«, versicherte Cristina Sobral ihr.

»Ich hab meinen Jaguar dahinten stehen«, ließ Duarte sie wissen und deutete die breite Avenida hinauf, die bis ins Gewerbegebiet führte.

»Wir nehmen den Mustang«, ließ Carlos ihn wissen. Der neue Dienstwagen in seinem Highland Green stand keine fünf Meter entfernt.

»Mein F-Type ist in 5,7 Sekunden auf hundert«, beharrte Miguel Duarte.

Carlos schenkte ihm ein mildes Lächeln: »Der Bullitt

macht's in 4,6.« Dann ging er zu dem Mustang und griff in den Radkasten des rechten Hinterrads – dort legte Graciana seit jeher den Schlüssel für ihn ab.

Die Scrambler zog im letzten Kreisverkehr vor Olhão innen an zwei Autos vorbei. Dann wechselte Leander auf die Standspur rechts. Die war auf der Nationalstraße 125 meist von erhabener Breite – so wie hier –, aber manchmal verengte sie sich auch zu einem zwanzig Zentimeter schmalen Spalt – etwa, wenn der Standstreifen ein altes Haus passierte.

Von der Nationalstraße aus war Graciana und Leander der freie Blick auf den fünfhundert Meter entfernten Zug möglich.

Außen erinnerte er mit seinem matten Silber an jene Waggons, die die ganze Welt aus den New-York-Filmen der Siebzigerjahre kannte. Die silberne Verkleidung bestand aus gut sichtbaren horizontalen Streifen. Nur die Vorder- und Rückseite der beiden Triebwagen war in einem satten Hellblau gehalten. Über den Fenstern des Fahrstandes stand in gelblichen Lettern auf schwarzem Grund das Ziel. In diesem Fall Vila Real de Santo António, zurechtgestutzt auf V. R. STO. ANT. 140 Kilometer Zugstrecke, direkt an der Küste entlang. Von Lagos im Westen bis zur spanischen Grenze im Osten.

Die Ähnlichkeit mit Zügen aus den Filmen der Siebzigerjahre kam nicht von ungefähr. Sie waren vor Ewigkeiten auf der Strecke Lissabon – Sintra im Norden gefahren und dann – von modernen Zügen verdrängt – ausgemustert worden, um an der Algarve ihren Lebensabend zu verbringen und dann irgendwann ganz ausrangiert zu werden.

Aber das war nicht geschehen. Mit ihrer Verlässlichkeit und ihrem altmodischen Charme hatten sie die Herzen ihrer Fahrgäste erobert. Um nichts in der Welt hätte man sie hier an der Algarve gegen etwas Neueres austauschen wollen. Denn die Züge teilten sich mit den Küstenstädtchen die Patina ihres Äußeren.

Lost beschleunigte das Motorrad auf dem Seitenstreifen auf

gut 150 Stundenkilometer und zog damit an allen Autos und Transportern vorbei. Er spürte, wie Graciana Rosado ihren Kopf seitlich gegen seinen Rücken legte. Auf diese Weise entging sie etwas dem Fahrtwind und konnte trotzdem den Blick auf der Linha do Algarve belassen.

Der Zug musste nirgends an einer roten Ampel stoppen oder das Tempo drosseln, um an einer Kreuzung abzubiegen. Schon innerorts konnte er über die für Autos erlaubte Geschwindigkeit beschleunigen.

Aber eben nicht auf 150 Sachen.

»Hör zu, Carlos, wenn meiner Nase was passiert …«, begann Duarte.

»Deiner Nase passiert hier nichts«, unterbrach Carlos ihn.

Er hatte Miguel Duarte nach hinten, auf die kleinen Notsitze des Mustang, gebeten, damit die Chefin auf dem Beifahrersitz Platz nehmen konnte. Duarte hatte sich murrend in sein Schicksal gefügt. Mit dem Ergebnis, dass er seine Beine sehr stark anziehen musste und sein Kinn nun fast mit einer seiner Kniescheiben kollidierte, wenn Carlos Esteves bremste.

»Ich habe die nämlich vor einem Jahr aufwendig restaurieren lassen, sie hat zehn Prozent ihrer Substanz verloren.«

»Nicht zu deinem Nachteil, finde ich.«

Carlos bemerkte aus den Augenwinkeln, wie Sobral heimlich schmunzelte. Er schaltete in den zweiten Gang zurück – bei dieser Version endete der Schaltknüppel in einer weißen Billardkugel –, bog an der Repsol-Tankstelle rechts ab und trat dann das Gaspedal bis aufs Bodenblech. 460 PS pressten sie in die Sitze.

Sie nahmen einen Kilometer weiter den Kreisverkehr, durch den Leander und Graciana vor nicht mal drei Minuten geflitzt waren. Auf der N125 bot sich ihnen das übliche Bild: Ganz vorne bummelte ein ausländisches Wohnmobil, und die portugiesischen Autos bildeten dahinter – *Paciência* – eine unaufgeregte Kolonne.

Carlos scherte aus, obwohl ihnen auf der Gegenfahrbahn ein Bus und zwei Laster entgegenkamen.

»Oh-oh«, hörte er von hinten. Sobrals Finger krallten sich in das Polster des Sitzes.

»So macht Graciana das immer«, sagte Carlos, »sie eröffnet in der Mitte einfach eine dritte Fahrspur.«

Der Wagen donnerte an der Kolonne vorbei. Dann schaltete Carlos bei hundert in den dritten Gang.

»Du tust so, als würdest du hier auf den Zug warten«, schnaufte Luís, immer noch außer Atem.

Sie standen an der Haltestelle Fuseta A. Es war keine Minute her, dass sie hier im Laufschritt angekommen waren, damit sie den Bahnsteig vor dem Einlaufen des Zuges erreichten.

Rui Aviola nickte, aber dann zog er eine Grimasse: »Und steig ich dann ein?«

»Nein, natürlich nicht. Es ist eine Finte«, sagte Luís hastig, »die hab ich mir ausgedacht. Du stehst hier. Du tust so, als würdest du einsteigen. Dazu wartest du natürlich, bis alle erst mal ausgestiegen sind, die hier aus dem Zug wollen. Und dann steigst du doch nicht ein.«

»Warum?«

»Weil das *mein Plan* ist. Ana und ich stehen da vorne«, er deutete hinter sich.

Fuseta A bestand aus nichts weiter als einem Bahnsteig mit kleinen Steinbänken, auf denen zwei Personen Platz fanden und die überdacht waren. Das blaue, schon leicht rostige Schild mit dem weißen Hinweis »Fuseta A« hatte man praktischerweise an einer Laterne angebracht.

Mit *da vorne* meinte Luís jenen kleinen Aufgang zum Bahnsteig, über den sie gerade gekommen waren.

»Da ist die Engstelle, durch die müssen alle durch. Und wenn da einer dabei ist, den ich anspreche, dann kommst du von hinten und packst ihn am Arm und nimmst ihn in den Polizeigriff.«

»Aha. Sagst du dann was Bestimmtes oder …?«

»Ja?«

»Oder nicht?«

»Nein. Wenn ich was zu einem sage, dann ist das das Zeichen für dich. Egal, was ich sage.«

»Auch, wenn du Boa tarde sagst?«

»Auch dann.«

»Gut.«

Er wandte sich an Ana Gomes: »Du wartest da vorne. Wir tun beide so, als würden wir auf jemanden warten. Achtet auf jemanden mit einer Tasche oder einem Rucksack. Wenn da einer dabei ist … seh ich mir den an. Vielleicht folgen wir dem, aber vielleicht nehmen wir den auch gleich fest – der soll die Bombe ja nicht im Ort oder so zünden. Und dann …«

»Der Zug kommt«, unterbrach Aviola und deutete mit seinem Kopf nach Westen. Tatsächlich tauchte in der Kurve der Triebwagen der Linha mit seiner blauen Front auf.

»Wenn da einer mit Tasche oder Rucksack dabei ist«, bläute Luís den beiden ein, »dann bewahren wir Ruhe.«

Der Zug fuhr ein und bremste mit einem angenehm leisen Quietschen von Metall auf Metall ab, um dann zum Stillstand zu kommen. Ein junger, drahtiger Mann Ende zwanzig stieg aus. Er trug eine Jacke, die bei aktuell dreißig Grad im Schatten wenigstens ungewöhnlich wirkte. Außerdem einen großen Rucksack. Seine Haare waren kurz geschoren, auf seinem Handrücken prangte ein Tattoo. Er steuerte auf die sechs Stufen zu, die zu dem Platz führten.

Luís Dias hielt die Luft an. Im Zuge seiner Laufbahn war er vielen Menschen begegnet, und manchmal kam es vor, dass er binnen weniger Sekundenbruchteile eine Entscheidung fällen musste: gefährlich oder ungefährlich?

Der hier, der auf den Ausgang zusteuerte, war gefährlich. Irgendwie. Er hatte was Animalisches. Ein Mann, der seinen Instinkten gehorchte. Er wirkte … kampfbereit.

Luís beschloss, dass er Gracianas Wunsch nach einer unauffälligen Verfolgung unmöglich nachkommen konnte, denn das hätte vielleicht viele Menschenleben gekostet; seines inklusive. Er zückte eine Zigarette und trat auf eine Weise an den jungen Mann heran, mit der er ihm den Weg versperrte. »Boa tarde, haben Sie vielleicht Feuer für mich?«

»Nein, ich ... aaah!« Der junge Mann verzog vor Schmerz das Gesicht, weil Rui Aviola, der sich von hinten genähert hatte, ihm den Arm auf dem Rücken zum Nacken hochbog.

Aber nicht lange, denn mit dem Ellbogen des freien Arms verpasste er Rui einen Hieb, der ihm die Augenbraue aufplatzen ließ. Und mit einer halbkreisförmigen Beinschere brachte er ihn zu Fall.

Luís schlug zu. Er legte all seine 92 Kilo, die auf 1,63 Meter Körpergröße verdichtet waren, in diesen Schlag, der den Bombenleger im Magen traf ... treffen sollte. Denn wie von Geisterhand war der in einem Sekundenbruchteil ausgewichen, hatte gleichzeitig Luís' Schlagarm gepackt und ihn mit seinem eigenen Schwung nach vorne gerissen, um ihn mit einem Hieb aufs Ohr zu Boden krachen zu lassen. Er ließ sich mit dem Knie voran auf Luís' Rücken krachen, dem die Luft aus den Lungen schoss, und riss ihm den Arm auf den Rücken.

Luís stöhnte auf.

Da hörte der Mann hinter sich etwas einrasten. Er schaute über die Schulter und in den Lauf einer Glock 26, der Dienstwaffe der GNR für Frauen.

Ana Gomes zielte auf sein rechtes Auge, das oberste Glied ihres manikürten Zeigefingers auf dem Abzugsbügel: »GNR. Mit dem Bauch auf den Boden, ich will deine Hände sehen.«

Die enge Straße zwischen dem wuchtigen Bahnhof von Fuseta-Moncarapacho und der Ria Formosa zwang die meisten Autofahrer zum Abbremsen. Leander stellte die Maschine auf dem sandigen Parkplatz ab und entledigte sich des Helmes. Als er die Scrambler mit seinen zwei Schlössern sichern wollte, wandte sich Graciana mit einer gewissen Hast an ihn: »Senhor Lost, bitte, Ihr Motorrad klaut hier keiner, wirklich.«

Leander musste schlucken.

»Vertrauen Sie mir bitte. Wir haben keine Zeit dafür«, schob sie nach und warf einen Blick auf ihre Armbanduhr, »der Zug hat Fuseta A schon verlassen.«

»Ja«, bekannte Leander tonlos. Er wollte sich Graciana zuwenden, aber eine unbarmherzige und unsichtbare Kraft stellte sich ihm in den Weg. Als wollte er durch eine meterdicke Wand aus festem Schlamm waten. Er versuchte es trotzdem. Er wollte keine Last sein. Er wollte nicht auffallen. Er wollte sich wie ein Neurotypischer verhalten. Neurotypische hatten keine zwei Schlösser für ihre Motorräder dabei, sie hatten nicht mal eines dabei, weil das Lenkradschloss eigentlich ausreichend war. Nur zwanghafte Menschen hatten einen Zwei-Schlösser-Tick. Das wusste Leander. Man würde sein Motorrad nicht stehlen. Er konnte gehen.

Schweiß trat ihm binnen Sekunden auf die Stirn. Er schluckte abermals. Ein Schritt, dann noch einer, er beugte sich nach vorne, stemmte die Schultern in die Gehrichtung, als müsste er gegen Windstärke 10 anlaufen. Er atmete schneller. Seine Beine waren bleischwer. Er musste sich nur umdrehen und schnell das Schloss anlegen. Dann würde es gut sein. Aber er zwang seine Beine zum nächsten Schritt. Der Druck von vorne presste ihm die Lunge zusammen, er quetschte die Atemluft aus ihm heraus. Er blieb stehen.

Und Graciana, die dann und wann die Störungen in seinem Verhalten aufblitzen gesehen hatte und davon ausgegangen war, es handle sich um Handicaps von der Schwere einer Marotte, erfasste, dass sie nur Zeugin ferner Ausläufer gewesen war. Denn jetzt sah sie sein Bemühen, sie spürte sein Ringen und erkannte die Aussichtslosigkeit seiner Willensanstrengung. Leander Lost wollte die Geister, denen er sich gerade ausgesetzt sah, niederringen. Und war ihnen hoffnungslos ausgeliefert.

»Kommen Sie, wir schließen vielleicht doch besser ab«, sagte sie schnell, um ihn zu erlösen. Er stand stocksteif. Ein Innehalten. Ein Durchatmen. Als hätte ihn ihre Stimme aus einer anderen Welt erreicht, er blinzelte und sah sie an.

»Ihr Motorrad, Senhor Lost, wir schließen es ab. Ich helfe Ihnen, dann geht es schneller.«

Der Sturm legte sich augenblicklich, keine unsichtbaren Gewichte zwangen seine Füße mehr zu Boden.

Graciana Rosado ging zur Scrambler zurück, und er folgte ihr und fühlte sich matt. Aber mit jedem Schritt zurück wurde der Gang leichter und ließ der Druck auf seine Brust nach, er atmete tief durch. Da rauschte der Zug heran.

»Schnell, por favor«, trieb Graciana ihn an.

Leander nahm das zweite Schloss und kettete das Vorderrad damit an das Hinweisschild für die Züge: *Comboios.*

Der Zug stoppte, die Türen glitten auf.

Klack. Lost zog den Schlüssel ab, und während sie auf den Bahnsteig liefen, reichte Graciana ihm den des ersten Schlosses.

»Sie steigen hinten ein, ich vorne. Wir halten Ausschau nach dem Mann mit der Tasche. Wir treffen uns in der Mitte und stimmen uns dann ab, wie wir weiter vorgehen.«

Leander war ein Fan klarer Ansagen.

»Gut.«

Er betrat den letzten Waggon über die zwei Stufen der hinteren Tür und wartete dort ab, ob vielleicht doch noch jemand im letzten Moment ausstieg – was nicht der Fall war.

Graciana ging zügig nach vorne und erreichte den Triebwagen gerade noch rechtzeitig. Kaum war sie drinnen, schloss sich die Tür hinter ihr, und der Zug fuhr an. Leise und sanft. In der Linha schwebte man immer ein wenig.

»Senhor Lost«, flüsterte sie, »hören Sie mich?«

»Einwandfrei«, kam es zurück. Die Funkverbindung stand. Sie konnten sich also im Zweifelsfall auf Distanz abstimmen und warnen.

»Graciana Rosado an Senhora Cristina.«

»Ich höre Sie. Wir sind mit Ihrem … Dienstwagen auf der 125 unterwegs.«

»Höhe Alfandanga«, hörte sie Carlos.

»Höhe Alfandanga«, wiederholte Sobral.

»Wir sind in Fuseta-Moncarapacho zugestiegen und durchsuchen jetzt den Zug. Ende.«

Damit setzte sie sich in Bewegung. Mittlerweile war es kurz vor sechs. Wegen der langen Mittagspause arbeiteten die meisten Portugiesen um diese Zeit noch, weshalb der erste der drei Waggons nur zu einem Viertel belegt war. Graciana, die vorgab, sich zum nächsten Wagen zu begeben, ließ den Blick ebenso beiläufig wie schnell über die Passagiere gleiten. Neun an der Zahl. Eine Clique von drei jugendlichen Mädchen, zwei alte, einfach gekleidete Männer mit Schiebermützen, die kein Gepäck dabeihatten. Zwei Sitzreihen weiter zwei Mütter mit zwei Kindern.

Leander hatte im letzten Waggon einen Verdächtigen ausgemacht, der einen olivgrünen Rucksack auf dem Fensterplatz neben sich abgestellt hatte.

Wie besprochen, ließ er den Mann zunächst in Ruhe und wechselte in den mittleren Waggon, den Graciana von ihrer Seite aus bereits betreten hatte. In ihm saßen nur drei Fahrgäste. Eine Schaffnerin, ein Mann und eine junge Portugiesin, die die Selfie-Funktion ihres Smartphones als Schminkspiegel nutzte, um sich die Lippen nachzuziehen.

Der Mann saß in Fahrtrichtung. Leander sah nur sein halblanges schwarzes Haar. Graciana richtete kurz den Blick auf ihn, während Lost ihn passierte. In der Scheibe links von ihm bemerkte er eine schnelle Bewegung. Eine Gestalt, die aus ihrem Sitz hochfederte. In Graciana Rosados Gesicht sah er eine Mischung aus Überraschung und Bestürzung. Sie griff nach ihrer Glock, als der Mann seinen linken Arm sehr eng um Leanders

Hals legte und ihm von hinten die Mündung einer Pistole hinter das Ohr legte.

»Waffe ablegen.«

Gracianas Hand erstarrte in der Greifbewegung. Er hatte Lost als Geisel. Aber er wusste nichts von der Funkverbindung. Alles, was hier gesagt wurde, hörten die anderen.

»Bis jetzt geht es um Erpressung und eine Geiselnahme. Wenn Sie meinen Kollegen jetzt gehen lassen und mir Ihre Waffe geben, wird sich das strafmildernd auswirken.«

Damit waren Sobral, Carlos und Duarte auf dem aktuellen Stand. Sie wussten, dass der Bombenleger sich tatsächlich in dem Zug befand. Und dass er Senhor Lost als Geisel genommen hatte.

»Waffe ablegen, oder dein Kollege ist tot«, sagte der Mann und legte nun auf sie an: »Oder du.«

»Tun Sie es nicht, sonst sind Sie schutzlos«, warnte Lost sie ruhig. Inzwischen war die Schaffnerin bleich, und die Frau, die sich eben noch geschminkt hatte, starrte auf die beiden, als würde vor ihren Augen ein Film ablaufen.

Ohne Vorwarnung schoss der Mann durch das Dach. Der Knall ließ sie alle zusammenzucken. Er richtete die Waffe erneut auf Graciana. »Letzte Chance.«

Natürlich war Leander klar, sich in der Gewalt eines Kriminellen zu befinden, trotzdem kam er nicht umhin, dessen Informationsökonomie zu würdigen.

Graciana nahm ihre Glock und legte sie auf den Boden. Mit dem rechten Fuß gab sie ihr einen absichtlich schwachen Schubs in Richtung des Geiselnehmers. Die Pistole schlitterte über den Boden des Waggons und blieb auf halber Höhe zwischen ihnen liegen.

Der Mann war etwa so groß wie Leander Lost. Mitte dreißig. Halblange Haare, die auf die Schultern fielen, ein Dreitagebart und eine kräftige Figur. Sein Blick, mit dem er Graciana bedachte, war verärgert, weil er annahm, sie habe ihrer Pistole mutwillig so wenig Schwung verliehen. »Nach vorne«, befahl er und schob Leander in Richtung der am Boden liegenden Waffe.

Lost gab dem Druck nach – aber nur knapp über den ersten Schritt hinaus. Dann steckte er den Zeigefinger der linken Hand bis zum Ende des ersten Glieds in den Lauf der Pistole des Geiselnehmers. Erstens war der Verlust des Fingers im Gegensatz zum Verlust des Lebens zu verschmerzen (ein Verb, das ihm in diesem Zusammenhang als passend erschien). Und zweitens sorgte es bei dem Mann hinter ihm für den Moment der Überraschung, den Lost benötigte: Mit der rechten Hand umfasste er den Lauf und drückte ihn abrupt und kräftig zur Seite. Er riss den Finger aus der Waffe und … der Mann zog den Abzug durch. Das Projektil durchschlug ein Fenster und hinterließ einen Geschosskranz im Glas.

Der Bombenleger schlug Leander mit der linken Faust kräftig auf den Hinterkopf, sodass er nach vorne stürzte und die Waffe loslassen musste. Wutentbrannt richtete der Mann die Pistole jetzt auf ihn.

Graciana erkannte, dass sie nicht schnell genug an ihre Dienstwaffe kommen würde, um Lost zu retten. Sie packte den roten Bügel der Notbremse und zog ihn nach unten. Zu dem Kreischen von Metall auf Metall, das die blockierenden Räder auf den Gleisen hervorriefen, wurde alles abrupt nach vorne geworfen: Graciana und der Bombenleger stürzten in hohem Bogen auf den Gang. Leander und die Glock 26 schlitterten in Fahrtrichtung über den Boden. Ein kleiner Koffer aus der Gepäckablage flog durch den Waggon und schepperte gegen eine Sitzbank.

Der Aufprall auf dem Rücken raubte Graciana kurz den Atem, also keuchte sie noch in der Bremsbewegung des Zuges in den Funk: »Hab eine Notbremsung eingeleitet. Täter bewaffnet. Höhe Arroteia.«

»Conquistador?«, hörte sie Carlos' Stimme, während sie sich

festhielt, weil die starke Verzögerung sie weiter über den Gang rutschen ließ. Ihre Dienstwaffe und Lost rutschten auf sie zu. Weiter vorne schrien Passagiere.

»Eine weiter«, stieß sie angestrengt hervor.

Leander packte ihre Pistole und schubste sie ihr zu, dann hielt auch er sich an einer jener Metallstangen fest, mit denen die Sitzbänke im Boden verankert waren.

Der Mann, der sich sieben oder acht Meter von ihnen entfernt befand, gab im Liegen einen Schuss auf sie ab.

Graciana und Lost rollten beide zur Seite und pressten sich an die Wände.

»Halt deine Nase fest.«

»Bist du wahnsinnig, das schaffen wir ni…«

Carlos war schon an der Abzweigung zu der kleinen Bar in Arroteia vorbei, die sich O Conquistador nannte. Und wenn man nach Arroteia wollte, dann gab es nur zwei Straßen, die von der N125 dorthin führten. Die erste, zum Conquistador, und die zweite, an der sie kurz davor waren, mit 190 Sachen vorbeizubrettern. Carlos Esteves leitete eine Vollbremsung ein. Und obwohl der Wagen über ABS verfügte, stieg auf den letzten dreißig Metern hellgrauer Reifenqualm auf, und die Räder hinterließen eine ebenso lange Spur auf dem heißen Asphalt. Carlos schaltete gleichzeitig zurück in den zweiten Gang und ließ die Kupplung springen: Der V8 dröhnte auf. Dann war die Abzweigung da, und er bog nach rechts ab und beschleunigte wieder. Kurz vergewisserte er sich mit einem Blick in den Spiegel der Unversehrtheit von Duartes Nase. Sie war intakt. Aber so blutleer wie der Rest des Gesichts.

»Da ist er«, sagte die Chefin und deutete nach vorne. Und tatsächlich: Der Zug kam dort jetzt gerade mit dem Triebwagen unter einer Unterführung zum Stehen.

»Sichern«, raunte Graciana Lost zu und sprang dann mit vorgehaltener Waffe auf. Und näherte sich dem Durchgang zu dem Waggon, aus dem sie bis hierher gerutscht waren. Leander, der auf der linken Seite über die Sitzbänke stieg, sicherte den rechten Bereich des anderen Waggons.

»Sehen Sie was?«

»Sitzbänke, Fenster. Einen Koffer.«

»Sehen Sie *ihn?*«

»Nein.«

Graciana hatte nun den Durchgang erreicht. Sie konnte den Waggon vor sich nicht komplett überblicken. Das wäre erst in dem Augenblick möglich, in dem sie ihn wieder betrat. Aber dazu musste sie ihre sichere Position verlassen und frei auf den Gang hinaustreten.

»Können Sie mir Deckung geben?«

Er nickte.

Sie sprang vor: »Polícia Judiciária! Alle auf den Bo…«

Der Schuss verfehlte sie um Haaresbreite und prallte von der Tür als jaulender Querschläger ab. Sie warf sich zu Boden und gab damit den Blick auf Lost hinter ihr frei. Der hatte den Mündungsblitz der Pistole des Mannes gesehen und verortete ihn auf der dritten Sitzbank von hinten, nah am Ausgang, wo er offenbar schnell Deckung gesucht hatte, als seine Vorgesetzte vorgestürmt war.

»Polícia Judiciária. Legen Sie die Waffe ab und stehen Sie mit erhobenen Armen von der …«

Der Mann federte hoch und schoss auf Lost. Das erste Geschoss verfehlte ihn um gut zwei Meter. Leander hatte sich noch nie in einem direkten Schusswechsel befunden, in dem beide Kontrahenten schutzlos aufeinander feuerten. Aber neben der Kolonialisierung des Mars waren Revolverhelden eines seiner Steckenpferde. Daher war ihm bekannt, dass hastig abgegebene Schüsse das Ziel mit großer Wahrscheinlichkeit verfehlten.

Prompt drückte der Mann eilig ein zweites Mal ab, während er sich mitsamt seines Rucksacks geduckt in Richtung Ausgangstür bewegte. Auch dieser Schuss ging daneben.

Leander setzte auf drei Dinge: auf die statistische Wahrscheinlichkeit, den Erfahrungswert der Revolverhelden, über die er gelesen hatte, und auf den Effekt eines in aller Ruhe abgegebenen Schusses. Er nahm den Flüchtenden ganz genau ins Visier. Dessen drittes Projektil zerfetzte die Lampe über Lost. Ein Koordinatennetz aus der Häufigkeit der Schüsse, die der Mann abgab, und der ständig zunehmenden Nähe der Einschläge zum Ziel ergab in Leanders Kopf das Bild einer nahezu perfekten Exponentialkurve. Ab jetzt war es nur noch eine Frage der Zeit, wann er getroffen werden würde. Die nächste oder die darauffolgende Kugel. Und jetzt hatte er selbst angelegt. Er hielt die Luft an, um jede Vibration durch sein Atmen auszuschließen. Sie schossen gleichzeitig.

Und dann senkte sich Stille über den Zug, der mitten in einer von der Sonne verdorrten hellgelben Graslandschaft stand. Wie ein zivilisatorisches Relikt, das in seiner Dekadenz zu nichts weiter gut war, als die Sonne zu reflektieren.

Sie sprangen mit ihren Dienstwaffen im Anschlag aus dem Auto. Carlos hatte den Mustang genau auf dem Scheitelpunkt der Überführung abgestellt. Von hier aus sahen sie hinab auf den Zug, aus dem Passagiere in Windeseile nach beiden Seiten flüchteten.

»Vielleicht mischt er sich unter die Flüchtenden«, mutmaßte die Chefin.

Von drinnen war ein dumpfer Schuss zu hören.

»Hört sich nicht so an«, gab Carlos knapp zurück.

Sobral, die neben Esteves hinter der Brüstung der Überführung Schutz suchte, funkte Graciana an: »Wir sind alle drei auf der Brücke.«

»Er ist im mittleren Waggon«, kam es von Graciana zurück,

»er will fliehen, leistet aber bewaffneten Widerstand. Höchstens vierzig, dunkelhaarig, einen grauen Rucksack hat er. Er ist groß. Er kommt nicht weg, wir kommen nicht weg. Patt. Wenn Sie in Richtung Westen rechts am Zug vorbeilaufen, sieht er Sie nicht, und dann können Sie den Zug von hinten aufrollen.«

»Machen wir«, gab Sobral zurück.

Sie sah Carlos in die Augen. Und ohne ein Wort waren sie sich einig, die Sache zusammen anzugehen. Da hörten sie hinter sich ein Husten und Würgen, und als sie über die Schulter schauten, konnten sie Miguel Duarte hinter einem Gebüsch ausmachen, wo er sich übergab.

Der Mann war verletzt.

Bei dem direkten Schusswechsel hatte Lost ihn an der Schulter getroffen. Und während Sobral und Esteves neben dem Zug vorbeiliefen, feuerte er noch ein paarmal in Richtung von Leander und Graciana. Was für diese dazu führte, sich nicht ohne Gefahr aus ihren Positionen rühren zu können. Aber das mussten sie nicht. Sie konnten abwarten, bis Esteves und Sobral aus der entgegengesetzten Richtung kamen, um den Täter in die Zange zu nehmen.

Duarte war immer noch schummrig von der Fahrt, aber er riss sich zusammen. Und trat hinter dem Busch hervor, um die Brücke zu überqueren und sich eine Übersicht zu verschaffen. Von links raste ein kleiner blauer Wagen heran, der aus Arroteia kam.

Waren das möglicherweise Komplizen? Andere Mitglieder der Gruppe? Miguel, der sich an Bord des Wassertaxis umgezogen hatte und daher wieder seinen hellgrauen Anzug trug, nahm seine Glock 19 aus dem Schulterpolster und legte den Zeigefinger auf den Abzugsbügel. Die Glock musste nicht entsichert werden. Sie war ständig scharf.

Die Fahrertür flog auf, und heraus sprang ein quirliger Mann

Anfang vierzig, der zwei Kameras um den Hals hängen hatte: Tobias Faria. Die Presse!

Duarte lächelte breit: War er ein Günstling der Sonne, oder war er ein Günstling der Sonne?

Faria, den manche auch *Hiena* nannten, arbeitete für den *Correio da Manhã,* ein täglich erscheinendes Boulevardblatt. Er hörte den Polizeifunk ab, schlief mit dem Handy neben dem Kissen und betrachtete Skrupel als eine Art Zivilisationskrankheit.

Der Reporter kam näher und riss eine der beiden Kameras vor sein Auge und hielt damit die Flucht der Passagiere fest. Miguel Duarte hatte jetzt das Geländer der Brücke erreicht. Von hier oben hatte er freien Blick über die Waggons. In diesem Augenblick ertönte wieder ein Schuss, und ein Fenster splitterte. Ein Mann um die vierzig mit einem grauen Rucksack sprang aus diesem Fenster und rollte sich am Boden ab. Die Jacke in Höhe seiner linken Schulter war blutig. In der rechten Hand hielt er eine Pistole. Mit der feuerte er zweifach durch die gesplitterte Scheibe in den Waggon hinein. Er lief am Zug entlang nach vorne – genau auf Duartes Position zu. Der duckte sich hinter das Geländer und beobachtete den Flüchtigen durch einen schmalen Spalt hindurch. Der Mann lief weiter, er war keine zehn Meter mehr entfernt.

Duarte war, als höre er die Stimme seines Vaters, des furchtlosen Toreros, in seinem Sessel thronend, die Hände auf den Armlehnen. Als spüre er dessen stets unnachgiebigen Blick, mit dem er alles bis auf seine Frau betrachtete, auf sich. Es war der Tag, an dem Miguel seine Prüfung bei der Polizei bestanden hatte. Ein junger, attraktiver Mann – bis auf die ein wenig eng beieinanderstehenden Augen –, der sich anschickte, seinen Lebensweg zu beschreiten.

»Zeit, dir etwas mitzugeben, mein Sohn«, betitelte der Vater ihn förmlich, und Miguel fragte sich, wie hoch *etwas* ausfallen würde. *Etwas* über oder unter 20 000 Euro? Und wurde natürlich prompt ernüchtert, wie sein Vater im Allgemeinen die Welt um sich herum ernüchterte: »Ich gebe dir ein Zitat mit von Arthur Schnitzler.«

»Das wär doch nicht nötig gewesen«, lag ihm auf der Zunge, aber er schluckte seinen bitteren Sarkasmus herunter.

»›*Bereit sein ist viel, warten können ist mehr, doch erst den rechten Augenblick nutzen, ist alles*‹«, rezitierte der alte Herr feierlich.

»Das ist … wunderschön«, brachte Miguel mit vor Enttäuschung brüchiger Stimme über die Lippen.

»Nein, das ist es nicht, es ist ein winziger Spalt in der Zeit, Junge.« Der *Junge* klang fast zärtlich. »Ein winziger Spalt in der Zeit, und er kann alles bedeuten, wenn man ihn an den Haaren packt. Ich habe ihn in der Arena einige wenige Male erwischt. Und vermutlich viele Male verpasst. Wenn er sich dir zeigt, zögere nicht.«

Damals hatte Miguel Duarte das für Geschwafel gehalten. Aber genau hier und jetzt spürte und wusste er, wovon sein Vater gesprochen hatte. Er befand sich in keiner Arena. Er hockte im Schutz eines Geländers einer Brücke. Es gab keinen Stier. Aber es gab den Bombenleger, der drauf und dran war, ihnen zu entwischen.

Duarte federte hoch und sah nun, wie Tobias Faria das Objektiv seiner Kamera auf ihn richtete. Auf ihn und den Täter.

Aber von hier aus hatte er einen schlechten Schusswinkel. Außerdem konnte der Mann mit einem kurzen, beherzten Sprint Deckung in der Unterführung suchen. Duarte konnte ihn nur weiterhin im Blick behalten, wenn er auf das Dach des Triebwagens sprang.

Statt über das Geländer zu klettern, die Beine baumeln und sich dann vorsichtig hinabgleiten zu lassen, was unter normalen Umständen seine Vorgehensweise gewesen wäre, galt es nun zu beachten, dass er beeinflussen konnte, auf was für einem Foto er am Morgen im *Correio da Manhã* erscheinen würde.

Also packte Miguel das Geländer mit einer Hand und

schwang sich elegant darüber. Ein kurzer Fall von etwa drei Metern, dann landete er sogar recht elegant auf dem Dach des Zuges und fing den Schwung ab, indem er kurz in die Hocke ging. Er erhob sich mit gezogener Waffe und … rutschte aus.

Um nicht herunterzufallen, machte er einen schnellen Stützschritt nach vorne, wo das Dach des Triebwagens sich abrundete. Aber Duarte konnte sich nicht halten, zu abschüssig und glatt gestaltete sich die Oberfläche.

Er stürzte vornüber hinab. Das Letzte, was er sah, war der Flüchtige, der überrascht nach oben blickte und dem es noch gelang, seine Pistole anzuheben. Duarte riss ihn mit seinem Körpergewicht zu Boden, auf dem sie beide hart aufprallten. Der Täter mit dem Hinterkopf und Duarte mit der Nase auf einem Stein. Der Bombenleger wollte sich aufrappeln, aber dann waren Graciana und Leander Lost schon zur Stelle.

Graciana presste den Mann wenig zimperlich zu Boden. »Liegen bleiben und Hände auf den Rücken!«

Jetzt befolgte er ihre Anweisung.

»Wo ist die Bombe?«

»Es gibt keine Bombe.«

»Wer steckt noch mit drin?«

»Niemand«, antwortete er, dann rutschte seine Hand zur Seite. Er hatte das Bewusstsein verloren.

Auf der N125 näherte sich eine Kolonne von Polizeiwagen mit Blaulicht. Vom hinteren Waggon kamen Carlos und die Chefin angelaufen.

Leander trat besorgt an Duarte heran, der auf dem Bauch lag. Reglos.

»Senhor Duarte? Können Sie mich hören?«

»Ja«, stöhnte Miguel Duarte, ohne sich zu regen.

»Sind Sie verletzt?«

Statt einer Antwort drehte er sich zur Seite und kam mit dem Oberkörper hoch. Er hielt beide Hände vor sein Gesicht, genauer gesagt: vor seine Nase. Leander entdeckte an seinem Kinn das frische Blut, das ihm von dort hinablief.

»Gran dios«, sagte er, und es klang ein wenig nasal, »ich glaube, meine Nase ist gebrochen. Schon wieder.«

»Sie müssten die Hände senken, damit ich Ihnen eine verbindliche Auskunft geben kann.«

Miguel Duarte kam seiner Aufforderung zögerlich nach. Er wusste nur zu genau um Losts Unfähigkeit zu lügen, als er ihn fragte: »Es fühlt sich an wie ein Trümmerbuch. Von der Nase ist nicht viel übrig, oder?«

»Punkt für Sie.«

17.

Sein Name war Moisés Rocha. 1976 in Loulé geboren, wohnhaft in Montemor, keine fünf Autominuten von Olhão entfernt.

Die sofortige Überprüfung seines Smartphones hatte ergeben, dass er seit gestern nicht telefoniert und auch keine Nachricht an jemanden verschickt hatte, weder über eine der Apps noch per Mail. Die Hoffnung keimte also auf, es doch mit einem Einzeltäter zu tun zu haben, der bei seiner Festnahme die Wahrheit gesagt hatte: kein Komplize, keine Bombe. Was nichts bedeuten musste. Ebenso gut konnte er sie aus Boshaftigkeit oder Fatalismus belogen haben. Also atmeten sie nur vorsichtig auf.

Graciana hatte nach dem Abtransport des ohnmächtigen Mannes bei Marisa Veiga angerufen, um zu erfahren, ob die Angaben auf seinem Personalausweis echt waren. Was Marisa bestätigte. Sobral hatte daraufhin Isadora Jordão angefordert, damit diese das Haus des Täters in Montemor auf Sprengfallen untersuchte, bevor jemand es betrat.

Im Moment lag Moisés Rocha in Faro auf der Intensivstation – eine Vorsichtsmaßnahme, weil er viel Blut verloren hatte. Sobald Rocha vernehmungsfähig war, würde man Sobral informieren und ihn in ein rund um die Uhr bewachtes Einzelzimmer verlegen.

Duartes Nase wurde nur zwei Etagen tiefer neu modelliert. Nicht ahnend, dass sein Kummer über die erneute Verletzung alsbald ein riesiges Trostpflaster erhalten würde.

Denn die Ergreifung des Täters in einem Zug kurz hinter Fuseta präsentierte die Onlineausgabe des *Correio da Manhã* natürlich längst als Titelstory. Duartes Einsatz ging als Fotoserie online und parallel in den Druck für den nächsten Morgen: sein lässiger Sprung über das Geländer und sein Sturz auf den Täter, der aus der Perspektive des Fotografen wie ein tollkühner Hechtsprung anmutete.

Andere Zeitungen und das Fernsehen schickten umgehend ihre Leute nach Arroteia und Faro, wo Cristina Sobral noch für den Abend eine Pressekonferenz einberufen hatte.

Innenminister Pereira ließ es sich nicht nehmen, ihr erstens persönlich am Telefon zu dem Fahndungserfolg zu gratulieren und zweitens die Polícia Judiciária von Faro in einer Pressemitteilung als äußerst fähig und motiviert zu bezeichnen.

Bei dem Mann, an den Rui Aviola und Luís Dias bei Fuseta A geraten waren, handelte es sich um eine Verwechslung, die sie eine aufgeplatzte Augenbraue (Rui) sowie ein blaues Auge und einen schmerzenden Rücken (Luís) kostete. Der Mann wohnte eigentlich in Lissabon und wollte ein paar Tage unerkannt ausspannen – er war amtierender portugiesischer Karatemeister.

Die Leute, die das Foyer der Klinik in Faro betraten und Notiz von der Frau nahmen, die auf einer der Sitzbänke wartete, schauten gleich noch ein zweites Mal hin, als handle es sich um eine Verwechslung. Und wenn sie nicht alleine waren, begannen sie mit ihren Begleitern zu tuscheln und unauffällig dorthin zu schauen.

Die Frau, der diese Aufmerksamkeit galt, lebte schon seit einiger Zeit damit, eine Person des öffentlichen Interesses zu sein. Denn das finanzierte in gewisser Hinsicht ihr Leben.

Cátia Lobo hatte bei dem Privatsender SIC eine eigene Sendung, die sich quer durch die Bevölkerung großer Beliebtheit erfreute: *De Perto*. Was so viel bedeutete wie *Hautnah* oder *Aus nächster Nähe,* was auf dasselbe hinauslief. Darin griff sie alte oder aktuelle Kriminalfälle auf und beleuchtete mit einem oder mehreren involvierten Inspektoren die Vorfälle und vor allem die Aufklärung live im Studio. Das geschah aber nicht trocken, sondern höchst wendungsreich. Lobo hatte ein einnehmendes, freundliches Wesen und war sowohl bei Männern wie auch bei Frauen beliebt. Neu an ihrem Format war der Umstand, dass sie stets auch auf die Personen selbst einging, die sie für ihre Sendung interviewte. Millionen klebten an den Bildschirmen und verfolgten die wöchentliche Ausgabe von *De Perto.*

Was bloß, fragten sich die Leute im Foyer des Krankenhauses von Faro leise, hatte sie hier verloren? War sie etwa in Behandlung? Wartete sie auf jemanden? Oder hatte eine neue Ausgabe ihres Magazins sie hierher verschlagen?

Jedes Mal jedenfalls, wenn der Fahrstuhl im Erdgeschoss hielt und sich seine Tür öffnete, blickte sie auf. Gerade erschien Miguel Duarte. Sein weißes Hemd und sein hellgrauer Anzug waren oben herum durch einige Blutstropfen aus seiner Nase verschmiert. Diese wurde nun in einer weißen Nasenschiene gehalten, die sein Gesicht dominierte.

Cátia Lobo erhob sich und trat mit einem Lächeln an ihn heran. Miguel, der ganz in Gedanken war, lief fast in sie hinein.

»Desculpe«, sagte er deshalb. Die Frau sah attraktiv aus, aber mit der Nasenschiene, die ihn verunstaltete, hatte er schlechte Chancen. Er kannte sie von irgendwoher, wie ihm jetzt bewusst wurde.

»Sub-Inspektor Miguel Duarte?«, fragte sie ihn.

»Ja«, antwortete er, und die Tamponaden in seinen Nasenlöchern ließen seine Stimme tief und dumpf klingen.

Begleitet von einem entwaffnenden Lächeln bot sie ihm ihre Hand: »Cátia Lobo von *De Perto,* Senhor Duarte. *De Perto* ist ein Format auf SIC, vielleicht haben Sie schon mal davon gehört?«

Miguel erinnerte sich, und mit einem Mal war er hellwach.

»Ich kenne Ihre Sendung, Senhora Cátia.«

»Wie schön, das freut mich«, sagte sie und schaffte das, wofür die vielen Zuschauer sie liebten: Sie wirkte erfrischend authentisch. Ja, sie gab Miguel das Gefühl, dass es ihr wichtig war, ob Sub-Inspektor Duarte ihre Sendung mochte oder nicht. Und seine Kenntnis ihrer Interviews ihr echte Freude bereitete.

»Ich weiß«, fügte sie hinzu und legte ganz beiläufig ihre warme Hand auf seinen Unterarm, »es ist ein wenig kurzfristig, aber möchten Sie heute Abend nicht mein Gast bei *De Perto* sein?«

»Ich?«, fragte Duarte verblüfft.

»Ja, Sie. Der Mann, der den Bombenleger gestoppt hat.«

»Nun ja, gestoppt. Es war eher …«

»Glück? Oh nein, nein, nein«, unterbrach sie ihn und wedelte mit gespieltem Tadel mit ihrem rechten Zeigefinger, »reden Sie Ihr beherztes Eingreifen nicht klein.«

Dazu zückte sie ihr iPad und zeigt ihm die Fotoserie, die Faria von ihm geschossen hatte. Das erste Foto, wie er sich lässig über das Geländer schwang, das zweite im Flug. Das dritte, wie er auf dem Dach des Triebwagens hochfederte, das vierte, wie er nach vorne trat, das fünfte zeigte seinen Sturz, der in der Tat, da er kopfüber erfolgte, wie ein gezielter Sprung wirkte. Das sechste und das siebte, wie Moisés Rocha und er zu Boden stürzten.

»Oh, die kenne ich noch nicht.«

»Heute Abend wird sie jeder portugiesische Haushalt kennen. Was sagen Sie? Mögen Sie mein Gast sein?«

Mögen Sie mein Gast sein? Was für eine Frage! Um ein Haar hätte er ihr dafür einen Heiratsantrag gemacht. Miguel Duarte erzitterte innerlich, weil er sich gegenüber dieser riesigen Chance nichtig und klein fühlte. Fast spürte er die Wärme der Studioscheinwerfer bereits auf seiner Haut.

»Aber mit dieser Nasenschiene, die mein Gesicht verunstaltet …«

Er ließ den Satz einfach auslaufen, sie verstand auch so.

»Es sind die Narben, die den Krieger authentisch machen. Und sexy.«

Duarte wuchs ein paar Zentimeter.

»Gut«, sagte er dann.

»Es wird Ihnen gefallen«, versicherte Cátia Lobo ihm.

Es gefiel ihm jetzt schon.

»Meine Mitarbeiter haben herausgefunden, dass Sie als vier- oder fünfköpfiges Team da draußen waren. Meinen Sie, die würden da auch mitmachen? Soll ich die Kollegen mal kontaktieren?«

Bereit sein ist viel, warten können ist mehr, doch erst den rechten Augenblick nutzen, ist alles.

»Ich glaube, das ist nicht sinnvoll, nein, die … die sind alle sehr kamerascheu.«

Hätte man Leander Lost gefragt, wie er sich die Bleibe des Bombenlegers vorstellte, dann kam das Zuhause von Moisés Rocha dem sehr nahe.

Montemor bestand größtenteils aus ein paar Dutzend Häusern, die sich um eine Kreuzung herum versammelt hatten und links und rechts der Straßen Spalier standen. Hundert Meter nach der Kreuzung führte eine asphaltierte Straße nach rechts zu einer weiteren Gruppe von Häusern. Davor ging es einen staubigen Feldweg entlang, einsame zweihundert Meter durch gelbes, verdorrtes Grasland. Der Staub, den die Räder aufwirbelten, war rötlich. Hinter ihnen folgte Isadora in ihrem R4.

Rochas Bungalow stand klein und unauffällig abseits. Weithin unbehelligt von jeglicher Nachbarschaft. Die staubigen Rollläden waren allesamt heruntergelassen worden. Der hölzerne Anbau daneben, der aussah, als habe er über die Jahre immer wieder kleine Erweiterungen erfahren, wie Jahresringe an Bäumen, maß das Anderthalbfache des Gebäudes.

Ein paar Ziegen liefen frei herum und suchten Essbares oder Schatten, der sich hier draußen rarmachte. Die Abendsonne hatte zwar nur noch wenig Kraft, aber es herrschten immer noch dreißig Grad, und die Windstille ließ die Hitze auf der Stelle verharren.

Während Isadora Jordão in ihren Schutzanzug stieg und von Graciana Rosado dabei unterstützt wurde, sahen Leander und Carlos sich um. Sie umrundeten das Gebäude und spähten in den Anbau. Eine riesige Werkbank, die sich übereck erstreckte, darüber, an einer Lochwand, ein Arsenal an Werkzeugen. Dazu ein ausgeschlachtetes Auto, ein Sammelsurium an Geräten, von Wasserkochern bis hin zu ausgedienten und ausgeschlachteten Fernsehern. Bauteile, Kabel, Platinen, Schläuche, Stecker.

»Sieht nach einem Tüftler aus«, stellte Carlos Esteves fest.

Die heruntergelassenen Rollläden waren für Isadora von Vorteil, denn das Innere des Bungalows war dadurch nahezu komplett dunkel. Mit einer Taschenlampe vergewisserte sie sich, in keinen Stolperdraht zu laufen, der dann möglicherweise einen Sprengsatz auslösen würde. Meter für Meter wagte sie sich vor, während Graciana, Leander und Carlos draußen warteten. Über das Intercom hörten sie ihren Atem, ihre Stimme. Graciana empfand die Situation als bedrückend. Isadora war ganz nah und doch Welten entfernt. Alleine.

Nach 45 Minuten gab Isadora den Bungalow frei und nahm sich den Anbau vor.

Zu dritt sahen sie sich in den Räumen um, nachdem sie die Rollläden hochgezogen hatten und die Abendsonne ihr Gold in die Räume warf. Obwohl Isadora alles überprüft hatte, öffneten sie Schubladen und Schränke mit Bedacht. Aber zum Glück erwies sich ihre Vorsicht als unbegründet.

Sie fanden keine Bücher oder Artikel, die sich in irgendeiner Weise mit dem Bankenwesen oder der Fischereiindustrie beschäftigten. Dafür aber eine große Blechtonne draußen vor der Hintertür, in der kürzlich viel Papier verbrannt worden war.

Der Anbau selbst, in dem Isadora sich nach der Freigabe schweißnass des Anzugs entledigte, wirkte tatsächlich wie eine

Tüftlerwerkstatt, als Carlos, Leander und Graciana sich darin umsahen. Sie entdeckten auch eine Drohne, allerdings viel kleiner und handlicher als die Inspire.

»Er hat viel gebastelt und repariert«, sagte die Kriminaltechnikerin, »sieht aus, als würde er sich gut mit Elektronik auskennen, Löten und Schaltkreise und so. Und in der Kiste dahinten liegt ein Sack mit Ammoniumnitrat.«

»Benzinkanister sind auch hier«, ergänzte Esteves und deutete auf drei grüne Exemplare mit einem Fassungsvermögen von jeweils zwanzig Litern.

Leander zog die Schubladen unterhalb der massiven Werkbank hervor. In einem großen Kunststoffbehälter fanden sich kiloweise Schrauben, Nägel, Kugeln und andere Metallgegenstände.

Graciana trat zu ihm. »Die Nagelbombe?«

»Ja. Aber das bloße Vorhandensein von Schrauben und Nägeln ist natürlich nicht justiziabel. Gibt es neue Informationen, was eine weitere Bombe betrifft?«

Graciana schüttelte leicht den Kopf: »Senhora Cristina ruft mich sofort an, wenn etwas passieren sollte.«

Die Schreibmaschine und den Tintenstrahldrucker, die er zum Verfassen der ersten beiden Schreiben verwendet hatte, fanden sie im ersten Anlauf nicht. Vielleicht lagerten sie an einem anderen Ort, möglicherweise in einem verborgenen Erdloch, vielleicht konnte er auch nicht ständig über sie verfügen, weil sie einem Bekannten gehörten oder in einer Firma standen.

Nachdem Isadora eine Probe von dem Ammoniumnitrat genommen hatte, um sie mit jenem zu vergleichen, das sie an den beiden Tatorten gesichert hatte, ließen sie die Rollläden wieder hinab und versiegelten die Eingänge. Isadora verabschiedete sich, und die ausgeleierten Stoßdämpfer des R4 ließen den Wagen auf- und abschwingen, während er über den holprigen Feldweg fuhr und eine Staubfahne hinter sich herzog.

Anschließend befragten sie die Bewohner der nächsten Häuser in zweihundert Metern Entfernung.

Ja, Senhor Rocha sei ein Bastler. Aber ein Eigenbrötler? Nein.

Ob er sich abfällig über Banken geäußert habe?

Nun, wer habe das nicht schon einmal? Ob ihm denn etwas zugestoßen sei?

Nein, nein. Man könne bloß noch nicht darüber reden, es handle sich um laufende Ermittlungen.

Das Azur wich langsam einem tieferen Blau, und man konnte schon die Venus am Himmel erahnen. Sie machten sich auf den Rückweg zum Mustang. Auf den letzten Metern erreichte sie ein Anruf aus der Virgílio Inglês. Es war Gracianas Mutter Raquel Rosado.

»Ich bin heilfroh, dass keinem von euch was passiert ist.«

»Woher weißt du das?«

»Du kennst doch Soraia. Sie hat sich Sorgen gemacht, und ich dann auch, und dann haben wir eurem Vater in den Ohren gelegen.«

Sie konnte es sich lebhaft vorstellen.

»Was hat er gesagt?«

»Dass man es immer ganz schnell erfährt, wenn jemand nicht mehr nach Hause kommt.«

Graciana musste unwillkürlich schmunzeln. Ihre Mutter tat es am anderen Ende auch, sie wusste es, sie verstanden sich im Schlaf.

»Grace, es war ein langer Tag, ihr müsst umkommen vor Hunger.«

»Carlos sieht nicht aus, als habe er Hunger.«

»Sehr witzig«, brummte Esteves.

18.

Fuseta lag ruhig im Sonnenuntergang. Eine kleine, verschlafen wirkende Perle, die umso schöner und anziehender war, weil sie um beides nicht wusste und deshalb nicht damit kokettierte. Sie lag einfach da mit ihren engen Gassen und dem von der Ria Formosa geschützten Kanal, mit ihren Bars und Restaurants, in denen palavert wurde und gelacht – und in denen es nie wirklich laut wurde. Wenn es so etwas wie einen zurückgenommenen Trubel gab, dann hier in Fuseta. Auf eine anachronistische Weise wurde in jeglicher Hinsicht die Form gewahrt.

Der kleine Ort vermittelte den Eindruck, er hinke der Zeit zwanzig Jahre hinterher. Nur dass er nicht hinkte, sondern gelassen schlenderte und hier und dort einfach verweilte. Wie seine Einwohner. Abgesehen von den Kindern rannte hier niemand. Außer auf dem Fußballplatz, versteht sich. Die Hektik hatte es nie bis nach Fuseta geschafft – als wäre ihr auf dem Weg hierher einfach die Puste ausgegangen.

Jetzt, beim anbrechenden Abend, war es, als erwachte das kleine Örtchen zum zweiten Mal am gleichen Tag. Die Leute machten sich frisch, manche duschten erneut, nachdem sie von der Arbeit gekommen waren. Sie alle jedenfalls achteten auf die Kleidung, in der sie das Haus verließen. Gut gelaunt. Kinder liefen umher oder spielten Fangen. Sie aßen mit Hingabe ein Eis oder standen einfach herum und staunten darüber, was jetzt plötzlich alles auf den Beinen war.

Wer sich nicht zum Essen in einem Restaurant traf oder zu einem Bier in einer der Bars, blieb trotzdem nicht alleine. Man ging einfach vor die Tür. So wie die ältere Dame, die um die Ecke vom Capri wohnte. Pünktlich um halb acht öffnete sie die Tür ihrer Wohnung und stellte zwei Plastikstühle in die Gasse für Fußgänger, einen davon mit einem Kissen. Dann nahm sie mit einer Zeitschrift Platz, setzte ihre Brille auf, las und hob dann und wann den Blick, um Bekannte zu begrüßen und ein kurzes Schwätzchen zu halten. Nach einer Weile fand sich auch ihre Katze ein und belegte neben ihr den Stuhl mit dem Sitzkissen. So blieb das bis um halb elf, dann gingen beide hinein und legten sich schlafen.

Der schmale Tisch und die beiden Stühle vor dem Haus der Rosados waren um zwei Tische, sechs Stühle, drei Hocker und einen Schemel erweitert worden. Auf diese Weise wurde zwar die kleine Straße blockiert, aber wenn ein Auto kam, nahm es entweder eine andere Strecke, oder der Fahrer folgte der Einladung António Rosados und kam mit ihm bei einem Glas Wein ins Gespräch. Wie Graciana mit einem Blick erfasste, war bis jetzt noch niemand darunter, den sie nicht kannte.

Jorge, der starrköpfige Alte, stand wie immer auf seinen Gehstock gestützt, mit dem er einen manchmal beim Reden antippte und von dem er steif und fest behauptete, es sei ein Spazierstock. Er war 89 Jahre alt und immer dann schwerhörig, wenn es ihm in den Kram passte.

Auf den Tischen standen Kerzen, die kein Windlicht benötigten, weil nicht mal die kleinste Brise ging. Nach Jorge entdeckten Graciana und Carlos, dem mächtig der Magen knurrte, die Nachbarin Dona Maria, die eine Olivenplantage ihr Eigen nannte und die in preisverdächtiger Ruhe jede Olive eigenhändig anritzte, um ihnen einen speziellen Geschmack zu verleihen. Denn so wurde das Fruchtfleisch besonders gut von der Tunke durchdrungen, in der Dona Maria sie einlagerte. Außerdem Senhor Rossi, den Weinhändler, Fátima de Figo, die hübsche Nachbarin, die immer ein Auge auf Leander Lost gehabt hatte und nun mit großer Aufmerksamkeit Rui Aviola zuhörte, der ihr mit frisch genähter Augenbraue gegenübersaß, und schließlich Chico, der eigentlich Francisco hieß. Der Taxi und Wassertaxi fuhr und ununterbrochen rauchte.

Es gab ein großes *Olá* und *Boa noite,* als Graciana Rosado, Carlos Esteves und Lost erschienen. Wenn jemand in Fuseta etwas über einen aktuellen Kriminalfall wissen wollte, dann konnte man natürlich auf den nächsten Tag warten, um darüber in der Zeitung zu lesen. Aber wenn man es *umgehend* wissen wollte, ging man in die Virgílio Inglês, denn dort war die Quelle.

»Du kannst es morgen in der Zeitung lesen, Jorge«, hatte Raquel das erste Mal gesagt.

»Die Zeitung antwortet nicht«, gab Jorge zurück, damals hatte er noch keinen »Spazierstock«.

Ein wenig stolz war man darüber hinaus sowieso, dass zwei gebürtige Fusetaner es zu Sub-Inspektoren der Polícia Judiciária gebracht hatten.

Schnell schob man einen weiteren Stuhl heran und machte zwei andere frei, sodass sie sich zusammensetzen konnten. Raquel Rosado hatte wie immer ein paar *Petiscos* zubereitet. Sie standen in kleinen rötlichen Tonschalen auf den Tischen, sodass sich jeder bedienen konnte. António Rosado sorgte eigenhändig dafür, dass eines mit den *Almôndegas* direkt vor Leander Lost landete. Es handelte sich um seine Lieblingsspeise: gebratene Hackbällchen ohne Pfeffer, die durch Raquel Rosados Zugabe von Kreuzkümmel und gemahlenen Koriandersamen eine orientalische Note erhielten. Wie immer in einer Soße aus reifen Tomaten mit Knoblauch und – wichtig – Thymian.

Leander hatte sich bei seiner Ankunft zu Soraia gebeugt, sie hatte ihre Arme um seinen Hals geschlossen und ihn geküsst. Für den Sekundenbruchteil, den diese Geste und der Kuss angedauert hatten – nun ja, genau genommen doch so einige Sekundenbruchteile –, war auf magische Weise kein Wort gefallen, und alle verharrten in Reglosigkeit. Um das Trio dann, als die beiden ihre Begrüßung beendet hatten und Leander neben Soraia Platz nahm, umso lebhafter nach den Ereignissen des Tages zu befragen.

»Wie habt ihr ihn gefasst?«

»Wer ist es?«

»Kennen wir ihn?«

»Wo wohnt er?«

»Bislang«, antwortete Graciana, die kurz Vater und Mutter mit einer Umarmung begrüßt hatte, »ist es ein Verdächtiger.«

»Na, der wird doch wohl auch einen Namen haben«, beharrte Jorge und klopfte zweimal mit seinem Stock auf das Pflaster, als würde er bei Hof arbeiten und ein Adelspaar ankündigen.

»Er heißt Moisés Rocha«, gab Graciana preis.

Ein Raunen ging herum. Sie alle waren näher gerückt und bildeten eine vielköpfige Traube, die Graciana an den Lippen hing. Aber eigentlich war Carlos Esteves der bessere Erzähler. Er wusste intuitiv, wo er sie mit einer Pause auf die Folter spannen konnte – und tat das selbstverständlich: »Er wohnt nördlich von Olhão.«

Die Zuhörer beugten sich noch weiter vor.

»Nördlich wo?«, tappte Jorge in die Falle: »Plymouth und Reykjavík liegen auch nördlich von Olhão.« Jorge war Feinmechaniker, er hatte einen Uhrmacherladen besessen und nahm Dinge daher aus Prinzip höchst genau.

»Nun lass ihn doch reden«, bat Fátima, beugte sich vor und stützte sich dabei beiläufig mit der Hand auf Rui Aviolas Oberschenkel ab, dem das zu gefallen schien. Er aß gerade ein paar von den eingelegten Karotten, die mit ihrer Marinade aus Essig, Olivenöl, Knoblauch, Koriander und Paprikagewürz einfach besser schmeckten als die seiner Mutter. Was er ihr zu Lebzeiten besser nicht erzählte.

»Er wohnt in Montemor«, antwortete Carlos, während er von

der Thunfischcreme probierte und seufzte. Er wusste, Raquel Rosado mischte Zitronenabrieb hinein und klein geschnittene Sardellen. Und sie pürierte sie nie zu einer Creme, obwohl jeder sie so nannte, man konnte noch die Struktur der Thunfischstücke erkennen.

Graciana nahm sich einen knusprigen Hähnchenschenkel, der in einer Chilimischung angebraten worden war. Als sie herzhaft davon abbiss, bemerkte sie überhaupt erst, wie lange sie schon nichts mehr gegessen hatte.

»Und er wollte zwei Millionen Euro«, ergänzte Carlos, »eine für sich und eine für den Tierschutz.«

»Meu deus.« Dona Maria bekreuzigte sich.

»Er hat uns auf den bebauten Teil der Armona bestellt«, fuhr Carlos fort und stellte sein leeres Bierglas ab, woraufhin jemand es umgehend durch ein neues, mit kaltem Bier gefülltes ersetzte, »wir waren gut vorbereitet, und dann … hat er uns ausgetrickst.«

»Wie denn das? Er musste doch auch zur Insel kommen«, fragte sich Senhor Rossi laut.

»Tja, mit einer Drohne.«

»Dieser neumodische Unsinn«, fand Jorge.

»Das ist der Fortschritt«, wandte Chico ein und zündete sich eine neue Zigarette an: »Wenn es mal Flugtaxis gibt, mache ich den Führerschein dafür.«

»Neumodischer Unsinn«, beharrte Jorge.

»Er ist im Fernsehen!«, rief ihnen ein Nachbar von seiner Dachterrasse aus zu: »Sub-Inspektor Duarte ist im Fernsehen. Bei *De Perto!*«

Carlos und Graciana wechselten einen überraschten Blick: bei *De Perto?* Was hatte er da zu suchen? Und warum er alleine?

»Ich hab einen neuen Fernseher!«, rief Dona Maria und deutete auf Senhor Rossi: »Sie können mir helfen, ihn nach draußen zu tragen.«

»Nichts lieber als das.«

Binnen fünf Minuten war alles organisiert. Der Fernseher war durch Verlängerungskabel mit dem Stromnetz und der Sat-Schüssel verbunden. Dona Maria, Herrin über die Fernbedienung, wechselte auf den Privatsender SIC und drehte den Ton auf.

»Da ist er!«, rief Fátima de Figo: »Was ist mit seiner Nase?«

Tatsächlich saß Miguel Duarte frisch gescheitelt und mit einem gut sitzenden hellblauen Anzug im Studio von *De Perto*, die lächelnde Cátia Lobo schräg gegenüber. Im Hintergrund hatte man Farias Foto an die Wand geworfen: Duarte, der sich elegant über das Brückengeländer schwang – und Meter unter ihm das Zugdach der Linha do Algarve.

Aus der Distanz wirke ich ein bisschen wie der junge Sean Connery, dachte Duarte.

Als er vorhin an den Fernsehauftritt gedacht hatte, an die Leute im Studio, die Kameras, die Scheinwerfer, war er schon ein wenig nervös geworden. Immerhin würden sein Gesicht und seine Worte live in die Wohnzimmer von Millionen Zuschauern übertragen werden! Er hatte sich gesorgt, seine Stimme könnte brüchig klingen oder er könnte nasse Hände haben oder unter den Achseln schwitzen. Aber nichts davon geschah. Ganz im Gegenteil: Kaum hatte er auf dem Besuchersessel Platz genommen, fühlte er sich *zu Hause*. Das helle Scheinwerferlicht, das sich zweifach auf ihn richtete, blendete ihn nicht, sondern wärmte ihn von innen. Ja, er fühlte sich auf der Bühne wohl.

Vielleicht würden die Leute in den entscheidenden Positionen bei der Lissabonner Kripo die Ablehnung seiner Bewerbung durch deren Personalchef überdenken, wenn sie ihn jetzt sahen. Ihm den überfälligen roten Teppich ausrollen, damit er eine Abteilung in der Hauptstadt übernehmen konnte, statt hier unten an der Algarve sein Dasein zu fristen.

Nachdem Cátia Lobo den Fall anmoderiert und ihn vorgestellt hatte – der Teil, der in der Virgílio Inglês verpasst worden war –, befragte sie ihn zu dem Einsatz heute. »Wir sehen Sie dort, wie Sie sich gerade über ein Geländer schwingen. Wie hoch war das?«

Duarte wiegte den Kopf kurz hin und her: »Zwei Meter, drei vielleicht – ich kann es Ihnen nicht genau sagen.« Dann hob er die offenen Hände und die Unterarme leicht an, als wolle er signalisieren, dass die exakte Höhe für ihn nicht wichtig gewesen war.

»Schildern Sie uns doch kurz, warum Sie das gemacht haben, Senhor Duarte.«

»Kollegen sind mehr oder minder zufällig in einem Waggon der Linha do Algarve auf den Bombenleger getroffen, der heute versucht hat, zwei Millionen Euro zu erpressen.«

»Und ist ihm das gelungen?«

»Sehen Sie, wenn ich nicht möchte, dass ein Täter dieses Geld bekommt, bekommt er es auch nicht. Im ersten Schritt war es aber absolut notwendig, ihm dieses Geld zu übergeben, er hatte nämlich eine Bombe hinterlegt und damit gedroht, sie zu zünden, wenn wir auf seine Forderung nicht eingehen. Das haben wir dann zum Schein getan.«

Cátia Lobo beugte sich interessiert vor, um ihm die nächste Frage zu stellen. Sie sah wirklich attraktiv aus. Er kannte ein diskretes Hotel keine zwanzig Minuten von hier – mit einer Holzveranda und eingelassenem Whirlpool. Freier Blick auf die Küstenlinie und in den Sternenhimmel. Sie könnten anstoßen auf die Sendung, mit etwas Schampus. Er und Cátia …

»… unter Kontrolle?«

»Äh, pardon?«

»Ich sagte: Das heißt, es war jederzeit alles unter Kontrolle?«

Wieder wiegte Duarte den Kopf leicht hin und her, bevor er antwortete: »Tatsächlich ist er uns kurz von der Leine gegangen. Das ist natürlich immer eine Abwägungssache bei so einer Observierung. Ist man zu nah dran, wird die Zielperson vielleicht nervös und löst den Sprengsatz aus. Also hält man lieber etwas mehr Distanz. Stellen Sie sich vor, so eine Bombe tickt in einem Seniorenheim. Oder einem Kindergarten.«

»Nicht auszudenken.«

»Eben. Aber wie gesagt, er ist ja in einem Zug der Linha wieder aufgespürt worden. Oder, um bei der Wahrheit zu bleiben: Er hat die Nerven verloren und einen Kollegen als Geisel genommen.«

»Auf dem Foto steht der Zug aber.«

»Ja … Ich muss sagen, ich komme frisch vom Einsatz, das bedeutet, wir haben uns noch nicht über jedes Detail austauschen können. Also, irgendjemand hat vermutlich die Notbremsung ausgelöst. Ob das jetzt ein Passagier war oder jemand im Triebwagen …«

Cátia Lobo nickte verständnisvoll. Um dann den Zuschauern zu Hause über die Kamera ein Lächeln zuzuwerfen: »Eben noch im Einsatz – und schon bei *De Perto.*« Dann wandte sie sich wieder ihrem Gast zu: »Der Zug kommt zum Stehen. Und dann?«

Miguel Duarte nahm einen Schluck aus dem Wasserglas vom Beistelltisch. »Es gab einen Schusswechsel im Waggon, das konnte man hören, und dann ist drinnen Verstärkung gebraucht worden. Ich bin zunächst oben geblieben, um … die Übersicht zu bewahren. Verstehen Sie? Wenn alle den Zug entlangstürmen und die Passagiere flüchten, dann kann es vorkommen, dass ein Täter sich unter die Flüchtenden mischt und nicht bemerkt wird. Deshalb muss man einen kühlen Kopf bewahren. Der Bombenleger hat dann ein Fenster zerschossen und ist durch das Fenster nach draußen gesprungen. Ich hab von oben gesehen, wie er den Zug entlanggelaufen ist. Und es waren nur noch ein paar Schritte, bis er die Unterführung erreicht hätte. Dann wäre er wohl weg gewesen. Also bin ich auf das Zugdach gesprungen, um ihn aufzuhalten. Dazu …«

»Moment, Moment«, unterbrach sie ihn und hob die Hand,

damit er nicht weiterredete. Lobo gab jemandem ein kleines Zeichen, das man weder zu Hause noch im Studio sehen konnte. Aber prompt wurde das Foto an der Wand durch die vier nächsten ersetzt, die Tobias Faria geschossen hatte: wie Duarte durch die Luft sauste und er und der Täter hart zu Boden gingen.

»Hier hat ein Reporter festgehalten, wie Sie den Mann gestoppt haben. Sie haben sich, ohne zu zögern, kopfüber auf ihn gestürzt.«

»Äh … ja.«

»Und sich dabei die Nase gebrochen.«

»Ach, der Kratzer.«

»Er hatte eine Pistole in der Hand – er hätte auf Sie schießen können.«

»Natürlich, ja. Aber … jemand musste ihn stoppen.«

Lobos Augen wurden eng, die Kamera fuhr auf sie zu, sie sah Duarte an, als hätte er sich gerade gehäutet und als entdeckte sie nun den Helden in ihm. »Auch, wenn es Sie das Leben gekostet hätte, meinen Sie das?«

Duarte spürte, dass die Wirkung größer sein würde, wenn er das nicht bejahte. Er winkte bescheiden mit der linken Hand ab, ohne sie anzuheben. »Ich glaube«, sagte er, »in so einem Augenblick denkt man gar nicht darüber nach. Wer … wer andere Menschenleben retten will, muss bereit sein, seines in die Waagschale zu werfen.«

Lobo, die so schnell nichts beeindrucken konnte, schien beeindruckt.

Der Mann, der die Bombenserie beendete.

So würde man in Zukunft von ihm sprechen. Er musste schleunigst jemanden mit der Gestaltung seiner Autogrammkarten beauftragen.

»Der Täter hat die erste Bombe gegen die Banken gerichtet. Seine zweite Bombe hat sich gegen die Überfischung durch einen japanischen Großkonzern gerichtet, und in seinem Bekennerschreiben hat er dazu Stellung genommen. Einige sprechen von einem modernen Robin Hood, sowohl in der Bevölkerung als auch in den Medien. Was denken Sie?«

In der Virgílio Inglês war es merklich still geworden.

Carlos und Graciana tauschten einen kurzen Blick wegen Duartes Darstellung.

»Er ist nicht gesprungen, er ist auf dem Dach des Zuges ausgerutscht«, stellte Carlos fest.

»Was hast du gesagt?«, hakte Chico nach.

Graciana schüttelte kaum merklich den Kopf. Nicht in der Art, wie sie Anweisungen erteilte, sondern in der Art, wie sie ihn stumm um etwas bat.

»Nichts«, antwortete Carlos deswegen.

»Robin Hood«, wiederholte Duarte, und er tat es, weil er unschlüssig war und Zeit schinden wollte: »Warum engagiert er sich nicht irgendwo friedlich gegen die Überfischung? Oder gegen die Gier der Banken? Das ist doch ... Das dürfte kein Grund sein, Bomben zu legen.«

»Und wenn er das versucht hat, ich meine: sich zu organisieren? Vielleicht hat er sich ja politisch betätigt. Und ist gescheitert.«

Lost spitzte die Ohren. Niemand, dachte er, steht eines Morgens auf und sagt sich: Heute sprenge ich mal was in die Luft. Nein, es gab immer ein Davor. Eine Eskalationsstufe, die erklommen, und eine Hemmschwelle, die überwunden werden musste. *Eine Vorgeschichte.*

Den Begriff merkte er sich und richtete seine Aufmerksamkeit wieder auf Duarte mit seiner Nasenschiene.

»Man hat mir zugetragen, dass Sie erfolgreich Fortbildungskurse absolviert haben, in denen es auch um Sprengstoffe und die Entschärfung von Bomben gegangen ist. Haben Sie sich inzwischen ein Bild von der Vorgehensweise des Täters machen können?«

»In der Tat, ja. Ich möchte die chemische Zusammensetzung der Bomben und die Art und Weise der Konstruktion nicht im Detail im Fernsehen besprechen, aber ich kann immerhin so viel sagen, dass beide Bomben mit handelsüblichen und frei zugänglichen Materialien gebaut worden sind. Auch die Zündvorrichtung könnte Ihnen jeder halbwegs begabte Neuntklässler bauen.«

»Das heißt, wenn Sie rechtzeitig vor Ort gewesen wären, hätten Sie die Bomben entschärfen können?«

»Ja. Ich würde bestreiten, dass der Bombenleger fundierte Kenntnisse in Chemie und Elektronik hat. Der Aufbau seiner Sprengsätze war … sehr simpel. Geradezu dilettantisch. Und sie wären mühelos zu entschärfen gewesen, ja.«

Und so ging es noch ein paar Minuten weiter, die die Rosados und ihre Gäste aufmerksam verfolgten, während Raquel die Tonschalen mit den kleinen Leckereien wieder auffüllte. Dann verabschiedete sich Cátia Lobo von ihrem Publikum (und draußen auf dem Parkplatz vor dem Fernsehstudio auch von Miguel Duarte, nachdem sie ihm zu seiner Überraschung ihre Lebensgefährtin vorgestellt hatte).

In der Virgílio Inglês fachsimpelte man zu diesem Zeitpunkt bereits ausgiebig über Duartes Auftritt und seine Nasenschiene. Ein paar wechselten vom Vinho verde zu einem Rotwein, Carlos und António blieben beim Bier. Graciana legte drinnen Ana Moura in einer dezenten Lautstärke auf, sodass die Lieder der Fadista keines der Gespräche draußen störten.

Als sie wieder hinauskam, schaute sie zu Carlos, der ihr ein Lächeln schenkte, das sie erwiderte. Sie setzte sich ihm gegenüber, öffnete sich ein kühles Sagres und stieß mit ihm an.

Er liebte die Dire Straits (»Es gibt einen Gott, und er heißt Mark Knopfler«), aber er liebte auch Ana Moura. Sie hatte den klassischen Fado entstaubt und für ihre Lieder ein paar sanfte Anleihen bei Jazz und Rock genommen. Damit fand der Fado eine zeitgemäße Entsprechung sowie eine größere Resonanz bei Jugendlichen und Twens.

Carlos Esteves saß neben António Rosado, die beiden strahlten einen tiefen Frieden aus, sie genossen den Augenblick. Es gab, das hatte Graciana früh erkannt, keinen größeren Genießer als Carlos. Ein echter Hedonist.

Sie stand auf und drückte seine Hand. Er hielt sie fest. Mit dem Zeige- und Mittelfinger seiner anderen Hand strich er ihr sanft über die Wange, was sich für sie vertraut anfühlte und zärtlich. Und in seinem Blick lag ein ungeheures Geschenk: eine unverbrüchliche Zuneigung. So klar und schön und bedingungslos, dass sie vor Rührung schlucken musste.

Dann senkte er die Hand wieder und ließ sie los.

Graciana wurden die Augen feucht. Sie wandte sich ab und ging ein paar Meter Richtung Kanal.

»Wofür hat meine Tochter sich gerade entschuldigt?«, fragte António Rosado in jenem gelassenen Tonfall, mit dem man jemanden um den Salzstreuer bat.

Carlos musste lächeln – man konnte dem Vater in dem Mann neben ihm nichts vormachen. »Für ihre Annahme, ich sei unglücklich in sie verliebt.«

»Bist du das nicht?«

»Nein, glücklich verliebt«, antwortete Carlos, und António musste breit grinsen.

Danach saßen sie da und schwiegen. Das gefiel ihnen beiden gut. Und da Leander es auch mochte, kam er hin und wieder bei António vorbei, schob ihn in seinem Rollstuhl zum Kanal, und sie schwiegen gemeinsam das Wasser an, die Salinen und Möwen, und kehrten nach einer Weile zufrieden wieder zurück.

António sah zu seiner Frau, die das Beisammensein von Soraia und Leander aus den Augenwinkeln beobachtete.

Sie spürte den Blick ihres Mannes, kam zu ihm, beugte sich

vor: »Sieh deine Tochter an«, flüsterte sie, »wenn Leander sie noch einmal anlächelt, platzt sie vor Glück.«

António nickte: »Die sind woanders.«

Raquel wusste, was er meinte. Soraia Rosado und Leander Lost waren gar nicht hier. Sie waren zwar mittendrin und doch Meilen entfernt an einem Ort, der nur ihnen beiden zugänglich war.

Als Graciana zurückkehrte, nahm sie an dem Tisch gegenüber Carlos Platz. Sie sah aus, als trage sie etwas mit sich herum, was sie loswerden wollte.

»Ich hol uns was zu trinken«, sagte António und fuhr mit seinem Rollstuhl zur Seite, um seiner älteren Tochter die Gelegenheit zu geben.

»Tudo bem?«

»Tudo bem.«

Graciana nickte, aber der Zweifel stand ihr ins Gesicht geschrieben. »Ich … könnte nicht ertragen, wenn du leidest – meinetwegen.«

»Ich leide nicht.«

Sie wünschte, Leander Lost hätte die Antwort mitbekommen – er hätte mit Sicherheit sagen können, ob ihr bester und langjährigster Freund gerade gelogen hatte. Sie konnte jedenfalls nicht sagen, ob Carlos die Wahrheit sagte oder sich einfach nur nicht in die Karten blicken ließ, also verabschiedete sie sich von ihm und den anderen und trat nachdenklich den Heimweg an.

Rui Aviola bedankte sich bei den Rosados für die leckeren *Petiscos* und sagte ebenfalls Auf Wiedersehen. Fátima de Figo erklärte mit einem Blick auf ihre Armbanduhr, sie müsse ebenfalls aufbrechen und – an Rui gerichtet – sie hätten ohnehin denselben Weg.

»Du wohnst doch in der anderen Richtung«, merkte Chico irritiert an. Als Taxifahrer kannte er die Adressen von jedem und jeder in Fuseta.

Fátima vierteilte ihn mit einem Blick, zwang sich dann aber zu einem Lächeln: »Mein Auto steht dahinten, da muss ich noch was holen. Danke für den geografischen Hinweis, Chico.«

Dann stiefelten die beiden los, und man hörte noch eine Weile Fátimas spitzes Lachen, wenn Rui etwas erzählte, das er lustig fand.

»Senhor Lost«, sagte Dona Maria und wandte sich an den Deutschen.

Raquel seufzte. Leander und Soraia sahen auf, als hätte man sie beide gerade geweckt.

»Ja, bitte?«

»Ich habe gehört, Sie bleiben uns erhalten. Dass Sie nicht zurück nach Deutschland gehen. Gefällt Ihnen Portugal denn?«

»Insgesamt ja.«

»Und was gefällt Ihnen besonders?«

Die letzte Silbe war ihr noch nicht über die Lippen gekommen, da kam schon seine Antwort: »Soraia.«

Die lief rot an und strahlte gleichzeitig. Die Gäste nickten wohlwollend. Nach der Marotte mit dem schwarzen Anzug und den Espadrilles dazu war die Zuneigung zu Soraia Rosado immerhin kein weiterer Spleen. Obwohl das portugiesische Herz groß war für die Außenseiter und Sonderbaren. Die Toleranz hier war ein großer Hut, unter den bisher noch jeder passte.

»Dona Maria meint vielleicht, ob es etwas Allgemeines gibt an unserem Land, das Ihnen gefällt«, half Senhor Rossi aus.

Lost nickte.

»Es gibt eine Formulierung von Ernest Hemingway, die das sehr genau beschreibt, denke ich. Und weil sie in der Übersetzung eher an Unschärfe gewinnt, würde ich sie gerne im englischen Original zitieren: ›Grace under Pressure.‹«

»Was soll das bedeuten?«, fragte Jorge mit verkniffener Miene.

»Es bedeutet, dass die Portugiesen ein Menschenschlag sind,

der dem Leid nie anders begegnen wird als mit erhobenem Haupt.«

Jorges Züge entspannten sich. Niemand sagte etwas. Es war, als hätte der *Alemão* sie alle sanft berührt.

19.

Er stieg aus einem Kleinwagen, den er direkt vor ihrem Haus geparkt hatte. Und weil Graciana noch ganz in Gedanken war, bemerkte sie ihn erst auf den letzten Metern: Júlio Moreno. Er steckte barfuß in Slippern, darüber trug er eine Bluejeans und ein schwarzes Hemd. Eine leichte Brise spielte in seinen Haaren – zu seinem Vorteil. Wie schon bei den Treffen zuvor ging eine bestimmte Gelassenheit von ihm aus, die Graciana mochte, weil sie nicht ausgestellt wirkte, sondern Bestandteil seines Wesens zu sein schien. Und die jedem sagte: keine Sorge, am Ende wird alles gut.

»Was machen Sie hier?«

»Ich hab auf Sie gewartet.«

Graciana war überrascht. Über den Umstand und darüber, dass es ihr gefiel.

»Ich hab mir Sorgen gemacht«, schob er nach, »ich hab gehört, es gab einen Schusswechsel. Von einem Verletzten war die Rede. Ich wusste nicht, ob Ihnen vielleicht …«

Er sprach das Offensichtliche nicht aus, seine Sorge klang echt.

Graciana hatte drei Gläser Wein getrunken, sie befand sich in einem Zustand, in dem man sich federleicht fühlte. Sie breitete die Arme aus: »Ich lebe.«

Er nickte, die Andeutung eines Lächelns, auch das von jener Lässigkeit: »Das ist gut so.«

»Ja?«

In ihrer Stimme lag ein sanfter Spott, nichts Verletzendes. Es war der Wunsch, ihn etwas aus der Reserve zu locken.

»Ja«, gab er zurück, »schlafen Sie gut.«

Damit wandte er sich seinem Wagen zu und öffnete die Tür. Graciana spürte plötzlich, dass sie das nicht wollte.

»Ich habe einen netten Weißwein im Kühlschrank, leider schaff ich ihn nicht alleine.«

Er sah ihr in die Augen, um zu erfassen, was sie meinte. »Was für einer?«

»Ein 2016er Niepoort Coche Branco.«

Er hob anerkennend eine Augenbraue: »Das wäre jammerschade.«

Sie mochte auch seine Lakonie.

Soraia und sie hatten sich einmal darüber unterhalten, dass es manchmal so wirkte, als signalisiere ihr Haus ihnen, ob jemand hier hineinpasste. Nicht nur in die Räumlichkeiten, sondern in ihr Leben. Carlos etwa hatte mit seinen ersten Schritten in diesem Haus bereits zum Inventar gehört. Und obwohl sie am Anfang aus dem Kopfschütteln über das merkwürdige Verhalten von Leander Lost gar nicht mehr herausgekommen waren, hatte das Haus gesagt, dass er passte.

Und so war es auch bei Júlio Moreno.

In der Küche, in der sie ihnen jeweils ein Glas einschenkte, sah er sich um wie ein alter Bekannter, der nebenbei überlegte, ob sich seit seinem letzten Besuch eine Kleinigkeit verändert hatte.

Sie wechselten hinaus auf die Terrasse, wo die Steine immer noch Wärme abstrahlten. Sie stießen an. Moreno blickte hinunter zur Ria Formosa und dem Atlantik.

»Ich hätte ein Haus hier unten mieten sollen, am Wasser«, stellte er fest und zündete sich eine Selbstgedrehte aus seinem silbernen Etui an.

Seine Lippen waren schmal, die Finger hatten etwas Sehniges. Als könnten sie Klavier spielen und den ganzen Mann trotzdem an einer Felswand hinaufziehen.

Graciana hatte inzwischen eine Menge von ihm gelesen. Er war in Porto geboren und aufgewachsen. Und da der *Público* dort seinen Hauptsitz hatte, lagen seine beruflichen Wurzeln als Lokalreporter auch genau dort. Drehten sich die ersten Artikel noch um den FC Porto oder um ein neues Restaurant, wurden seine Beiträge in den folgenden Jahren kritischer, die Themen härter. Er recherchierte in Korruptionsfällen und schaute der Polizei bei Mordermittlungen über die Schulter. Dann folgten Berichte aus Krisen- und Kriegsgebieten. Überall hatte er seine Kamera dabei. Dabei war es für Graciana bei der Lektüre manchmal schwer zu sagen, was mehr wirkte: die schonungslosen Fotos oder der schonungslose Text.

Júlio Moreno hatte Reportagen über das Leben im Gazastreifen und die Bürgerkriege in Afrika gemacht. Er hatte portugiesische Soldaten im Einsatz in Afghanistan begleitet und war dort bei einem Granatenbeschuss verletzt worden.

Daher rührte seine Gelassenheit. Dieses Neben-sich-Stehen. Der Tod war nicht wählerisch, und im Kriegsgebiet schon gar nicht. Da kam er, obwohl man ständig mit ihm rechnete, dann doch unerwartet. Wenn es überhaupt eine Systematik gab, nach der er sich richtete, dann die, dass er zuerst die Unerfahrenen zu sich rief, die Unachtsamen und die, die es mit dem Wagemut übertrieben. Und Moreno – das hatte sich tief eingegraben in seine Augen, in sein Wesen – hatte sie alle gesehen. Die Erkenntnis, dass einen der Zufall des nächsten Moments dahinraffen konnte, machte ihn nicht beklommen, sondern … frei.

Graciana nahm noch einen Schluck. Ihre Blicke fanden sich. Und jedes Wort hätte den Augenblick geschmälert. Sie rutschte näher an ihn heran, beugte sich vor und küsste ihn sanft.

TAG SIEBEN

20.

Als sie aufwachte, fühlte Graciana Rosado sich wie ein neuer Mensch. Sie schlüpfte so leise wie möglich aus dem Bett und zog die Tür hinter sich zu. Nicht ohne noch einen Blick auf Júlio Moreno zu werfen, der auf dem Bauch lag, die Decke reichte knapp über den Po, einen Arm ausgestreckt, an der Schulter vernarbt. Das leicht silbrige Haar auf dem Kopfkissen ausgebreitet.

Graciana schlüpfte in T-Shirt und Hose und bereitete Frühstück vor. Sie wusste gar nicht, wohin mit ihrem Tatendrang. Und sie musste aufpassen, dass sie vor überschäumender Freude nicht zu singen begann und dazu ein Schlagzeugsolo mit zwei Holzlöffeln anstimmte. Soraia und sie hatten auf diese Weise einige Schlagzeugsoli fabriziert. Und sie vermisste ihre Schwester. Aber nicht heute Morgen.

Júlio und sie frühstückten auf der Terrasse und mussten ihre Sonnenbrillen aufsetzen. Es fühlte sich neu an und berauschend, und trotzdem wohnte dem Ganzen das beruhigende Gefühl inne, es sei schon immer so gewesen.

Als sie in die Küche ging, um noch ein paar frische Orangen auszupressen, die sie im Garten gepflückt hatte, stand er plötzlich hinter ihr und umarmte sie. Ganz eng. Sein erregter Atem in ihrem Nacken.

Es gab keinen zweiten Orangensaft. Und sie wechselten auch nicht ins Schlafzimmer, sie schliefen noch in der Küche miteinander. Graciana presste ihren Kopf an seine Schulter, die kühlen Fliesen unter ihr, und sog seinen Geruch ein. Seine Gelassenheit war dahin. In seinem Gesicht spiegelte sich die Lust, so klar und unverstellt und pur, dass sie ihn noch fester umarmte.

Noch aus dem Mustang, mit dem sie sich nach Montemor aufmachte, nahm Graciana Kontakt mit dem GNR-Team gegenüber der Villa Azul auf. Dort erwischte sie Ana Gomes, die gerade mit ihrer Überwachungsschicht begonnen hatte.

»Die Observierung ist beendet«, ließ Graciana sie wissen, »baut bitte ab und zieht euch so zurück, dass Senhor Moreno es nicht bemerkt.«

Das Polizeisiegel war gebrochen.

Bevor Graciana mit ihrem Handy Verstärkung anforderte, wagte sie einen Blick durchs Fenster des Hauses von Moisés Rocha – und war erleichtert. Leander Lost stand in seinem Anzug mitten im Raum. Erstarrt. Er blickte auf etwas, was sie nicht sehen konnte. Das warme Morgenlicht, das durch das gegenüberliegende Fenster fiel, zeichnete ihn in scharfen Konturen.

Graciana klopfte an die Tür, bevor sie sie öffnete. Leander griff nicht nach seiner Dienstwaffe, sondern schaute über die Schulter.

»Bom dia.«

»Ebenso.«

Sie trat näher an ihn heran. Der große Hauptraum bestand aus einer Sitzecke mit einem Bücherregal und einem Fernseher. Rechts eine Küchenzeile mit Vorratsschränken. Auf der anderen Seite ein Tisch mit einem Computer samt Flachbildschirm. Wie sie im Vorbeigehen bemerkte, lief der Rechner offenbar – jedenfalls arbeitete der Bildschirmschoner. Überall lag etwas herum: geöffnete Dosen, Bauteile, Kerzen, Pflanzen und einiges mehr.

»Warum sind Sie hier?«, fragte sie.

»Ich suche nach weiteren Anhaltspunkten für die Täterschaft von Senhor Rocha. Ist er schon vernehmungsfähig?«

Sie schüttelte den Kopf.

»Ein Onkel von Rocha hatte einen Antiquitätenladen, inzwischen hat er sich zur Ruhe gesetzt. Die Reste, die er nicht verkauft bekommen hat, stehen in einem Schuppen in Bensafrim. Die GNR hat alles durchforstet. Senhora Isadora war gestern noch vor Ort – es gibt dort eine IBM 36C.«

»Und Rocha hat zu dem Schuppen vermutlich Zugang gehabt«, vermutete Lost.

»Ich war noch nicht selbst da, aber es gab laut Isadora nur ein Vorhängeschloss, und der Schlüssel hat unter einer Matte davor gelegen. Er könnte die 36C benutzt haben.«

»Die gegenständlichen Indizien deuten also auf Senhor Rocha«, stellte Leander fest.

Das Aber, das er nicht aussprach, stand trotzdem im Raum.

»Aber etwas scheint für Sie nicht zu passen.«

Er nickte. Der Subtext ihres Satzes erreichte ihn nicht.

»Was passt in Ihren Augen nicht?«, hakte Graciana deshalb nach.

»Der Zeitpunkt der ersten Bombenexplosion ist eine Zäsur in einem Prozess«, erklärte er in seiner ruhigen Art: »Jedes menschliche Verhalten wurzelt in seiner genetischen Disposition – und in seiner persönlichen Vorgeschichte. Nehmen wir den Bombenleger: Er steht nicht am letzten Sonntag einfach auf und baut eine Bombe, die er vor der Bank zur Explosion bringt. Er entwirft an diesem Sonntag auch nicht einfach sein Bekennerschreiben als codierten Hinweis. Davor nämlich hat er all das geplant. Er musste unauffällig jede Menge Kunstdünger erwerben. Die Sprengkapseln stehlen – das war im Frühjahr –, er musste sich um einen Wagen kümmern, den er entwenden konnte. Mit Sicherheit hat er auch die Bankfiliale ausgespäht. Den Verkehr auf der Straße, wenn die Bank geschlossen hat. Vielleicht hat er sogar die Frequenz von GNR-Streifenwagen abgehört, um daraus abzuleiten, an welchen Tagen sie zu welchen Zeiten patrouillieren. Dasselbe gilt natürlich für die Vorbereitungen des Tuna-Sun-Anschlags. Viele, viele Kleinigkeiten hat er durchdacht, analysiert und noch mal überprüft. Korrekturen und Präzisierungen vorgenommen. Er wird auch sein Ammoniumnitrat-Benzin-Gemisch getestet haben, um sicherzugehen, dass sein Sprengsatz explodiert. Meine Aufzählung ist natürlich nicht mal im Ansatz vollständig«, kam Leander zu einem vorläufigen Schluss, »aber sie verdeutlicht, dass der Täter sich viel früher entschlossen hat, zu handeln. Und zwar spätestens mit dem Diebstahl der Sprengkapseln im Frühjahr.«

»Ich glaube, ich verstehe: Moisés Rocha muss schon länger mit der Bombenserie beschäftigt gewesen sein.«

»Exakt. Wir kennen die Tatphase. Ihr vorgelagert ist die Vorbereitungsphase. Einmal die physische – sie hat spätestens im Frühjahr mit dem Diebstahl der Sprengkapseln begonnen – und dann die entscheidende, die psychische: der Übergang von der bloßen Überlegung zur Tat. Irgendwann hat der Täter beschlossen, dass er aktiv werden muss. Dieser Punkt interessiert mich. Warum entwickelt jemand das Bedürfnis, eine Bank zu attackieren und danach die Fischereiindustrie?«

Eine Menge Gedanken stürzten auf Graciana ein, eine ganze Armee an Beweggründen und Motiven, bis sich eines deutlich in ihrem Kopf abzeichnete: »Ohnmacht.«

Leander sah sie überrascht an.

»Ist was … Hab ich was im Gesicht?«

»Nein, nein, da ist nur Erkenntnis in Ihrem Gesicht. Ich bin zu demselben Schluss gekommen wie Sie. Bevor er sich entschieden hat, seinem Unmut mit Bomben Luft zu machen, ist es nur natürlich, dass er es auf andere Weise versucht hat.«

»Und gescheitert ist.«

»Ja. Ohne Scheitern keine Bombenserie. Wenn ein normaler Mensch etwas auf friedfertige Weise ändern kann, wird er das immer dem gewaltsamen Eingreifen vorziehen.«

»Er hat sich engagiert, das meinen Sie.«

»Ja. In irgendeiner Weise ist er aktiv geworden. Vielleicht in einer Partei oder bei NGOs. Als Organisator oder Unterzeichner einer Petition, so etwas in der Art. Oder als einfacher Demonstrant. Auf jeden Fall ist er in Erscheinung getreten. Er war sichtbar. Einer unter vielen, das kann sein. Aber er ist schon mal aus der Deckung gekommen. Er hat sich gezeigt. Wenn wir das zurückverfolgen, können wir ihn finden.«

»*Können ihn finden?* Sie glauben tatsächlich nicht, dass Moisés Rocha der Täter ist?«

Statt einer Antwort deutete Leander mit einer Geste auf die Bücherwand direkt vor ihnen.

»Die Bücher?«

»Ja. Die Bücher. Oder auch sein Rechner, den Senhora Isadora gestern gespiegelt hat – es findet sich nichts, dessen Lektüre ihn radikalisiert haben könnte. Nichts über den Finanzkapitalismus, über die Schere zwischen Arm und Reich oder über Umweltzerstörung und Überfischung. Kein Buch, kein Artikel, keine Facebook-Gruppe, der er angehört hat, keine YouTube-Videos, die er sich angesehen hätte. Nichts. Moisés Rocha hat Comics gelesen und Fantasyromane. Und auf Twitter und Facebook folgt er Benfica Lissabon.«

»Sie meinen, wir müssten hier Hinweise auf seine Radikalisierung finden, wenn Rocha der Täter wäre?«

»Ja.«

»Er könnte sie woanders gelagert haben, um sich nicht verdächtig zu machen.«

»Aber den Kunstdünger lagert er hier?«

»Punkt für Sie«, antwortete Graciana und bemerkte, wie sie damit gerade eine seiner neuen Lieblingsantworten übernahm.

»An irgendeinem Punkt in seinem Leben hat der Täter für sich bilanziert, dass sein rechtsstaatlich und moralisch einwandfreies Engagement gegen die Missstände, die ihm am Herzen liegen, diese Missstände nicht beseitigen.«

»Weil die Macht beim Geld liegt – bei der Gier?«

»Vermutlich. Auf jeden Fall muss er sich entschieden haben, dass die Beseitigung der Missstände mit Gewalt moralisch höher zu bewerten ist als das demokratische, aber folgenlose Anrennen dagegen«, kombinierte Leander.

»Was ist das denn?«, fragte Carlos Esteves.

Marisa Veiga verteilte wie üblich die Post im Kommissariat und hatte ihm zwei Schreiben in die Hand gedrückt. Dazu hatte sie auf Carlos' Schreibtisch einen roten Wäschekorb abstellen müssen, der vor Briefumschlägen und kleinen Päckchen überquoll, die im Laufe des Morgens abgegeben worden waren.

»Fanpost«, antwortete sie und wechselte mit dem Wäschekorb über den Flur in Miguel Duartes Büro, der gerade telefonierte und dabei in allerbester Laune auf und ab ging. Auf seinem Tisch verströmte ein frischer *Galão* einen angenehmen Duft.

Marisas Auftauchen störte ihn ganz offensichtlich, sein Mund wurde schmal, eine Sorgenfalte verband Nase (was man von ihr sah) und Stirn – doch der Anblick des Wäschekorbs, aus dem Marisa all die Briefumschläge und Päckchen auf seinen Schreibtisch entleerte, stimmte ihn milde. Der Kollege Esteves tauchte im Türrahmen auf, wo er – wie an einer unsichtbaren Grenze – verharrte.

Für Miguel war der Stoff, aus dem diese Grenze bestand, kein Mysterium: Es handelte sich um Respekt. Um ihn herum war eine Aura der Autorität entstanden. Quasi über Nacht. Sie umgab ihn wie eine Blase, an der die Menschen instinktiv abstoppten. Sie verlief exakt in einem Zwei-Meter-Radius um ihn herum.

»Natürlich, Senhor Nationaldirektor«, sagte Duarte sehr deutlich und wiederholte noch einmal, mit wem er da gerade sprach, damit es auch jeder mitbekam, jawohl, mit dem obersten Chef, mit dem Nationaldirektor der portugiesischen Polícia

Judiciária, Senhor Crespo: »Ja, ich freue mich auf einen Termin bei Ihnen. Bitte? Oh, selbstverständlich bin ich örtlich flexibel, ich bin auch privat oft in Lissabon, ich kann mir gut vorstellen, da sofort … hm? Ah so. Verstehe. Aber ja. Natürlich. Bei einem Termin. Gerne. Sehr wohl. Das wünsche ich Ihnen auch. Sehr wünsche ich Ihnen das. *Ganz* sehr. Muito obrigado.«

Er legte auf und atmete einmal tief durch. Dann nahm er den Plastikkamm aus seiner Gesäßtasche und strich sich damit das Haar aus der Stirn. »Alles für mich?«, fragte er Marisa, die sich gerade mit dem Wäschekorb wieder auf den Weg zu ihrem Büro im Erdgeschoss machte.

»Alles für dich«, bestätigte sie, bevor sie verschwand.

Duarte nahm das erstbeste Kuvert in die Hand und öffnete es. Dabei blickte er kurz zu Esteves, der immer noch in der Tür stand – gebührend in über zwei Metern Entfernung.

»Kann doch nicht sein«, las Duarte halblaut vor, »dass so ein hübscher und kluger Mann wie Sie noch kein Familienglück hat. Mein kleiner Sohn und ich würden das gerne ändern.«

Er hielt Carlos das Foto hin, das die Absenderin des Briefes ins Kuvert gelegt hatte. Eine Frau im Bikini am Strand. Carlos fand sie auf Anhieb sympathisch.

Duarte grinste ihn an: »Möchtest du das Foto haben, Carlos? Du kannst es dir an die Pinnwand hängen und ganz oft anschauen.«

Cristina Sobral erschien neben Carlos Esteves in der Tür, ihre Miene war besorgt: »Wo ist Senhora Graciana?«

»Sieht sich das Haus von Moisés Rocha an«, antwortete Carlos. »Ist der inzwischen ansprechbar?«

»Senhor Gasai ist verletzt worden. Der Chef von Tuna Sun. Vor wenigen Minuten ist eine Briefbombe in seinem Büro in Olhão explodiert, wie es aussieht. Ich fahr hin.«

»Da hat der Mistkerl gestern doch noch eine Bombe auf den Weg gebracht«, sagte Duarte und griff nach dem nächsten Umschlag, »ich bin gespannt, was er dieses Mal reingetan hat –

Ammoniumnitrat wird es nicht sein. Das passt nämlich nicht in einen …«

Er unterbrach sich selbst und warf einen Blick auf den Umschlag in seiner Hand. Seine Finger hatten beim Sprechen etwas ertastet, was sich nach mehr anfühlte als gefaltetem Papier. Er versteifte sich und wurde reglos. Nur seine Pupillen bewegten sich, während er das Kuvert genauer betrachtete.

»Sub-Inspektor Miguel Duarte, PERSÖNLICH« stand dort. Keine Briefmarke, kein Poststempel.

Weder Cristina Sobral noch Carlos Esteves waren Duartes Bewegungslosigkeit und sein alarmierter Gesichtsausdruck entgangen.

»Was ist?«, fragte die Chefin mit Sorge. Sie blickte auf den Briefumschlag in seiner Hand.

Carlos trat einfach an Duarte heran – in den Respektradius.

»Persönlich an dich«, sagte Esteves: »Fühlt es sich komisch an?«

»Ja«, brachte Duarte leise hervor. Leise und eine Spur gepresst.

Sehr langsam wendete er den Briefumschlag, indem er seine Hand behutsam drehte, bis er einen Blick auf die Rückseite werfen konnte. Als Absender hatte jemand handschriftlich »O Diletante« vermerkt. *Der Dilettant.*

»O Diletante«, sagte Carlos leise, »so hast du ihn gestern Abend im Fernsehen genannt.«

Obwohl er mit ziemlicher Wahrscheinlichkeit eine Briefbombe in der Hand hielt, mit der der Täter sich direkt bei ihm für die Betitelung als Dilettant »bedankte«, wurde Duarte schlagartig klar, dass Moisés Rocha nicht der Bombenleger war, den sie suchten. Sondern ein Trittbrettfahrer.

Wie stand er denn jetzt da? Die ganze Nation würde sich über ihn lustig machen. Und sein Vater … Nicht auszudenken!

»Ich hole Isadora Jordão, sie kann dir helfen«, sagte Cristina Sobral.

»Wo ist sie?«, wollte Carlos wissen.

»Ich habe sie gebeten, gleich zu Tuna Sun zu fahren. Sie ist bestimmt noch nicht …«

»Nicht nötig, ich komme klar«, unterbrach Duarte sie mit Nachdruck. Denn er hatte plötzlich eine Eingebung. Manchmal erschauerte er vor seinen eigenen Fähigkeiten. Er hielt immerhin mit ziemlich großer Wahrscheinlichkeit eine Bombe in der Hand, war aber trotzdem in der Lage, sich gleichzeitig (!) eine Lösung für seine prekäre Lage zu überlegen. Wie viele Menschen waren dazu weltweit wohl in der Lage? Sieben? Sechs?

»Was willst du machen?«, fragte Carlos: »Sie kontrolliert sprengen?«

Sobral nickte unbewusst.

Aber wenn er das tat, dann kniff er. In seinen Augen jedenfalls. In denen seines Vaters sowieso. Und vermutlich auch in denen der Öffentlichkeit. »Nein, ich werde sie entschärfen.«

»Wozu? Das ist unnötig riskant. Eine kontrollierte Sprengung ist …«

»Eine kontrollierte Sprengung vernichtet die Bombe hier«, unterbrach Miguel seine Chefin ein zweites Mal und merkte, wie ihm der Schweiß die Wirbelsäule hinunterlief: »Wenn ich sie entschärfen kann, haben wir Zugang zu den Bauteilen. Zum Aufbau. Zu DNA-Spuren. Wir können vielleicht herausfinden, woher er die Bauteile bezogen hat. Es wäre ermittlungstechnisch eine vertane Chance, all das zu vernichten.«

Cristina Sobral und Carlos Esteves wechselten einen Blick, in dem geschrieben stand, dass Duartes Argumente nicht von der Hand zu weisen waren.

»Aber du weißt nicht, ob du die Bombe entschärfen kannst, Miguel«, wandte die Chefin besorgt ein.

Er hob den Blick und sah ihr in die Augen: »Ich kann das. *Ganz sicher.* Er legt sich mit dem Falschen an.«

Mit dieser genialen Volte käme er unbeschadet aus der Nummer raus. Er würde einfach seinen Auftritt bei *De Perto* zur psychologischen Kampfansage an den Bombenbauer umdeuten. Warum er ihn herausforderte, obwohl er ihn an dem Tag bei Arroteia schon gefasst hatte, bildete eine nicht unerhebliche Delle in der Logik, aber auch das würde er irgendwie lösen.

»Alle bleiben in ihren Zimmern«, kündigte Miguel an, »ich mache das hinten im Hof. Falls es schiefgeht, wird keiner sonst verletzt. Wir müssen nur ruhig bleiben – Cristina, ich brauch freie Bahn. Carlos, ruf Isadora an und frag, wo sie den flüssigen Stickstoff lagert. Hol ihn mir und bring ihn raus in den Hof. Mit einem Gefäß.«

»Was für ein Gefäß?«

»Eine Schüssel, ein Eimer – einfach irgendetwas, in das der Umschlag hier passt.«

Während Sobral sich auf den Weg machte, um alle Türen zu öffnen und Marisa anzuweisen, niemanden die Räumlichkeiten betreten zu lassen, blieb Carlos bei Duarte und zückte sein Handy.

»Du schwitzt ganz schön.«

»Wenn er was draufhat, tötet mich das.«

»So ein kleiner Umschlag? Ohne Dämmung?«

»Du hast keine Ahnung, Esteves.«

»Wo möchtest du begraben sein?«

»Hör auf mit dem Mist«, gab Duarte gepresst zurück, »wenn er was Hochexplosives verwendet hat, sind wir beide weg.«

Esteves musterte den Spanier, dann holte er tief Luft und nickte: »Verstehe. Was, denkst du, ist der Auslöser? Reagiert der auf Erschütterung?«

»Glaube ich nicht. Eher was Grobes. Wenn man das Ding öffnet, durchtrennt man was, ein Stromkreis wird geschlossen, die Ladung detoniert. So was. Aber vielleicht ist er auch sehr klug. Hat einen GPS-Sender eingebaut, und die Bombe wird scharf, wenn sie hier ist. Und reagiert eben doch auf Erschütterung.«

»Also?«

»Also geh ich jetzt runter in den Hof, ganz, ganz langsam. Und du besorgst den flüssigen Stickstoff.«

Carlos nickte und machte sich auf den Weg.

Dann war Miguel Duarte alleine. So alleine wie in seinem ganzen Leben noch nicht. Er streckte den Arm mit dem Kuvert vor sich aus, dann machte er vorsichtig den ersten Schritt, dann den zweiten und langsam immer so weiter. Hoch konzentriert.

Natürlich, er hätte den Umschlag ablegen und weglaufen können.

Aber ein Duarte lief nicht weg.

Als Graciana Rosado und Leander Lost bei Tuna Sun eintrafen, war schon alles vorbei. Im Büro von Katsumi Gasai roch es nach Eisen. Isadora Jordão kniete über den Überresten der Briefbombe, nämlich einem Stück Draht und etwas Verbogenem, was verrußt war. Das Kuvert selbst war zerfetzt. Es wies Brand- und Blutspuren auf und lag direkt daneben.

»Morgen, Isadora.«

»Bom dia.«

»Können wir rein?«, fragte Graciana.

Die Kriminaltechnikerin nickte. Sie nahm einen Schluck aus einem Kaffeebecher, den sie auf dem Schreibtisch abgestellt hatte. Als sie eintraten, bemerkten sie Taro Yada, der ziemlich blass auf einem Stuhl in der Ecke saß und einen apathischen Eindruck machte.

»Bom dia, Senhor Yada«, begrüßte Leander ihn: »Uns wurde mitgeteilt, dass Senhor Gasai durch eine Briefbombe an beiden Händen und am Kopf verletzt worden ist. Aber nicht lebensgefährlich.«

»Ja. Gasai-San hat drei Finger verloren.«

Graciana sah sich den Tisch an. Dort lag ein blutverschmierter Brieföffner. Ein Teil der Schreibtischoberfläche war bei der Explosion starker Hitze ausgesetzt worden.

»Kannst du schon was sagen?«, fragte sie Isadora.

»Nicht viel. Der Sprengstoff war nicht stark verdämmt, wie es aussieht. Jedenfalls finde ich kein Dämmmaterial. Und wenn der Sprengsatz so eine starke Verletzung hervorrufen kann, deutet das auf was Hochexplosives hin. Und das heißt«, sie sah auf und Graciana in die Augen, »dass Moisés Rocha … Ist er vernehmungsfähig?«

»Im Laufe des Tages, heißt es. Aber … Senhor Lost bezweifelt, ob wir mit Moisés Rocha wirklich den Bombenleger gefasst haben. Und nicht eher einen Trittbrettfahrer. Und ich bezweifle das auch.«

Isadora Jordão verstand. Sie hatte eine schnelle Auffassungsgabe. »Das ist schlecht«, sagte sie.

»Weil?«

Isadora sammelte sich kurz. »Weil der Täter entweder Zugang zu solchen Materialien hat, ein Sprengmeister etwa, oder – möglicherweise die schlimmere Alternative – so profunde Kenntnisse in Chemie und Physik hat, dass er die selbst herstellen kann.«

Graciana nickte. Beide Optionen waren gefährlich, wenn der eigentliche Täter weiter unerkannt mitten unter ihnen war.

»Das ist doch eine gute Arbeitshypothese«, stellte Lost fest: »Es gibt in Deutschland nur annähernd 75 Firmen, die Sprengmeister beschäftigen. Überträgt man diesen Wert auf die Bevölkerungszahl von Portugal, ergeben sich rund zehn Firmen landesweit.«

Graciana nickte – das war ein Ansatzpunkt. »Wir überprüfen die sofort«, sagte sie. »Auf jeden Fall richtet er sich jetzt zum ersten Mal gegen einen Menschen.«

»Vermutlich, weil Senhor Gasai öffentlich erklärt hat, nicht auf seine Forderungen einzugehen«, sagte Leander.

»Dann stimmt vermutlich Ihre Einschätzung, dass der Täter ein Idealist ist, der für das große Ziel auch Menschenleben in Kauf nehmen würde. Bis jetzt ist zum Glück noch niemand ums Leben gekommen, aber darauf können wir uns nicht mehr verlassen.«

»Es war kein Glück«, entgegnete Leander, »die Ursache dafür ist seine Entscheidung.«

Isadora Jordão verfrachtete die Einzelteile des Zündmechanismus mithilfe einer Zange in eine transparente Hülle, die sie verschloss, bevor sie aufstand und auf ein kleines Bauteil deutete: »Das könnte der Auslöser sein.«

Graciana und Leander traten näher, um einen Blick auf das zu werfen, über das sie sprach. Es war ein kleines Metallplättchen, über das sich horizontal eine rote Linie zog und sich, am Rand angekommen, in eine Neunzig-Grad-Kurve warf. Wie eine sehr enge Serpentine. Das Plättchen war zum Teil geschmolzen, aber zwei blanke Drähte führten von ihm weg.

»Ein Fototransistor?«, fragte Leander.

Graciana musterte ihn wohlwollend – und mit einer unterschwelligen Sorge: Wie viel an Wissen hortete er hinter seiner fast faltenfreien Stirn? Und was würde passieren, wenn eines Tages die Aufnahmekapazität seines Gehirns erschöpft war? Würde er zusammenbrechen? Oder Dinge durcheinanderbringen? Oder hätte die Evolution auch für diesen Sonderfall eine Lösung?

Trotz der ernsten Lage schenkte Isadora dem Asperger ein Schmunzeln, in dem Anerkennung lag. Sie schüttelte leicht den Kopf: »Es ist ein Fotowiderstand. Je mehr Licht auf ihn fällt, desto geringer der elektrische Widerstand. Und sehen Sie da«, sie deutete auf einen Fetzen von der Innenseite des Kuverts, der von einer dunklen Kunststoffschicht überzogen zu sein schien, »das ist lichtabweisend.«

Sie hielt den Beutel mit dem Kuvertfetzen gegen das Fenster, durch das die Vormittagssonne schien. Und tatsächlich: Kein Strahl fiel durch das Material. Es wurde nicht mal ansatzweise heller.

»Das heißt«, schloss Graciana, »die Bombe explodiert, sobald Licht auf diesen Widerstand fällt? Also in dem Augenblick, in dem der Umschlag geöffnet wird?«

»Genau. Licht fällt auf den Sensor, und innerhalb von ein

paar Millisekunden fährt der Widerstand runter, der Stromkreis schließt sich – es folgt die Detonation.«

Leander wandte sich an Taro Yada, der mit nachdenklicher Miene hinaus auf den Anleger blickte, wo das Wrack der *Hitsujikai* neben den anderen beiden Trawlern immer noch auf Grund lag. »Hat Senhor Gasai immer selbst die Post geöffnet?«

Nur langsam fand der Blick des Assistenten zu Leander Lost: »Bloß die Briefe, die an ihn persönlich adressiert waren.«

»Ich fahr nach Faro ins Labor«, kündigte Jordão an und legte den Beutel in ihre *Mala mágica*, in der zwei Joints lagen, wenn Graciana das richtig erkannt hatte.

Leander und sie beschlossen, die Kriminaltechnikerin zu begleiten – mit Blaulicht, denn in diesem Moment rief die Chefin an und informierte sie über die Briefbombe, die bei Miguel Duarte angekommen war. Und über seinen Plan, sie zu entschärfen.

Sein Nacken war nass vor Schweiß, der Arm schmerzte. Miguel Duarte winkelte ihn etwas an, ein klein wenig nur, damit die Muskeln sich nicht zu sehr verhärteten.

Während Duarte Schritt um Schritt die Stufen nach unten nahm, wartete Carlos mit dem Stickstoff in der einen und einer Salatschüssel in der anderen Hand. Die hob er mit fragender Miene an. Duarte bedeutete ihm mit einem Nicken ihre Eignung für das, was er vorhatte.

Nur nicht stolpern jetzt. Jede Stufe einzeln. Sachte. Nicht ungeduldig werden. Die Aufmerksamkeit hochhalten. Fokussiert bleiben.

Duarte bedauerte sehr, dass dieses Mal kein Fotograf einer Zeitung dabei war, um seine Todesverachtung festzuhalten. Er erreichte die Tür zum Hinterhof, die Carlos ihm aufhielt.

»Gut. Geh jetzt mit der Schüssel in die Mitte vom Hof und setze sie dort ab. Stell mir die Flasche mit dem Stickstoff daneben.«

Esteves nickte. Er hatte mit einem Blick den feinen Schweißfilm erfasst, der über dem Gesicht und den Armen des Kollegen lag. Die Situation erinnerte ihn an ihren gemeinsamen Moment vor der Bankfiliale, als er Miguel in den Schutzanzug geholfen hatte. Mit dem Unterschied, dass Duarte dieses Mal die Bombe wohl direkt in der Hand hielt – und der Schutzanzug fehlte. Er stellte die Salatschüssel und den Behälter aus silbernem Metall, der an eine Gasflasche erinnerte, in der Mitte des Hinterhofs ab und trat dann ein paar Meter zurück.

»Miguel«, ertönte hinter ihm die Stimme von Cristina Sobral, »Senhora Graciana und Senhor Lost sind jetzt auf dem Weg hierher. Sie haben Senhora Isadora dabei. Ich denke, es ist besser, du stimmst dich mit ihr ab, bevor du was machst.«

Zwei Dinge sollte man mit niemandem teilen: seine Frau und seinen Ruhm.

Erstaunlich, wie oft er sich in den letzten Tagen in all diesen kritischen Situatione an seinen Vater erinnerte und an seine Torero-Weisheiten, von denen er geglaubt hatte, er könne sie getrost vergessen.

»Sie wird genau dasselbe machen, was ich jetzt mache«, entgegnete er entschieden und marschierte hinaus, immer noch darauf bedacht, es auf den letzten Metern nicht zu vermasseln: Er ging jetzt in die Hocke. Zentimeter um Zentimeter. Sicher, es war höchst unwahrscheinlich, dass das Ding auf Erschütterung reagierte. Sonst hätte die Briefbombe auf dem Zustellweg längst detonieren müssen. Aber man konnte eben nie wissen. Und herausfinden konnte man es nur einmal.

Jetzt erst hörte er, wie Carlos eine Adresse durchgab: »Rua do Município Nummer 15.«

»Was machst du?«

»Ich habe einen Rettungswagen angefordert.«

Unendlich langsam legte Miguel Duarte das Kuvert in der Salatschüssel ab. Löste die Finger von dem Papier und seufzte. Er kam hoch.

»Die Klinik ist nicht mal dreihundert Meter entfernt.«

»Eben. Die kommen gleich vorbei.«

»Du denkst, ich hab keinen Schimmer von dem, was ich hier mache«, warf er ihm vor und ärgerte sich über seine dumpfe, nasale Stimme, für die die Nasenschiene verantwortlich war.

Carlos hielt dem vorwurfsvollen Blick des Kollegen stand: »Was hast du zu verlieren? Wenn das Ding doch hochgeht und ein paar Schrauben drinstecken, ist es vielleicht ganz sinnvoll, wenn du nicht noch dreihundert Meter laufen musst, hm? Und so ein ballistischer Anzug stünde dir auch gut.«

»Das finde ich auch«, meldete sich die Chefin von der Tür aus. Sie stand dort, als hätte ein Magier auf der Schwelle eine unsichtbare Linie gezogen, die es Sterblichen verweigerte, sie zu überschreiten.

Miguel Duarte rollte mit den Augen. »Na schön.«

Er ging schnurstracks in das Büro von Jordão, in dem es aussah wie in einer Hexenküche, und stieg in den Schutzanzug mitsamt des klobigen Helms, der am Hals kratzte. An einem Vormittag mit guten 27 Grad im Schatten fühlte sich Duarte wie in einer Einpersonensauna.

Dann stapfte Miguel zurück in den Innenhof und kniete sich neben die Schüssel mit dem Kuvert, das seinen Namen trug. Er öffnete die Flasche mit dem flüssigen Stickstoff, aus der dichter heller Dampf waberte und nicht aufstieg, sondern sich zum Boden absenkte.

Wie eine kleine Nebelmaschine.

Ein Belüftungssystem mit Öffnungen an der Hinterseite des Helms verhinderte das Beschlagen des Visiers.

»Wozu der Stickstoff?«, fragte Carlos, der sich unwillkürlich etwas duckte.

»Weil er knapp minus zweihundert Grad kalt ist«, antwortete Duarte: »Da drin steckt ja irgendein Sensor, der den Stromkreis schließt und die Ladung explodieren lässt. Jeder Sensor benötigt Strom. Batterien. Mit Flüssigstickstoff werden die schockgefroren. Die machen dann gar nichts mehr. Und wo kein Strom ist, kann es keine Initialzündung geben. Ich schütte den Stickstoff jetzt in die Schüssel und warte ein paar Sekunden. Dann öffne ich den Umschlag.«

Gerade nahmen zwei tschiepende Spatzen auf dem Zitronenbaum in der Ecke des Hofs Platz. Sie bildeten einen unwirklichen Kontrast zu dem Mann im Schutzanzug, der im Hof kniete. Und dort, wo die Mauer den Hinterhof begrenzte, verwehrte sie den Blick auf die dahinterliegende Fußgängerzone, in der Paare flanierten, Kinder zur Schule gingen und die Läden öffneten. Mitten in diesem alltäglichen Morgentrubel hob Duarte die Flasche an, goss den Stickstoff aus der Flasche auf den Umschlag in der Salatschüssel und … Die Explosion riss seinen Schutzanzug auf und schleuderte ihn in weitem Bogen in eine Ecke des Hofs, wo er dumpf und hart aufschlug und sich nicht rührte.

Im ersten Moment waren Sobral wie Esteves starr vor Schreck. Dann rannten sie zu Duarte und gingen neben ihm in die Hocke. Das Visier war gesplittert.

»Miguel, hast du Schmerzen?«

Duarte sah sie beide mit überirdischer Ruhe an, sein Blick war von Wehmut und Feierlichkeit getragen. »Ist es so weit, ja?«

»So weit was?«, fragte Sobral.

»Dass es Zeit ist für mich … zu gehen.«

Carlos inspizierte gerade den Anzug: Er war am Arm aufgerissen, ein Handschuh – links – war zum Teil verbrannt. Aber kein Finger fehlte.

»Du stirbst nicht«, beruhigte Carlos ihn, »die Druckwelle hat dich weggerissen. Aber du bist nicht verletzt, Miguel. Zumindest nicht schwer. Oder hast du Schmerzen?«

»Ja«, wiederholte Sobral besorgt und strich ihm sanft über den Arm: »Hast du Schmerzen?«

»Nein, ich … Da, wo ich jetzt bin …. da gibt es wohl keine Schmerzen mehr.«

Carlos Esteves löst die Scharniere des Helms und zog ihn mit Sobrals Hilfe sanft vom Kopf des Kollegen. Dem klebte das schweißnasse Haar am Kopf. Aber auch dort war keine Verletzung zu erkennen.

Duarte atmete tief durch. »Ich möchte in Sevilla beigesetzt werden«, sagte er ergriffen, »auf dem Cementario de San Fernando.«

Sobral, ebenfalls gebürtige Spanierin, erklärte: »Da sind viele Toreros beigesetzt worden.«

»Mag sein«, antwortete Carlos ruhig, »aber er stirbt nicht. Er steht nur unter Schock.«

Duarte bedachte ihn mit einem dankbaren, fast zärtlichen Lächeln. Er ergriff Carlos' Hand. »Dass ich einmal im Tod die Hand eines Portugiesen halte«, sagte er leise, »ich danke dir, Carlos Esteves, weil du mich über meinen Zustand belügst, damit ich in Frieden gehen kann.«

»Du gehst aber gar nicht.«

»Zu nett, mein Freund.«

»Kannst du mit dem Oberkörper ... kannst du dich damit aufrichten?«

»Nein, ich sterbe gerade. Lang lebe Real Madrid.«

Die Tür zum Innenhof flog auf – zuerst stürmten die Rettungssanitäter mit einer Trage und Blutkonserven herein, dahinter erkannte Carlos Graciana, Leander Lost und Isadora Jordão.

21.

»Ich bin nicht der, den Sie suchen.«

Das waren die ersten Worte, die Moisés Rocha nach dem Aufwachen in der Klinik von Faro gesagt hatte. Was niemanden im Team mehr überraschte.

Es war ein wahrlich schwarzer Tag für sie – mit Ausnahme von Miguel Duarte, denn der war glimpflich davongekommen. Um Millimeter hatte ein Splitter des gesprengten Visiers sein Auge verfehlt. Am kleinen Finger der linken Hand hatte er eine Verbrennung zweiten Grades davongetragen. Ansonsten hatte er nur ein paar harmlose Prellungen erlitten.

Jetzt, da er sicher war, den Tag wirklich zu überleben – diesen und viele (ganz viele) weitere –, war es allerdings an der Zeit, sich zu überlegen, wie er die misslungene Entschärfung zu einer Heldentat umdeuten konnte.

Die Nachricht vom Anschlag auf Katsumi Gasai hatte sich nicht nur in Windeseile verbreitet, sondern auch die Medien auf den Plan gerufen. Vor der dunkelgrünen Tür der Polícia Judiciária in Faro hatte sich eine Traube aus Reportern zusammengefunden.

Damit nicht genug, war es einem Team des Nachrichtensenders RTP gelungen, Duartes Abtransport zu filmen. Das hatte genau dort, wo die kleine, unauffällige Gasse auf den Platz zur Kirche mündete, seinen Übertragungswagen abgestellt. Gerade wurde die Satellitenschüssel ausgerichtet, die sonst, während der Fahrt, flach aufs Dach des weißen Übertragungswagens mit dem blauen Logo gepresst lag. In diesem Augenblick erhob sie sich gerade majestätisch in die Senkrechte.

Ein Techniker überwachte den Vorgang vom Inneren des Ü-Wagens aus, während die Kamerafrau einen Weißabgleich auf dem Lack des Transporters durchführte. Und genau in diesem Moment wurde Duarte von zwei Sanitätern eiligen Schrittes auf einer Trage vorbeigetragen und in den Rettungswagen verfrachtet, der nur wenige Meter weiter auf dem Largo da Sé abgestellt worden war, dem Platz, der die Kirche umschloss und seinerseits von verschwenderisch blühenden Orangenbäumen umsäumt war.

»Halt drauf«, wies der Reporter die Kamerafrau an, die sofort mitschwenkte.

Und Duarte, wundergenesen, hob die unversehrte Rechte zur Kamera und reckte Zeige- und Mittelfinger zum Victoryzeichen.

Diese kleine Geste schaffte es ebenso in die Mittagsnachrichten wie der Anschlag auf den Chef von Tuna Sun. Es wurden Stimmen laut, die die Verlautbarungen des Vorabends, man habe den Täter gefasst, als vorschnell bezeichneten.

Innenminister Pereira war von dieser Entwicklung ganz und gar nicht angetan. Auch der Auftritt von Miguel Duarte bei *De Perto* erschien nun in einem eher selbstgefälligen Licht. Auch wenn der Kollege sich bei der Entschärfung einer Bombe, die direkt an ihn gerichtet war, verletzt hatte. Es ging um den Ruf der Polícia Judiciária in der Öffentlichkeit.

Rui Pereira ließ gerade seine Sekretärin Ana einen kurzfristigen Telefontermin mit Cristina Sobral organisieren und schritt nachdenklich in seinem Arbeitszimmer in Lissabon auf und ab, als Ana nach einem kurzen Klopfen eintrat. Er blickte auf und sah ihr angespanntes Gesicht, das Dringlichkeit verriet. Pereira nickte ihr auffordernd zu.

»Senhor Cabral ist in der Leitung. Soll ich verbinden?«

»Aber ja«, antwortete er und nahm das Mobiltelefon aus der

Ladeschale. Ein paar Augenblicke später hatte er seinen Amtskollegen aus dem Wirtschaftsministerium am Ohr. Und der setzte ihn von einem Gespräch in Kenntnis, das er soeben mit dem Chef der Europazentrale von Mitsubishi aus den Niederlanden hatte führen müssen, einem Senhor Takagi. Der habe sich höflich, aber bestimmt danach erkundigt, ob mit weiteren Anschlägen in Portugal auf Firmen und Firmenangehörige des Konzerns zu rechnen sei. Anders formuliert: wann die portugiesischen Behörden in der Lage seien, wieder die Sicherheit der Mitarbeiter zu garantieren. Man lege, so hatte der Japaner gesagt, großen Wert auf die Freundschaft mit den Portugiesen und habe auch großes Interesse daran, sich dort weiter ökonomisch zu engagieren. Voraussetzung sei aber die absolute Sicherheit für Leib und Leben der Leute vor Ort. Damit sich so etwas wie heute nicht noch einmal wiederholen könne, werde Mitsubishi die Mitarbeiter von Tuna Sun in Olhão mit sofortiger Wirkung beurlauben und den Betrieb vorerst einstellen.

»Das erscheint ein wenig überhastet«, merkte Pereira an. »Wenn der Täter seine Forderung mit Gewalt durchsetzen kann und ein Unternehmen wie Mitsubishi ihm nachgibt, dann … Ich will das nicht unnötig dramatisieren, aber so was kann Nachahmer animieren.«

»Das sehe ich auch so«, antwortete Cabral, »aber Senhor Takagi sagt, dass er verantwortlich ist für jeden Arbeitnehmer, den er wider besseren Wissens nicht aus der Schusslinie nimmt.«

Rui Pereira trat an das riesige Fenster, das oben mit einem Halbrund abschloss. Er blickte auf die Hauptstadt, den Tejo, die Brücke, die aussah wie die Golden Gate in San Francisco.

»Tuna Sun hat zwar nicht sehr viele Mitarbeiter«, schob der Wirtschaftsminister nach, »Augenblick, ich habe die Daten hier irgendwo …«, Pereira hörte das Rascheln von Papier, »… so, da ist es: 43 Angestellte. Wenn diese Firma schließt, hinterlässt das keine große Lücke im Arbeitsmarkt von Olhão. Für den Erwerb der Fischereirechte stehen schon andere Anwärter parat. Und einer von denen wird dann auch das Fabrikgelände übernehmen und die entsprechende Gewerbesteuer zahlen. Und vermutlich auch die Mehrzahl der Leute wieder einstellen. Aber darum geht es nicht.«

Jetzt kommt er bestimmt gleich mit dem Signal, dachte Pereira.

»Es geht um das Signal«, fuhr Cabral fort, »um das Signal für andere Investoren. Industrie und Dienstleistung. Tourismus. Wir wollen die nicht verschrecken. Darum geht es. Wie sieht es aus mit den Kripoleuten da unten? Ich bin sicher, die machen ganz hochklassige Arbeit. Und ich bin überzeugt, die bringen den Täter natürlich irgendwann zur Strecke.«

Cabral bewegte sich nun weit innerhalb des Terrains, in dem Pereira das Sagen hatte. Die Kritik des Wirtschaftsministers an der bisherigen Erfolglosigkeit der Faroer Kripo schwang in jeder Silbe mit.

»Das werden sie«, sagte Pereira deshalb ruhig.

Kurz entstand daraufhin eine Pause in der Leitung.

»Je eher Ihre Leute den fassen, desto geringer der wirtschaftliche Schaden.«

»Ich bin mir sicher, sie fassen ihn bald.« Sein Ton hatte jene Reserviertheit angenommen, die dem Kollegen im Wirtschaftsministerium bedeutete, jetzt besser nicht weiter nachzuhaken.

»Ja«, sagte Cabral daraufhin, »das werden sie bestimmt.« Wie bei einer höflichen Floskel üblich, fehlte es ihr an jeglicher persönlichen Überzeugung.

Die beiden Minister verabschiedeten sich mit dem Versprechen, sich gegenseitig weiter auf dem Laufenden zu halten.

Kaum hatte Rui Pereira aufgelegt, kündigte Ana ihm Cristina Sobral auf Leitung zwei an.

Kurz sammelte er sich, dann begrüßte er die Kripochefin in Faro. »Senhora Cristina, ich brauche Ihre Einschätzung der Lage«, kam er unumwunden zum Punkt.

Obwohl Sobral sich während des Gesprächs bemühte, eine

tote Krähe zu einem bunten, lebendigen Papagei umzuschminken, rangierte ihre Einschätzung auf einer internen Skala knapp vor desaströs. Sie hatten sich von einem Trittbrettfahrer täuschen lassen. Tuna Sun schloss die Tore. Deren Chef lag im Krankenhaus und hatte drei Finger verloren. Ein Beamter war im Dienst von einem Sprengsatz verletzt worden. Ganz offensichtlich beschränkte sich der Täter mit seinen Bomben nicht mehr nur auf Sachen, sondern hatte seine Anschlagsserie auf Menschen ausgeweitet, um seine Ziele durchzusetzen.

»Und was sind seine Ziele? Was will er? Sollen wir die Gier abschaffen? Per Dekret?«, fragte Pereira sarkastisch.

»Er wendet sich gegen Dinge, so sieht es aus, die in seinen Augen Missstände sind.«

Pereira atmete tief durch. Er hatte einen Plan. Hatte er immer. Aber er wollte ihn nicht früher umsetzen als unbedingt nötig. Sie dagegen hörte sich nicht so an, als habe sie einen.

»Haben Sie Anhaltspunkte?«

»Ein paar, ja.«

Pereira seufzte. Ein paar.

»Kriegen Sie ihn?«

»Hm?«

»Sie haben schon verstanden.«

Eine lange Pause.

»Irgendwann kriegen wir jeden.«

Er wünschte, sie hätte das nicht gesagt. Pereira nickte unwillkürlich, obwohl Cristina Sobral ihn nicht sehen konnte. »Ich berate mich hier und melde mich dann wieder bei Ihnen.«

»Gut«, antwortete Sobral und empfand das Gegenteil davon.

Cristina Sobral beorderte den Rest des Teams hinaus in den Hinterhof. Dort gab es im spitzen Eck ganz hinten eine uralte Tür: *o Nicho*. Die Nische. Halb zugewuchert. Über sie gelangte man in einen schmalen dunklen Flur, der durch das Nachbargebäude führte – und hinaus auf eine Seitenstraße. Auf diese Weise entgingen sie der Traube aus Reportern, die in der Rua do Município ausharrten und auf ein Interview mit der Chefin warteten.

Die hatte aus dem Kühlschrank das Wichtigste mitgenommen: ein paar Oliven, frisches Weißbrot, Käse, etwas Sardinenpaste. In ihrem Stammgeschäft an der Ecke komplettierte sie das durch zwei kühle Sagres, Wasser und eine Flasche Weißwein.

Isadora, Leander, Graciana und Carlos – sie alle sprachen kein Wort und gingen einfach mit. Sie spürten – bis auf Leander –, dass es eine Zäsur gegeben hatte. Und der Chefin etwas auf der Seele lag.

Sie ließen die Stadtmauer hinter sich und auch die Absperrung der Rua da Porta Nova, einem Anleger, der sich hier T-förmig vom Ufer absetzte und dessen Betreten Unbefugten untersagt war. Die ruhige Strömung der Lagune umspülte den Holzsteg, an dem nur eine Jacht ankerte.

Ein improvisiertes Picknick direkt an der Lagune. Wenn man den Blick hob, ging er gegen unendlich. Die Ria Formosa bei Ebbe, ein grüner Streifen, Nistplatz und Lebensraum Zehntausender Vögel – auch jetzt standen einige Flamingos auf einem Bein –, danach die weißen Rümpfe einiger Boote und ihre hohen Masten – auf diese Distanz so zerbrechlich wie Streichhölzer – und dahinter … der majestätische Atlantik.

Leander setzte sich an den Rand des Anlegers, streifte die Espadrilles ab und ließ die nackten Füße ins Wasser sinken. Carlos gesellte sich mit einem Sagres und einer Handvoll Oliven dazu. Er schob die Sonnenbrille aus seinem lockigen Haarschopf auf die Nasenwurzel.

Es dauerte nur ein paar Augenblicke, bis Isadora Jordão ihrem Beispiel folgte, sich rechts neben Leander setzte und ebenfalls ihre Füße ins Wasser tauchte. Sie seufzte vor Genugtuung. Und grinste ihn dann an, was Leander Lost nicht entging.

»Habe ich etwas Lustiges im Gesicht?«

»Nein.«

»Was amüsiert Sie dann?«

»Das Leben.«

»Was daran?«

»Seine Absurdität.«

Jetzt verstand Lost und nickte ihr zu. Und musste leise lächeln.

Auch Carlos grinste. Er verstand zwar kein Wort, aber die Sonne schien ihm gerade so warm ins Gesicht und auf den Bauch, um sich mit dem Wasser, das um seine Zehen spielte, zu einem dieser Augenblicke zu vereinen, an die man sich immer erinnern würde.

Graciana und die Chefin nahmen hinter ihnen im Schneidersitz Platz. Sie aßen von den mitgebrachten Kleinigkeiten, und Sobral hatte ein paar Gläser aus der Teeküche mitgenommen, in die sie den Weißwein einschenkte. Natürlich mit Bedacht – sie waren schließlich im Dienst.

»Was haben wir?«, unterbrach sie nach ein paar Minuten einträchtigen Schweigens die Stille. »Wir haben einen Täter, der zur Durchsetzung seiner Forderungen auch Menschenleben aufs Spiel setzt. Das ist eine neue Dimension. Wir müssen ab jetzt damit rechnen, dass jemand bei einem weiteren Anschlag ums Leben kommt. Was haben wir noch? Wissen wir jetzt mehr über ihn?«

»Wir haben es mit jemandem zu tun«, ergriff die Kriminaltechnikerin das Wort, »der sehr spezifische Kenntnisse in Physik und Chemie hat. Und er ist im höchsten Maße empathisch.«

Die anderen merkten überrascht auf.

Aber Isadora Jordão blieb das, was sie immer war: gelassen. Isadora sprach nie laut, sie behielt auf ihre ironische Art immer die Contenance. Es gab offensichtlich nichts, was sie aus dem Gleichgewicht brachte. Und Graciana fragte sich, ob es in der Biografie ihrer Kollegin etwas gab, etwas wie die Kriegserlebnisse bei Moreno, die zu einer ähnlichen Distanz zum eigenen Leben geführt hatten. Um im Bewusstsein der eigenen Ohnmacht gelassen zu bleiben und, viel schwieriger, diese Gelassenheit auch im Angesicht der eigenen Endlichkeit zu bewahren, musste man der eigenen Bedeutungslosigkeit ins Auge geblickt haben.

»Empathisch?«, hakte Sobral nach. »Wenn er mit den Opfern mitfühlt und sie trotzdem verletzt, wäre er ein Sadist.«

»Ein Idealist«, wandte Graciana ein, »Senhor Lost hat das überzeugend dargestellt. Der Zweck heiligt die Mittel.«

»Ich meinte etwas anderes«, sagte Isadora, »er muss über Empathie verfügen. Denn er kann menschliches Verhalten antizipieren.«

»Was heißt das?«, fragte Carlos.

»Er kann es in einem gewissen Rahmen vorhersagen«, erklärte Leander. »Er kann es einkalkulieren. Wie kommen Sie darauf, Senhora Isadora?«

»Er schreibt ›persönlich‹ auf die Umschläge an Tuna Sun und an Miguel Duarte. Es gibt sicherlich Firmen, in denen Briefe, die persönlich an den Chef gerichtet sind, trotzdem vorab im Sekretariat geöffnet werden. Nicht aber in einer offiziellen Behörde wie der Kripo. Er wusste, sein Brief würde tatsächlich in Miguels Händen landen. Und in denen von Katsumi Gasai, denn die japanische Geschäftswelt denkt sehr stark in Hierarchien. Wo ›persönlich‹ draufsteht, darf nur der Adressat den Brief öffnen.«

»Das bedeutet für dich, er kann menschliches Verhalten vorhersagen?«, fragte Esteves.

»Auch«, erwiderte die Kriminaltechnikerin, »aber entscheidender sind die Sensoren, die die Zündung ausgelöst haben. Bei Tuna Sun hat der Täter sichergestellt, dass der Sprengstoff erst beim Öffnen des Umschlags explodiert. Also erst in den Händen der Person, die ihn absichtlich öffnet. Bei Miguel ist er anders vorgegangen. Da hat er einen besonderen Sensor benutzt, einen, den er selbst gebaut hat.«

Alle spitzten die Ohren, denn bis jetzt hatte Isadora Jordão noch nichts über ihre Untersuchung der Bombe, die Duarte verletzt hatte, fallen lassen.

»Ich habe mir ziemlich den Kopf darüber zerbrochen, auf was der Sensor reagiert – er reagiert auf flüssigen Stickstoff. Und das«, sagte sie zu Carlos gewandt, »bedeutet, er kann Verhalten in gewissem Maße vorhersagen. Er hätte den gleichen Sensor wie bei Tuna Sun verwenden können.«

»Beim Öffnen fällt Licht ein, und das Licht aktiviert den Sensor«, flankierte Graciana.

Isadora nickte: »Genau. Hat er aber nicht. Weil er wusste, was passieren würde: Miguel hat ertastet, dass er keinen normalen Brief in der Hand hält.«

»Und als Absender stand auch noch *Der Dilettant* auf der Rückseite.«

»Ja. Die Briefsendung war die Antwort des ›Dilettanten‹. Ein Angriff auf den Mann, der vor einem Millionenpublikum erklärt hat, das Entschärfen der Bomben sei ein Kinderspiel. Er hat Miguels Reaktion vorhergesehen. Ihm war klar: Miguel weiß, was jeder Bombenentschärfer weiß, nämlich den Brief auf gar keinen Fall zu öffnen. Vorsichtig transportieren, falls der Sensor auf Erschütterung reagiert. Das Wichtigste bei einer Entschärfung ist es aber, die Stromversorgung lahmzulegen. Ohne Strom keine Initialzündung. Flüssiger Stickstoff macht jede Batterie sofort platt.«

»Diese Batterie offensichtlich nicht«, stellte Carlos fest.

»Doch. Aber nicht schnell genug. In dem Augenblick, in dem der Sensor Kontakt hatte mit dem Stickstoff, hat er in Millisekunden den Stromkreis geschlossen und die Initialzündung ausgelöst. Schneller, als der Stickstoff die Batterie einfrieren konnte.«

»Hätte Miguel den Briefumschlag einfach geöffnet, wäre nichts passiert«, fasste die Chefin zusammen.

Isadora nickte: »Wir haben es hier mit einem sehr findigen Kopf zu tun. Den Lichtsensor zu bauen, das bekommt man hin, wenn man sich mit Fotowiderständen auskennt. Aber der Sensor für den Stickstoff«, sie hob etwas die Unterarme an, während ein Schwarm Fische knapp unter der Wasseroberfläche vorbeizog, »das ist schon ein kleines Meisterstück. Wenn nicht ein großes.«

»Konnten Sie rekonstruieren, welchen Sprengstoff er verwendet hat?«, fragte Leander Lost.

»Ja: Nitroglyzerin.«

»Ist das nicht stoßempfindlich?«, wollte Sobral wissen.

»Eigentlich schon. Aber es ist nicht industriell gefertigt«, sagte Isadora und sah der Chefin in die Augen, »er hat es selbst hergestellt. Und dabei darauf geachtet, die Stoßempfindlichkeit zu minimieren.«

»Sie haben gesagt, der Sensor sei ein Meisterstück«, hakte Leander nach, »wie verhält es sich dann mit dem Nitroglyzerin?«

»Es bewegt sich über dem industriellen Standard.«

Die Brise, die gerade über die Lagune zog und ein Kräuseln auf der Wasseroberfläche hinterließ, ließ sie frösteln. Was zu ihrer Stimmung passte. Spätestens jetzt war ihnen klar, dass sie es mit einem mindestens ebenbürtigen Täter zu tun hatten, der mit seinen Forderungen nicht zurücksteckte, sondern nachlegte. Als Tuna Sun erklärt hatte, auf die Forderungen nicht eingehen zu wollen, erfolgte prompt die Briefbombe – mit dem Ergebnis, dass der Mitsubishi-Ableger nun die Segel strich. Wer sich über ihn – und damit über die Sinnhaftigkeit seiner Motive – erhob, wurde tags darauf mit einer Bombe »geerdet«, die die üblichen Entschärfungsmaßnahmen kongenial unterlief.

»Wenn wir ihn finden wollen, müssen wir dafür sorgen, dass er sich von der Masse abhebt«, stellte Graciana Rosado fest, »jede Bombe gibt uns Informationen über ihn. Wer ist denn überhaupt in der Lage, so einen Stickstoffsensor zu bauen? Oder Nitroglyzerin in dieser Reinheit herzustellen?«

Carlos Esteves nickte und musterte Leander, der seine Füße aus dem Wasser gehoben hatte, um sie vom Wind trocknen zu lassen. »Haben Sie eine Idee?«

»Ich habe viele Ideen.«

»Zum Beispiel?«, fragte Sobral.

»Zum Beispiel, wie man die Warenanordnung im *Supermercado* bei Fuseta-Moncarapacho optimieren könnte.«

»Senhor Esteves meinte Ideen zu unserem Fall.«

»Nein, da habe ich keine Ideen.«

Wenn sie es nicht besser wüssten, hätte man meinen können, Senhor Léxico würde sie mit Absicht ins Leere laufen lassen, einfach, weil er es konnte.

»Davon abgesehen habe ich mir ein paar Gedanken gemacht«, fuhr er ohne jede Ironie fort: »Da ist der Zeitfaktor. Die Schnelligkeit, mit der er reagiert – die Bomben, die Schreiben –, spricht dafür, dass wir eine Person suchen, die sehr viel Zeit hat. Sehr viel Zeit haben Arbeitslose oder Rentner.«

»Die Menschenkenntnis«, ergänzte Graciana, »das Einfühlungsvermögen setzt auch einen bestimmten Reifegrad voraus.«

»Außerdem hat er Zeit benötigt, um sich zu radikalisieren«, sagte Leander: »Einer Radikalisierung gehen im Wesentlichen immer zwei Dinge voraus: Enttäuschung, gefolgt von Wut. Bis zu dem Entschluss, dem Zorn und der Ohnmacht etwas entgegenzusetzen.«

»Und er kennt sich ausgezeichnet mit Sprengmitteln aus«, merkte Isadora an, »das kann man autodidaktisch lernen, aber auch das kostet Zeit.«

Lost wandte sich ihr zu, sehr interessiert. Ihre kurzen Haare (fast so kurz wie seine eigenen) standen in einem interessanten Kontrast zu den weiblichen Zügen ihres Gesichts. Verband man in ihrem Gesicht zwei Leberflecke, die Nasenscheidewand und ein Pigment links unten am Kinn, ergab das unter Zuhilfename einer Hilfslinie ein Pentagramm. Leander hatte das von Anfang an gemocht. Das und ihre Unbekümmertheit. Die ihm ein Rätsel war.

»Denken Sie, er ist Autodidakt?«

»Nein.«

Ihre Antwort war ohne Verzögerung gekommen.

»Jedenfalls nicht, was das Basiswissen betrifft«, fügte sie hinzu.

»Er hat das gelernt, wollen Sie das sagen?«, fragte Carlos Esteves: »Er hat eine Ausbildung dazu durchlaufen?«

»Ja, das denke ich. Die ersten Bomben aus Kunstdünger und Dieselöl kann man sich mithilfe des Darknets zusammenbasteln. Alles andere, was jetzt gerade gesagt worden ist, benötigt einen ganz anderen Tätertypus.«

»Sie meinen einen Profi«, fasste Sobral zusammen. Und sprach damit das aus, was ihnen allen durch den Kopf ging.

Isadora Jordão nickte.

Was gleichermaßen erschreckend wie erleichternd war. Ihr Gegner war brandgefährlich. Aber bezüglich seiner Identität hatte er jetzt ein wenig Gestalt angenommen. Wie jemand, der gerade eine Nebelwand durchschritt und dessen Konturen langsam sichtbar wurden.

»Ein Sprengmeister eventuell«, meinte die Chefin, goss sich von dem Wein nach und nahm einen beherzten Schluck.

»Jemand vom Entschärfungskommando könnte es ebenso sein«, merkte Leander Lost an. »Oder ein Soldat in dieser Funktion. Wer weiß, wie man entschärft, weiß eben nicht nur, wie man Bomben konstruiert, sondern auch, wie ein Entschärfer wie Senhor Duarte eine Bombe behandelt. Ein einfaches erstes Ausschlussverfahren besteht darin, deren Dienstzeiten zu überprüfen.«

»Ich veranlasse das umgehend«, versprach Cristina Sobral und leerte das Glas mit einem weiteren, kräftigen Schluck, um dann zu seufzen: »Ich habe leider auch etwas zum Thema Zeitfaktor«, ließ sie das Team wissen, »Innenminister Pereira hat uns noch 48 Stunden gegeben. Danach übernimmt die Kripo aus Lissabon den Fall.«

22.

Vale do Lobo war eine Ansammlung moderner Villen direkt am Meer. Die Bewohner dort einten zwei Dinge: Sie waren vermögend – und mehrheitlich keine Portugiesen.

Es war eine ruhige Gegend, nur manchmal glitten eine klimatisierte Limousine oder ein Sportwagen vorbei. Ausladende Villen in moderner Architektur, die sich nicht einpassten, sondern hervorstechen wollten, standen zu beiden Straßenseiten Spalier. Große Hecken oder Palmen boten ihnen und ihren Pools Sichtschutz. Männer in grünen T-Shirts, auf denen sich die Schweißflecken dunkel abzeichneten, flitzten trotz Hitze emsig umher, fegten die Bürgersteige und Bordsteinrinnen, schnitten die Hecken, mähten den Rasen oder säuberten den Pool. Sie brachten Bauschutt weg und Grasschnitt und setzten Schösslinge ein und bewässerten den Garten.

Vale do Lobo war noch während der portugiesischen Diktatur entstanden, um den Spaniern in puncto Luxustourismus nachzueifern. Seitdem war die Gegend immer weiter angewachsen. Reichte bis in die Neunzigerjahre noch ein Achtzehn-Loch-Platz für Mieter und Besitzer der Villen, gab es inzwischen schon derer zwei. Auch für den Besuch von Restaurants, Bars und einschlägigen Edelboutiquen mussten die Villenbewohner »Vale« nicht verlassen. Nur während der zwanzigminütigen Fahrt vom Flughafen Faro kamen sie durch getönte Scheiben mit der portugiesischen Wirklichkeit in Kontakt.

Für Leander Lost war es, als hätte er plötzlich eine andere Welt betreten, als sie von der staubigen Landstraße und dem verbrannten Gras in Vale do Lobo eingefahren waren. Kein Staub mehr. Kein Grashalm, der auch nur in die Nähe eines Gelbtons kam, sondern der ganz im Gegenteil in sattem Grün leuchtete.

Der warme Nachmittagswind wirbelte durch Esteves' rostigen Mercedes. Carlos trug sein Hemd weit aufgeknöpft – dazu Shorts. Leander hatte sein schwarzes Jackett fein säuberlich an einem Haken hinter dem Beifahrersitz fixiert und den Stoff glatt gestrichen (etwa ein Dutzend Mal). Der Krawatte hatte er sich nicht entledigt. Und nun schaute er aufmerksam hinaus.

»Gefällt es Ihnen, Senhor Lost?«

»Ja. Wie es aussieht, gibt es hier keinen Müll.«

Carlos Esteves hielt mittlerweile ein großes Reservoir an Geduld für den *Alemão* vor. Er war eben eigen. Besonders. Man tat ihm Unrecht, wenn man zu schnell die Geduld mit ihm verlor.

»Hier wohnen sehr reiche Leute«, sagte Esteves, »sie bezahlen dafür, dass alles sauber gehalten wird.«

»Aha.«

Das Paradefüllwort. Dan B. Tucker lobte es im Appendix 77 (Tucker alias Christian Busz war ein etwas kleinlicher Charakter, was sich auch auf die Anzahl seiner Appendizes auswirkte: immerhin ganze 249) als Universalzeitschinder. »Aha« konnte nämlich ebenso als »Ich habe verstanden« wie auch als »Das erscheint mir verdächtig« aufgefasst werden.

»Aha, aha, aha«, wiederholte Lost.

»Das heißt?«

»Das bedeutet in seiner Umkehrung, dass die portugiesische Regierung nicht genug Geld hat, um überall für ein sauberes Straßenbild zu sorgen. Waren Sie mal in Neuseeland?«

»Nein. Sie?«

»Ja. Zwei Jahre, bevor ich hierhergekommen bin.«

»Ach. Das haben Sie ja noch gar nicht erzählt.«

»Es hat mich niemand gefragt.«

Carlos dirigierte seinen altersschwachen Mercedes in eine Sackgasse. Hinter dem letzten Gebäude lag der Atlantik in tiefem Blau. Ein zufriedenes Lächeln stahl sich auf sein Gesicht.

»Ist es in Neuseeland schöner als hier?«

»Es ist anders schön.«

Senhor Diplomata.

»Aber was wollten Sie sagen über Neuseeland?«

»Dass es eine Frage der Sozialisation ist.«

»Was?«

»Das Wegwerfen von Müll. Es gibt zwei Arten, es zu verhindern. Entweder verhängt man Geldstrafen, die einen Grad an Verlustschmerz verursachen, der zu einer Vermeidung führt – in Singapur funktioniert das so. Oder die Gesellschaft vermittelt ihren Kindern, dass das Wegwerfen von Müll falsch ist, indem sie es vorlebt. Das machen sie in Neuseeland so. Niemand in Neuseeland käme auf die Idee, etwas auf der Straße oder an der Küste oder im Wald wegzuwerfen. Niemand.«

Seine Klarheit machte es Carlos unmöglich, den *Alemão* auszukontern. »Und in Deutschland?«, fragte er stattdessen.

»Dort funktioniert das Vorleben auch nicht. Hier funktioniert es sicher, wie im Rest der Algarve, auch nicht«, er deutete auf die Straße vor ihnen, »aber hier werden Leute dafür bezahlt, die Konsequenzen aus dem Erziehungsversäumnis aufzusammeln.«

Carlos Esteves stoppte vor der Ausfahrt eines hübschen Gebäudes, das mit Holz verkleidet war. Obwohl zweistöckig, passte es sich flach in die Landschaft ein. Das Eingangstor war blau gestrichen – wie die Fensterrahmen –, und nicht weniger als sieben Palmen mit riesigen Wedeln standen zur Straße hin Wache. Wie schlafende sanfte Riesen.

Carlos wandte sich dem Kollegen zu: »Wir besuchen jetzt Senhora Adelina Simões, sie ist Immobilienmaklerin.«

»Ich weiß.«

Lost war der Grund ihres Ausflugs vollkommen klar: Es gab 40 000 Dollar aus einem Schließfach, das dieser Frau gehörte und das in einem illegalen Waffengeschäft in Nordafrika eine Rolle gespielt hatte. Der Bombenleger hatte es nicht auf die Bank abgesehen gehabt, sondern auf die Schließfächer. Womöglich auf jenes von Adelina Simões.

»Gut. Was mein Gespräch mit Senhora Adelina angeht, muss ich Sie um etwas bitten: Sagen Sie selbst bitte möglichst gar nichts. Sie dürfen mir bitte auch nicht widersprechen – denn ich werde die Frau gleich nach Strich und Faden belügen.«

»Das klingt sehr interessant«, sagte Leander, der aussah, als könne er es kaum erwarten.

Adelina Simões schien über eine unzerstörbar gute Laune zu verfügen. Jedenfalls lächelte sie die ganze Zeit über, wie Leander bald bemerkte. Sie trug eine weiße Sommerhose, eine gelbe Bluse, gelbe Slipper. Carlos schätzte sie auf Mitte vierzig – sie schminkte sich vorteilhaft.

Das Erdgeschoss war mit hellen Fliesen ausgelegt, die den riesigen Raum zusammen mit fünf Deckenventilatoren abzukühlen versuchten. Nach der Begrüßung führte sie die beiden Sub-Inspektoren hinaus auf die Terrasse, wo zwei Mitarbeiterinnen über einen großen Glastisch gebeugt standen, auf dem eine Bauzeichnung ausgebreitet worden war. Die Maklerin stellte sie den beiden Kommissaren vor und bat sie, ins Büro nach Faro zu fahren, wohin sie später folgen würde. Danach waren sie alleine.

»Möchten Sie etwas trinken?« Sie deutete auf die Wasserkaraffe, die neben der Bauzeichnung auf dem Tisch stand.

»Ich …«, begann Leander.

»Nein danke«, unterbrach Carlos den *Alemão* vorsichtshalber. Er hatte sich sein Leinenjackett übergezogen, was in der Kombination mit den Shorts und den Flipflops ein eigenwilliges Bild hinterließ. Die Flipflops trug er ganz besonders gerne, wenn sein Weg ihn aus beruflichen Gründen nach Vale do Lobo führte.

Er vollführte eine ausschweifende Geste, die alles umfasste: Haus, Garten, Pool, Auffahrt, den Porsche Cayenne darauf: »Sehr schön haben Sie es hier.«

»Oh, danke.«

»Ich hätte wohl besser in der Immobilienbranche angefangen.«

Adelina Simões warf einen diskreten Blick auf seine Shorts und die Flipflops. Auch die Espadrilles des Mannes im Anzug blieben von ihr nicht unbemerkt. »Es ist nie zu spät, Senhor Esteves.«

»Mit Maklerprovisionen kann man wohl ganz gut verdienen.«

Sie behielt ihr Lächeln zwar bei, aber jetzt kostete es sie doch etwas Anstrengung. »Es ist auch viel Arbeit.«

»Natürlich. Sie machen Fotos, führen die Leute herum und übergeben dann die Schlüssel.«

Frau Simões lächelte jetzt wieder entspannter: »Manchmal spendieren wir den Käufern auch noch ein Glas Sekt.«

Carlos ließ die Ironie an sich abprallen.

Leander konnte das nicht: »Das ist sehr nett von Ihnen.«

Simões' Miene verdunkelte sich, das Lächeln forderte wieder mehr Kraft. Sie konnte die Mimik des jugendlich wirkenden Mannes nicht deuten. War das beißende Ironie? Oder schmerzhafte Gutgläubigkeit? Sie beschloss, auf seine Bemerkung nicht einzugehen. Stattdessen fragte sie »Wie kann ich Ihnen helfen, Sub-Inspektor Esteves?«

»Andersherum. *Wir* können Ihnen helfen«, antwortete Carlos und zog aus der Außentasche seines Jacketts ein paar Dollarnoten, die er auf den Glastisch fallen ließ.

Adelina Simões stutzte. »Was … ähm … ist das?«

»Das Geld gehört Ihnen«, entgegnete Esteves, zog einen Stuhl zurück und nahm Platz: »Ich nehm jetzt doch etwas Wasser. Setzen Sie sich.«

»Ich …«

»Sie sollen sich setzen.«

Er sagte das mit jener beiläufigen Bestimmtheit, über die nur verfügte, wer seine Aufforderung auch anders durchsetzen konnte – und würde.

Ohne eine Erwiderung nahm die Immobilienmaklerin Platz. Carlos schnappte sich die Wasserkaraffe und goss ihnen dreien ein. Aus der Schale daneben ließ er ein paar dunkelgrüne Limettenstücke in die Gläser gleiten.

Erwartungsvoll setzte sich Leander zu ihnen. Immerhin würde er nun Zeuge beim Bau eines Lügenkonstrukts. Er war gespannt auf dessen Architektur.

Esteves kniff die Augen zusammen und ließ den Blick über das Grundstück streifen. Er gab vor zu denken, aber das tat er nicht. Stattdessen genoss er einfach den Anblick des Pools. Und sah dann unauffällig auf seine Armbanduhr. Er war gut in der Zeit.

»Stecken Sie die Scheine ein, es sind Ihre«, richtete er das Wort wieder an die Immobilienmaklerin.

Die schluckte. »Meine?«

»Ja.«

»Aber … mir fehlt kein Geld.«

»Wirklich? Das ist interessant«, sagte Carlos und beugte sich vor, »die stammen aus Ihrem Schließfach bei der Crédito Agrícola. Zum Glück hat die DNA-Analyse ja riesige Fortschritte gemacht. Hautschuppen, Wimpern, Fingerabdrücke sowieso – die Kriminaltechnik in Faro hat diese Scheine gerichtsfest Ihrer Person zugeordnet, Senhora Adelina. Gerichtsfest heißt: Wir können das bei einem Prozess zweifelsfrei belegen. Und werden das auch.«

»Werden das auch?« Adelina Simões machte den Eindruck einer Marionette, der man die Fäden gekappt hatte. Sie wirkte kraftlos.

Das alles war natürlich gelogen, dachte Leander. Er studierte den Kollegen Carlos Esteves wie ein seltenes Bakterium unter dem Mikroskop. Mimik, Stellung des Kehlkopfes als Indikator für Schluckbewegungen (Menschen schluckten überdurchschnittlich häufig beim Lügen), Stellung der Pupillen (beim Lügen schräg oben links, was den jetzigen Forschungsstand bestätigte) – und einiges mehr.

»Es gehört Ihnen, es ist Blutgeld.«

»Ich … aber … Was soll das heißen: Blutgeld?«

Ihre Augen waren aufgerissen, wie Leander beobachtete, die Pupillen hatten ihre maximale Erweiterung erreicht. Typisch für Säugetiere in Panik.

»Mit diesem Geld«, Esteves klopfte mit dem Handrücken auf die Scheine, »ist in Libyen ein Waffengeschäft abgewickelt worden.«

Die Maklerin wurde blass.

»Das ist die Wahrheit«, konnte Leander Lost sich nicht zurückhalten.

»Das ist sie«, bestätigte Carlos Esteves, »da wurde am 23. Juni dieses Jahres«, das Datum war frei erfunden, »ein Waffenembargo der EU und der USA mutwillig unterlaufen.«

»Davon … Ich weiß davon nichts.«

Carlos Esteves nickte. Jetzt musste er ihr eine Brücke bauen, er musste sie einbinden, ihr die Hand reichen. »Natürlich. Man hat Sie benutzt.«

Die Maklerin nickte unbewusst, denn dieses Verb machte aus einer Täterin ein Opfer. Und so, wie dieser Mann von der Polícia Judiciária auftrat, war es besser, ein Opfer zu sein.

»Woher ist das Geld? Wer hat es Ihnen gegeben?«

»Das … ich … Das kann ich nicht so genau zuordnen.«

»Wird Ihre Provision öfter bar beglichen?«

»Hin und wieder, ja, das kommt vor.«

»Um Steuern zu hinterziehen?«

»Ich zahle meine Steuern.«

»Das ist gut. Ich habe das auch gesagt.«

Adelina Simões stutzte. »Auch gesagt?«

Carlos Esteves nickte: »Der Staatsanwaltschaft. Der hab ich

auch gesagt, dass Sie vermutlich eine unbescholtene Bürgerin sind, die nur benutzt wurde. Aber sie will lieber sichergehen, die Staatsanwaltschaft.«

Wie auf ein Kommando fuhren drei Einsatzwagen der GNR vor. Ohne Sirene, aber mit Blaulicht. Luís Dias, Ana Gomes, Rui Aviola und einige Beamte aus benachbarten GNR-Posten stiegen aus und betraten das Gelände mit einigen leeren Kartons.

Adelina Simões war zur Salzsäule erstarrt. »Was wird das?«

»Das wird eine richterlich genehmigte Durchsuchung. Hier und in Ihrem Büro in Faro.«

Unwahrheiten, wie Lost feststellte. Esteves' Mikroexpressionen entlarvten ihn. Aber für Neurotypische war seine Mimik perfekt. Esteves' log der Immobilienmaklerin ohne mit der Wimper zu zucken das Blaue vom Himmel.

Die Gesichtsfarbe von Adelina Simões wechselte von Blass zu Leichenblass. »Aber ich …«

Ein Dröhnen näherte sich. Die Maklerin hob unwillkürlich den Kopf und blickte in den Himmel. Ein Hubschrauber flog ziemlich tief über das Grundstück, schraubte sich dann in die Höhe und verharrte auf seiner Beobachterposition über ihnen. Die Palmenwedel erzitterten vor den Luftwirbeln der Rotoren. Die Gärtner und Eigentümer der Nachbargrundstücke lugten unverhohlen über die Hecken und Zäune.

»Aber ich habe nichts getan!«, rief Simões gegen das Dröhnen des Helikopters an.

Luís Dias, der bis auf die Bestrafung einiger Parksünder keine wesentlichen Fahndungserfolge in seiner über vierzigjährigen Laufbahn vorzuweisen hatte, war für diesen Job perfekt. Denn er liebte es, sein überschaubares Stückchen Macht auszuspielen. Er baute sich gerne als Beschützer vor Touristinnen auf (bevorzugt blonden). Meist folgten sie seinen Empfehlungen, tranken als Dank eine *Bica* und aßen eine Süßigkeit mit ihm – und luden ihn sogar dazu ein.

Beiläufig zeigte er ihnen dann – beim Hochkrempeln des

Hemds etwa – seine beiden Schusswunden. Die selbstredend keine Schusswunden waren, sondern Verletzungen infolge anderer Geschehnisse. Nummer eins am Unterarm stammte vom Biss einer Rauhaardackeldame, der Luís den begehrten Knochen aus Spaß einmal zu viel weggezogen hatte, und Nummer zwei am Oberarm rührte von dem Versuch, nach elf Sagres über einen Stacheldrahtzaun zu springen.

Jetzt jedenfalls schritt er gewichtig wie Sean Penn persönlich auf dem Anwesen von Adelina Simões auf und ab und hatte eine staatstragende Miene aufgesetzt. Carlos Esteves blickte hoch zum Hubschrauber. Der erinnerte von seinen Farben her durchaus an einen Helikopter aus der Flotte der GNR. Aus der Distanz war nicht zu erkennen, dass an der Außenhaut statt GNR der Schriftzug »STA« prangte: Sightseeing Tours Algarve. Da Carlos nahezu jede Person an der Algarve kannte, hatte er natürlich auch die Handynummer von Eusébio, der mit dem zunehmenden Tourismus die Nische für Rundflüge gefüllt hatte.

Adelina Simões bewahrte nur mit Mühe den letzten Rest Beherrschung: »Was wollen Sie?«

Sie fragte es laut, denn ihre Stimme musste sich immer noch gegen den Lärm der Rotoren durchsetzen. Und sie fragte es in einer Tonlage, die Esteves signalisierte, bereits am Ziel zu sein. Denn es klang wie ein Flehen.

»Ich möchte Ihnen helfen«, antwortete er ruhig. Was sie wie beabsichtigt nur weiter irritierte. Mit ernster, aber wohlwollender Miene beugte er sich zu ihr vor und tippte erneut auf die Dollarscheine auf der Tischplatte: »Wie gesagt: Mit diesem Geld sind mitten in einem Embargo in Libyen Waffen gekauft worden. Das ist Blutgeld. Dafür können Sie für Jahre im Gefängnis landen. Aber noch mal: Ich hab denen von der Staatsanwaltschaft gesagt, dass Sie über ein tadelloses Führungszeugnis verfügen. Dass bis heute nichts gegen Sie vorliegt. Dass Sie bestimmt unwissentlich in diese Sache reingeraten sind.«

»Ja. Bitte, es ist genau, wie Sie sagen.«

Carlos nickte, als habe er sich das gedacht. Was sie sichtlich erleichterte.

»Und dass Sie mit Sicherheit umfassend mit uns kooperieren, um nicht angeklagt zu werden. Was ich Ihnen jetzt sage, ist vertraulich.« Carlos Esteves stand auf, umrundete den Tisch und nahm direkt neben ihr Platz. Die beiden Gesichter trennte keine Armlänge. Er fuhr fort: »Die Staatsanwaltschaft ist bereit, keine Anklage gegen Sie wegen illegaler Waffengeschäfte zu erheben, sofern Sie vollumfänglich aussagen, damit dieser Fall geklärt werden kann. Wenn Sie darin einwilligen, müssen Sie uns gegenüber alle Karten auf den Tisch legen. Im Gegenzug wird das Geld hier lediglich konfisziert, Sie landen nicht im Gefängnis – und ich veranlasse umgehend, dass es keine Durchsuchung geben wird. Weder hier noch in Ihrem Büro in Faro.«

Adelina Simões blinzelte nervös. Was Carlos Esteves nicht weiter verwunderte: Denn sie musste jetzt jemanden beim Namen nennen, den sie kannte, um ihre eigene Haut zu retten. »Ich … ich hatte keine Ahnung, woher das Geld kommt. Das müssen Sie mir bitte glauben.«

»Das glaube ich Ihnen. Sie haben es einfach nur entgegengenommen.«

»Ja.«

»Wofür?«

Wieder das Blinzeln. Sie blickte in den Garten, zur Straße, kurz hoch zum Helikopter.

Carlos zog aus seinem Leinenjackett ein Funkgerät und schaltete es ein. Rauschen ertönte. »Esteves an Scharade 17, ihr könnt abdrehen.«

Scharade 17 – Leander hatte noch nie von so einer Lufteinheit gehört.

Es dauerte nur wenige Augenblicke, dann schwenkte der Hubschrauber mit der Pilotenkanzel nach Westen und entfernte sich Richtung Faro. Ein Vorgang, der seine Wirkung auf die Immobilienmaklerin nicht verfehlte. Sie sah Sub-Inspektor Esteves jetzt mit anderen Augen. Die Shorts, seine Flipflops, all das war nur die lässige Tarnung eines Mannes, der mit einem Fingerschnipsen Helikopter und Polizeieinheiten ganz nach Bedarf herbeizitieren oder wegschicken konnte. Understatement pur.

Esteves sah ihr in die Augen: »Wer hat Ihnen das Geld wofür gegeben? Und warum haben Sie es nicht zurückgefordert nach der Bombenexplosion?«

Adelina Simões senkte den Blick.

»Kommen Sie, wenn Sie nicht mit uns zusammenarbeiten, dann muss ich hier alles auf den Kopf stellen. In Ihrem Büro auch. Man wird Ihnen die Lizenz entziehen, denn solche Durchsuchungen sprechen sich ganz schnell herum.«

Sie nickte und sah ihn an: »Ich habe das Geld von Senhor Fjodor Markow.«

»Wofür?«

»Er hat mir meine Provision für den Kauf einer Quinta in bar bezahlt.«

»An der Steuer vorbei.«

Sie nickte. Carlos musterte sie kurz, dann wandte er sich an Leander Lost: »Sagen Sie mir bitte, falls Senhora Adelina die Unwahrheit sagt.«

Der Blick des Mannes im Anzug, der die ganze Zeit dem Gesprächsverlauf gefolgt war, richtete sich nun auf sie. Sub-Inspektor Lost, als der er ihr vorgestellt worden war, starrte sie intensiv an.

»Sie haben das Geld von einem Fjodor Markow, und er hat Ihnen das Geld bar gegeben?«, wiederholte Carlos.

»Sim.«

Carlos warf Leander einen fragenden Blick zu.

»Sie sagt die Wahrheit«, bestätigte der.

»Aber …«, setzte die Maklerin verblüfft an.

Doch Carlos unterbrach sie: »*Fjodor Markow.* Das klingt nicht sehr portugiesisch. Erzählen Sie uns bitte, wer dieser Senhor Markow ist.«

Beiläufig nahm Leander wahr, wie zwei Nachbarinnen Rui Aviola ein Glas Wasser samt einiger Kekse vorbeibrachten und ihn anstrahlten, während sie sich mit der Hand durchs Haar fuhren. Sie lachten.

»Was … ähm … was wollen Sie denn wissen?«

»Was Sie uns über ihn erzählen können. Ob er in Nordafrika war. Was er in Portugal zu suchen hat. Und so weiter. Ich bin an allem interessiert, was Sie über diesen Mann wissen«, erklärte Carlos. Dann gab er Luís ein diskretes Zeichen, woraufhin alle GNR-Beamten die Kartons wieder einsammelten, in ihre Wagen stiegen und verschwanden.

Aufmerksam von Lost beobachtet packte sie aus.

Fjodor Markow hatte vor einem Jahr ein Anwesen nordöstlich von Moncarapacho erworben. Es lag in einer kleinen Siedlung namens Cabeça, hinter der sich die Ausläufer der Berge erstreckten. Ein verschwiegener kleiner Ort.

Carlos Esteves erinnerte sich an ein paar alte portugiesische Häuser, die aus irgendeinem Grund hatten weichen müssen.

»Und da macht er Urlaub?«, fragte Carlos.

»Er kauft für seine Firma Immobilien auf.«

»Was für eine Firma?«

»P. I. E. – Property in Europe. Das ist eine Tochtergesellschaft von P. W. W., Property Worldwide.«

»Die sitzt in Russland?«

»In St. Petersburg.«

»Und Senhor Markow gehört die?«

»Nein, er ist einer der Geschäftsführer der P. I. E. So wie ich das verstehe, ist er für Portugal und Spanien zuständig.«

»Dann hat er bei Ihnen sicherlich nicht nur diese eine Quinta in Cabeça gekauft.«

Es entstand eine kurze Pause. Senhora Adelina überlegte kurz und warf einen prüfenden Blick in Losts Richtung. »Nein«, räumte sie dann ein.

»Wie oft ist das so gelaufen?«

Ein kraftloses Schulterzucken: »Ich müsste es in den Unterlagen nachsehen, aber ... er hat bestimmt fünfzehn oder sechzehn Häuser gekauft ... und Grundstücke.«

»Für Bauvorhaben.«

»Das nehme ich an, ja. Er hat es nie explizit gesagt, aber ... das liegt ja nahe.«

»Mich würde interessieren«, sagte Leander, »wie das geht. Er kann als Geschäftsführer einer russischen Firma zwar hier in Portugal Häuser und Bauland kaufen, aber als Nicht-EU-Bürger hat er damit ja noch lange kein Aufenthaltsrecht.«

»Wer in Portugal als Ausländer eine Immobilie erwirbt, die 500 000 Euro oder mehr kostet, erhält automatisch ein Goldenes Visum«, erklärte ihm die Maklerin.

Leander merkte auf. Nicht mit großen Augen, sondern mit der verhaltenen Mimik eines Vulkaniers: nur ein minimales Zucken der Augenbraue über den langen Wimpern. »Aus Blattgold?«, fragte er.

Esteves musste grinsen, während Adelina Simões die Nachfrage nicht einzuordnen wusste.

»Nein, nicht aus Blattgold. Das ist eine Bezeichnung für ein Programm der Regierung: Ausländer, die für eine halbe Million Euro oder mehr eine Immobilie in Portugal kaufen, bekommen ein Visum mit der Aussicht darauf, die portugiesische Staatsbürgerschaft zu erhalten, wenn sie das wollen.«

»Das bedeutet, reiche Personen können sich die portugiesische Staatsbürgerschaft erkaufen«, brachte es Leander nüchtern auf den Punkt.

»Das ist schon richtig«, gab die Maklerin zu, »aber tatsächlich hat das Programm zu vielen Investitionen auf dem Immobilienmarkt geführt. Wir haben seitdem auch sehr viele Käufer aus Fernost, die hier in Immobilien investieren. Und außerdem wird damit die Baubranche angekurbelt.«

»Danke, ich verstehe«, sagte Leander Lost, um ohne Umschweife zu einem anderen Punkt zu springen, der ihn beschäftigte: »Hat Senhor Markow die anderen Häuser und Grundstücke ebenfalls bar bezahlt?«

Sie seufzte und blickte zur Seite. Zu den Palmen, der Straße, ihrem Porsche – nirgends stand eine Antwort auf ihre Frage geschrieben, wie sie sich am besten verhalten sollte.

»Wir kriegen das sowieso raus«, kürzte Esteves ihre Gedanken ab: »Sie verschaffen uns bloß einen Zeitvorteil. Aber … den müssen Sie auch nutzen, wenn unsere Abmachung Bestand haben soll.«

Ein letztes Zögern noch, fast so, als gebiete das der Anstand, doch dann legte sie die Karten endgültig auf den Tisch. Markow kaufte im Namen der P. I. E. Kostete eine Quinta 400 000 Euro, zahlte er offiziell weit unter Verkehrswert, zum Beispiel nicht mehr als die Hälfte. Und noch war es, wie Simões erklärte, nirgends verboten, sein Haus für die Hälfte seines Wertes zu verkaufen. Die andere Hälfte beglich Markow in bar und legte meist noch ein paar Zehntausend Euro obendrauf, um den jeweiligen Verkäufer an seiner verwundbarsten Stelle zu packen: der Gier.

Sie sprach das Wort zwar nicht aus, aber Leander wie Carlos war trotzdem klar, wie der Mechanismus funktionierte, zumal der Bombenleger in seinem ersten Schreiben genau diesen Begriff codiert hatte.

»Am Ende profitieren alle«, resümierte Carlos Esteves, »Markow sticht die Mitbewerber aus und sichert sich die Immobilie, der Immobilienbesitzer bekommt unterm Strich mehr Geld, als er verlangt, und muss davon die Hälfte noch nicht mal versteuern. Und Sie als Maklerin werden auch nach diesem Prinzip bezahlt.«

Senhora Adelina beließ es bei einem Nicken.

»Die P. I. E.«, fügte Lost hinzu, »ist offensichtlich an illegalen Waffenexporten in Krisengebiete beteiligt und muss das Geld waschen. In dem Augenblick, in dem aus dem Geld Immobilienbesitz wird, hat es den ersten Waschgang hinter sich. Und wenn man die Immobilie weiterveräußert, wird der Gewinn versteuert. Was versteuert ist, befindet sich legal im Geldkreislauf.«

So funktionierte Geldwäsche. Die Immobilienmaklerin wirkte verdattert.

»Vermutlich ist das Immobiliengewerbe der Muttergesellschaft P.W.W. nichts anderes als eine internationale Geldwäscheanlage«, bestätigte Carlos.

»Das wusste ich nicht. Das müssen Sie mir glauben.« Ihre Stimme war nur mehr ein Hauch. Doch dann straffte sie sich plötzlich, ihre Gesichtsfarbe kehrte zurück: »Man hat mich benutzt.«

»Nun ja«, entgegnete Carlos, »ich ...«

»Benutzt«, stellte Adelina Simões erneut fest, »unfassbar.«

»Warum kauft er dazu Häuser in Portugal? Warum ausgerechnet hier? Warum nicht zu Hause in Russland?«, fragte Leander Lost unvermittelt.

»Wie meinen Sie das?«, fragte Simões eine Spur unwirsch. Jetzt, da sie sich als Opfer empfand, wähnte sie sich wieder im Recht. Ein wenig zumindest. Gegen das, was Markow da trieb, war ihr bisschen Schwarzgeld ja eine Lappalie. Ein Kavaliersdelikt, wenn man es genau nahm.

»Die italienische Mafia wäscht ihr Geld unter anderem auch in Deutschland, weil die laxen Geldwäschegesetze Kriminelle dazu einladen. Warum sollte Senhor Markow dann nicht nach Portugal gehen?«

Carlos nickte. Ihr Einwand ergab in seinen Augen Sinn. Er sah zu Leander Lost, der über irgendetwas zu knobeln schien.

»Ich überlege, warum er Zugang zum Schengenraum benötigt.«

»Zum Schengenraum?«, echote Adelina Simões.

Lost nickte und zitierte aus dem Gedächtnis: »Der Schengenraum ist eine Zone, in der 26 europäische Länder ihre Binnengrenzen für den freien und uneingeschränkten Personenverkehr im Einklang mit den gemeinsamen Regeln für die Kontrolle der Außengrenzen und die Bekämpfung der Kriminalität abgeschafft haben.«

»Das ist mir bekannt«, antwortete die Immobilienmaklerin.

Lost ließ sich nicht irritieren: »Das heißt: Er erkauft sich ein Goldenes Visum. Damit wird er nicht nur Staatsbürger von Portugal, sondern EU-Bürger. Und das heißt für ihn und seine Interessen: europaweit keine Kontrollen.«

23.

»Ich spreche noch mal mit Júlio Moreno«, kündigte Graciana Rosado an. Sie stand im weißen Türrahmen des Büros von Cristina Sobral.

Es war später Nachmittag, und sie sehnte sich danach, Zeit mit ihm zu verbringen. Egal wie. Und das *Egal wie* signalisierte ihr die Intensität ihres Wunsches. Aber es ging im Moment nicht nur um ihr persönliches Befinden. Graciana vertraute seit jeher auf ihre Intuition. Und die sagte ihr, dass sie noch nicht genügend nachgehakt hatte. Wieso hatte sich der Bombenleger und Erpresser an ihn gewandt? Er wisse es nicht, das war das, was er mehrfach gesagt hatte. Und sie glaubte ihm. Aber vielleicht musste sie Júlio nur ein wenig auf die Sprünge helfen. Wenn sie nicht alles täuschte, gab es in der Vergangenheit einen ganz bestimmten Punkt. Einen Ort, einen Zeitpunkt, an dem sich die Lebenswege dieser beiden Männer gekreuzt hatten. Deswegen musste sie ihn aufsuchen. Und natürlich, um ihn dicht bei sich zu haben. Zu riechen, zu fühlen, ihn …

»… außerdem noch?«, riss Cristina Sobral sie aus ihren Gedanken.

»Außerdem was?«, fragte sie schnell.

»Außer Sprengmeistern und dem Entschärfungskommando und dem Militär?«

»Nein«, antwortete Graciana wahrheitsgemäß, »nein, mir fällt sonst kein Bereich ein, in dem wir nach ihm suchen könnten.«

Sprengmeister arbeiteten in Bergwerken, beim Straßenbau und waren allesamt in Firmen angestellt beziehungsweise über die Ausbildung und Zertifikate, die sie erhalten hatten, auffindbar. Das galt auch für das Entschärfungskommando der Polizei und das Militär.

»Haben Sie schon was?«

Beinahe hätte Graciana es vergessen. Schnell nickte sie: »Im Entschärfungskommando der Polizei arbeiten portugalweit achtzehn Spezialisten. Vier befinden sich außerdem in der Ausbildung. Plus sechs in Pension. Das sind 28 Männer. Und Sie?«

Sobral nickte. Sie atmete einmal tief durch und schaute auf den flachen Monitor auf ihrem Schreibtisch.

Auf Graciana wirkte sie müde und erschöpft. Sie stieß sich vom Türrahmen ab, nahm gegenüber der Chefin Platz und schenkte ihr ein warmes Lächeln. »Wenn ich Ihnen einen Rat geben darf: Gehen Sie nach Hause, ruhen Sie sich aus, wenn Sie können. Machen Sie Dienstschluss.«

Sobral seufzte: »Wir werden übermorgen von diesem Fall abgezogen.«

Graciana nickte. »Ja, aber wir werden nicht sterben. Und wir werden nicht unseren Job verlieren. Nicht unsere Wohnungen und Häuser und unsere Familien und Freunde. Und auch nicht unser Azur über uns.«

Der letzte Satz brachte Sobral zum Schmunzeln. »Das Azur – ist das so wichtig?«

»Eigentlich ist es nicht viel – aber es ist trotzdem alles. Für uns hier ist es alles.«

Cristina Sobral, die geglaubt hatte, sie würde nicht verstehen, verstand plötzlich. Und schob mit Verzögerung ein Nicken hinterher. Sie deutete mit ihrem tadellos manikürten Zeigefinger auf den Monitor: »Gerade sind die Ergebnisse reingekommen: In Portugal gibt es sieben aktive Sprengmeister. Fünf befinden sich im Ruhestand. Zwei davon sind Pflegefälle. Bleiben zehn. Bei der Armee«, sie scrollte mit der Maus nach unten, »sind

43 im aktiven Dienst. Die Zahl derjenigen, die sich im Ruhestand befinden, wird noch geliefert. Ohne die haben wir jetzt zusammen mit Ihren Leuten vom Entschärfungskommando einen Personenkreis von 81 Tatverdächtigen.«

Júlio musste noch ein wenig warten, wurde Graciana klar.

»Bem. Ich würde vorschlagen, wir sieben jetzt weiter aus. Dazu brauchen wir über jeden ein paar spezifische Informationen.«

»Alter und Geburtsort«, sagte Sobral und vermerkte beides auf einem linierten Notizblock, »er muss eine Beziehung zu der Gegend hier unten haben. Wenn er im Norden lebt, fällt er vermutlich aus.«

»Das denke ich auch. Und wir müssen wissen, wer von denen die letzten Tage Dienst hatte und wer nicht. Es kommt, wenn wir Senhor Losts Logik folgen, nur jemand infrage, der genügend Zeit hat, um die Bomben zu deponieren. Und umgehend auf die Berichterstattung in der Presse zu reagieren. Das kann man nicht, wenn man sich mitten in einem Achtstundentag in einer Kaserne oder Polizeibehörde befindet.«

Auch das hielt Sobral auf ihrem Notizblock fest. »Im Grunde«, sagte sie währenddessen, »suchen wir mit hoher Wahrscheinlichkeit jemanden aus einer dieser drei Gruppen, der in den letzten Tagen krankgeschrieben war, Urlaub hatte oder bereits in Pension ist.«

»Genau«, bestätigte Graciana und bemerkte, wie sie schon jetzt den Rückmeldungen entgegenfieberte. Und sie würden den Kreis der Verdächtigen noch weiter einengen können: »Wir benötigen die Bewegungsprofile der Verdächtigen, sprich: die GPS-Positionen ihrer Smartphones.«

Cristina Sobral nickte, wirkte aber unentschlossen: »Ich weiß nicht, ob ich so problemlos an die herankomme. Gerade die Herren beim Entschärfungskommando sind auf ihren Identitätsschutz bedacht. Ich … ich geh am besten über den Innenminister.«

»Gut.«

»Was wollen Sie eigentlich von Senhor Moreno?«

»Nichts von dem, was der Täter unternimmt, überlässt er dem Zufall. Ich bin deshalb auch davon überzeugt, dass er seine ersten Bekennerbriefe absichtlich bei Senhor Moreno eingeworfen hat. Die Wahl ist ganz bewusst auf ihn gefallen, das glaube ich jedenfalls. Und wenn das stimmt, dann kennt unser Mann nicht nur Senhor Moreno, sondern mit etwas Glück Senhor Moreno auch ihn.«

Als Leander mit der Scrambler im Hof der Villa Elias vorfuhr und stoppte, sah Soraia ihn von der Terrasse aus.

Endlich. Sie war bestimmt schon zwanzig Minuten hier und hatte sich schnell frisch gemacht, die Position seiner Wächter überprüft und die Schuhe neben der Tür geradlinig ausgerichtet.

Leander zog den Helm von seinem Kopf und deponierte ihn auf der Sitzbank des Motorrads, bevor er zu ihr kam. Sie umarmten und küssten sich wortlos und standen eng umschlungen, als wollten sie sich nicht mehr loslassen.

»Ich habe eine Überraschung für dich«, eröffnete er ihr und kam einer Frage Soraias schnell zuvor, denn er hätte die Überraschung sonst womöglich ausgeplaudert, »dazu müssen wir aber ein Stück fahren.«

Soraia war angenehm überrascht. Es war, als gesellte sich zu der tatsächlichen noch eine unsichtbare Umarmung hinzu.

Aspies planten am liebsten den kompletten Tag durch. Dann die Woche, das Jahr, das Leben. Weil Unvorhergesehenes sie aus der Bahn warf, und sie mochten es nicht, aus der Bahn geworfen zu werden. So wie jeder andere Mensch auch.

Eine Struktur vermittelte ihnen Halt und Sicherheit. Bloß richtete sich die Realität nicht immer nach ihren Plänen und wartete mit unberechenbaren Zufällen auf. Die Flexibilität, die ihm sein Beruf abverlangte, kostete Leander stets wieder Überwindung, auf eine neue Situation einzugehen. Jahre des Trainings ermöglichten ihm mittlerweile einen Umgang damit, der ihn nicht mehr bis zur Neige erschöpfte.

Und nun hatte er sich eine Überraschung ausgedacht und sie mit Sicherheit exakter geplant als die NASA die Mondlandung.

Keine fünf Minuten später fuhren sie mit der Ducati über die N125 nach Westen, Richtung Olhão. Soraia saß als Sozia direkt hinter Leander und hatte die Arme um seine Taille gelegt, um sich an ihm festzuhalten. Nur er und sie, das Vibrieren des Motors unter ihnen und der Fahrtwind, der sie angenehm erfrischte.

Sie war schnell in ein Kleid geschlüpft, schlicht und zeitlos. Graciana nannte es das Audrey-Hepburn-Kleid. Es schmückte auf unaufdringliche Weise. Damit war sie für die meisten Eventualitäten gewappnet. Und da der Helm ihr jede Art Frisur ohnehin vernichten würde, hatte sie ihr Haar zu einem Pferdeschwanz gebändigt.

So glitten sie eins mit der Maschine über den Asphalt, und als der Fluss der Fahrzeuge vor ihnen kurz vor dem Kreisverkehr stockte und immer langsamer wurde, spürte Soraia sie – seine Unruhe.

Eine Kleinigkeit, die nicht nach Plan lief. Wer weiß: Vielleicht musste er zu einer ganz bestimmten Zeit am Ziel sein? Auf der anderen Seite hielt Leander Lost selbstverständlich jede Verkehrsregel penibel ein. Schwer zu sagen, ob eine Flutwelle ihn zum Überschreiten der Höchstgeschwindigkeit veranlasst hätte.

Jedenfalls nahm er mit Verwunderung wahr, wie die Autos und Lkw vor ihm nach links und rechts auswichen und sich so eine Gasse bildete, durch die er fahren konnte. Da es noch nicht dunkel war, erfasste er nicht den Widerschein des Blaulichts auf seinem Helm, das Soraia mit einem Fingerdruck aktiviert hatte.

So passierten sie einen harmlosen Auffahrunfall, der von GNR-Leuten aufgenommen wurde. Die Beamten grüßten ihn, und Leander sollte noch viele Tage und auch Jahre später noch darüber grübeln, wie sie ihn wohl als Sub-Inspektor der Polícia Judiciária identifiziert hatten.

Die Avenida 16 de Junho, deren Namen an das älteste bestehende Bündnis der Welt zwischen Portugal und England erinnerte, zog sich entlang des Hafenbeckens der Stadt schnurgerade bis hinab zur Lagune. Links, zwischen der Straße und dem Becken, befand sich ein riesiger Parkplatz, der nun aber mit mobilen Zäunen abgesperrt war. Dahinter blitzten Lichter und Farben in der einbrechenden Dämmerung auf. Laufschriften lockten. Aberwitzige Konstruktionen, die Besucher durch die Luft wirbelten, erhoben ihre Umrisse gegen den Himmel: Jahrmarkt.

Besuchter strömten über die Avenida. Eltern mit Kindern, Jugendliche, junge Paare. Als zögen die Lichter sie magisch an.

Leander stoppte mit dem Motorrad in einer Parklücke und schaltete den Motor aus. Er stieg von der Scrambler, lupfte den Helm vom Kopf und deutete stolz auf den Rummel, der sich über Hunderte Meter weit erstreckte.

»Gehen wir.«

»Zu … dem Jahrmarkt?«, fragte Soraia verwundert.

Leander lächelte und nickte: »Heute ist der Eröffnungstag.«

Wenn man meinte, einen Asperger zu kennen, war die nächste Überraschung meist nicht weit. Sie alle waren sehr verschieden, den einen Asperger gab es nicht, das wusste Soraia. Als Kindergärtnerin hatte sie einige Erfahrungen mit ihnen als Kindern gesammelt.

Und doch fanden sich einige gemeinsame Nenner – der strukturierte Alltag etwa. Und Reizempfindlichkeit. Es gab Aspies, die nicht barfuß über Gras gehen konnten, weil sie über eine sehr ausgeprägte Reizschwelle verfügten. Leander gehörte nicht in diese Kategorie, aber wie alle anderen Asperger auch nahm er Geräusche sehr deutlich wahr und konnte sie nicht selektiv abschalten, um sich auf eines unter einem Dutzend zu konzentrieren.

So erging es ihm auch, wenn die Menschen in einer Gruppe durcheinanderredeten. Ein dröhnender Wasserfall an Sätzen, über- und nebeneinander gelagert, ein einziges, ohrenbetäubendes Rauschen, vor dem man flüchten wollte.

Andererseits waren Jahrmärkte vielleicht eines seiner Steckenpferde, das Soraia noch nicht kannte. Und vielleicht öffnete er ihr mit diesem Besuch sein Herz, indem er sie daran teilhaben ließ.

»Schön«, sagte sie, und der Helm schützte ihre Lüge davor, von Leander erkannt zu werden.

Hand in Hand überquerten sie ebenfalls die Straße und schlenderten über das Gelände.

Von überall röhrte und hupte es, die unterschiedliche Musik aus den Lautsprechern lieferte sich Audiogefechte, mit denen die Schausteller ihr Geschäft von dem des Nachbarn abgrenzten. An einigen Attraktionen, die die Besucher nur abwartend und zaudernd musterten, standen gesellige Männer über vierzig und lockten das Publikum, an anderen Ständen waren es hübsche Frauen.

»Was möchtest du ausprobieren?« fragte Leander, und sein Gesicht wirkte starr, aber das war schließlich normal.

»Zuckerwatte«, antwortete Soraia. Sie konnte Jahrmärkten nichts abgewinnen. Außer Zuckerwatte. Der Rest der Faszination dafür, den andere empfanden, blieb ihr fremd. In den meisten Geräten hatte sie sich als Kind schon übergeben – nämlich in der Schiffsschaukel und dem Kettenkarussell.

An einem Stand kaufte Leander ihnen Zuckerwatte, die ihnen an dünnen, langen Holzstäbchen gereicht wurde. Sie waren rosa, und sie knabberten daran, während sie weiter über den Jahrmarkt flanierten.

Ja, sie flanierten. Lost, der sonst auch seine Gänge optimierte, steuerte auf keinen Stand zielgerichtet zu. Vielleicht, dachte Soraia sich, hatte er noch keine exakte Auswahl getroffen. Vielleicht hoffte er aber auch einfach, schoss es ihr durch den

Kopf, seine Begeisterung für Jahrmärkte würde womöglich von ihr geteilt.

Es galt nicht nur die Stärken zu lieben, davon war Soraia überzeugt, das galt für jeden Mitmenschen, sondern auch die Schwächen zu akzeptieren. Insbesondere bei dem, den man liebte. Und ein Faible für Jahrmärkte war keine Schwäche, es war sogar weniger absonderlich als sein Interesse für Revolverhelden.

Sie hätte auch eine Woche hier verbracht, um in Leanders Nähe zu sein. Mit dieser Gewissheit überwand sie ihre Abneigung federleicht und lächelte ihn an: »Da ist eine Geisterbahn – wollen wir rein?«

»Ich weiß nicht. Wollen wir?«

»Ich will. Und du?«

»Ich auch.«

Wenigstens saßen sie eng nebeneinander in der kleinen Gondel, die sie auf Schienen von Schreck zu Schreck fuhr. Geister und Monster erschienen plötzlich im Scheinwerferlicht und fauchten und fluchten und schrien.

Einmal stürzten zwei Skelette auf sie zu und verfehlten sie um Haaresbreite. Leander duckte sich. Aber nicht aus Furcht vor Untoten, sondern aus Sorge, die Mechanik, die die Figuren führte, könne ausgeleiert sein und sie daher trotzdem mit den Kunststoffgebilden kollidieren.

Kaum hatten sie zum Schluss einen kopflosen Kobold passiert, verließen sie mit ihrer Gondel das Gebilde und landeten wieder im jungen, warmen Abend inmitten des Rummelplatzes.

Jetzt hatte die Zahl der Besucher allerdings deutlich zugenommen, und sie mussten den anderen beim Schlendern über den Platz ausweichen.

Zwischendurch drückte Soraia Leander die Hand, er blickte zu ihr, und sie entdeckte ein paar feine Schweißperlen auf seiner Stirn.

»Ist dir warm?«

»Ja.«

Es war nicht zu übersehen. Er schien gestresst.

Soraia hielt Ausschau und entdeckte eine Bude, die etwas abseits lag und nur von einem jungen Mann besucht wurde. »Lass uns da hingehen«, schlug sie vor und deutete dorthin.

Leander nickte, die Musik schwoll jetzt an, die Geräusche der riesigen Geräte, die ihre grellen Lichtblitze über den Platz gleißen ließen, brandeten von allen Seiten auf ihn zu. Die über Lautsprecher verstärkten Stimmen der Ansager flossen zu einem Brei ineinander, der Leander das Atmen erschwerte.

Jemand rempelte Leander im Vorbeigehen an. »Desculpe.«

»De nada«, brachte Leander hervor. Sein Blick war starr und ausdruckslos.

Egal, was er sonst an einem Jahrmarkt fand, erfasste Soraia, jetzt war es jedenfalls nicht gegeben. Im Gegenteil, er befand sich kurz vor einem Kollaps. Sein Gang war nur noch automatisch.

»Leander.«

Er reagierte nicht.

»Leander!«

Sein Blick fand nur langsam zu ihr, er blinzelte in zügiger Frequenz.

Soraia umarmte ihn und drückte ihren Mund auf seinen. »Vertraust du mir?«

»Ja«, kam es schwach aus ihm heraus.

»Schließ die Augen.«

Ein kurzes Zögern, und er schloss sie. Dann legte Soraia ihm ihre Handflächen auf die Ohrmuscheln und übte leichten Druck aus. Die optischen Reize waren damit ausgeschaltet, die akustischen zumindest gedämpft. Ihr rechter Daumen kam zufällig auf Leanders Schläfe – sie spürte, wie sein Puls raste wie bei einem Sprint, obwohl er völlig ruhig vor ihr stand.

Ohne die Hände zu lösen, führte sie ihn zur Seite, zur Straße hin, dort, wo die Besucher nur noch vereinzelt vorbeiliefen, weil die Reihen der Stände und Schausteller hier endeten.

Jetzt ging die Schlagzahl an Leanders Schläfe herunter.

»Wir sind jetzt an der Straße, der Jahrmarkt ist hier zu Ende. Du kannst die Augen öffnen, wenn du magst.«

Seine Augenlider klappten auf. Binnen einiger Sekunden hatte Leander Lost sich orientiert. Ja, hier endeten die Stände der Schausteller. Auch der tiefe Bass der Lautsprecher, der ihm wellenartig über die Haut gefahren war, hatte an Kraft eingebüßt. Als sei er einem Epizentrum entronnen.

Soraia blickte ihm besorgt in die Augen, während er Dankbarkeit und Zuneigung empfand. Er beugte sich vor und küsste sie, und das Gefühl ihrer Nähe warf sich wie ein schützender Kokon über ihn.

Behutsam nahm sie ihre Hände von seinen Ohren. Und jetzt, obwohl der Geräuschpegel dadurch wieder anschwoll, fühlte Leander sich gewappnet. Wie hinter Burgmauern oder in einer sicheren Zone.

»Fühlst du dich besser?«

Er nickte.

Etwas fiel nun sichtlich von Soraia ab, und sie lächelte erleichtert.

»Wollen wir lieber weg hier?«

Wie machte sie das? Sie schien ganz genau zu wissen, was er empfand. Solche Menschen hatte Leander in seinem Leben nur selten getroffen. Es war ihm ein Rätsel, wie ihr das gelang. Sicher, die Menschen konnten besser in den Mimiken der anderen lesen als er, für sie war es, als hörten sie jemanden in ihrer Muttersprache reden. Aber unter jenen, er hatte das akribisch beobachtet und in seinem Gedächtnis vermerkt, war Soraia noch einmal eine besonders Begabte.

Wenn Leander sich ihr Höchstmaß an Einfühlungsvermögen vor Augen führte, empfand er, was manche Menschen bewegte, wenn sie nachts alleine weitab anderer Lichtquellen in den Sternenhimmel blickten. Bewunderung und das – in diesem Fall schöne – Gefühl der Nichtigkeit.

»Ja.«

»Es gibt hier einen schönen Platz, den ich dir zeigen möchte. Magst du ihn sehen?«

Er wollte gerne alle Plätze auf der Welt sehen, die sie schön fand. Hoffentlich reichte seine Lebenszeit dazu aus.

Sie erstanden unten an der Promenade, die an die Ria Formosa angrenzte, zwei Waffeln mit Eis. Erdbeer, Vanille und Nuss.

»Ist das Mandel?«

»Ich weiß nicht, welche Nuss es ist. Magst du keinen Nussgeschmack?«

»Doch.«

Schnell führte Soraia ihn vom Ufer weg und durch zwei, drei Gassen, bis sie an der *Igreja Matriz de Nossa Senhora do Rósario* ankamen, einer schlichten, aber imposanten weißen Kirche, deren Glockenturm sich nicht mittig, sondern als Abschluss rechts vom Kirchenschiff erhob.

»Die Namen für Kirchen sind in Deutschland kürzer«, merkte Leander an.

Soraia nickte und winkte einen Mann in ihrem Alter zu sich, der im keinen Steinwurf entfernten Casinha da Cris bediente, einem Lokal mit beigen, maurischen Ornamenten an der Hauswand. Die Gäste saßen in der Fußgängerzone davor an Holztischen und ließen es sich schmecken.

Der Mann hieß Afonso, wie Leander erfuhr, als Soraia sie beide einander vorstellte. Afonsos Sohn besuchte den Kindergarten in Fuseta – man kannte sich. Außerdem hatte Soraia ihn im letzten Schuljahr immer bei sich abschreiben lassen – das verband.

»Ist das der Alemão?«, fragte Afonso freundlich, woraufhin Soraias gute Gesichtsdurchblutung zur Geltung kam und sie nickte.

Afonso lächelte und gab ihr ohne ein Wort einen Schlüssel,

nickte den beiden wohlwollend zu und kehrte in das Lokal zurück, um den drei Männern ihre Cerveja zu bringen.

»Was ist das für ein Schlüssel?«, fragte Leander.

»Ich zeig's dir, komm«, antwortete Soraia und nahm ihn bei der Hand.

An einem Seiteneingang der Kirche wartete sie einen Augenblick ab, in dem niemand vorbeispazierte, dann öffnete sie die Tür, und sie schlüpften hinein. Das Kirchenschiff erhob sich schweigend und dunkel über ihnen.

Soraia schloss hinter ihnen ab und führte ihn die Treppen hinauf zum Glockenturm, wo sie eine zweite, dieses Mal vergitterte Tür öffnete.

Schon roch Leander nicht mehr das Holz und eine Spur von Nässe aus dem Kirchenschiff, sondern die nächtliche Sommerluft und ... das Meer.

Sie schlüpften hinaus zum Glockenturm und dann über eine der Öffnungen hinaus auf das nur sanft abfallende Dach der Kirche.

Leander bot sich ein atemberaubender Blick über Olhão, über die Dächer der Stadt, illuminiert durch das gelbe Licht der Laternen, das Meer, nur wenige Hundert Meter entfernt, silbrig durch den Vollmond bestrichen.

»Komm«, sagte sie und setzte sich auf den höchsten Punkt, wo sie eine flache Mauer vor den Blicken der Passanten unten schützte. Leander nahm neben ihr Platz. Sie frönten dem simplen Vergnügen eines Eises aus Erdbeer, Vanille und Nuss auf dem Dach einer Kirche mit Blick auf die Ria Formosa.

»Erdbeer schmeckt gut«, fand Leander.

Soraia gab ihm einen Kuss, er schmeckte nach Vanille. »Ist das nicht schön hier?«, fragte sie.

»Man hat einen guten Blick. Das liegt an der Höhe im Verhältnis zu der Umgebung.«

Soraia ließ sich dadurch die Freude nicht nehmen. Sie deutete auf einen Stern, der trotz des Mondscheines gut zu sehen war: »Der da, links von dem tief über dem Horizont. Welcher Stern ist das?«

»Betelgeuze, der Schulterstern im Sternbild Orion«, spulte Leander sein Wissen ab, »er wird als Roter Überriese klassifiziert.«

»Überriese? Er sieht so klein aus.«

»Unsere Sonne passt circa eine Milliarde Mal in diesen Stern.«

Stille.

Bis auf die Autos und ihre Lichtkegel, die die Kirche umfuhren. Und die Gespräche in den umliegenden Restaurants und Bars.

Soraia beugte sich zur Seite und legte den Kopf in seinen Schoß, so hatten sie sich im Blick, und sie strich mit den Fingern über seine Hand. »Magst du den Jahrmarkt, Leander?«

»Nein.«

»Magst du überhaupt irgendeinen Jahrmarkt?«

»Nein.«

Leander sah, wie sie die Stirn runzelte. Dann kam, worauf er gehofft hatte: sie lächelte. Und wenn sie lächelte, kamen ihre Grübchen zum Vorschein. Grübchen waren etwas ganz Besonderes. Er fühlte sich zu Menschen mit Grübchen hingezogen. Vielleicht, weil seine Mutter welche gehabt hatte.

»Nein?«

»Nein. Es ist für mich … es ist, als würde ich …«

»Aber …«, Soraia setzte sich auf, »... warum bist du dann mit mir dahingefahren?«

»Um dir eine Freude zu machen.«

»Eine Freude?«

»Ja. Das ist die Primärreaktion auf eine angenehme Situation.«

»Ich weiß. Aber … wieso denkst du, es würde mich freuen?«

»Weil Senhor Esteves das gesagt hat.«

»Carlos hat gesagt, ich mag Jahrmärkte?«

»Nein. Er hat gesagt, du liebst sie.«

»Was?«

Was?, das wusste Leander seit vielen Jahren, war keine Frage, sondern eine Äußerung akuten Zweifels.

»Deine Schwester und Senhor Esteves haben sich vor drei Wochen in meinem Beisein im Büro unterhalten. Und da hat deine Schwester darüber gesprochen, dass es im August wieder den Jahrmarkt in Olhão geben wird. Und Senhor Esteves hat gesagt: ›Oh, den liebt Soraia ja so.‹«

Ja, Soraia musste schmunzeln, aber in dem ganzen Jahr, in dem er hier war und ihr Leben ohne sein Wissen umkrempelte, hatte sie sich nie so nah und innig mit Leander gefühlt. Er hatte sich trotz der zu erwartenden Reizüberflutung ihretwegen überwunden und war mit ihr hierhergefahren.

»Leander, das war *Ironie* … ich kann Jahrmärkte nicht leiden.«

Ironie? Leander ließ den Augenblick mit Graciana und Esteves in seinem inneren Auge noch einmal abspulen. Und er fand sich unfähig, das Signal zu entdecken, das Esteves' Äußerung als eine ironische kennzeichnete. Die Anmerkung war aus dem Nichts gekommen, aus der Hüfte, nichts, rein gar nichts, deutete darauf hin, dass er mit diesem Satz das Gegenteil dessen gemeint hatte, was er gesagt hatte.

»Du kannst sie nicht leiden, sagst du – warum bist du dann mitgekommen?«

»Weißt du das nicht?«

Er überlegte kurz und schüttelte dann den Kopf.

»Deinetwegen, Leander. Weil ich dachte, *du* magst Jahrmärkte.«

Das war neu für Leander. Dass jemand etwas für ihn tat, obwohl er es nicht mochte. Bei so jemandem wäre er gerne zu Hause.

»Das war ganz schön dumm von uns beiden«, stellte er fest.

Soraia lachte.

Was für Grübchen.

»Es muss einen Punkt gegeben haben in deinem Leben – und in seinem.«

So hatte sie den Abend in seinem Ferienhaus eröffnet, nachdem sie einen ersten zögerlichen und sogleich leidenschaftlichen Kuss ausgetauscht hatten.

»Ich hab gehofft, dass du kommst.«

Júlio Moreno trug seine graue Sommerhose und ein weißes Shirt mit V-Ausschnitt. Er war barfuß und versorgte sie mit einem kalten Vinho verde, bevor er sich einem Teig zuwandte, den er mit einer Mischung aus Kartoffeln, Lauchzwiebeln und Kräutern befüllte. Er hatte tatsächlich ein kleines Essen vorbereitet – ohne zu wissen, ob sie kommen würde. Der Gedanke und die Geste rührten Graciana.

Neben dem Herd stand eine Schale mit Joghurt, aus der der Geruch frisch gepressten Knoblauchs an Gracianas Nase drang. Sie beugte sich hinab und schnupperte. »Riecht gut«, sagte sie. »Was wird das?«

»Was Schnelles«, antwortete er, während er begann, die gefüllten Teigtaschen in einer gusseisernen Pfanne zu braten.

»Wie heißt es?«, fragte Graciana und lehnte sich an ihn. Ihre Hand strich über Júlios Rücken. Mit den Fingerkuppen konnte sie seine Wirbelsäule spüren. Seine Haut dicht unter dem Stoff. Sie hatte Lust auf ihn.

»*Bolani*«, antwortete er, »ich hab es auf meinen Reisen kennengelernt.«

»Es riecht wirklich gut.«

Júlio lächelte, dann vergrub er seine Nase in ihren Übergang vom Hals zur Schulter, sog den Geruch ihrer Haut tief ein und küsste sie.

Und dann wurden die *Bolani* kalt.

TAG ACHT

24.

Wie schon am Morgen der letzten Nacht war es Graciana, die zuerst aufwachte. Júlio lag auf der Seite, sein Gesicht ihr zugewandt. Sie folgte mit den Augen den Linien seines Gesichts, vom Haaransatz über die hohe Stirn, die Nasenwurzel hinab zur Nasenspitze, ein Sprung zu den Lippen, dem Kinn. Selbst seine Bartstoppeln schimmerten schon in hellem Grau.

Gesichter von Menschen, die schliefen, strahlten für Graciana eine tiefe Unschuld aus. Beinahe wie Kinder.

Gestern Abend hatten sie sich geliebt, wieder und wieder, um dann nachts um drei mit knurrendem Magen am Pool die *Bolani* zu essen, die orientalisch schmeckten. Sie tranken eiskaltes Wasser dazu, die Gläser beschlugen in der lauen Sommernacht. Und wenn die Moskitos kamen, tauchten sie ihre Köpfe kurz unter, um den Stichen zu entgehen.

Für einen Moment hatte sie überlegt, ihn nach seinen Einsätzen zu fragen. Oder nach besonders interessierten Lesern seiner Reportagen. Um herauszufinden, in welcher Verbindung der Bombenleger zu Júlio Moreno stand. Aber das hätte die Atmosphäre zerstört. Die Sub-Inspektorin hatte Dienstschluss. Und beglückwünschte sich in Gedanken dafür.

Stattdessen fragte Júlio nach ihrer Kindheit und Jugend, und sie erzählte ein paar Kleinigkeiten, während er sich eine Selbstgedrehte anzündete und den Rauch in den Nachthimmel blies.

Sie realisierte, wie oft Carlos in diesen Geschichten vorkam.

Anschließend waren sie Hand in Hand zurück ins Bett gegangen und – kaum angekommen – in einen erschöpften, tiefen Schlaf gefallen.

Der für ihn immer noch andauerte.

Graciana unterdrückte den Impuls, ihn zu küssen, und schlüpfte leise aus dem Bett. Sie schnappte sich ihre Sachen, die auf dem Boden und dem Stuhl lagen, und zog die Tür des Schlafzimmers leise hinter sich zu. Auf der Empore über dem Wohnraum zog sie sich an und nahm beschwingt die Stufen hinab. Sie fühlte sich federleicht.

Marisa Veiga liebte Sudokus und Puzzles.

Vielleicht war ein entscheidender Schritt der Ermittlungen mit dieser Vorliebe verbunden. Zwar hatte die gute Seele der Kripo Faro in ihrem vor Pflanzen wimmelnden Büro jede Menge Schreibarbeit zu erledigen, aber sie konnte einfach nicht die Finger von den Fotos und Videos des Hafengebiets von Olhão lassen, die Senhor Lost nach dem Bombenattentat auf die Trawler von Tuna Sun angefordert hatte. Denn bei deren Zusammenlegen und Zuordnen überraschte sie Isadora Jordão, die auf dem Boden ihres Labors eine Art Zeitstrahl fabriziert hatte – ausgedruckte Fotos und Videostandbilder, die das Hafenbecken zu bestimmten Uhrzeiten zeigten und die sich aus dem Labor mittlerweile bis in den Flur erstreckten.

Ein riesiges Puzzle! Sofort ging Marisa Veiga der Kriminaltechnikerin zur Hand.

»Glaubst du, der *Alemão* hat recht – dass da irgendwo der Täter zu sehen sein muss?«

Isadora nickte. Sie hatte sich weit über die vorhandenen Fotos gestreckt, um deren Anordnung nicht durcheinanderzubringen und ein paar neue dazuzulegen. Dann richtete sie sich auf. Ein Seufzer entfuhr ihr, sie legte die Hand auf den Rücken.

»Kann ich mitmachen?«

Isadora sah auf und bedachte die füllige Frau, ihr Mädchen für alles, mit einem freundlichen Blick. »Claro.«

Marisa ging neben ihr auf die Knie und sah sich die Fotos an. Dutzende, Hunderte. Tausende.

»Unglaublich, was sich an einem einzigen Nachmittag im Hafen von Olhão so alles tut«, sinnierte sie.

»Oh ja. Man könnte später eine Kunstcollage daraus machen.«

Isadora hatte auf einem Stuhl Platz genommen und zündete sich eine an. Marisa mochte Zigarettenrauch nicht besonders, den Duft von Isadoras langen Selbstgedrehten empfand sie dagegen als angenehm. Er roch irgendwie anders. Sie hatte manchmal sogar das Gefühl, sich zu entspannen.

»Glaubst du alles, was Senhor Lost sagt?«

Isadora brummte bejahend, weil sie gerade an ihrem Joint zog.

»Jedenfalls sagt er nie etwas ohne einen Grund.«

»Das stimmt«, sagte Marisa, der das noch nie so aufgefallen war: »Das stimmt wirklich. Nie ohne Grund. Vielleicht ist das ja auch typisch deutsch.«

»Nein, dann würde er einen oft verbessern.«

Marisa nickte. Sie stand auf und stieg mit einem großen Ausfallschritt vorsichtig über die engste Stelle des Zeitstrahls. Immerhin musste sie dabei etwas über einen Meter überwinden. Sicher auf der anderen Seite angekommen, setzte sie ihre Suche fort. Zielstrebiger als zu Beginn, so erschien es Isadora.

»Stimmt, dazu ist er zu höflich. Aber wirklich attraktiv ist er nicht«, fand Marisa.

»Na ja, ich würde ihn am liebsten ständig in den Arm nehmen«, meinte die Kriminaltechnikerin nach einem tiefen Zug. Das Zeug machte sie gesprächig.

»Das ist der Mutterinstinkt. Aber wenn man Rui Aviola in den Arm nehmen möchte, ist das kein Mutterinstinkt mehr.« Marisa grinste breiter als erlaubt.

Isadora musste schmunzeln und nickte dann: »Stimmt. Aber Rui ist was für zwischendurch und …«

»Ja?« Marisa sah sie neugierig an.

»Und Senhor Lost was fürs Leben.«

Öl ins große, brennende TV-Herz von Marisa, die sich als einzige Frau der Polícia Judiciária nicht schämte, die Telenovelas zu schauen *und* das auch zuzugeben. Ganz besonders, wenn es um *Chiquititas* ging. Sie hatte nicht eine Folge verpasst und auch keine davon nur einmal gesehen. In *Chiquititas* ging es um Kinder in einem Waisenheim, die mit ihren Problemen alleine waren, bis eines Tages eine junge Frau namens Belén dort zu arbeiten begann und – Überraschung – das Leben der Waisen als gutherzige Sozialfee bereicherte.

Natürlich war das tonnenweise Zucker, wer wusste das besser als Marisa, schließlich war ihr Vater Konditor, aber es war eben *guter* Zucker. Er tat niemandem weh, er appellierte an eine bessere Welt, außerdem rührte sie das Schicksal der Waisen jedes Mal zu Tränen.

Gerade wollte sie zu einer Antwort ansetzen, als Marisa Veiga der kanariengelbe Fleck auffiel. Sie hatte ihn schon einmal gesehen. Nein, nicht einmal. Achtmal. Achtmal dasselbe Schlauchboot.

Cristina Sobral, Leander Lost und Carlos Esteves saßen währenddessen im ersten Stock und versuchten, aus den Auswertungen, die durch die Anfragen der Chefin ausgelöst worden waren, schlau zu werden.

Sie waren alle zufällig aufeinandergestoßen: Carlos und Leander waren sich auf dem Parkplatz begegnet – eine Stunde vor ihrem Dienstantritt. Und dann im Flur über ihre Vorgesetzte gestolpert, die gerade die Kaffeemaschine anwarf. Nach einer mehr oder minder schlaflosen Nacht war sie sehr früh in die Dienststelle zurückgekehrt. Sie hatte maximal vier Stunden geschlafen und fühlte sich wie gerade überfahren.

Mit Duarte war vorerst nicht zu rechnen: Seine Nase und er hatten sich in der Reha ein Doppelzimmer zur Einzelnutzung genommen. Und Sub-Inspektorin Graciana würde vermutlich erst zum Dienstbeginn erscheinen.

Sie tranken *Bica*, während Sobral sie mit den Zahlen von gestern versorgte und sie auch gleich aktualisierte, denn mittlerweile hatte das Verteidigungsministerium nachgelegt: Zu den 43 aktiven Munitions- und Sprengstoffexperten der Armee addierten sich nicht weniger als 51 Veteranen.

Sie hatte einen ausgedruckten Stapel Papier dabei, der mit farbigen Post-its in mühseliger Kleinarbeit durch die Chefin in einen gelben, grünen und blauen Bereich getrennt worden war. »Es ist mir klar, dass unsere Einschätzungen nur Näherungswerte sind. Sie müssen nicht zutreffen. Aber angesichts der ernsten Lage und der fortgeschrittenen Zeit schlage ich vor, wir arbeiten die Personen ab, die mit größter Wahrscheinlichkeit in unser Raster passen.«

Mit den letzten Worten warf sie Leander Lost einen fragenden Blick zu. Er war der Mitarbeiter, dem sie hinsichtlich Logik und Kombinatorik am meisten zutraute. Sie erwartete eine Bestätigung ihrer Vorgehensweise. Und übersah dabei, dass er genau das aus ihrer Mimik möglicherweise nicht schlussfolgern konnte. Daher schob sie nach: »Halten Sie das auch für die geeignetste Methode, Senhor Lost?«

»Absolut.«

»Jeder von uns dreien schnappt sich ein Berufsbild und arbeitet die gelisteten Personen ab. Senhor Esteves, Sie übernehmen die Sprengmeister. Senhor Lost, für Sie habe ich die Armee vorgesehen.«

Da er über ein fotografisches Gedächtnis verfügte, würde Lost seine Arbeit am schnellsten erledigen, so die Annahme der Chefin, weshalb sie ihm den Bereich mit den meisten potenziellen Tätern überließ. Sie stand auf und reichte den gelb markierten Stapel Carlos, den blauen übergab sie Leander.

»Ich selbst befasse mich mit den Leuten vom Entschärfungskommando.« Sobral deutete mit der offenen Hand auf den verbliebenen Stapel vor ihr auf dem Tisch. »Ich habe mehrere Kriterien zusammengetragen, die man auf jede Person anwenden kann und die darüber entscheiden, ob eine nähere Überprüfung sinnvoll ist oder nicht. Wir bekommen aus datenschutzrechtlichen Gründen ausschließlich die GPS-Positionen von Personen, gegen die wir einen Verdacht begründen können.«

»Aber im Grunde sind alle verdächtig, die mit Explosivstoffen zu tun haben«, argumentierte Carlos, der von irgendwoher ein großes Käsesandwich herbeizauberte und hungrig davon abbiss.

Cristina Sobral nickte: »Ja, aber so ein Anfangsverdacht ist leider nicht ausreichend. Wir benötigen jetzt eben diesen Zwischenschritt. Zu den Kriterien: Alle, die nicht an der Algarve geboren sind oder hier leben, fliegen raus. Ebenso alle, die berufstätig sind bzw. im Dienst waren die letzten Tage.«

Leander warf einen Blick auf das oberste Blatt des Stapels vor sich. Von einem Passfoto schaute ihm ein Mann in seinem Alter entgegen.

Name: *João Pinto.*

Geburtsort: *Évora.*

Geburtsdatum: *24.09.1988.*

Wohnhaft: *Nazaré. Região Centro.*

Familienstand: *verheiratet.*

Ausbildung bei der Armee: *Umgang mit Explosivstoffen und Schulungen für Entschärfungen.*

Bisherige Einsatzgebiete: *Kabul.*

Beruflicher Status: *aktiv.*

Derzeitiger Standort: *Luanda, Angola.*

Leander legte das Blatt nach links, zu den im ersten Schritt unverdächtigen Personen.

Still und konzentriert arbeiteten sie sich durch die Personalbögen, die man ihnen zur Verfügung gestellt hatte. Nur das Rascheln von Papier war zu hören – und ein paar Gesprächsfetzen von den Passanten unten in der Gasse. Sie hatten die Fenster noch sperrangelweit geöffnet, damit die frische Morgenluft die Räume flutete, bevor das Thermometer über die 25-Grad-Marke kletterte. Dann würden die Jalousien auf der Sonnenseite zugezogen und die Deckenventilatoren mit ihrem *Whooosch-Whooosch* angeworfen. Ein Geräusch, das Leander in Denkprozessen zu Höchstleistungen antrieb.

»Sie können dann besonders gut denken?«, hatte Esteves sich erkundigt.

»Ja. Die Gleichmäßigkeit des Geräusches erzeugt bei mir eine kontemplative Stimmung.«

»Ah ja … soso … verstehe.«

Danach hatte Carlos den Begriff »kontemplativ« bei nächster Gelegenheit gegoogelt.

Das Telefon auf Losts Schreibtisch klingelte. *Desconhecido* erschien auf dem Display. Die Nummer des Anrufers war nicht bekannt. Oder wurde unterdrückt.

Leander nahm ab und meldete sich: »Polícia Judiciária Faro, Sie sprechen mit Sub-Inspektor Lost.«

Zuerst hörte Leander kein Wort, sondern nur das Atmen eines Menschen.

»Olá?«

»Die Liebe«, hob die Stimme an, gepresst wie unter einer Last, »ist sie Beileid?«

Losts Verstand schaltete sofort: *ein Satzpalindrom.* Das Erkennungszeichen.

Er hatte sich vor einiger Zeit im Internet mal eine Seite mit Beispielen für solche Sätze angesehen, die er nun eins zu eins aus seinem Gedächtnis abrufen konnte. Binnen des Bruchteils einer Sekunde stand ihm eine Auswahl von gut hundert Stück zur Verfügung. Seine Wahl fiel auf: »Es sind Ödnisse.«

Kurz herrschte Stille in der Leitung. Dann ein Räuspern, das Leander von der Dynamik und der Tonlage einem Mann über vierzig zuordnete.

»Waren Sie in der Bankfiliale, vor der die Autobombe explodiert ist?«

»Ja.«

»Dann habe ich Sie gesehen ... Senhor Lost. Sind Sie der Raucher mit den Shorts und der Sonnenbrille?«

»Nein. Das ist Senhor Esteves.«

Carlos sah von dem Stapel der Sprengmeister auf. Mit wem redete Lost da über ihn?

»Und Sie der mit dem schwarzen Anzug?«

»Ja.«

Cristina Sobral hatte aus den Augenwinkeln bemerkt, wie Sub-Inspektor Esteves seine Arbeit unterbrochen hatte und zu Leander Lost schaute. Und das tat sie jetzt auch. Esteves' ernste Miene alarmierte sie.

»Mit wem sprechen Sie, por favor?«

»Sehr wahrscheinlich mit dem Konstrukteur der Bomben«, gab Leander sachlich zurück.

Sobral und Esteves erstarrten für einen Augenblick. Hätte das ein anderer Kollege so beiläufig von sich gegeben, hätten sie es vermutlich als Scherz eingestuft. Bei dem *Alemão* dagegen war genau der ausgeschlossen. Die Kripochefin stand unvermittelt auf, ihre Hand schoss vor, die Finger griffbereit: »Geben Sie ihn mir.«

Das war interessant, fand Leander. Unter Druck und unter Stress waren die Menschen durchaus in der Lage, all den sprachlichen Ballast abzustreifen, den Small Talk und Höflichkeit mit sich brachten, und ihre Kommunikation auf das Notwendigste zu reduzieren. Er reichte seiner Chefin den Hörer.

Carlos Esteves brauchte sie keine Anweisung zu geben. Wenn es darauf ankam – jetzt zum Beispiel –, glitt jegliches Laisserfaire von ihm ab und wich purem Pragmatismus. Es kostete ihn nur wenige Klicks auf seinem Rechner, schon wurde das Gespräch mitgeschnitten und eine Ortung zu dem Anrufer veranlasst. Dazu blendete sich eine Karte des Landes auf dem Monitor ein.

»Cristina Sobral, ich bin die Leiterin der Dienststelle in Faro. Mit wem spreche ich, bitte?«

»Namen nenne man.«

»Sagte ich bereits. Sobral. Das ist mein Name.«

»Geben Sie mir wieder den Mann, der Palindrome erkennen kann: Senhor Lost.«

Natürlich düpierte es sie, dass sie das Palindrom nicht erkannt hatte. Und der Anrufer sie, die Chefin, abwies, um mit einem ihrer Sub-Inspektoren zu sprechen. Aber die Zeit ließ Sobral keinen Platz für Eitelkeiten. Also reichte sie den Hörer flugs zurück an den Deutschen: »Er will mit Ihnen sprechen.« Trotzdem war sie geistesgegenwärtig genug, die Lautsprecherfunktion zu aktivieren, sodass Carlos und sie das Gespräch nun mithören konnten.

»Ja?«

»Spreche ich mit Senhor Lost?«

»Das tun Sie.«

»Bearbeiten Sie auch den Tuna-Sun-Fall?«

»Ja, zusammen mit meinen Kollegen.«

Es entstand eine kurze Pause.

»Es geht mir nicht darum, wie Sie mich beurteilen. Es geht mir darum, möglichst wenig menschlichen Schaden anzurichten. Aber verstehen Sie mich nicht falsch: Ich nehme ihn auch in Kauf, wenn es sein muss.«

»Ich weiß. Das ist typisch für einen Täter, der aus Idealismus handelt.«

Für ein paar Momente war nur ein fernes Rauschen zu hören, als sprächen sie über Funk. Oder als befände sich der Anrufer in der Nähe der Küste.

Der Kartenausschnitt auf dem Monitor von Carlos Esteves zoomte in das Staatsgebiet von Portugal hinein und hinab zur Algarve. Und wurde sofort fündig. Der Zoom stoppte auf einem Kartenausschnitt, auf dem ein Zentimeter fünfzig reale Meter abbildete. Auf der Karte begann ein roter Punkt zu pulsieren. Er befand sich in Chelote, keine zehn Autominuten entfernt nördlich von Faro. Der Ort war übersät mit Gewächshäusern, in denen das Gemüse gezüchtet wurde, das die europäischen Nachbarn hauptsächlich im Winter einkauften.

Carlos zog die Schreibtischschublade auf und nahm seine Glock 19 an sich. Er stand auf und schob ihren Lauf in seinen Hosenbund.

»Soll ich mitkommen?«, flüsterte Sobral.

Carlos schüttelte den Kopf: »GNR«, flüsterte er zurück. Was bedeutete, er würde auf dem Weg nach Chelote die GNR zur Unterstützung anfordern. Er schnappte sich seine Autoschlüssel und verließ das Büro. Gleichzeitig kritzelte die Chefin etwas auf ein Stück Papier, das sie um 180 Grad schwenkte und Leander Lost zuschob. Der las: »Hinhalten, bitte. Wir haben den Anrufer geortet.«

Leander nickte ihr zu.

»Was können wir tun, damit Sie mit Ihren Anschlägen aufhören? Was wollen Sie?«

Immer noch das Rauschen. Der Kontakt brach nicht ab, es war nur still. Der Mann am anderen Ende dachte nach, aber nicht lange: »Ich will eine bessere Welt.«

»Diese Forderung dürfte so schnell nicht zu erfüllen sein.«

»Ich weiß.«

Es klang nicht wie eine sachliche Feststellung, da schwangen Enttäuschung mit und Resignation.

»Sie wissen das und fordern es trotzdem – das ist ein Widerspruch.«

»Nein.«

»Nein? Wieso nicht?«

Leander erkundigte sich mit ehrlichem Interesse. Ein Paradoxon war per se etwas Spannendes. Und hier war eines.

»Mir läuft die Zeit davon, Senhor Lost. Deshalb ist es kein Widerspruch.«

Leander lachte.

Sobral verzog ihr Gesicht zu einer schmerzerfüllten Grimasse. Einen Bombenleger am Telefon auszulachen, der sich für die Bezeichnung »Dilettant« mit einer Bombe revanchiert hatte, war mindestens unklug.

»Waren Sie das, der die Sache mit dem Palindrom erkannt hat?«

»Ja«, bestätigte Leander Lost und musste immer noch schmunzeln.

»Dafür haben Sie wenig Empathie.«

»Ich bin Asperger. Ich kann mich nur schwer in Mitmenschen hineinversetzen. Das gilt auch für Sie.«

Wieder nur das Rauschen.

»Das ist interessant«, sagte der Mann dann nachdenklich: »Und was amüsiert Sie an dem, was ich gesagt habe?«

»Die Metapher der davonlaufenden Zeit. Die Zeit hat ja keine Beine.«

Carlos Esteves drückte das Gaspedal durch. Der Motor des altersschwachen Mercedes wummerte dumpf und jagte den Wagen unbarmherzig nach vorne. Er hatte das Tablet, auf dem der Ortungspunkt auf der Karte erschien, neben sich liegen, falls der Täter seine Position ändern sollte.

Zur gleichen Zeit rückten GNR-Einheiten aus Faro, Olhão und Moncarapacho aus. Mit Schutzwesten gepanzert und Maschinenpistolen bewaffnet.

Ana Gomes saß am Steuer des Wagens aus Moncarapacho. Sie schoss mit Blaulicht und Sirene über die N398 Richtung Meer.

Für Rui Aviola war es ein unlösbares Rätsel, wie es ihr mit ihren unfassbar langen Fingernägeln gelang, zu lenken und zu schalten, ohne sich dabei irgendwo zu verhaken. Luís saß neben ihr und stopfte Patronen in die Magazine der drei Maschinenpistolen, die er auf seinen Oberschenkeln abgelegt hatte.

»Warum nimmst du drei Maschinenpistolen mit?«, wollte Rui wissen.

»Ich will nicht erschossen werden, weil ich nachladen muss.«

»Ach so.«

Graciana pflückte drei Orangen im Garten. Wenn sie sich beeilte, konnte sie noch mit Júlio zusammen auf der Veranda frühstücken, bevor sie sich auf den Weg nach Faro machen musste.

Als sie wieder ins Haus trat, um den Kaffee aufzusetzen, hörte sie seine Stimme oben im Schlafzimmer. Vielleicht diktierte er eine Sprachnachricht oder telefonierte mit jemandem.

Schade, sie hätte ihn gerne mit einem Kuss geweckt.

»Sie werden heute wieder einen Einsatz meinetwegen haben«, fuhr der Unbekannte am Telefon fort.

»Wo?«

»Das werde ich Ihnen nicht sagen. Aber ich habe eine Nachricht an die ... Personen, die es betrifft. Und ich möchte Sie bitten, sie zu überbringen.«

»Und wie lautet sie?«, fragte Leander.

»Die Nachricht ist, dass ich die Personenschäden absichtlich gering gehalten habe. Sollten die Betreffenden meine Forderung aber nicht erfüllen, wird die nächste Ladung tödlich sein. Und sie wird dann nicht mit der Post kommen.«

»Das werde ich tun. Aber bedenken Sie bitte, dass Briefe, die den Zusatz ›persönlich‹ in der Anschrift tragen, auch von anderen Menschen geöffnet werden können. Personen also, die in Ihren Augen unschuldig sind an dem jeweiligen Missstand, den Sie beheben möchten.«

»Dieses Restrisiko ist mir bewusst. Aber in Anbetracht aller möglichen Alternativen und meines Wunsches, nicht gefasst zu werden, bevor ich meine Serie beendet habe, muss ich es eingehen.«

»Wenn Sie mir sagen, an wen die neuen Briefbomben gehen,

verwende ich mich bei der zuständigen Staatsanwaltschaft dafür, dass dieses Verhalten sich für Sie strafmildernd auswirkt.«

»Das ist sehr zuvorkommend von Ihnen, Senhor Lost, aber ich beabsichtige gar nicht, meiner Strafe zu entgehen.«

»Weil Ihnen die Bestrafung der anderen wichtiger ist?«

»Ganz genau.«

Carlos Esteves kam gleichzeitig mit den Kollegen aus Moncarapacho an.

Er sprang erstaunlich behende aus seinem Mercedes, während Luís mit einer seiner drei Maschinenpistolen an der Tür hängen blieb.

»Merda!«

Rui kletterte aus dem Fond des Wagens und streckte sich. Ein Anblick, den Ana Gomes durchaus zu würdigen wusste. Sie schaute den Männern genauso gerne hinterher wie diese ihr. Und bis auf den leicht trüben Blick war Rui Aviola schon ein Adonis.

Carlos Esteves erreichte die drei mit dem Tablet in der Hand. Sie standen am Ende einer Sackgasse. Der sandigen Wendeplatte schloss sich ein umzäuntes Feld mit Zitronenbäumen an, das sich weiter erstreckte, als man sehen konnte.

Die beiden Häuser, die das Ende der Straße flankierten, waren weiß mit roten Tonziegeln. Der Staub hatte auch an ihren Wänden seine Spuren hinterlassen. Auf beiden Dächern hoben sich Satellitenschüsseln gegen den blauen Himmel ab, die nach Südsüdost ausgerichtet waren.

Ein Hund mit geflecktem Fell, der im Schatten des Eingangs döste, warf ihnen ein Bellen entgegen, aber er maß ihnen offensichtlich nicht genug Bedeutung bei, um aufzustehen. Ein paar Kinder, die Fangen oder Verstecken gespielt hatten, staunten beim Auftauchen der Autos und noch mehr beim Anblick der Waffen.

Carlos warf noch einmal einen Blick auf das Tablet, zeigte

es den anderen und deutete in die Zitronenplantage: »Er ist da mittendrin.«

»Wir könnten uns aus allen vier Himmelsrichtungen anschleichen«, schlug Luís vor.

»Das ist prima, wenn wir schießen müssen«, antwortete Carlos mit sarkastischem Unterton: »Wenn wir ihn nicht treffen, treffen wir mit großer Wahrscheinlichkeit wenigstens einen von uns. Was soll das mit den drei Maschinenpistolen?«

Luís sah ihn an, als wäre sein Kollege ein wenig zurückgeblieben. »Ich gehe in zwei Wochen in Pension, schon vergessen? Meinst du, ich will jetzt sterben, auf den letzten Metern?«

Carlos seufzte. »Also«, sagte er dann, »wir gehen auf einer Linie vor, seitlich versetzt. Wir behalten dabei Sichtkontakt.«

»Mit wem?«, fragte Rui Aviola.

Carlos Esteves warf ihm einen langen Blick zu: »Nicht mit den Zitronenbäumen. Los geht's.«

Und damit marschierte er los und schwang sich über den Zaun, an dem Luís mit seiner Bewaffnung gleich wieder hängen bleiben sollte.

»Sie haben sich irgendwann radikalisiert«, sagte Leander.

Sobral, die Blut und Wasser schwitzte und gar nicht wusste, wie es Lost gelang, den Anrufer am Unterbrechen der Verbindung zu hindern, schob ihm einen Zettel hin. Darauf stand: »Sie machen das sehr gut.«

»Das stimmt. Ich habe nicht mein Leben lang Bomben verschickt.«

»Warum dann jetzt? Wegen Ihrer Ohnmacht gegenüber den Gegebenheiten, die Sie nicht ändern können, aber von denen Sie überzeugt sind, Sie gehören geändert?«

»Auch das. Ohnmacht und Einsicht. Jeder weiß zum Beispiel, dass die Überfischung der Meere nur dem Profit dient und ganze Arten vernichtet werden. Das geschieht nicht, weil Menschen sonst verhungern würden, das geschieht, damit Konzerne noch mehr Geld verdienen. Und alle schauen zu, niemand rührt einen Finger. Bis man das demokratisch unterbunden hat – wenn überhaupt –, sind die Meere leer gefischt. Können Sie das nachvollziehen?«

Leander Losts Blick schweifte in die Ferne. Er ging durch den Raum, die Mauern, den weißen Putz und durch die Luft, über den Hafen, die Jachten mit ihren hohen Masten, vorbei an den kreisenden Möwen und weiter, immer weiter hinaus. Etwas hatte sich von ihm abgetrennt und glitt übers Meer. *Können Sie das nachvollziehen?*

Sobral, die die Pause im Gespräch bemerkte, kritzelte eilig etwas auf ein Stück Papier.

Von weit her über dem Meer katapultierte es Leander Lost zurück. Über die Wellen, vorbei an den Möwen, der Hafen rauschte unter ihm vorbei, durchschritt er die Wände und fand sich wieder ein in den Räumen der Kripo Faro. Er ertappte sich dabei, dass er nickte, obwohl sein Gegenüber ihn nicht sehen konnte: »Ja, das kann ich nachvollziehen«, bekannte er dann.

»Dann befinden Sie sich in einem Dilemma«, stellte der Bombenleger fest.

»Richtig. Ich verstehe Ihre Beweggründe, aber ich muss Sie finden und verhaften.«

»Kennen Sie Molière?«

»Nicht persönlich, er ist ja tot.«

Auf der anderen Seite war fast ein Lachen zu hören. Wie ein unsichtbares Schmunzeln, das trotzdem in der Leitung spürbar war.

»Ich will fair zu Ihnen sein, denn Sie sind fair zu mir. Molière ist es, der mein Dilemma auf den Punkt gebracht hat. Eigentlich habe ich mich seinetwegen zum Handeln entschieden. Oder … er war zumindest der letzte Anstoß. Er hat Folgendes gesagt: ›*Wir sind nicht nur für das verantwortlich, was wir tun, sondern auch für das, was wir nicht tun.*‹«

»Ich verstehe. Obwohl das ziemlich viel Last für ein einzelnes Paar Schultern ist.«

Leander gefiel diese Metapher, jetzt konnte er sie zum ersten Mal anbringen. Er hoffte, sie passte.

»Richtig. Aber die Last darf keine Ausrede sein. Keine Entschuldigung dafür, nicht das Richtige zu tun. Niemals. Und wenn wir die Last auf alle Schultern verteilen würden, dann wäre sie federleicht.«

Luís lief der Schweiß in den Nacken, ein salziges Rinnsal, das seinen Hemdkragen durchnässte. Er schlug nach einer Fliege, die dort landete.

Die Zikaden mussten zu Hunderten überall um sie herum in den Bäumen sitzen, ihr Konzert dröhnte in ihren Ohren – aber man sah sie nicht.

Jetzt endlich hörte Carlos etwas anders als die an Pflanzen saugenden Insekten. Eine menschliche Stimme.

Er hob leicht die Hand, worauf die anderen stehen blieben. Mit dem Zeigefinger tippte er an sein Ohr, sodass Ana, Rui und Luís nun ebenfalls angestrengt lauschten.

Ana nickte zuerst. Sie deutete mit dem Kopf auf eine Stelle direkt vor ihnen.

Carlos hob die Glock 19 und hielt sie am Anschlag vor sich.

Die anderen drei taten es ihm gleich. Langsam, darauf bedacht, sich nicht durch ein Geräusch zu verraten, schlichen sie vorwärts. Die in einer Reihe eng gepflanzten Zitronenbäume boten ihnen gute Deckung, beschränkten aber gleichzeitig ihr Sichtfeld.

»Warum sind Sie bei der Polizei, Senhor Lost?«

»Weil ich Menschen schützen möchte.«

»Das möchte ich auch.«

»Aber Sie brechen dabei das Gesetz, und ich tue es nicht.«

Pause. Rauschen. Zikaden.

»Senhor Lost, wir kennen uns nicht, aber ich glaube Ihnen, was Sie sagen. Ich glaube, Sie sind ein guter Polizist. Vielleicht sollte das jemand mal Ihren Vorgesetzten sagen.«

»Das ist nicht nötig. Ich habe das Telefon auf laut gestellt. Meine Chefin sitzt mir gegenüber und hört jedes Wort.«

Die Chefin vergrub ihr Gesicht in beiden Handinnenflächen.

»Sie sind verblüffend ehrlich. Das ist eine seltene Tugend.«

»Das ist keine Tugend, sondern das ist zwanghaft. Ich tue das nicht aus freiem Willen. Ich habe noch eine Frage an Sie: Fjodor Markow – ist er das Ziel? Der Hinweis?«

»Ja. Aber er ist nur ein Teil des Verbrechens.«

»Können Sie mir den anderen nennen?«

»Nein.«

»Warum nicht?«

»Er wird Ihnen das erzählen.«

»Heute?«

»Nein. Wenn es so weit ist.«

»Ich kann nicht folgen.«

»Es wird sich Ihnen erschließen, wenn es so weit ist, Senhor Lost.«

Leander sah zu Sobral, aber die deutete lediglich ein Achselzucken an.

»Warum zeigen Sie die beiden nicht einfach an?«

»Weil es keine Beweise gibt.«

»Was ist um den 2. Februar herum passiert?«, versuchte er es mit einem neuen Detail.

Klack.

Er hatte aufgelegt.

Luís Dias sprang mit gezückter Maschinenpistole hinter dem Zitronenbaum hervor, bereit, das komplette erste Magazin in den Täter zu entleeren. Aber dort stand niemand.

»Entwarnung«, flüsterte er ins Intercom, »hier ist keiner.«

Wenige Augenblicke später erreichten auch Ana Gomes und

Carlos Esteves die Stelle mitten in der Zitronenbaumplantage. Luís Dias stand vor zwei Geräten, die einander zugewandt am Stamm eines der Bäume platziert worden waren: ein Handy und ein Funkgerät.

Carlos genügte ein einziger Blick – der Bombenleger hatte sie ausgetrickst.

25.

Graciana Rosado hatte die Orangen ausgepresst und bereitete gerade ein paar *Toradas* zu, gebutterte Toastscheiben, traditionell in drei Streifen geschnitten. Soraia und sie hatten sie jeden Morgen gegessen, die *Toradas* gehörten im Haus Rosado einfach dazu.

Graciana hörte Schritte hinter sich, nackte Füße auf Fliesen. Sie blickte über die Schulter – und etwas packte sie bei seinem Anblick. Sie hatte das Gefühl, etwas hob sie ohne Anstrengung empor. Sie fühlte sich aufgehoben und geborgen, am liebsten hätte sie sich mit Júlio Moreno in die nächste Maschine nach Nirgendwo gesetzt und einfach die Tür hinter sich zugeschlagen.

»Guten Morgen.«

Er nahm sie sanft in den Arm, sie schmiegte sich an ihn, er küsste sie sanft auf den Hals. Da war kein Verlangen, sondern pure Zärtlichkeit.

»Ich wollte dich wecken, aber ich hab deine Stimme gehört.«

Júlio Moreno schenkte ihr ein entschuldigendes Lächeln: »Mein Chef.«

»Ja, ich hab gehört …«

»Oh, Frühstück«, unterbrach er sie, »gute Idee. Eier?«

»Ja, gerne.«

Ein Brummen, das aus seiner Hosentasche kam. Júlio zückte sein Handy und warf einen beiläufigen Blick darauf, der allerdings umgehend jede Beiläufigkeit einbüßte. Graciana sah, wie seine Miene ernst wurde.

»Was ist?«

»Ach, nichts, nur … Ich muss nachher in die Stadt. Beruflich.«

Sie nickte. Aber er sah aus, als würde er sich über den Auftrag, den er offenbar erhalten hatte, den Kopf zerbrechen.

»Ich kann dich mitnehmen – wenn es nach Faro geht?«

»Ich muss ja auch wieder zurück«, lehnte er ab. Dabei lächelte er merkwürdig.

Graciana konnte die Merkwürdigkeit nicht einordnen.

Cristina Sobral war aufgeregt.

Dass Senhor Lost so lange persönlich mit dem Täter gesprochen hatte, war gut. Sie wusste noch nicht, wieso, denn im Augenblick war es nur ein Gefühl. Aber eines, das an Gewissheit grenzte: Das Telefonat würde ihnen helfen, den Bombenleger zu finden.

Carlos Esteves hatte sie darüber informiert, auf welche Art der Mann seine Festnahme vereitelt hatte. Und auch, wenn seine bisherige Vorgehensweise dagegensprach, wollten sie das Funkgerät und das Handy von Isadora Jordão genauestens untersuchen lassen.

Wer weiß: Vielleicht fand sich doch irgendwo eine DNA-Spur. Oder eine digitale auf dem Handy selbst. Spuren, die der Täter im Netz hinterlassen hatte, möglicherweise.

Zunächst jedoch rekapitulierte sie gemeinsam mit Senhor Lost das Gespräch mit dem Unbekannten. Jede Aussage.

»Ihm läuft die Zeit davon, das hat er so gesagt, nicht wahr?«

In diesem Augenblick öffnete sich die Tür, und Marisa kam mit rund einem Dutzend Fotos in der Hand und Isadora im Schlepptau ins Büro gestürmt.

»Ich hab ihn, glaube ich.«

Ihre Wangen glühten. Zum Beweis legte sie die Fotos auf den

Schreibtisch und deutete auf ein Schlauchboot, das sich mal hier und mal dort befand, während des fraglichen Zeitraumes aber immer vor Ort war.

»Keine andere Person und kein anderes Boot waren so lange in der Nähe von Tuna Sun.«

»Zumindest keines, das auf den Fotos und Videos dokumentiert ist«, schränkte Isadora freundlich ein.

Marisa Veiga legte noch einen weiteren Abzug auf den Tisch. Es handelte sich um eine starke Vergrößerung eines der Fotos. Es war überraschend scharf.

»Ich habe es eine halbe Stunde skalieren lassen«, fügte Isadora Jordão erklärend hinzu: »Viel mehr lässt sich da auch mit längeren Rechnerzeiten nicht rausholen.«

»Man könnte es veröffentlichen. Irgendjemand muss ihn ja kennen«, schlug Marisa vor.

»Ja, ich«, sagte Leander Lost, »das ist Júlio Moreno. Der ist Journalist und arbeitet für den *Público.*«

»Was hast du heute noch vor?«, fragte Graciana Rosado.

Júlio sah aus, als sei er in Gedanken woanders gewesen. Sie saßen auf seiner Terrasse und frühstückten. Jetzt, da ihre Frage in seinem Kopf nachhallte, deutete er ein Achselzucken an: »Ich weiß noch nicht.«

Graciana bedachte ihn mit einem Lächeln, das alles hatte, um ihm ein wenig auf die Sprünge zu helfen. »Wir könnten uns ein Boot mieten und das Wochenende auf dem Wasser verbringen.«

Wieder dieses merkwürdige Lächeln seinerseits, das sie nicht einordnen konnte.

Als er ihre Irritation wahrnahm, nickte er: »Das ist eine großartige Idee.«

Aber es klang nicht so, als empfinde er das auch. Seit heute Morgen schon schwang etwas Unbekanntes zwischen ihnen mit, Graciana konnte es nicht benennen.

»Ich bin mir übrigens sicher, dass du den Bombenbauer kennst, Júlio.«

Er sah nicht überrascht aus und ließ sich mit seiner Antwort ein paar Momente Zeit: »Ich habe darüber auch schon nachgedacht, ja. Irgendetwas führt ihn zu mir.«

Der Tisch begann leicht zu vibrieren – Graciana hatte ihr Handy auf stumm gestellt. Das Display leuchtete auf: Cristina Sobral.

»Desculpe, ich muss kurz rangehen. Meine Chefin.«

»Hoffentlich kein neuer Anschlag.«

Sie deutete ein Achselzucken an, schnappte sich das Handy und stand auf, um ein paar Schritte Richtung Pool zu gehen. »Bom dia«, meldete sie sich.

»Cristina Sobral.«

»Ich weiß.«

»Es gibt jemanden, der zur Zeit des Anschlags auf die Trawler von Tuna Sun in Sichtweite in einem Schlauchboot im Hafenbecken von Olhão gesessen hat. Es ist derselbe, der bei der Explosion vor der Bank den Notruf ausgelöst hat: Senhor Moreno. Und Sub-Inspektor Esteves ist mit Einheiten …«

Graciana zog es den Boden unter den Füßen weg. Sie musste sich an einer alten Kiefer abstützen, die ihr Schatten spendete. Sie wagte es nicht, in Júlios Richtung zu schauen. Ihr Gesichtsausdruck hätte sie verraten. Ihre Enttäuschung, ihren Schmerz und die tiefe Erschütterung, die diese Information für das Vertrauen in ihre Intuition mit sich brachte. Wieso hatte sie es nicht gespürt? Dazu noch Carlos' Hinweis, Júlio nicht zu unkritisch zu sehen – eine Warnung, die sie in den Wind geschlagen hatte, weil sie angenommen hatte, sie sei der Eifersucht entsprungen. Und weil sie sich zu diesem Zeitpunkt schon mit einer Intensität zu Júlio Moreno hingezogen gefühlt hatte, die ihr den Blick vernebelt hatte.

Die Chefin sprach weiter, aber sie hörte nicht mehr hin. Die ersten Worte hatten sie mit einer Wucht getroffen, die sie schlagartig wach werden ließ. Als hätte sie jemand nackt in ein Becken mit Eiswürfeln gepresst.

So fühlte es sich an, wenn man mit der Wirklichkeit zusammenstieß.

Graciana atmete tief durch.

Und nun drangen auch die Worte von Cristina Sobral wieder zu ihr durch: »Aber zum Zeitpunkt der Detonation und auch die Zeit davor …«

»… war er die ganze Zeit vor Ort«, vollendete Graciana, denn jetzt kehrte zu ihrer Erleichterung nicht nur ihr nüchterner Blick zurück, sondern auch ihr Bauchgefühl. Júlio Moreno war nicht der Täter, den sie suchten. Aber er wusste mehr, als er zugab. Das bedeutete, er hatte es verschwiegen oder sie sogar belogen.

Binnen eines Wimpernschlags war damit alles geklärt. Er würde nie mehr nachts vor ihrem Haus auf sie warten. Und sie würde ihn nie mehr in ihre vier Wände lassen. Ihn nie mehr berühren und sich nie mehr von ihm berühren lassen.

Es war vorbei.

»So ist es. Wo sind Sie? In Fuseta?«

»Bei Senhor Moreno. Wir … frühstücken.«

Sie hatte nur kurz gezögert, sich dann aber entschieden, es ihm nicht gleichzutun, sondern bei der Wahrheit zu bleiben. Sie würde das nicht verleugnen.

»Ah so«, antwortete die Chefin ein wenig tonlos. Als ahne sie, was ihre Nachricht bei Graciana gerade ausgelöst hatte.

»Ich regele das. Es wäre … Ich möchte, dass niemand das Haus betritt … bitte.«

Für einen kurzen Augenblick war es still in der Leitung.

»Einverstanden.«

Man würde draußen warten.

Graciana unterbrach die Verbindung mit der Chefin, dann straffte sie sich und sah zum Tisch. Júlio las etwas in seinem Smartphone. Als er ihren Blick bemerkte und seinerseits aufschaute, stand ihm die Verblüffung ins Gesicht geschrieben. Denn ihre Miene war versteinert. Und der Blick, der nicht von ihm wich, während sie auf ihn zuging, war traurig und unerbittlich zugleich.

Graciana nahm ihm gegenüber wieder Platz.

Moreno war anzusehen, dass er den Riss bemerkt hatte, der sie nun trennte. Aber er konnte sich wohl noch keinen Reim darauf machen. Zumindest war er sich unsicher, ob sie wusste, was er wusste.

»Wo findet der nächste Anschlag statt?«

Jetzt war er sich sicher: Sie wusste es.

»Ich bin nicht der, den ihr sucht.«

»Aber er hat Kontakt zu dir.«

Ein kurzes Zögern, dann nickte er.

»Wie?«

Er deutete auf sein Handy: »Er schickt mir Nachrichten aus dem Darknet. Aber ich weiß nicht, wer er ist. Ob es ein Er ist oder eine Sie. Oder eine Gruppe. Ich weiß es nicht.«

»Es gibt keine Reportage über das Hinterland der Algarve«, stellte Graciana fest. Trotz der schneidenden Sachlichkeit, um die sie sich bemühte, schwang ihre Enttäuschung mit.

Júlio Moreno deutete ein Kopfschütteln an. »Nein.«

In einem Reflex griff er nach ihrer Hand, aber sie entzog sie ihm. Júlio Moreno begriff, dass sie alles als beendet betrachtete.

»Ich war mittendrin. Zwischen ihm, zwischen den Ermittlungen. Das, was zwischen uns war und vielleicht … noch sein wird …«

»Nein.«

»… hat nichts damit zu tun. Es hat nichts damit zu tun, was ich für dich empfinde. Anfangs war das ein bisschen wie ein aufregendes Spiel. Aber … spätestens in dem Augenblick, als es Verletzte gegeben hat, wollte ich … Ich … wollte es dir sagen.«

»Wann?«

Damit erwischte sie ihn auf dem falschen Fuß. Kurz schlug er den Blick nieder und nickte, denn sie hatte recht mit dem Vorwurf, den sie in ein einziges Wort gelegt hatte. Die Antwort, egal wie sie ausfallen würde, hätte in ihren Augen immer das Stigma des *Zu spät*. Also schwieg er.

Das Bedauern, das sie in seinem Gesicht las, war echt, was das alles nicht besser machte, sondern nur schmerzlicher. Er wusste um seinen Fehler. Und gleichzeitig um die Unmöglichkeit, ihn auszuräumen.

»Er hat dich zur Bank zwischen Pereirinhas und Amaro Gonçalves geschickt.«

Er nickte.

»Warum?«

»Um es zu bezeugen. Um es mit eigenen Augen zu sehen, es zu fotografieren, ich ... Es geht ihm wohl um sein Vermächtnis.«

»Vermächtnis?«

»Ja.«

»Sind das seine Worte?«

»Ja.«

»Aber wozu braucht er dich dafür? Im Zeitalter von YouTube? Er könnte doch einfach ein Video von sich online stellen und sich erklären.«

Moreno deutete mit einem Schulterzucken an, darauf keine Antwort zu wissen, während seine Mimik verriet, sich diese Frage durchaus auch bereits gestellt zu haben.

»Und du weißt nicht, wer er ist?«

Júlio Moreno sah ihr in die Augen: »Nein.«

Graciana glaubte ihm.

»Aber du wusstest, wo die Bomben explodieren, richtig?«

»Bei der Bank nicht. Im Hafen von Olhão habe ich es geahnt, ich habe gewartet. Von der Bombe an euren Kollegen wusste ich nichts. Aber dass erneut etwas bei Tuna Sun passieren würde, das wusste ich. Ich war da. Ich habe gesehen, wie der Geschäftsführer mit seiner zerrissenen Hand in den Rettungswagen getragen worden ist. Und … das hat …«

»Ja?«

»Ich bin ins Nachdenken gekommen.«

»Ob Bomben richtig sind?«

Er sah wegen der Ironie in ihrer Stimme erbost auf, beinahe verletzt: »Gewalt hat manchmal auch Gutes bewirkt«, begann er sich zu verteidigen: »Wenn man Gewalt als Notwehr versteht, sieht die Sache plötzlich ganz anders aus. Jemand, der sich mit Gewalt gegen einen Raubüberfall zur Wehr setzt, ist erst mal im Recht. Jemand, der sich gegen die Überfischung der Meere zur Wehr setzt, gegen die Vernichtung der Ökosysteme, die Vernichtung des Erbes für die nächste Generation, ist erst mal im Recht. Es ist eine Grauzone. Es ist … letztendlich eine Gewichtung in einem Dilemma. Und die Natur eines Dilemmas ist schließlich, dass keine der beiden möglichen Entscheidungen eine gute ist. Müsste ich zwischen den zwei Übeln abwägen, ob ich einem Mann die Hand verstümmele oder eine Fischart ausrotte, wäre ich für die Verstümmelung der Hand. Und der Täter ist es auch. Mit dem Unterschied, dass ich nicht den Mut habe, das in die Tat umzusetzen.«

»Du bewunderst ihn also?«

Moreno überlegte kurz, obwohl seine Antwort bereits klar zu sein schien, dann nickte er.

»Und wann wärst du zu mir gekommen? Nach dem ersten Toten?«

»Vermutlich, ja.«

»Dann wäre es zu spät gewesen. Mit deinem Wissen hätten wir ihn zügig fassen können. Jedenfalls zügiger als jetzt.«

Sie musterte ihn kritisch, denn das war nicht der einzige Punkt, der ihr bitter aufstieß: »Aber dann wäre dir natürlich auch die Exklusivität deiner Story verloren gegangen.«

Júlio Moreno rückte auf seinem Stuhl ein wenig zurück, was die Distanz zwischen ihnen betonte. »Ich vertrete die vierte Gewalt. Die Presse. Guter Journalismus macht sich mit keiner Position gemein. Wir berichten, wir beziehen keine Stellung.«

Obwohl es in ihrer Auseinandersetzung kein argumentatives Gewicht hatte, ließ ihn die Abwesenheit seiner Gelassenheit nackt wirken. Nackt und schützenswert.

»Doch«, widersprach Graciana energisch, »in dem Augenblick, in dem du entschieden hast, uns nicht vor den neuen Anschlägen zu warnen, hast du deine neutrale Stelle aufgegeben. Du hast Position bezogen.«

Moreno war anzumerken, dass er die Klarsichtigkeit einer Sub-Inspektorin der Polícia Judiciária unterschätzt hatte.

»Der Täter hat für heute neue Anschläge angekündigt. Sag mir jetzt bitte, wo.«

Júlio senkte den Blick und besah sich die Steine unter seinen Füßen.

»Die Nachricht vorhin, die war nicht von deinem Chefredakteur – die war von ihm, richtig?«

Er nickte: »Ja.«

»Und was steht drin?«

»Caminho da Baleeira. Nummer 224. In Albufeira.«

»Wer wohnt da?«

»Ich weiß es nicht.«

»Und weiter?«

Parallel wählte sie mit ihrem Handy Carlos' Nummer. Die kannte sie im Schlaf.

»Ich soll mich da hinbegeben.«

»Das ist alles?«

»Ja.«

Sie nickte. Da meldete Carlos sich an ihrer Ohrmuschel: »Brauchst du Hilfe?«

»Nein. Der Täter hat Kontakt zu Senhor Moreno. Sein heutiger Hinweis lautet: Caminho da Baleeira. Nummer 224. Das ist in Albufeira.«

»Ich weiß. Die Nobelgegend. Alle Villen direkt an der Felsküste, unverbaubarer Blick. Nummer 224 kenne ich auch.«

»Nämlich?«

»Abel Freitas … Ein … Unsympath. Ich mag ihn einfach nicht.«

Jetzt begriff Graciana Rosado: »Der Eigentümer der Arena?«

»Exatamente.«

»Ich fahr gleich rüber – aber jemand muss ihn warnen. Jetzt gleich, Carlos. Die nächste Bombe geht an ihn.«

»Da ist … noch was«, fügte Júlio hinzu und hob wie zum Beweis sein Handy.

Graciana sah ihn fragend an: »Ein anderer Hinweis?«

Moreno nickte: »Tavira, Rua Borda d'Água Aguiar Nummer 112.«

»Das ist direkt neben der Brücke, mit Blick auf den Fluss Gilão«, stellte sie fest.

»Und eine Uhrzeit«, ergänzte Moreno, »hier steht zehn Uhr.«

»Zehn Uhr«, wiederholte Graciana an Carlos gerichtet.

»Ich kümmer mich darum«, gab der zurück.

Sie nickte. »Gut. Und noch was: Senhor Moreno kommt in rund zehn Minuten raus zu euch.«

»Ich geb's weiter und mach mich sofort auf den Weg nach Tavira.«

»Ja«, stimmte sie matt zu.

Aber Carlos Esteves legte nicht auf. Er blieb in der Leitung, ohne ein Wort zu sagen. Er wusste, dass sie sein Atmen hörte.

Der damals selbst noch recht junge Pater Anselmo hatte ihn einst hochkant aus der Kirche geworfen, weil der kleine Carlos alles infrage stellte. Dabei war er damals schon ziemlich groß gewachsen. Dreizehn Jahre alt – und gertenschlank. Und im Schwung seiner Lippen lag ein gewisser Trotz. Der Trotz, nicht alles für bare Münze zu nehmen, nur weil es jemand sagte, der gemeinhin geachtet wurde. Carlos glaubte grundsätzlich erst einmal gar nichts.

Die Mädchen mochten ihn dafür, für den Trotz. Das begriff

er zwar nicht, aber die Zuneigung des anderen Geschlechts bemerkte er schnell.

Pater Anselmo jedenfalls war zutiefst erbost gewesen an jenem Tag. Über die Frage des jungen Esteves: »Ist das eigentlich sicher, dass Jesus gekreuzigt worden ist?«

»Aber natürlich. So steht es in der Heiligen Schrift. Warum fragst du, mein Junge?«

Draußen hatte sich die Sommerhitze in jeder Astgabel eingenistet. In der Kirche dagegen war es angenehm kühl. Der kalte Steinboden, die hoch aufragenden Schiffe, die verzierten Bögen und Fenster.

»Weil ich mich frage, wie das Kruzifix wohl aussehen würde, wenn man ihn gevierteilt hätte.«

Graciana erinnerte sich an all das. Und daran, dass niemand für Carlos das Wort ergriffen hatte. Als die anderen Kinder verschwunden waren, hatte sich Graciana an Pater Anselmo gewandt. Der füllte gerade das marmorne Taufbecken mit frischem Wasser. Er roch nach Holunder. Damals hatte Graciana geglaubt, der Geruch stamme von seiner Arbeit im Kräutergarten. Später erzählten ihr Mitschülerinnen, dass es ein billiges Parfüm war. »Carlos ist kein schlechter Mensch«, hatte sie gesagt, damit es jemand klarstellte.

»Natürlich nicht. Er ist nur … aufmüpfig, frech, renitent und respektlos.«

Graciana erschien damals jedes dieser Adjektive wie ein Ritterschlag. Die Jungs, nach denen ihre Freundinnen und sie schauten, die duckten sich nicht weg.

Und genau dieser Gedanke kam ihr gerade – denn es war auch heute noch so. Sie mochte die, die unter Druck nicht klein beigaben, sondern sich ganz im Gegenteil erhoben und der Bedrohung unverdrossen ins Auge sahen. »Grace under Pressure«, wie Senhor Lost es genannt hatte.

Pater Anselmo hatte auch eine Bezeichnung dafür gehabt: »Carlos wird trotzdem ein guter Hirte werden.«

Und so erschien er ihr jetzt – der gute Hirte. Der an den entscheidenden Punkten in ihrem Leben immer da gewesen war. Und sie? Hatte sie sich jemals dafür revanchiert bei Carlos?

Der immer noch in der Leitung war, obwohl er lief. Sie hörte, wie er schneller atmete. Er war auf dem Weg zurück zum Auto.

»Du hattest recht.«

»Darum ging's nicht. Ging's nie.«

Sagte Carlos und beendete die Verbindung, damit sie nichts mehr erwidern konnte.

Hätte Graciana auch nicht mehr. Es stimmte: Ums Rechthaben war es nie gegangen, Carlos hatte immer nur ein wachsames Auge auf sie gehabt. Und sie wusste, sie musste nichts weiter anweisen, nichts weiter bedenken – Carlos würde alles erledigen. Vermutlich auch gelassener als sie.

Und so kam es. Carlos Esteves verständigte sich kurz mit der Chefin, dann teilten sie die aus ihrer Sicht möglichen Betroffenen, die gewarnt werden mussten, untereinander auf. Da war zunächst Senhor Freitas in Albufeira, dem die dortige Arena del Toro gehörte.

Und der Name, den jeder in Portugal kannte, der sich auch nur ansatzweise für eine *Corrida* interessierte, also für einen Kampf zwischen Stier und Torero, lautete Fabiano Mendes. Der verfügte über zwei Wohnsitze an der Algarve: eine 550-Quadratmeter-Villa in Vilamoura und eine Stadtwohnung in Tavira, im ersten Stock eines Neubaus mit freiem Blick auf den Fluss.

Freitas und Mendes waren die zwei potenziellen Opfer, auf die Moreno Hinweise erhalten hatte. Aber jemand, der den Besitzer einer Stierkampfarena und den bekanntesten *Toureiro* der Algarve ins Visier nahm, hatte es vielleicht auch noch auf andere abgesehen, die an den Stierkämpfen beteiligt waren. Deswegen waren auch der *Cavaleiro,* der den Stier, den *Touro,* von seinem Pferd aus angriff, und die acht *Forcados* umgehend zu informieren, die den Stier gemeinsam mit bloßen Händen zu

Boden zwangen, bevor er aus der Arena geführt und, sofern schwer verletzt, geschlachtet wurde.

»Ich lasse die alle telefonisch warnen. Erreichen wir sie nicht, schicken wir die nächstgelegenen GNR-Einheiten zu ihnen«, erklärte Sobral, um sich noch beim Reden zu korrigieren: »Nein, wir schicken die so oder so raus.«

Die nächste *Corrida de Touros* würde am Samstag stattfinden, wusste Carlos.

»Es ist jetzt kurz vor halb zehn. Ich bin am nächsten dran an Tavira, ich fahre zu Senhor Mendes.«

»Gut. Ich kümmere mich um die anderen«, ließ seine Chefin ihn wissen.

Es war für Graciana wie ein Marsch über einen zugefrorenen See. Man wusste nie, ob man nicht doch einbrach. Und sie beide waren auch noch nie über einen gegangen, was sie nicht wussten voneinander.

Äußerlich ruhig kam Júlio Moreno die Treppe hinunter, mit einer blauen Sporttasche in der rechten Hand, in der er die notwendigsten Habseligkeiten untergebracht hatte. Er ging Richtung Tür und signalisierte stumm, dass er bereit war. Wie Graciana war auch er hin- und hergerissen, gab es aber nicht zu. »Leg mir bitte keine Handschellen an«, sagte er.

»Werde ich nicht.«

Er nickte. Es lag Dankbarkeit darin. Júlio Moreno legte die Hand auf die Türklinke.

»Es gibt einen«, hielt sie ihn zurück: »Es muss einen Kreuzungspunkt geben zwischen dem Täter und dir. Ihr müsst euch schon einmal irgendwo begegnet sein.«

»Nein, ich kenne ihn nicht. Ich … ich decke ihn auch nicht.«

»Ich weiß«, sagte sie und nickte, »ich weiß. Aber ich bin mir auch sicher: Ihr seid euch begegnet. Es geht gar nicht anders.«

»Ich weiß es nicht.«

Graciana nickte. Er sagte die Wahrheit.

Selbst im Augenblick seiner Verhaftung bewahrte er Haltung und Klarheit. Und die ihm eigene Gelassenheit. Am liebsten hätte sie ihn in die Arme geschlossen und seine Verfehlungen ungeschehen gemacht.

»Es wird einen Prozess geben, Júlio. Strafvereitelung, unterlassene Hilfeleistung und noch ein paar andere Dinge. All das, was sich nicht angesammelt hätte, wenn du … Du weißt.«

Er nickte. Ja, er wusste. Aber noch einmal vor die Wahl gestellt, hätte er nicht anders gehandelt. Er wusste es, sie wusste es. Es war nicht unter einen Hut zu kriegen.

»Wenn du uns einen Hinweis liefern kannst auf den Bombenleger, dann wird das Strafmaß wahrscheinlich auf eine Bewährung hinauslaufen.«

Júlio Moreno begriff die Brücke, die sie ihm damit baute, und nickte.

Sie sahen sich an, jene Sekunden zu viel, die ihren Versuch, sich unbeteiligt zu geben, verrieten. Sie standen beide am Seitenrand und waren Zeugen eines Unfalls, den sie zutiefst bedauerten. Und sahen sich trotzdem außerstande, sich anders zu verhalten.

Júlio Moreno wollte noch etwas sagen, schüttelte aber stattdessen den Kopf, öffnete die Tür, trat mit seiner Tasche hinaus und ging auf die Kollegen der GNR zu, um sich verhaften zu lassen. Graciana blieb solange in der Tür stehen und wartete, bis die Einsatzfahrzeuge der GNR abgerückt waren. Dann erst schloss sie die Haustür von außen und klebte ein Polizeisiegel darauf.

Es fühlte sich an wie eine ganz persönliche *Saudade*.

26.

Die Ranch von Gaspar Rodrigues befand sich im Hinterland der Algarve, fernab jeden Trubels. Nur ganz selten verirrte sich ein Auto auf den Feldweg, der hier vorbeiführte. So wie jetzt, als Rodrigues das Klappern des Briefkastens hörte.

Er war mittlerweile 62 Jahre alt, und mit jedem neuen Lebensjahr kamen neue Rituale hinzu, die er pflegte. Eines davon war, wie ein Pawlow'scher Hund auf das Klappergeräusch zu reagieren und Richtung Feldweg, über dem noch der aufgewirbelte Staub des soeben bergab brausenden Autos schwebte, zu seinem Briefkasten zu stapfen. Filipe, der alte Postbote, fuhr hin und wieder auch sonntags Briefe aus, wenn ihm langweilig war. So wie heute.

Hier war die Erde karg, ausgetrocknet und verbrannt. Allerlei Kakteen hatten sich ausgebreitet.

Er marschierte vorbei an der Koppel mit den Pferden, die um diese Zeit noch keinen Schatten unter den wenigen knorrigen Bäumen suchten. Linker Hand standen eindrucksvolle Stiere im Sonnenlicht. Unter dem kurzen schwarz glänzenden Fell sah man das elegante Spiel ihrer mächtigen Muskeln, wenn sie sich bewegten.

Gaspar Rodrigues schüttelte leicht den Kopf, denn er musste an seinen Sohn João denken. Und wenn er an den dachte, kam er aus dem Kopfschütteln gar nicht mehr heraus. Nachdem Gaspar vor ein paar Jahren seine Frau vor die Tür gesetzt hatte,

hatte der damals immerhin schon siebzehnjährige Junge eine halbgare Erklärung gestammelt, warum er lieber mit ihr mitgehen wollte, statt mit dem Vater die Ranch in Schuss zu halten und sich so auf sein Erbe vorzubereiten. Nicht mal in die Augen hatte er seinem Vater dabei blicken können.

Aber all das passte haargenau in das Bild der riesigen Enttäuschung, das João von Kindesbeinen an abgab. Für die Stierzucht erwies er sich als zu feinfühlig. Ständig hatte er wässrige Augen, weil ihm die Tiere so leidtaten. Manchmal hatte Gaspar Rodrigues sich gefragt, ob er wirklich an der Zeugung seines Sohnes so beteiligt gewesen war, wie es ein Vater eigentlich sein sollte. Aber spätestens, als sich herausstellte, dass João – so sah es sein Vater – krank war (er fühlte sich zu jungen Männern hingezogen), war Gaspar froh, diese Familienschande in Porto lebend zu wissen.

Er erreichte den Briefkasten und schob den über Jahre abgewetzten Schlüssel ins Schloss. Wer den Fehler beging, die Post erst ab der Mittagszeit aus dem Blechkasten zu holen, verbrannte sich mit ziemlicher Wahrscheinlichkeit die Finger an dem Metall.

Ein paar Papageien hatten es sich in einer Palme gemütlich gemacht und veranstalteten ein Gezwitscher, in dem kein Vogel den anderen auszwitschern ließ. Wie die drei fast zahnlosen alten Frauen unten auf der Bank im Dorf, dachte Gaspar.

Heute verhielt sich das Schloss etwas widerspenstiger als sonst. Gaspar Rodrigues wandte das an, was er bei der Erziehung seines Sohnes offenbar zu wenig angewandt hatte: Gewalt.

Die Tür des Briefkastens gab unter einem Scheppern nach, und dann – wie um sich zu wehren – detonierte der gesamte Briefkasten. Die Druckwelle riss Rodrigues zu Boden. Er hatte das Gefühl, in seiner Brust steckten Stacheln. Und dann fuhr ihm rechts und links ein stechender Schmerz in den Kopf, während die Welt um ihn herum in Lautlosigkeit versank. Es hatte ihm die Trommelfelle zerrissen.

An die Stierzüchter hatten sie nicht gedacht, begriff Cristina Sobral, als Graciana, die inzwischen in der Kripo eingetroffen war, die Nachricht über einen verletzten Senhor Rodrigues weitergab, dem in einem namenlosen Ort oben in den Hügeln der Briefkasten um die Ohren geflogen war.

Durch Glück oder durch die Absicht des Bombenbauers hatte der Mann keine ernsthaften Verletzungen erlitten. Die kleineren wurden in einer Klinik versorgt.

Was die Warnung der Züchter betraf, hatten sie Glück bei der Polícia Judiciária: Die Stiere, die am Wochenende in Albufeira antreten sollten, stammten ausnahmslos von Gaspar Rodrigues. Der *Cavaleiro* und die acht *Forcados* samt ihrer Familien waren alle rechtzeitig daran gehindert worden, ihre Post zu öffnen. Isadora Jordão würde sich so bald wie möglich auf den Weg zu allen neun Wohnorten machen, um die Post persönlich unter die Lupe zu nehmen. Die Kollegen aus Lissabon, die den Fall morgen übernehmen sollten, setzten schon mal vorab sechs Spezialisten aus dem Entschärfungskommando in die nächste Maschine nach Faro, um sie zu unterstützen. Ein Umstand, der Herrn Innenminister Pereira in seiner Einschätzung bestärkte, der Fall übersteige möglicherweise die Kompetenz der Kripo an der Algarve.

Immerhin hatten Cristina Sobral und Leander Lost die Anzahl der möglichen Verdächtigen inzwischen auf fünf reduziert. Fünf Männer: Niemand aus dem Entschärfungsdienst. Ein Sprengmeister. Vier vom Militär.

Von denen vermutlich einer ebenfalls ausschied, da er in Sagres lebte, dem westlichsten Punkt der Algarve. Und der Täter sich eher auf den zentralen und östlichen Teil der Algarve fokussierte.

Auf dem kurzen Dienstweg forderte Cristina Sobral die Bewegungsprofile dieser fünf Personen an. Pereira versprach, dass deren Beschaffung nur eine Frage von ein paar Stunden sei. Und da sie den Innenminister schon gerade in der Leitung hatte und ohnehin ihr Job auf dem Spiel stand, bat sie ihn, ihr bezüglich eines Mannes namens Fjodor Markow unter die Arme zu greifen. Pereira hatte früher den Geheimdienst geleitet. Also hatte er auch entsprechende Kontakte zu den Diensten anderer Länder.

»Der Attentäter hat diesen Mann explizit erwähnt.«

»Erwähnt? Wo?«

»In einem Gespräch mit einem meiner Sub-Inspektoren.«

»Ein Gespräch?«

Cristina Sobral legte ihm dar, was sich gerade im Kommissariat ereignet hatte. Dass der ehemalige Austauschkommissar aus Deutschland, Senhor Leander Lost, den Täter mit Bravour und Einfühlungsvermögen in der Leitung gehalten und ausgefragt hatte.

»Austauschkommissar?«

»Er hat jetzt eine Planstelle bei uns. Es … Ich habe dafür gesorgt.«

»Sehr gut. Also Fjodor Markow, ja?«

»Sim.«

»Es meldet sich jemand diesbezüglich bei Ihnen«, versicherte der Minister, bevor er das Gespräch beendete.

Graciana, die sich inzwischen von dem Gespräch zwischen Leander Lost und dem Erpresser hatte berichten lassen und einen interessierten Blick auf die Bögen der fünf Verdächtigen geworfen hatte, konnte einen der Männer aussortieren, da sie ihn kannte. Der Ex-Soldat saß wie ihr Vater in einem Rollstuhl, nachdem er bei einem Auslandseinsatz auf eine Landmine getreten war, die ihn beide Beine gekostet hatte. Er lebte in Cabanas bei Tavira.

Die anderen drei, die noch übrig blieben, waren namentlich niemandem von ihnen bekannt, obwohl es einen gab, der dauerhaft auf dem Campingplatz in Fuseta lebte.

Jetzt, nachdem sie sich um die möglichen Anschlagsziele gekümmert hatten, Carlos bei Senhor Mendes war und Isadora auf dem Weg zu Senhor Freitas in Albufeira, fiel Graciana etwas auf.

Sie zog einen Stuhl an den Tisch heran, an dem Leander saß und über einer Landkarte tüftelte.

Sie spürte die Energie, die er auf die Karte verwandte. Hätte man ihm eine Glühbirne an die Fingerspitze oder irgendwo sonst an die Haut gehalten, hätte sie vermutlich aufgeleuchtet. Seine Krawatte war ein wenig gelockert. Mit seinen langen Wimpern blinzelte er nur ein- oder zweimal pro Minute.

»Ihm läuft die Zeit davon, das hat er gesagt, richtig?«, fragte sie ihn.

Es war, als würde Leander tief unter dem Meeresspiegel ein Geräusch erreichen, dumpf und seltsam verzerrt. Er blickte auf. Soraias Schwester. Seine Kollegin und Vorgesetzte, Senhora Graciana. Die ihm nun in die Augen schaute. Ihre Mimik dazu erschien ihm sanft. Das beruhigte ihn. Es beruhigte ihn ganz allgemein, wenn er sich aufgehoben fühlte. Geschützt.

Jetzt, mit einiger Verzögerung, drangen auch ihre Worte zu ihm durch.

»Ja, das hat er gesagt. Obwohl einem die Zeit natürlich nicht davonlaufen kann, ohne Beine. Wenn, dann schleicht sie auch eher, in meiner Vorstellung.«

»Er stirbt«, stellte Graciana fest.

»Das tun wir alle«, steuerte Lost bei. Er wollte sie nicht korrigieren, sondern nur ihre Aussage ergänzen.

»Genau«, nahm Graciana den Ball auf, »ganz genau. Ihm, sagt er, läuft die Zeit davon.«

»Ja.«

»Ja – und das erklärt eine ganze Menge seiner Verhaltensweisen.«

Jetzt löste sich Leander komplett von der Karte vor ihm auf dem Tisch und sah sie an: »Das klingt sehr interessant für mich. Welche?«

Die Logik kannte keine Umschweife.

»Es erklärt die hohe Schlagzahl seiner Anschläge. Ich nehme an, er möchte noch erleben, was sie bewirken, bevor er stirbt. Es erklärt auch die Radikalität, mit der er vorgeht. Wer nichts mehr zu verlieren hat, hat auch nichts mehr zu befürchten.«

»Wir haben momentan noch vier Verdächtige. Könnten wir durch Anfragen bei Hausärzten oder in der Klinik herausfinden, ob einer der vier schwer erkrankt ist? In Deutschland wäre das verboten, aber in Deutschland werden Gesetze auch ernster genommen als hier.«

Graciana lächelte nachsichtig, er meinte es nicht böse. »Lassen Sie uns noch auf die Bewegungsprofile warten. Vielleicht wissen wir dann schon, wer von den vier Männern infrage kommt«, antwortete sie. Dann deutete sie mit dem Kopf auf die Karte: »Was überlegen Sie gerade, Senhor Lost?«

»Fjodor Markow hat sich über das Goldene Visum hier in Portugal eingekauft. Adelina Simões, die Immobilienmaklerin, hat Senhor Esteves und mir erklärt, dass der Russe das Geld aus illegalen Waffengeschäften über den Kauf von Immobilien wäscht. Die Frage, die sich mir gestellt hat, war, warum er sich dazu Zugang nach Portugal verschaffen muss. Die naheliegende Antwort darauf lautet, dass er damit nicht nur Zugang zum portugiesischen Markt hat, sondern sich als EU-Bürger frei in ganz Europa bewegen kann. Im Schengenraum.«

»Was Ihre Frage im Kern aber nicht wirklich beantwortet, oder?«, fragte Graciana.

»Das stimmt. Aber ich habe mit hoher Wahrscheinlichkeit inzwischen die Antwort: Diamanten. Deswegen habe ich gerade noch mal ein Blick auf die Karte geworfen.«

»Diamanten?«

»Ja. Blutdiamanten. Solche, mit denen Waffengeschäfte in Kriegsregionen abgewickelt werden, wenn man nicht in bar bezahlen kann. Damit man die Diamanten in Geld umwandeln kann, ohne aufzufallen, benötigt man eine große Börse. Davon gibt es auf der Welt vier: Tel Aviv, New York, London, Antwerpen. Jemand, der über Immobilien Geld wäscht, benötigt möglichst viele Immobilien, also möglichst viele Objekte und Einwohner. Israel ist zu klein. Und Großbritannien wegen des Brexits zu unsicher. Die USA wären möglich, aber als russische Firma stünde man sicherlich unter besonderer Beobachtung«, führte Leander Lost aus, er sprach ein wenig monoton, als läse er einen Text vor, »also bleibt Antwerpen übrig. Europa. In Antwerpen kann Senhor Markow die Diamanten aus den Waffengeschäften verkaufen und sich dann als EU-Bürger mit dem Geld auf dem kompletten Territorium des EU-Schengenraumes frei bewegen. Ohne Kontrollen befürchten zu müssen.«

»Und das Goldene Visum Portugals ist die Eintrittskarte dazu«, schloss Graciana.

»Ich soll was?«

Die pure Verachtung stand dem Mann ins Gesicht geschrieben.

»Sie sollten jetzt umgehend mit mir Ihre Wohnung verlassen.«

Fabiano Mendes musterte Carlos Esteves, als hätte man ihm einen Irren geschickt.

»Und wieso das?«

»Weil der Täter eine Menge vorhersehen kann. Aber nicht, wo wir uns um zehn Uhr befinden.«

»Was sollte mir hier, in meiner eigenen Wohnung, passieren?«

Mendes fuhr dabei mit der rechten Hand von links nach rechts durch die Luft, um damit den gesamten Raum zu beschreiben. Sie befanden sich in einem modern eingerichteten Loft samt eines großen Balkons und mit Blick auf den Gilão und die Ponte Romana. Die Strenge der dunklen Fliesen und der wenigen Designermöbelstücke wurde durch ein paar Pflanzen und zwei farbenfrohe Gemälde aufgelockert. Die Gemälde zeigten Szenen eines Stierkampfs. Im Flur war Carlos schon an einigen Urkunden und anderen Auszeichnungen vorbeigegangen, die dem Besucher die Bedeutung des Gastgebers in Erinnerung riefen.

Status ließ jemanden wie Carlos Esteves allerdings grundsätzlich kalt, denn vor dem Gesetz und im Sarg waren alle gleich. Er hatte sich nichtsdestotrotz auf der Herfahrt im Netz noch einmal über den Mann schlaugemacht. Und natürlich war Fabiano Mendes Carlos alles andere als unbekannt. Senhor Mendes war berühmt. Wie seine Frau, eine Operndiva.

Die junge, sehr hübsche Frau, der er eben auf dem Weg in die Wohnung im Treppenhaus begegnet war, die es eilig gehabt und beim Hinabgehen schnell ihre Haare in Ordnung gebracht hatte, die hatte allerdings nicht ausgesehen wie Mendes' Frau. An der Haustür angekommen, hatte sie ein Paar elegante hochhackige Sommerschuhe aus ihrer Handtasche gezaubert und es gegen die flachen Schuhe ersetzt, mit denen sie nach unten gegangen war.

Jetzt, als er den 1,63 Metern von Fabiano Mendes gegenüberstand, begriff Carlos, wieso.

»Wie ich schon gesagt habe: Der Täter ist äußerst klug und raffiniert. Wenn er Sie verletzen will, wird ihm das mit hoher Wahrscheinlichkeit gelingen. Sofern Sie sich an Ihre üblichen Tagesabläufe halten. Deshalb sollten wir genau das nicht tun.«

Mendes war ein sehniger kleiner Kerl. Immer war irgendetwas an ihm in Bewegung: die Füße, ein Finger, die Pupillen. Er stand nie still.

»Pah.« Er winkte mit verächtlicher Miene ab. »Wissen Sie, was man über Bogenschützen im Mittelalter gedacht hat?«

»Nein«, bekannte Carlos. Er warf einen unauffälligen Blick auf seine Armbanduhr: Es war sieben Minuten vor zehn.

»Dass sie lieber auf Distanz kämpfen, weil sie einem ehrlichen Zweikampf von Mann zu Mann aus dem Wege gehen. Ich, Senhor Esteves, gehe nicht aus dem Weg. Ich ducke mich nicht, vor niemandem.«

Carlos Esteves nickte. So einer also.

»Ich bin in Pamplona geboren. Da trinkt man den Stierkampf mit der Muttermilch. Wenn man sechshundert Kilogramm Muskeln gegenübersteht, ist man ein toter Mann, wenn man ein Zeichen der Schwäche zeigt.«

Carlos atmete tief durch. Aus so einem Holz durfte in etwa Miguel Duartes Vater geschnitzt sein. Dann sagte er: »Wissen Sie, eine Bombe ist kein Stier. Die explodiert bei einem Helden genauso wie bei einem Feigling. Wir haben jetzt noch fünf Minuten. Ich bin hier, um Sie zu schützen. Wenn Sie keinen Schutz möchten, dann gehe ich. Bomben nehmen nämlich auch keine Rücksicht auf zufällig anwesende Polizisten.«

Auf diese Weise hatte er Fabiano Mendes aus seiner Wohnung gelockt und vor die Tür: In die mit Pflastersteinen übersäte Fußgängerzone. Ein rund zehn Meter breiter Streifen, der an einer hüfthohen Wand endete. Dahinter der Gilão, der gemächlich in Richtung Meer floss. Und ein paar Möwen, die unvorsichtige kleine Krebse packten und ihnen mit ihren Schnäbeln die Panzer knackten.

Aber ansonsten ging es zivilisiert zu. Junge Pärchen saßen oder lagen Hand in Hand auf der Mauer. Sie genossen die Morgensonne und flüsterten sich Dinge ins Ohr. Nur wenig weiter wurden die ersten Gäste der Lokale bedient, die ihre Stühle und Tische bis zum Ufer aufgereiht hatten. Ein Kellner wischte die Tischplatten mit einem nassen Tuch ab.

»Und jetzt?«, fragte Mendes ungeduldig. Er trug eine viel zu große Sonnenbrille, sodass etwas Insektenhaftes von ihm ausging.

»Und jetzt gehen wir einfach durch die Gassen«, sagte Carlos Esteves und zog los. Er nahm einfach die nächste Gasse links. Dann die zweite rechts.

»Wohin gehen wir?«, fragte Mendes, der viel mehr Schritte als Esteves benötigte, aber kein bisschen schneller atmete.

»Nirgendwohin«, antwortete Carlos, »wir bleiben einfach in Bewegung. Und jetzt hier links.«

Er bog unvermittelt aus einer engen Gasse in einen schmalen Durchgang ab, der zwischen zwei Häusern hindurchführte. Eng, stickig, es roch nach Fisch. Begegneten sich hier zwei Menschen, musste einer von beiden abwarten, bis der andere den Weg zurückgelegt hatte.

Carlos nutzte dieses enge Stück, um sicherzugehen, dass ihnen niemand folgte.

Was niemand tat.

Er schaute auf seine Armbanduhr: 9:59 Uhr.

Jetzt war es gleich so weit.

Nach dem Durchgang landeten sie an einer Parkbank, hinter der sich wieder der Gilão erstreckte. Sie hatten sich praktisch einmal im Kreis bewegt und nun von hier aus einen freien Blick auf den Eingang zum Loft des Toreros. Aber bis auf eine junge Frau, die ziemlich geschickt auf einem Skateboard daran vorbeifuhr, näherte sich niemand der Eingangstür.

»Jetzt ist es zehn«, stellte Fabiano Mendes fest. Er tat das mit einem spöttischen Lächeln, doch an seinem Blick war abzulesen, wie angespannt er war. Die Anspannung teilte er sich mit Carlos Esteves, der seine Handinnenfläche wie beiläufig auf den Knauf seiner Dienstwaffe gelegt hatte. Gleichzeitig schaute er sich nach allen Seiten um. Er kniff instinktiv die Augen zusammen, weil er jede Sekunde mit einer Explosion rechnete, die die Wohnung des Toreros in Stücke reißen würde. Natürlich war das nicht wahrscheinlich, denn nach dem, was sie von dem Bombenleger wussten, nahm er Rücksicht auf das Leben Unbeteiligter.

Aber was würde sich genau jetzt ereignen? Dass der Täter gegenüber Senhor Moreno eine exakte Uhrzeit angegeben hatte, beunruhigte Carlos nach wie vor.

Im Hinblick auf die bisherige Vorgehensweise des Bombenlegers war es so gut wie ausgeschlossen, dass der Mann persönlich auftauchte. Hier traf das Bild des Bogenschützen zu, das Fabiano Mendes bemüht hatte, um seine eigene Unerschrockenheit herauszustellen.

Plötzlich hörte Carlos Esteves hinter sich Tina Turner: *You're simply the best.*

Er wandte sich um. Mendes zückte sein Handy, aus dem das Lied erscholl – der Klingelton, den er seinem Smartphone für eingehende Anrufe verpasst hatte.

»Vielleicht ist er das. Stellen Sie Ihr Handy auf laut.«

Mendes sah ihn für einen Sekundenbruchteil unentschlossen an, dann kam er der Aufforderung nach, bevor er sich meldete: »Sim?«

»Senhor Mendes?«

»Ja? Wer sind Sie?«

»Spreche ich mit Ihnen persönlich?«

»Ja, warum?«

Statt einer Antwort erklang eine Tonfolge. Mendes runzelte die Stirn.

Dann explodierte das Handy und riss die Hand, die es hielt, nach links, und den Kopf, an dem es ruhte, nach rechts.

27.

Der Bekennerbrief war nicht aufzuhalten, denn er ging aus dem Darknet direkt an jede Zeitung und jede Rundfunkstation. Er wurde bereits publiziert, bevor das Innenministerium oder Sobral um Diskretion hätten bitten können.

Er lautete:

Mit bunt gefiederten Spießen wird er beworfen, deren Spitzen sich in seinen Körper bohren und deren Widerhaken ihn bei jeder Bewegung mit Stichen ins rohe Fleisch peinigen: der Stier. Ein geschwächtes, vor Todesangst bebendes Tier, das zum Vergnügen Tausender in einem unfairen und abgekarteten Spiel immer weiter gequält und erniedrigt und gedemütigt wird. Bis das Leid dieser Kreatur endlich überstanden ist und man es außerhalb der Arena schlachtet. Wer sind diese Zuschauer, die in ihrem dumpfen Sadismus mit dem Geld ihrer Tickets dieser unseligen Tradition den Weg ins 21. Jahrhundert ebnen?

Ich fordere, dass der Stierkampf in Portugal ab sofort landesweit eingestellt wird. Dieses ist die erste und letzte Warnung. Bei jedem weiteren Stierkampf werden der Züchter, der Veranstalter und der Torero sterben.

Wo es an Einsicht mangelt, muss die Strafe an deren Stelle treten, um das Fehlverhalten abzustellen. Sind die staatlichen Organe damit überfordert, ist die Zivilcourage des Einzelnen gefragt.

Auf Veranlassung der Chefin hatten sie sich alle im ersten Stock der Polícia Judiciária am Konferenztisch ihres Büros versammelt. Mit Ausnahme von Isadora Jordão, die Überstunden in ihrem Labor schob, und Miguel Duarte, der in der Reha an seiner Autobiografie feilte. Im Augenblick deutete er seine Fehleinschätzung, die an ihn adressierte Briefbombe mithilfe von flüssigem Stickstoff entschärfen zu können, um. Nämlich zu einem Sinnbild seiner Todesverachtung. Seiner spanischen.

»Das ist ein Widerspruch«, stellte Leander Lost zu diesem Zeitpunkt in Sobrals Büro fest.

Die Blicke wanderten zu ihm.

»Weil?«, fragte Carlos.

»Weil er mich während unseres Telefonats gebeten hat, den Opfern seiner heutigen Bombenserie die Nachricht zu übermitteln, sie würden bei einer zukünftigen Serie umkommen, sofern sie seinen Forderungen nicht nachkommen.«

»Aber genau das fordert er doch in dem Schreiben«, sagte Cristina Sobral irritiert. Sie war blass und wirkte abgekämpft.

»Aber wenn er die Drohung in einem offiziellen Bekennerschreiben veröffentlicht, dann ist es ein unnötiges Risiko, vorher hier anzurufen.«

Das stimmte.

»Vielleicht hat er es sich anders überlegt«, schlug Graciana vor, aber ihre Tonlage verriet allen außer Lost, dass diese Begründung sie selbst nicht überzeugte.

Sobral nickt: »Wie auch immer. Er hat eben beides getan. Er hat es Ihnen mitgeteilt *und* der Presse.«

»Aber das ist unlogisch«, beharrte Lost.

Carlos seufzte: »Ach, wissen Sie … Viele Menschen tun unlogische Dinge. Ich kann Ihnen von ein paar Frauen erzählen …«

»Das tut jetzt nichts zur Sache«, unterbrach Sobral.

»Dem muss ich widersprechen«, sagte Leander Lost ruhig: »Bis jetzt hat sich der Täter immer sehr logisch verhalten.

Warum sollte er den Aufwand betreiben, den er betrieben hat, um mir diese Information zukommen zu lassen, wenn er sie ohne Risiko und ohne Aufwand später an die Medien gibt? Das ergibt keinen Sinn.«

In diesem Augenblick schwang die Tür auf – und Marisa Veiga kam herein.

»Der Stierkampf in Albufeira ist abgesagt.«

»Was?« fragte Sobral überrumpelt.

»Kommt gerade live«, bestätigte Marisa und nahm die Fernbedienung für den Flachbildfernseher an der Stirnseite des Raumes in die Hand, »darf ich?«

Die Chefin nickte.

Und prompt erschien auf der Mattscheibe eine Reporterin, die live in ein Mikrofon sprach. Wie unschwer zu erkennen war, befand sie sich in Lissabon, denn hinter ihr war der kreisförmige Bau der dortigen Stierkampfarena, der *Praça de Touros do Campo Pequeno*, zu erkennen. Sie besaß vier achteckige Türme, die in kreisförmigen Dächern abschlossen, die an Zwiebeltürme erinnerten. Unverwechselbar.

»… ist dieses Phantom, das nicht zu fassen ist? Das kein Geld erpresst, aber den Abdruck von Bekennerbriefen? Wer begnügt sich nicht mehr mit friedlichem Protest, wenn es um den Stierkampf und die Überfischung geht? Die Meinungen darüber spalten Portugal. Einige halten ihn für gemeingefährlich, in den Augen anderer tut er etwas, weil sich sonst nichts tut. Wie auch immer«, fuhr sie fort und deutete hinter sich, wo sich eine lange Schlange aufgebrachter Männer vor der Arena gebildet hatte, »nach Albufeira hat man nun auch in Lissabon aus Sicherheitsgründen die Stierkämpfe bis auf Weiteres ausgesetzt. In Porto, habe ich soeben von einem Kollegen erfahren, berät man genau in diesem Augenblick darüber. Das zumindest hat der Bombenleger erreicht.«

Die Reporterin bedeutete der Person hinter der Kamera mit einer Kopfbewegung, ihr zu folgen – zu den Männern, die sich dort versammelt hatten. Und, wie man jetzt sah, zu einer Gruppe, die überwiegend aus Frauen bestand und mit den Männern diskutierte. Einige hielten Plakate hoch: Stoppt Tierquälerei jetzt! Gemeinsam setzten die Reporterin und die Kamera sich in Bewegung. »Hier hinter mir sehen Sie die beiden Lager, die Pro und Kontra Stierkampf repräsentieren.«

Und mit diesen Worten begab sie sich an die Front zwischen den erzürnten Anhängern, die sich mit dem vom Veranstalter erstatteten Ticketpreis nicht zufriedengeben wollten, darin einen Angriff auf ein Kulturgut, auf eine jahrhundertealte Tradition sahen – und deren Gegnern, die in dieser Tradition die zur Schau gestellte Quälerei eines Lebewesens zum Vergnügen der Massen sahen.

»Danke, Marisa«, sagte Sobral, die genug gesehen hatte. Marisa Veiga schaltete den Fernseher aus.

In diesem Moment betrat Isadora den Raum mit ihrer Kladde.

Kurz verspürte Cristina Sobral Hoffnung: »Und?«

Isadora warf ihr einen bedauernden Blick zu und deutete ein Kopfschütteln an: »Nichts. Wollen Sie es trotzdem hören?«

Sobral nickte kraftlos.

»Er ist uns leider immer noch ein paar Meter voraus«, bekannte Isadora daraufhin: »Wir haben an dem Briefkasten von Senhor Rodrigues bis jetzt keine DNA-Spuren gefunden, die auf jemanden anderen verweisen als auf Senhor Rodrigues selbst oder den Postboten. Senhor Rodrigues hat jeden Tag um Punkt 9:30 Uhr seinen Briefkasten geleert. Wir wissen im Augenblick noch nicht, wann der Täter den Briefkasten manipuliert hat, wir wissen nur, *dass* er dort gewesen sein muss. Der Zündmechanismus war in diesem Fall recht simpel: nämlich mechanisch. Öffnet man die Tür des Briefkastens, löst das den Zünder aus. Senhor Rodrigues hat neben dem Trommelfellriss einige kleine Verletzungen durch Metallsplitter erlitten. Alle stammen aus Abrissen des Briefkastens. Im Sprengsatz selbst waren keine Metallteile hinterlegt. Die Detonation sollte ihn nicht schwer verletzen. Sie war dazu auch nicht in der Lage. Er hat abermals selbst gefertigtes Nitroglyzerin verwendet. Bei Senhor Freitas, dem Besitzer der Arena, ist ein Schreiben nach dem üblichen Muster eingegangen, an ihn persönlich adressiert. Darin ein Sprengsatz, bauidentisch mit dem, der Senhor Gasai von Tuna Sun verletzt hat. Wie gehabt: auch hier keine DNA-Spuren.«

Die Kriminaltechnikerin räusperte sich und blätterte in ihrem Notizbuch hin und her, das so zerfleddert aussah wie nach sieben Weltreisen.

»Ah, hier … Vermutlich wisst ihr es schon, falls nicht: Senhor Mendes hat ein paar Verbrennungen zweiten Grades an der rechten Hand und Hautabschürfungen an der linken Gesichtshälfte erlitten. Nichts Gravierendes. Nichts, was nicht zu beheben wäre. Senhor Mendes hat mir gegenüber zu Protokoll gegeben, dass er das Handy, das Topmodell von Apple, vor drei Wochen mit einem Begleitbrief durch den Konzern erhalten hat. Als ein Werbegeschenk. Meine Nachfrage bei Apple Europe hat ergeben, dass dem nicht so ist. Senhor Mendes wird dort nicht als Werbeträger oder sogenannter Multiplikator geführt. Und schon gar nicht werden Modelle als Werbemaßnahme verschenkt. Das Schreiben war offenbar eine Fälschung.«

»Und der Sprengsatz hat sich die ganze Zeit dadrin befunden?«, fragte Graciana.

Isadora Jordão nickte. Sie legte ihr Notizbuch beiseite und blickte in die Runde. Lag in ihrem Blick sonst immer eine gewisse Belustigung oder Distanz, fehlte beides jetzt. Sie wirkte besorgt. »Wie wir schon mehrfach festgestellt haben, kann der Täter menschliches Verhalten antizipieren. Er hat sich zunächst telefonisch versichert, ob sich der Mann die Sprengladung an den Kopf hält, den er treffen möchte. Danach hat er die Bombe mit einer Tonfolge ausgelöst, auf die der Initialzünder reagiert. Durch die Dosierung ist Senhor Mendes mit einem Schock und leichten Verletzungen davongekommen. Bei einer höheren Dosierung, in diesem Fall übrigens C4, Plastiksprengstoff, wäre er tot gewesen.«

»Ist das C4 auch selbst hergestellt?«, fragte Graciana.

»Nein, danach sieht es nicht aus.«

»Der Mossad«, sagte Leander Lost, »hat exakt auf diese Weise 1996 den Terrorchef der Hamas ermordet.«

Kurz richteten sich die Blicke der anderen auf ihn. In ihren Köpfen arbeitete es auf Hochtouren. Carlos Esteves schnappte sich gerade die Ausdrucke der Personalbögen, als Marisa Veiga einen USB-Stick vor Sobral auf den Tisch legte: »Das sind die Bewegungsprofile der vier Verdächtigen. Sind gerade vom Innenministerium reingekommen.«

Die Chefin straffte sich und nahm im Sitzen Haltung an. Sie verband den USB-Stick mit ihrem Computer und druckte die Karten aus, die die GPS-Positionen der jeweiligen Handys abbildeten. Isadora nahm sie aus dem Druckerfach und ordnete sie auf der Tischplatte nebeneinander an, sodass alle einen freien Blick darauf hatten. Die Ausschnitte waren identisch: Sie zeigten jeweils die komplette Algarve. Die einzelnen GPS-Positionen der letzten zwei Wochen waren hier festgehalten worden. Die Punkte waren mit roten Linien verbunden, sodass sich ein feines Gitternetz über bestimmte Strecken und Orte der Algarve erstreckte. Dort, wo sich der Besitzer öfter und länger aufgehalten hatte, etwa an seinem Wohnort, waren aus den feinen Strichen rote Knäuel entstanden.

Zu ihrer großen Ernüchterung mussten sie feststellen, dass sich keiner der Männer in der Nähe der Bankfiliale oder des Hafens von Olhão aufgehalten hatte. Weder an den Tagen der Tat noch überhaupt.

Die allgemeine Enttäuschung schlug sich in einer vollständigen Stille nieder. Den Bombenleger mit all den Merkmalen einzukreisen, die sie aus seinen Taten über ihn abgeleitet hatten, hatte sie allesamt Hoffnung schöpfen lassen. Ja, mit dem Eintreffen der Bewegungsprofile hatten sie sich kurz vor dem

Ziel gewähnt. Um urplötzlich mit völlig leeren Händen dazustehen.

»Wenn er menschliches Verhalten einkalkulieren kann«, brach Leander das Schweigen, »dann hat er diese Maßnahme unsererseits vielleicht auch einkalkuliert. Ich glaube, er wusste, wir würden die Bewegungsprofile der Verdächtigen überprüfen. Das bedeutet: Entweder wir haben uns auf den falschen Personenkreis konzentriert, oder der Bombenbauer hat diese Maßnahme im Vorfeld unterlaufen.«

»Und wie?«, fragte Cristina Sobral.

»Zum Beispiel, indem er ein anderes Handy benutzt. Oder indem er sein Handy nicht mit an die Orte nimmt, die ihn verraten könnten«, antwortete Isadora Jordão.

Der Chefin glitt ein resigniertes Seufzen über die Lippen, und sie ließ den Kopf hängen. »Ich weiß nicht weiter«, bekannte sie.

»Ich glaube, Senhor Lost liegt richtig. Der Bombenleger wusste, dass er keine digitalen Spuren mit seinem Handy hinterlassen darf. Und das bedeutet, wir können mit den vier Männern, die wir hier haben, nach wie vor richtig liegen«, sagte Graciana und hob die vier Personalbögen wie zum Beweis in die Luft.

»Das sehe ich auch so«, flankierte Carlos Esteves.

Seit der Festnahme von Júlio Moreno hatten Graciana und er noch kein Wort miteinander gewechselt. Aber seine Blicke waren frei von jeglichem Vorwurf. Er verhielt sich ihr gegenüber, als hätte es in Gracianas Leben nie einen Senhor Moreno gegeben. Sie hatte sich geirrt. So war das eben. Menschen begingen Fehler. Selbst der auf Perfektion ausgelegte *Alemão*. Es gab, so sah Carlos das, eigentlich nur einen Fehler: wenn man einen Fehler nicht korrigierte. Genau das hatte Graciana aber mit der ihr eigenen Selbstdisziplin erledigt. Und wohl auch gegen ihre Gefühle. Mehr konnte man von einem Menschen nicht verlangen.

»Was ist mit dem Handy von Senhor Moreno?«, fragte die Chefin.

»Wir haben Zugang und checken mehrmals pro Stunde auf neue Kontaktaufnahme durch den Täter. Bisher rührt er sich nicht«, sagte Graciana.

»Sie haben gesagt«, witterte nun auch Cristina Sobral wieder Morgenluft, »Senhor Moreno muss den Täter kennen.«

Graciana Rosado nickte: »Ja, aber er sagt, er weiß nicht, wer er ist.«

»Und Sie glauben das?«

Graciana sah der Chefin in die Augen: »Ja, das tue ich.«

»Es ist ein Unterschied, ob man jemanden nicht kennt oder sich lediglich nicht daran erinnert. Jetzt haben wir hier vier Namen«, deutete Sobral auf die Personalbögen, »mit denen man Senhor Moreno auf die Sprünge helfen könnte.«

Das Estabelecimento Prisional Regional de Faro lag keine fünf Autominuten vom Sitz der Kriminalpolizei entfernt an jenem großen, zweispurigen Kreisel, der hoch zur Autobahn führte. Sie nahmen den grünen Mustang Bullitt, den Graciana am Jachthafen vorbeisteuerte.

Carlos hatte auf dem Rücksitz Platz genommen, was bei seiner Körpergröße ein ganz schönes Kunststück darstellte. Er wusste, Graciana würde die Sache mit Moreno zwischen ihnen beiden irgendwann noch einmal klären wollen. So wie er sie kannte, würde das bald geschehen. Aber nicht jetzt, hier im Auto, in Anwesenheit von Senhor Lost.

An den wandte sie sich jetzt: »Sie haben vorhin gesagt, die Zeit schleiche eher.«

»Ja, ich erinnere mich.«

»Wie war das gemeint?«

»Wenn man eine physikalische Größe schon mit einem Verb der Bewegung ausstattet, dann, denke ich, schleicht sich die Zeit eher hinaus aus unserem Leben, bis wir nicht mehr sind. Sie rennt nicht davon. Aber eigentlich hat sie überhaupt keinen aktiven Charakter. Sie ist einfach nur auch da, während wir vergehen. Wir messen an ihr die Vergänglichkeit der Dinge. Einer Blume, eines Tages, unserer Existenz.«

»Das sehen Sie so?«

»Kann man es anders sehen?« Das Interesse des Aspergers war geweckt.

»Ja«, antwortete Graciana spontan, »man kann das Leben auch nicht als langen Abschied begreifen.«

»Sondern als was?«

»Als Chance.«

»Als eine Chance wofür?«

Sie blies die Wangen auf und steuerte den Mustang jetzt die Avenida da Palma Carlos entlang. Die Bauten zur linken Seite endeten und gaben den Blick frei auf die Bahnlinie, die direkt am Ufer der Ria Formosa entlangführte. Es eröffnete sich eine weite grün-gelbe Landschaft mit großen und kleinen Wasserbecken, miteinander durch Priele oder das offene Meer verbunden.

»Als eine Chance wofür?«, hakte Leander nach.

»Als eine einmalige Chance, an dieser Welt teilzuhaben.«

»Das Leben ist keine Chance«, erwiderte Leander ruhig, als würde er den Wetterbericht vorlesen, »das Wesen einer Chance besteht darin, dass man einen Umstand zu seinem Vorteil nutzen kann. Da aber trotz jedes genutzten Vorteils am Ende eines Lebens der Tod wartet, ist die Chance dahin.«

»Die Chance besteht ja in der Teilhabe. Die Chance an einem Miteinander. Denken Sie nur daran, dass das Leben Ihnen und Soraia die Chance gegeben hat, ein Paar zu werden.«

»Und der Tod wird sie uns wieder nehmen«, stellte er fest, während Carlos Esteves bei 28 Grad im Schatten fröstelte, »die Chance, von der Sie sprechen, ist …« Dann brach er ab.

»Ja? Was ist sie?«

»Es ist nicht wichtig«, antwortete Lost.

Sie sah ihn von der Seite an und hatte den Eindruck, er sprach seinen Gedanken nicht aus, um sie zu schützen. Und da der Tag an Enttäuschungen und Tiefschlägen nicht gerade arm war, ersparte Graciana sich ein weiteres Nachhaken. Sie bog nach rechts auf den Besucherparkplatz der JVA und stellte den Mustang dort ab.

Alles, was an dem Gebäude an ein Gefängnis erinnerte, war ein dezenter, weiß gestrichener Wachturm. Die Fenster bestanden aus Panzerglas und waren schmal. Direkt hinter den schräg angelegten Besucherparkplätzen erhob sich eine weiß gestrichene Mauer, die – gemessen an anderen Strafvollzugsanstalten – nicht besonders hoch war und nach oben hin ohne Stacheldraht in einem flachen Halbrund endete.

Sie beherbergte exakt in ihrer Mitte zwei fensterlose Zugänge: ein hohes Tor, durch das auch schwere und breite Fahrzeuge wie Gefängnistransporter passten, und eine normal wirkende Eingangstür. Beide waren in Bordeauxrot gestrichen.

Die drei gingen zur Tür und klingelten. Nachdem man ihre Papiere überprüft hatte, ließ man sie hinein.

»Ähm, mir sind die Zigaretten ausgegangen. Ich bleibe draußen«, sagte Carlos.

»Sie dürfen drinnen ohnehin nicht rauchen«, informierte Leander Lost ihn.

»Trotzdem«, antwortete Esteves.

Und Graciana wusste um den Grund für die Lüge und war ihm dankbar, dass er ihr diesen Augenblick mit Moreno ohne sich überließ. »Obrigada«, sagte sie deshalb und schenkte ihm ein Lächeln, bevor sie zusammen mit Leander eintrat.

Elder Garcés war der zweite Name, den sie ihm nannte.

»Das ist er.«

»Es gibt noch zwei weitere Verdächtige«, sagte Lost.

Moreno nickte ihm zu, wie man einem Kind zunickte, wenn man signalisieren wollte, dass man es wahrgenommen hatte, seine Aussage aber trotzdem unerheblich war.

Sie befanden sich in einem der Besucherräume des Gefängnisses, in diesem Fall auf dem Flur des Büros des Direktors, der auf Gracianas Veranlassung auf die Anwesenheit eines Schließers verzichtet hatte. Von hier aus konnte man sogar das Meer sehen. Kurz fragte Graciana sich, ob dieser Anblick für die Insassen Fluch oder Segen war.

»Es ist Elder Garcés«, legte Júlio Moreno sich fest. Er war ein wenig blass um die Nase, aber er machte einen gefassten Eindruck. Nicht ganz so gelassen wie Graciana ihn kennen und schätzen gelernt hatte, aber angesichts der Umstände immer noch von einer bewundernswerten Ausgeglichenheit.

»Sollen wir ihn festnehmen lassen?«, fragte Leander seine Vorgesetzte.

Aber Sub-Inspektorin Graciana schüttelte den Kopf: »Nein, noch nicht. Ich möchte erst noch mehr über diesen Mann wissen. Und dann müssen wir klären, wie wir den Zugriff vorbereiten. Wenn er so handelt, wie Sie sagen, müssen wir mit Sprengfallen rechnen.«

Sie richtete den Blick auf Júlio, dem sie das Bedauern darüber, wie ihre gemeinsame Geschichte endete, ansehen konnte. »Was kannst du uns über Elder Garcés erzählen?«

»Vor allem, dass er ein so ausgeglichener und besonnener Mann ist und ich ihn niemals mit diesen Taten in Verbindung gebracht hätte. Elder ist ... Er dürfte jetzt so um die fünfzig sein. Ich habe ihn und viele andere während meiner Zeit in Afghanistan kennengelernt. Er war Sprengstoffexperte und Ausbilder bei der Armee. In Afghanistan hat er Bomben entschärft. Das war schon sehr eindrucksvoll. Ich habe noch Fotos von damals. Wir haben mal ein Gebäude inspiziert, das von den Taliban zurückgelassen worden ist. Da lag ein Teddy am Boden, einäugig, ziemlich mitgenommen sah er aus«, sagte Moreno und dachte sich zurück an diesen Tag, diese Stunde, diesen Ort, er lächelte sogar etwas: »Und ich habe mich benommen wie ein Idiot, wollte den Teddy aufheben, um ihn ... Elder hat mir damals das Leben gerettet.«

»Das Anheben des Teddys hätte die Initialzündung ausgelöst«, vermutete Leander.

»So ist es.«

Für ein paar Augenblicke blieb Júlio Moreno lieber noch dieser Erinnerung verhaftet. Dann sah er Graciana Rosado an: »Er und die anderen Entschärfer haben während ihrer Einsätze so ziemlich alles an Sprengfallen erlebt.«

»Warum bist du nicht auf ihn gekommen? Weil er so besonnen war?«

Moreno deutete ein Achselzucken an, als sei er unschlüssig: »Die Besonnenheit auf jeden Fall. Und er hat den Krieg verabscheut. Die Gewalt. Deshalb kann ich mir nicht vorstellen, warum er zu solchen Mitteln greifen sollte. So habe ich ihn nicht kennengelernt.«

»Was denken Sie, Senhor Moreno«, wandte sich Leander an den Journalisten, »warum er sich mit seinen ersten Bekennerschreiben an Sie gewandt hat?«

Júlio Moreno blickte hinaus auf die Ria Formosa und das Meer, das sich weit hinten an einer Linie, die schwer auszumachen war, mit dem Horizont vereinte. Er dachte sich wieder zurück, zurück in die Momente, die er mit Elder Garcés vor vielen Jahren zusammen erlebt hatte.

»Das ist natürlich schwer zu sagen, ich kann dazu kaum mehr als eine Vermutung anstellen.«

»Es interessiert mich trotzdem«, stellte Leander fest. Er ließ den Mann nicht aus den Augen, aber bisher sagte er mit jedem Wort die Wahrheit.

»Wir haben mal an einem Abend nach einer heiklen Entschärfung bei einem Bier zusammengesessen. Er hat mich gefragt, ob das Schreiben von Kriegsreportagen meine Art sei, etwas zum Ende des Krieges beizutragen. Vermutlich nicht wirklich, habe ich ihm gesagt.«

»Und dann wollte er wissen, warum du dennoch da bist«, vermutete Graciana.

Júlio sah sie an, und sie musste sich in Acht nehmen, dabei nicht weich zu werden. Er nickte.

»Und dann habe ich Molière zitiert. Der hat mal gesagt: ›Wir sind nicht nur für das verantwortlich, was wir tun, sondern auch für das, was wir nicht tun.‹«

28.

Der *Parque de Campismo,* der Campingplatz von Fuseta, besaß zwei Zufahrten und lag, lediglich durch einen öffentlichen Parkplatz getrennt, praktisch nur einen Steinwurf von der Lagune entfernt. Auf gleicher Höhe mit dem Farol und der Anlegestelle für die Barkassen, die die Touristen auf die vorgelagerte Insel übersetzten.

Geschützt durch einen grünen Zaun und Hecken, entzog sich das Treiben auf dem Campingplatz den Blicken der Spaziergänger, die zum Strand flanierten. Mit rund hundert Stellplätzen, die überwiegend von Wohnmobilen belegt waren, machte das Areal einen familiären Eindruck. Viele Stammgäste zog es hierher. Franzosen, Niederländer und Deutsche waren stark vertreten. Hin und wieder sah man auch ein einzelnes Zelt, das ein paar Backpacker aufgebaut hatten.

Die schmalen asphaltierten Wege waren gesäumt von alten, sehr hohen Pinien, durch die die sanften Meeresbrisen strichen. Und von denen das Vogelgezwitscher ausging. Die Schatten, die die Pinien über den Tag verteilt im Kreis warfen, waren heiß begehrt. Überall standen Campingstühle und -tische, daneben ein Sonnenschirm und – unverzichtbar – ein Grill. Auch jetzt, als der Abend anbrach und die Touristen vom Baden zurückkehrten, lag der Geruch von Holzkohle in der Luft. Hier und da auch schon der von gebratenem Fisch oder Fleisch.

Der Platz war einer der letzten seiner Art, da Campingplätze schon lange nur noch außerhalb der Ortschaften oder zumindest in deren Randgebieten errichtet werden durften. Nur in Fuseta, da war er eben schon immer dort gewesen – mittendrin.

Graciana Rosado, Cristina Sobral, Carlos Esteves und Leander Lost hatten sich hier eingefunden. Die Chefin und Leander warteten am östlichen Ausgang, der zum Kanal führte, auf dem die untergehende Sonne die Bootskörper in warmes Licht tauchte. Graciana und Carlos standen am Haupteingang, der durch zwei hellgrün gestrichene Gitter geschützt war. Herein kam nur, wer einen Stellplatz gebucht hatte oder suchte.

Graciana hatte den Besitzer des Platzes angerufen und sich angekündigt. Sein Name war Abel Vargas. Er leitete den Platz erst seit rund anderthalb Jahren, nachdem sein Vorgänger in Pension gegangen war. Wie um ein Vorurteil zu unterlaufen, erschien er in einer dunklen Anzughose mit einem blütenweißen, faltenlosen Hemd. Seine Hände waren klobig, ein Mann, der zupacken konnte. Dazu ein Gesicht, das frei war von Feinheiten, aber eines, das wirkte, als sei auf den Mann Verlass.

Er kam um Punkt sieben Uhr aus seinem Pförtnerhäuschen heraus. Graciana stellte sich vor. Und bat ihn auf die andere Straßenseite, wo sie auf einer Bank Platz nahmen. Nichts versperrte ihnen den Blick auf die Lagune und das Bootshaus auf seinen Stelzen.

Carlos nickte dem Mann zur Begrüßung lediglich zu. Man hatte hier oder da schon nebeneinander an der Theke einer Bar gestanden. Graciana hatte inzwischen eine knielange weiße Hose angezogen, dazu trug sie weiße Turnschuhe. Beides brachte ihre gebräunten Beine gut zur Geltung. Ihre schulterlangen Haare trug sie offen. Sie lächelte Vargas kurz zu. Sie tat das mit diesem eigenwilligen Lächeln, das Carlos Esteves an Holly Hunter erinnerte. Und während er an seiner Zigarette zog, empfand er ein merkwürdiges Bedauern bei der Feststellung, wie hübsch sie war.

Graciana hatte um dieses Treffen gebeten, ohne zu verraten,

worum es ging. Sie wussten nichts über das Verhältnis zwischen Vargas und Garcés. Möglicherweise waren sie sehr enge Freunde. Deshalb ging sie auf Nummer sicher.

»Auf welchem Stellplatz befindet sich das Wohnmobil von Elder Garcés?«

»Auf keinem.«

Graciana warf Carlos einen irritierten Blick zu. Aber der konnte auch nur ein Achselzucken andeuten.

»Aber … der Platz hier ist seine offizielle Meldeadresse.«

Abel Vargas nickte. Er sah nicht aus wie jemand, den etwas leicht aus der Ruhe bringen konnte.

»Er hat hier über ein Jahr gelebt und vorgestern die Reifen wieder angeschraubt. Die hatte er hier eingemottet. Und dann ist er mit seinem Wohnmobil weggefahren.«

»Hat er gesagt, wohin?«

Vargas schüttelte den Kopf: »Nur, dass er nicht wiederkommt.«

Carlos rief bei Sobral an und gab Entwarnung, weil jetzt eine Überwachung des östlichen Ausgangs nicht mehr nötig war.

»Senhor Lost und ich kommen jetzt zu Ihnen rüber.«

»Gut.«

Graciana wandte sich wieder Vargas zu: »Das Kennzeichen seines Wohnmobils, wie lautet das?«

»Muss ich nachschauen.«

»Verstehe.«

Sie nickte und musterte den Mann von der Seite.

»Was wollen Sie von ihm?«

Graciana breitete ihre Unterarme in Form einer verzeihenden Geste auseinander: »Das ist schwer zu erklären, Senhor Vargas. Am ehesten möchten wir ihn davon abhalten, eine Dummheit zu begehen.«

Vargas sah vielleicht nicht so aus, aber er war schnell im Kopf: »Er hat schon eine begangen, hm?«

»Ja. Erzählen Sie mir was über ihn. Was hat er hier gemacht?«

»Senhor Garcés war so eine Art Hausmeister auf dem Platz. Der konnte praktisch alles reparieren. So was findet man heute nicht mehr allzu oft. Die Leute sind heute oft zu spezialisiert. Und Senhor Garcés, der hat eben von allem Ahnung. Wir haben hinten zum Zaun hin so eine Art kleine Werkstatt. Da hat er gearbeitet. Und sein Wohnmobil hat danebengestanden.«

»Eine Werkstatt?«, fragte Carlos.

Vargas nickte: »Mit allem Drum und Dran.«

Carlos genügte ein Blick zu Graciana, und schon war klar, dass sie darüber im Einklang dachten: Genau dort hatte er seine Bomben fertiggestellt. Niemandem waren die Geräusche aus der Werkstatt verdächtig erschienen. Kein Sägen, Hämmern, Schleifen hatte Verdacht erregt. Senhor Garcés reparierte eben von morgens bis abends.

In diesem Moment kamen Cristina Sobral und Leander Lost um die Ecke, überquerten die Straße und erreichten sie. Carlos stellte sie kurz dem Besitzer des Campingplatzes vor.

»Und Sie? Waren Sie schon hier, als Senhor Garcés sich hier niedergelassen hat?«

Vargas nickte.

»Er kam aus Afghanistan, korrekt?«, fragte der Mann im schwarzen Anzug.

Vargas nickte: »Ja. Er ist mit seiner Truppe dort gewesen. War wohl keine leichte Zeit.«

»Hat er das erzählt?«, fragte Cristina Sobral.

Abel Vargas schüttelte den Kopf: »Nein. Das hat er nie. Aber er war sehr traurig. Und das war auch nicht wegzubekommen. Seine Tochter hat sich nämlich umgebracht. Vor anderthalb Jahren.«

»Am 2. Februar«, sagte Lost.

Abel Vargas warf ihm einen überraschten Blick zu: »Kannten Sie sie?«

»Nein«, antwortete Leander und wandte sich dann an Graciana und Carlos: »Am 2. Februar hat Elder Garcés die

Sprengkapseln im Bergwerk von Neves-Corvo gestohlen. Da hat er sich entschlossen, zu handeln. Am ersten Todestag seiner Tochter.«

»Sie denken, das war Absicht?«, fragte Sobral. Sie strich sich eine lästige blonde Strähne aus der Stirn. »Ich lass das jedenfalls überprüfen.«

Lost nickte: »Der Todestag seiner Tochter ist einem Vater – das nehme ich an, ich bin keiner – sehr bewusst. Garcés hätte 364 alternative Tage gehabt, an denen er die Kapseln hätte stehlen können, aber er hat den 2. Februar gewählt – ja, ich gehe davon aus, dass das kein Zufall ist.«

Das leuchtete allen ein.

»Wissen Sie etwas über den Suizid?«, fragte Lost in Gracianas Richtung.

Die schüttelte den Kopf. Und zu Abel Vargas gewandt: »Wie hieß sie?«

»Patricia Garcés. Sie hat sich das Leben genommen, als er in Afghanistan war. Das hat er sich zum Vorwurf gemacht – nicht für sie da gewesen zu sein, als sie ihn am dringendsten gebraucht hätte.«

»Wissen Sie, warum Senhora Patricia … sich das Leben genommen hat?«, fragte Sobral.

Vargas nickte vage: »Ich weiß es nicht ganz genau. Sie hatte wohl Depressionen. Elder hat gesagt, sie war der Überzeugung, dass jeder Mensch die Erde ein bisschen besser hinterlassen kann, als er sie vorgefunden hat. Ich glaube, sie hat sich engagiert, für die Umwelt, gegen Tierquälerei, so was. Und wohl nichts erreicht. Hat Elder Garcés jedenfalls durchblicken lassen.«

»Er ist schwer krank, oder?«, fragte Carlos.

Vargas sah ihn überrascht an: »Ja. Woher wissen Sie das?«

»Wir vermuten es.«

Abel Vargas seufzte und schlug nach einer Mücke in seinem Nacken, ohne sie zu erwischen. Dann nickte er. »Dieses Jahr

Anfang Januar hat er es mir gesagt. Indirekt. Dass ich mich ab Herbst nach jemand anderem umsehen muss, der seine Arbeit übernimmt. Ich habe ihm mehr Geld geboten, aber … er hat nur abgewinkt. ›Ich bin krank‹, hat er gesagt, ›sehr krank.‹ Mehr wollte er darüber nicht sprechen. Jeder geht mit so was auf seine Weise um. Und er hat nie viele Worte gemacht.«

»Haben Sie seine Mobilnummer?«, fragte Leander.

»Habe ich drinnen im Büro auf meinem Smartphone gespeichert. Und das Kennzeichen von seinem Wohnmobil.«

Er stand auf, um Richtung Campingplatz zu gehen.

Graciana, die ihn begleitete, bohrte noch einmal nach: »Haben Sie eine Idee, wohin er unterwegs sein könnte?«

»Tut mir leid, nein.«

»Sie müssen bitte unbedingt mit uns Kontakt aufnehmen, falls er sich bei Ihnen meldet. Es geht tatsächlich darum, dass er keinen weiteren Schaden anrichtet.«

Abel Vargas versprach es ihr. In seinem Büro angekommen, in dem es picobello aufgeräumt war, übergab er ihr die Handynummer und das Kennzeichen von Garcés' Wohnmobil.

Kaum vor der Tür, löste Graciana die landesweite Fahndung nach dem Fahrzeug aus. Wie sie vermutet hatte, ging Garcés nicht an sein Telefon. Es gab auch keinen Anrufbeantworter, auf den sie hätte sprechen können. Orten ließ sich das Mobiltelefon selbstredend ebenfalls nicht.

Es schien, als sei damit das Ende eines langen, aufreibenden Tages erreicht.

Doch dem war nicht so.

Auf der nur zehn Kilometer entfernten Avenida 5 de Outubro, die sich in Olhão kerzengerade am Meer und der Promenade entlangzog und auf der um diese Uhrzeit jede Menge Touristen die auf hölzernen Ständern ausgestellten Speisekarten der vielen Restaurants in Augenschein nahmen, torkelte eine Gestalt aus einem Hauseingang. Und zwar direkt neben dem O Polvaria, das sich, wie der Name andeutete, auf die Zubereitung von Tintenfischen spezialisiert hatte.

Erst schrie eine Frau bei seinem Anblick auf, dann eine zweite. Dann wichen alle, die ihn sahen, zurück. Nicht der Schock über das, was sie sahen, erschwerte ihnen das Weglaufen, sondern ihre Neugier.

Die Gestalt hielt einen länglichen Gegenstand in der rechten Hand, von dem ein Kabel zu dem Sprengstoffgürtel führte, den sie umgebunden hatte. Ein junger Mann zückte sein Handy. Er machte erst zwei Fotos, bevor er die Polizei anrief.

Der Mann mit dem Sprengstoffgürtel wirkte wie von Sinnen und drehte sich hektisch im Kreis, als halte er Ausschau nach etwas. Man erwartete, dass er noch etwas rufen würde – mit ziemlich großer Wahrscheinlichkeit »Allahu akbar« –, bevor er sich und die nähere Umgebung in die Luft jagen würde.

Aber das rief er nicht.

Er rief: »Hilfe!«

Es war Godofredo Barros. Der Bürgermeister von Olhão.

29.

Isadora Jordão hatte den kürzesten Weg gehabt und war deshalb schon zur Stelle, als sie aus Fuseta eintrafen. Lost mit der Ducati Scrambler zuerst, dann Graciana, Carlos und Cristina Sobral.

Luís Dias und Ana Gomes von der GNR Moncarapacho hatten zusammen mit Kollegen aus Olhão die Straße rund um das Haus, in dem der Bürgermeister wohnte, abgeriegelt. Autofahrer hupten und wurden umgeleitet. Hinter eilig gespannten Absperrbändern tummelten sich Schaulustige und die Presse.

Isadoras erste Maßnahme, nachdem sie sich einen Überblick hinsichtlich der Sprengvorrichtung verschafft hatte, bestand darin, den Bürgermeister zu bitten, sie nach vorne zur Promenade zu begleiten.

»Und wenn das bei Erschütterung explodiert?«

Godofredo Barros war von Kopf bis Fuß durchgeschwitzt. Sein Blick wirkte fiebrig.

»Davon gehe ich nicht aus.«

»Und wozu soll ich zur Promenade?«

»Dort gibt es weniger Kollateralschaden, falls ich mich irren sollte.«

Der Bürgermeister schluckte leer.

Inzwischen war die Sonne untergegangen, die Laternen und Neonreklamen der Restaurants beleuchteten die Szenerie. Isadora hatte ihre *Mala Mágica* dabei, den Koffer, in den auf wundersame Weise alles Mögliche passte, und untersuchte jetzt mithilfe einer kleinen Stabtaschenlampe den Aufbau der Bombe. Insbesondere interessierte sie sich für das Armband, das um das Handgelenk des Mannes gespannt war, und ein rotes LED-Lämpchen, das daneben brannte, als der Rest eintraf.

Graciana wies die anderen an, hinter den Absperrbändern zu warten. Aber ihre Chefin ließ es sich nicht nehmen, sie zu Godofredo Barros zu begleiten, obwohl sie fürchterliche Angst verspürte.

»Was ist die Situation?«, fragte Graciana Rosado die Kriminaltechnikerin.

»Also, ich möchte etwas sagen, dann kann ich das hier abnehmen«, meldete Barros sich zu Wort.

»Woher wissen Sie das?«, fragte Sobral. »Und wieso haben Sie den Gürtel an?«

In diesem Augenblick erreichte sie ein zweiter Notruf. Dieses Mal aus Cabeça – von einem Senhor Fjodor Markow höchstpersönlich.

»Jemand hat mich betäubt«, sagte er, »und mir einen Sprengstoffgürtel umgebunden. Ich möchte eine Aussage machen. Ich sitze in meinem Auto auf einem Feldweg der M1332. Neben der Ruine einer alten Mühle.«

»Ich weiß, wo das ist«, sagte Carlos.

Graciana hatte verstanden, sie nickte ihm zu: »Ich fahr. Du kommst mit.« Und an die Chefin gerichtet: »Wir brauchen da einen Entschärfer. Sind die Kollegen aus Lissabon schon eingetroffen?«

»Nein, leider nicht. Der Flieger hat Verspätung«, erklärte Sobral.

Carlos nickte grinsend: »Wir brauchen *O Nariz.*«

Das war Duartes neuer Spitzname. *Die Nase.*

Da trat ein Herr in schwarzer Kutte zu ihnen, ein silbriger Haarkranz, die Augen gütig.

»Pater Anselmo«, sagte Carlos erstaunt.

Der ältere Herr, in Würde ergraut, nickte: »Carlos Esteves. Und Graciana Rosado. Der Herr scheint meine Wege zu leiten. Ich bin zufällig hier vorbeigekommen – aber jetzt … vielleicht benötigt jemand Beistand?«

»Ja, ich«, sagte der Bürgermeister.

Von irgendwo gleißte ein Blitzlicht auf. Und es roch nach Holunder.

Die Strecke nach Cabeça war in achtzehn Minuten zu bewältigen. Carlos auf dem Beifahrersitz machte überhaupt gar nicht erst den Versuch, sich irgendwo festzuhalten. Denn festhalten musste sich nur, wer sich fürchtete, und wer bei einem Einsatz (oder auch sonst) zu Graciana ins Auto stieg, musste die Furcht ablegen. Selbstredend unterbot sie die Zeit um ziemlich genau vier Minuten, indem sie die 460-PS-Maschine voll ausreizte.

In einem lang gezogenen Bremsweg kamen sie in einer selbst erzeugten Staubwolke vor dem Bentley von Fjodor Markow zum Stehen, in dem der Mann auf dem Beifahrerplatz saß.

Der Russe war ein Mann von gepflegter Erscheinung. Ein maßgeschneiderter Anzug, blondes Haar mit einem Seitenscheitel und eine Cartier am Handgelenk. Im Scheinwerferlicht des Mustang, das Graciana angelassen hatte, da es hier draußen keine Laternen und auch sonst kein Licht gab, waren die Schweißperlen auf seiner Stirn deutlich zu sehen. Wie der Bürgermeister von Olhão trug auch Fjodor Markow einen Sprengstoffgürtel und hielt in seiner rechten Hand einen metallischen Zylinder, der nach oben hin mit einem Knopf abschloss, den er hinabdrückte.

»Rosado und Esteves von der Polícia Judiciária«, stellte Graciana sich dem Mann vor, während sie sich durchs offene Seitenfenster beugte: »Und Sie sind Senhor Markow?«

»Ja«, gab der gepresst zurück.

»Ein Kollege vom Entschärfungskommando ist auf dem Weg hierher«, beruhigte sie ihn. »Was ist passiert?«

Und Markow erzählte haargenau dasselbe, was Isadora Jordão, die Chefin und Leander Lost von Godofredo Barros erfuhren: Ein Mann vom Kurierdienst war aufgetaucht, ein Mann um die fünfzig Jahre. Jemand, den sie jedenfalls noch nie zuvor gesehen hatten und der sie mit einer Waffe bedroht und sie gezwungen hatte, etwas von dem Wasser zu trinken, das er ihnen gereicht hatte. Beide, der Bürgermeister wie auch Markow, waren etwa dreißig Minuten später wieder aufgewacht und hatten sich in dem Sprengstoffgürtel wiedergefunden. Die rechte Hand samt Daumen mit einem Klebeband auf dem Auslöser fixiert. Und neben sich eine Nachricht auf Papier.

Die Nachricht war gleichlautend:

> Dieses ist eine Totmannschaltung. Lassen Sie den Knopf los, detoniert der Sprengsatz. Versuchen Sie, den Gürtel abzulegen, detoniert er auch. Rufen Sie die Polizei und sagen Sie über Ihre Pläne zu Flurstück 104 in Fuseta aus. Lügen Sie, detoniert der Gürtel. Sagen Sie die Wahrheit, erlischt die rote Lampe.

Bis Miguel Duarte in Cabeça erschien, standen Graciana und Carlos mit Isadora in Olhão in ständigem Telefonkontakt. Während der Bürgermeister und Markow um ihr Leben redeten, nahm diese den Sprengsatz genau unter die Lupe.

Bürgermeister Barros und die P.I.E. in Portugal unter Markows Leitung waren, so stellten sie es dar, miteinander ins Geschäft gekommen. Dabei machten sie sich den Umstand zunutze, dass die Gemeinde von Fuseta in die Verwaltungszone von Olhão fiel. Womit im Grunde in Olhão entschieden wurde, was in Fuseta geschah. Etwa mit dem Flurstück 104, dem Campingplatz.

»Senhor Markow ist an mich herangetreten mit einem sehr außergewöhnlichen Projekt. Nämlich mit der Idee, ein ökologisch ausgewogenes Projekt im Herzen von Fuseta zu realisieren: ein Fünf-Sterne-Resort an der Stelle, an der sich der Campingplatz befindet«, gab Barros preis, während ihm der Angstschweiß übers Gesicht rann.

»Okay«, sagte Isadora zu Leander und Sobral und sprach dabei gleichzeitig in die bestehende Telefonverbindung zu Graciana: »Ich halte die Totmannschaltung für glaubwürdig. Sie speist sich aus einer Batterie, die über einen Sensor verfügt. Aufbau und Aussehen sind identisch mit dem Sensor, der auf den flüssigen Stickstoff reagiert hat. Auf diese Weise bekommen wir das nicht entschärft. Auf keinen Fall darf der Knopf losgelassen werden.«

»Ich schaff das aber nicht mehr lange«, sagte der Bürgermeister. Tatsächlich hatte seine Hand zu zittern begonnen.

»Der Herr ist bei dir, mein Sohn«, beruhigte ihn Pater Anselmo, »er hält deine Hand in dieser schweren Stunde deines Seins. Er gibt dir die Kraft, jetzt durchzuhalten.«

»Ist das so?«, fragte Leander aus ehrlichem Interesse.

»Ja, das ist so«, wusste Pater Anselmo, »der Herr wachet über uns.«

»Senhor Barros ist mit einem für eine Immobilienfirma sehr interessanten Angebot an uns herangetreten. Nämlich, den Grund in Fuseta zu veräußern, auf dem sich der Campingplatz befindet, um darauf ein Luxushotel zu bauen.«

»Einfach so?«, fragte Carlos.

Da schoss ein Jaguar Cabriolet heran, und Duarte – immer noch mit einer Nasenschiene – sprang aus dem Wagen und kam auf sie zugelaufen.

»Natürlich nicht einfach so«, räumte Markow ein: »Für dieses Angebot hätte er den Gemeinderat in Fuseta … unter Druck setzen müssen. Und dafür hat er eine Million Euro verlangt.«

»Und Sie hätten ihm die gezahlt?«

»Die Firma, für die ich arbeite, die P.I.E., hat ihm für die Anbahnung schon 200 000 Euro bezahlt. Denn natürlich ist die Lage des Campingplatzes unschlagbar.«

»So ein Luxushotel würde dem ganzen Ort die Seele rauben«, befand Carlos.

Fjodor Markow musterte ihn mit einer Spur Mitleid im Blick. »Ich bin nicht für die Seelen von Orten zuständig.«

Duarte beugte sich ins Wageninnere und inspizierte den Sprengstoffgürtel. »Hui, hui.«

»Was heißt das?«, wollte Markow wissen. Er bewahrte zwar Haltung, wirkte aber enorm angespannt.

»Das heißt, das sieht nach einer Sache für Profis aus. Zu Ihrem Glück bin ich einer.«

»Das heißt, Sie hätten den Campingplatz an die P. I. E. verschachert, damit die da ein Luxushotel hinsetzen können?«, fragte Sobral den Bürgermeister von Olhão.

»Äh, das klingt ein wenig voreingenommen«, fand Barros, dem die Hand mittlerweile immer stärker zitterte: »So ein schönes Hotel hätte sicherlich auch eine etwas solventere Kundschaft angezogen. Die einfachen Touristen hätten vielleicht eher das Hinterland benutzt. Ich … ähm … ich hatte für Fuseta nur das Allerbeste im Sinn.«

»Wie viel hat die P. I. E. Ihnen dafür gegeben?«

»Ähm … das will ich spenden. Das hatte ich von Anfang an vor.«

»Wie viel?«, fragte Sobral.

»200 000 Euro.«

Das rote Licht erlosch.

»Die Lampe ist aus«, stellte Barros mit vorsichtiger Erleichterung fest.

Isadora Jordão untersuchte das Armband. Sie hob es ganz sachte an und leuchtete mit der Taschenlampe in den so entstandenen Spalt zwischen Stoff und Unterarm. Ganz langsam fuhr sie mit dem Zeigefinger darunter.

»Was machen Sie?«, fragte Barros.

Isadora befand sich in einem Stadium der Konzentration, in dem sie dem Mann nicht mehr antworten konnte. Denn was sie fühlte, alarmierte sie.

Sie zog ihren Finger zurück und sprach ins Handy: »Ist die rote Lampe bei euch auch aus?«

»Nein«, antwortete Graciana und wandte sich, einem Bauchgefühl folgend, an Fjodor Markow: »Wo sind die Diamanten?«

Der sah sie erstaunt an.

»Sagen Sie schon, wenn Sie das hier überleben wollen.«

Markow zögerte sichtlich. Er sah hinab zu dem Gürtel, dann hob er den Blick wieder zu der Kommissarin. »Der Mann, der das hier gemacht hat – kennen Sie den schon?«

Carlos nickte: »Warum fragen Sie? Wollen Sie wissen, ob er es ernst meint? Meint er. Er ist verantwortlich für alle Bombenanschläge der letzten Tage.«

Fjodor Markow schluckte.

»Sie sind hinten …«

»Hinten wo?«

»Hinten im Kofferraum. Im Reserverad«, fügte er hinzu.

Das rote Licht erlosch auch hier.

Diese Information gab Duarte direkt an Jordão weiter, während auch er sich den Sprengsatz genauer ansah und ebenfalls zu der Überzeugung kam, es besser nicht mit flüssigem Stickstoff zu versuchen. Auch ihm fiel das Armband ins Auge, und er tastete es vorsichtig ab.

»In diesem selbst gebauten Armband befindet sich etwas, das an die elektrische Versorgung angeschlossen ist«, erklärte Isadora: »Es misst etwas. Und da es am Handgelenk sitzt, misst es mit hoher Wahrscheinlichkeit den Puls. Das bedeutet, die Sensoren hier können messen, ob jemand den Sprengstoffgürtel ablegt oder nicht.«

»Ich messe hier auch Strom«, bestätigte Duarte über die Telefonverbindung.

»Das steht ja auch in dem Schreiben«, meinte Sobral. »Aber das rote Licht ist jetzt aus. Meinen Sie nicht, Senhor Barros kann diesen Gürtel jetzt ablegen?«

»Genau das frage ich mich gerade«, gab Isadora zurück: »Mich macht einfach skeptisch, dass die Stromversorgung des Sensors im Armband noch aktiv ist. Wenn ein Sprengsatz nicht mehr detonieren soll, benötigt er keinen Sensor mehr. Der Sensor misst mit ziemlicher Sicherheit den Puls, also …«

»Ich kann nicht mehr«, unterbrach Barros. Seine Hand zitterte ohne Unterlass. »Ich kann nicht mehr. Bitte. Tun Sie was. Ich …«

»Jemand anderes könnte sich das Armband umbinden«, schlug Lost vor, »dann wird weiterhin ein Puls gemessen, aber Senhor Barros könnte den Gürtel ablegen.«

»Das stimmt«, sagt Isadora und leuchtete die Drähte mit dem Lichtkegel ihrer Taschenlampe ab.

Pater Anselmo trat vor, um den Bürgermeister zu beruhigen.

»Sie könnten doch das Armband von Senhor Barros übernehmen«, sagte Jordão.

Der Geistliche warf ihr einen überraschten Blick zu: »Ich?«

»Ja. Sie sind doch Christ?«

»In der Tat, junge Frau.«

»Dann haben Sie nichts zu befürchten, wenn Sie das Armband von Senhor Barros übernehmen. Im schlimmsten Fall haben Sie dann direkten Zugang zum Paradies.«

Die Miene von Pater Anselmo erstarrte. »Ich … ähm … habe hier noch viel zu bewirken, auf Erden.«

»Aber Sie haben doch selbst gesagt, dass der Herr Sie hierhergeführt hat. Wenn das Ihre Überzeugung ist, wird der Herr Ihnen auch sicher zur Seite stehen, wenn Sie Senhor Barros helfen.«

Pater Anselmo bedachte sie mit einem Lächeln, dann fasste

er sich plötzlich ans Herz: »Oh … ich habe meine Tabletten im Auto vergessen. Ich bin gleich wieder zurück.«

Mit diesen Worten verschwand er in der Menge.

»Ich lasse gleich los«, kündigte der Bürgermeister an. Er klang zunehmend verzweifelt. Sein Daumen auf der Totmannschaltung wippte auf und ab.

»Wenn das rote Licht nicht mangels elektrischer Kapazität erlischt«, sagte Lost, »muss es einen anderen Grund dafür geben.«

»Vielleicht ist hier irgendwo ein Mikro versteckt«, antwortete Isadora, »und er hat das Geständnis der beiden gehört.«

»Wenn dem so ist, kann er uns auch hören.«

Isadora nickte ihm zu.

Leander beugte sich vor: »Nie setzt es ein.«

Das war eines der Satzpalindrome, die er sich gemerkt hatte. Barros' fassungsloser Blick perlte dabei an Leander Lost ab.

»Wenn Sie mich hören, wenn ich zu Ihnen sprechen kann, dann signalisieren Sie das bitte über die rote Lampe.«

Isadora und Leander konzentrierten sich auf das Lämpchen, aber es blieb dunkel.

»Vielleicht hat er darauf gesetzt, dass seine Opfer nach zwanzig Minuten ohnehin alles gestanden haben – oder nie«, sagte sie.

Damit benannte sie die wahrscheinlichste aller Alternativen, die ihm einfiel.

»Ich … kann nicht mehr«, sagte der Bürgermeister matt. Seine Hand beschrieb kleine, zittrige Ellipsen.

Binnen einiger Sekundenbruchteile wog Leander alles ab: seinen Werdegang, den Istzustand, die mögliche Zukunft. Seinen Grundsatz, Menschen zu schützen. Weshalb er Polizist geworden war. Und einen seiner weiteren Grundsätze, nämlich, dass ein Grundsatz nichts wert war, wenn man nicht für ihn eintrat, sobald die Zeit gekommen war. Deshalb zog er jetzt sein schwarzes Jackett aus, schlug den Hemdsärmel über der rechten Hand zurück und streckte Isadora seinen Unterarm entgegen: »Legen Sie mir den Sensor an. Ich übernehme.«

»Senhor Lost ist jetzt mit dem Gürtel verbunden«, informierte Sobral sie.

Duarte kniete neben der geöffneten Autotür und inspizierte die Sprengladung.

Graciana merkte auf. »Weil?«

»Weil Senhor Barros dazu nicht mehr in der Lage war. Wie sieht es bei Ihnen aus?«

»Das rote Licht brennt auch bei uns nicht mehr. Und wir haben hier ein paar Diamanten sichergestellt.«

Tatsächlich hatte Carlos das Reserverad aus dem Kofferraum genommen und es aufgeschlitzt. Vor ihm auf dem Feldweg lag ein Haufen Steine, denen man ihren Wert nicht auf den ersten Blick ansah: Rohdiamanten.

»Gut.«

»Miguel?«

Das war die Stimme von Isadora Jordão.

»Ja?«

Duarte maß gerade mit speziellen Instrumenten die Fließgeschwindigkeit des Stroms in den Leitungen, um auf eine Schwachstelle zu stoßen, die ihn das System überwinden ließ. Bis jetzt hatte er noch keine gefunden.

»Ich bin hier auf eine Funkdiode gestoßen. Sie sitzt im oberen Gurt links – wenn man vor dem Mann steht. Da muss Strom fließen. Kannst du mal schauen bei dir?«

Duarte nickte unwillkürlich, obwohl sie ihn nicht sehen konnte. Er fuhr mit dem Messfühler über den Gurt und immer höher, bis er fast die Schulter erreicht hatte. Der Zeiger des Messgeräts schlug maximal aus.

»Ich hab's hier auch«, informierte er sie.

»Merda.«

Ihr Kommentar beängstigte Miguel Duarte. Obwohl er nicht

verstand, warum sie aus ihrer Weiblichkeit kein Kapital schlug, sondern öde Latzhosen trug und das Haar stoppelkurz, kam er nicht umhin, ihre Fähigkeiten als Kriminaltechnikerin anzuerkennen. Ja, sogar wertzuschätzen. Es gab nichts, vor dem Isadora Jordão in die Knie ging. Kein Problem, das zu bewältigen sie nicht in der Lage war. Jedenfalls hatte Miguel Duarte das noch nie erlebt. In ihrer Arbeit für die Kripo in Faro war sie ein unerschütterlicher Fels in der Brandung. Wenn dieser Fels nun »Merda« sagte, gab es ein massives Problem.

»Wo ist das Problem?«

»Der Sensor im Armband steht mit der Funkdiode in Kontakt. Das heißt, die Diode übermittelt das, was der Sensor im Armband misst: den Puls.«

»Ich komme nicht mit«, bekannte Miguel Duarte. Unter normalen Umständen wäre ihm das niemals über die Lippen gekommen.

»Ich hab mich umständlich ausgedrückt«, kam sie ihm entgegen, »ich formuliere es anders: Die beiden Sprengstoffgürtel kommunizieren sozusagen miteinander. Sie befinden sich miteinander in Funkkontakt. Und übermitteln dem jeweils anderen den Puls.«

»Wozu soll das gut sein?«, mischte Graciana sich ein.

»Das kann ich nur vermuten.«

»Dann vermute es, Isadora.«

»Wenn … wenn ein Sprengstoffgürtel ausgezogen wird, empfängt er keinen Puls mehr. Und das wird an den zweiten Gürtel gesendet. Anders gesagt: Wenn einer von beiden sich des Gürtels entledigt, explodiert der andere.«

Kaum hatte Isadora den Satz beendet, riss sich Fjodor Markow den Gürtel vom Leib. Er ließ sich aus dem Wagen fallen und robbte so schnell wie möglich im Staub des Feldwegs davon, während Carlos zu dem Gürtel hechtete und sich das Armband auf den Unterarm presste, um Leander Lost, Isadora Jordão und Cristina Sobral das Leben zu retten.

Der gute Hirte.

Genau das war der Gedanke, der Graciana in diesem Augenblick durch den Kopf schoss.

»Bei uns hat gerade Carlos übernommen. Es misst jetzt seinen Puls.«

In Olhão war den anderen die Situation damit klar. Leander hatte sich im Schneidersitz – das war bequemer – auf den Boden gesetzt. Sein Handgelenk war von dem Armband umschlossen. Den Gürtel hatte er sich locker über die Schulter gehängt. Er wandte sich an Isadora: »Sie und die Kollegen haben jetzt Zeit, um die Systematik der Bomben zu untersuchen.«

»Leider nein.«

Lost merkte auf: »Warum nicht?«

»Weil die Kapazität der Batterie signifikant nachlässt. Anders gesagt: In spätestens dreißig Minuten, wenn nicht schon in zwanzig, ist die Batterie in Ihrem Gürtel leer. Ich nehme an, das wird sich bei Senhor Esteves nicht anders verhalten. Gibt es keinen Strom mehr …«

»… wird der Sensor am Armband nicht mehr versorgt«, fuhr Lost fort: »Mein Puls ist noch da, aber der Sensor kann ihn nicht mehr wahrnehmen, weil er ohne Strom ausfällt. Und die Funkdiode meldet das an die andere: kein Puls mehr. Ganz so, als hätte ich den Gürtel abgenommen.«

Die Kriminaltechnikerin nickte: »Genau das ist die Crux.«

»Wie viel Zeit habe ich?

»Ich garantiere Ihnen fünfzehn Minuten. Vielleicht mehr.«

Graciana hatte das Gespräch zwischen Isadora und Senhor Lost mitgehört. Ebenso wie Carlos und Miguel.

Der seufzte. »Ihr könntet den beide gleichzeitig wegschmeißen. Und hoffen, dass es keinen von euch erwischt.«

»Das kriegen wir über Funk niemals synchron hin«, wandte Carlos ein.

Duarte nickte. Sein Kollege war eben doch nicht auf den Kopf gefallen. »Ich möchte … ähm … ich möchte, dass du was weißt, Carlos … Der FC Porto ist ein prima Klub.«

»Ach, komm … Das meinst du nicht ernst.«

»Natürlich nicht. Ich wollte nett sein.«

Carlos lächelte etwas. »Geht mal weg«, sagte er dann.

»Mach keinen Scheiß.«

»Nur, falls die Batterie absäuft. Kann ja sein.«

»Klar.«

Duarte ging rückwärts zu seinem Jaguar, an dem Fjodor Markow lehnte. Er war leichenblass. Graciana hingegen ging um den Bentley herum und setzte sich neben Carlos.

Carlos schüttelte den Kopf. »Bitte, im Ernst, das ist das Letzte, was ich will. Geh bitte.«

»Nein.« Sie nahm seine freie Hand: »Wir machen das zusammen. So oder so.«

»Ich will das nicht.«

»Ich bin deine Vorgesetzte.«

Eine Karte, die sie noch nie gespielt hatte.

Leander war inzwischen aufgestanden. Er sah zu Isadora: »Haben Sie eine Idee?«

Die schüttelte stumm den Kopf.

Leander wusste, er konnte mit Carlos und den anderen – vielleicht mit Ausnahme von Isadora Jordão – keine rationale Diskussion darüber führen, wie das Problem logisch zu lösen war.

Kein Mensch war unersetzlich. Er selbst ebenso wenig wie Carlos oder die anderen. Ein großer Zufall hatte sie hier zusammengeführt. Ein Zufall, den Leander sehr schätzte.

Logisch wäre die Sache in der Abwägung zu lösen gewesen, wer von ihnen der wertvollere Mensch war. Auf wen konnte die Welt besser verzichten? Auf Carlos oder auf ihn, Leander?

Vermutlich wäre die Antwort auch recht klar gewesen. Leander jedenfalls hatte keinerlei Zweifel: Seine neurologische Entwicklungsstörung war ein Handicap. Er würde zeit seines Lebens bezüglich Intuition, emotionaler Intelligenz und verbaler Kommunikation hinterherhinken. Nie ganz wie ein neurotypischer Mensch sein. Immer bemüht, ja, das sicherlich. Aber an ihrem Leben teilzuhaben, bedeutete für ihn in fast jeder Minute Aufwand. Mühe. Konzentration. Es gab Tage, da war er so sehr damit beschäftigt, dass er sofort nach dem Nachhausekommen todmüde ins Bett fiel.

Eine Mühe freilich, die inzwischen in vielerlei Hinsicht belohnt wurde. Er war – zum ersten Mal in seinem Leben – Teil einer Gemeinschaft, die ihn nicht einfach nur ertrug, sondern einband und auf seine Bedürfnisse Rücksicht nahm.

Ohne Carlos Esteves wäre es nicht mehr dieselbe Gemeinschaft. Der Kollege, der Gesetze bisweilen eigensinnig auslegte, verband sie alle auf gewisse Weise miteinander, so wie die Rosados der Verbindungspunkt der Einwohner von Fuseta waren. Fielen sie weg, fehlte dem Ort etwas von seinem Wesen. Und so war es auch mit Carlos Esteves. Er wäre der größere Verlust.

Leander atmete einmal tief durch und wandte sich dann Isadora Jordão: »Ich benötige Ihre Hilfe, Senhora Isadora.«

»Was kann ich für Sie tun?«

»Begleiten Sie mich bitte hinunter zum Anleger.«

Graciana saß immer noch dicht neben Carlos. »Es tut mir leid, was ich gesagt habe, als es um Júlio Moreno ging«, bekannte sie. »Du hattest recht, und ich hab falschgelegen.«

»Ist doch unwichtig, Graciana.«

»Nein, ist es nicht. Ich hab mich nie bedankt für die vielen Male in meinem Leben, in denen du zur Stelle gewesen bist. Das möchte ich jetzt tun, Carlos. Obrigada.« Sie gab ihm einen Kuss auf die Wange. »Ich wünschte«, fügte sie hinzu, »ich könnte mich bei dir für all das revanchieren.«

»Das kannst du. Vergiss, dass du meine Vorgesetzte bist.«

Es dauerte nur einen Augenblick, dann erfasste sie, was er damit sagen wollte. Tränen schossen ihr in die Augen. »Das kann ich nicht.«

»Bitte. Ich nehm dich beim Wort – wenn es nur etwas gäbe, womit du dich revanchieren könntest. Das ist jetzt der Moment. Steh auf und geh.«

Die Tränen liefen ihr über die Wangen.

»Wenn du mich achtest, stehst du jetzt auf und gehst. Ich weiß, das ist nicht leicht, aber du schaffst das, Graciana … Bitte, schaff es für mich.«

Graciana verspürte einen zentnerschweren Druck auf ihrer Brust, sie kam beim Wegwischen der Tränen kaum hinterher. Aber es war sein Ernst und sein Wunsch. Sie sah es in seinen Augen.

»Du bist das Beste, was mir im Leben passieren konnte, Carlos.«

»Nicht sentimental werden jetzt.«

Er brachte sogar ein Schmunzeln zustande, und während sie weinte, musste sie fast über seine Kaltschnäuzigkeit lächeln.

Sie tat ihm den größten Gefallen, zu dem sie in der Lage war, und stand auf.

Isadora Jordão schüttelte vehement den Kopf: »Nein, das kann ich nicht.«

»Aber ich kann es auch nicht«, sagte Leander Lost.

Sie standen unten bei den Booten. Die sanfte Strömung vom Hafen ließ den Anleger, auf dem sie standen, auf- und abgleiten. Oben an der Mauer der Promenade wartete Cristina Sobral, die angespannt zu ihnen blickte.

»Sie wissen, dass ich nicht lügen kann.«

»Ja, aber …« Die Kriminaltechnikerin schüttelte abermals den Kopf: »Wenn ich Senhor Esteves das sage, bringe ich Sie praktisch um, Senhor Lost. Das … geht nicht.«

»Sie verwechseln Ursache und Wirkung.«

»Das ist mir egal. Ich … kann das nicht für Sie tun.«

Sie log nicht.

»Können Sie dann bitte Senhora Graciana in die Leitung holen und mir das Handy geben und gehen?«

»Natürlich.«

»Und dann bitte dafür sorgen, dass da oben niemand mehr über die Mauer schaut.«

»Ja?«

Graciana stand inzwischen bei Miguel Duarte auf dem Feldweg, während eine GNR-Streife Fjodor Markow Handschellen anlegte und abtransportierte. Der gebürtige Spanier reichte ihr das vierte Papiertaschentuch. Sie nickte ihm zum Dank dafür zu.

»Leander Lost hier.«

Graciana war überrascht. »Senhor Lost. Wie geht es Ihnen?«

»Um das zu umschreiben, passt, glaube ich, die Redewendung ›den Umständen entsprechend gut‹. Ich benötige Ihre Hilfe. Sie wissen ja, dass ich nicht lügen kann.«

»Und?«

»Sie müssen bitte gegenüber Senhor Esteves behaupten, dass ich soeben den Sprengstoffgürtel abgelegt habe und nichts passiert ist. Daraufhin wird er seinen ablegen.«

Graciana erstarrte. »Aber Sie haben ihn nicht abgelegt?«

»Nein.«

Wieder stiegen ihr die Tränen in die Augen. »Das … kann ich nicht.«

»Das hat Senhora Isadora auch gesagt. Ist er noch da? Senhor Duarte?«

»Ja.«

»Er kann es vermutlich.«

»Nein, er wird das auch nicht sagen«, wies Graciana ihn entschieden ab. »Niemand von uns will, dass Sie sterben.«

»Ich halte es für eher unwahrscheinlich, dass die Gürtel wirklich explodieren. Wir haben sehr häufig erlebt, dass Elder Garcés in der Lage ist, menschliches Verhalten vorauszudenken. Er ist gleichzeitig ein Mann, der Unschuldige verschont. Das heißt: Er wusste vermutlich, dass zwei von uns die Positionen von Senhor Barros und Senhor Markow einnehmen würden. In seinen Augen sind wir unschuldig. Wahrscheinlich befindet sich in diesen Päckchen also gar kein Sprengstoff. Oder der Initialzünder fehlt. Erinnern Sie sich an die doppelte Informationsvergabe?«

»Nein, ich … Was meinen Sie?«

»Senhor Garcés hat mich gebeten, den am Stierkampf Beteiligten auszurichten, dass die nächste Serie sie töten würde. Und er …«

»Und er hat es selbst in seinem Schreiben geäußert – Sie haben es als unlogisch bezeichnet, dass er es Ihnen mitteilt, wenn er es der Öffentlichkeit auch selbst mitteilen kann.«

»Ja. Genau. Ich glaube, ich kenne seine Motivation – es ging ihm nicht um die Weiterleitung der Information an die Opfer, es ging ihm um das Gespräch mit mir. Er wollte sich ein Bild von demjenigen machen, der das Satzpalindrom erkannt hat und mit ihm kommuniziert. Er hat mich nach meiner Motivation gefragt, und ich habe geantwortet, ich möchte Menschen schützen.«

»Und weiter?«

Leander irritierte das Unvermögen seiner Chefin, den logischen Schluss aus all diesen Informationen zu ziehen. Also artikulierte er es, um ihr auf die Sprünge zu helfen: »Er hat in seiner Planung deshalb berücksichtigt, dass Polizisten die Gürtel von den Opfern übernehmen. Die Situation, in der wir uns befinden, hat er geplant.«

»Das macht die Situation nicht besser«, stellte Graciana fest.

»Ich denke doch«, antwortete Leander, »denn jetzt können wir das, was wir über ihn wissen, auf die aktuelle Situation anwenden: Er ist ein Mann, der Unschuldige verschont. In seinen

Augen sind wir unschuldig, Senhor Esteves und ich. Er würde uns nicht töten, und das bedeutet wie gesagt: Wahrscheinlich befindet sich in diesen Päckchen kein Sprengstoff. Oder der Initialzünder fehlt.«

Graciana überlegte fieberhaft, aber wie es schien, ergab das Sinn. Jedenfalls auf die Schnelle.

»Und was ist, wenn er diesmal unser Verhalten nicht vorhergesehen hat?«

»Sehen Sie, das ist der Punkt, über den ich mit Ihnen sprechen wollte: Wenn die Gürtel doch explodieren, hat es keinen Sinn, wenn zwei Menschen sterben, obwohl man einen retten kann. Sie können den Tod von Senhor Esteves verhindern.«

Graciana schluckte. Er hatte sie in der Zwickmühle.

»Ich kann es nicht, weil … weil ich Sie dann verliere.«

»Aber es ist unlogisch, zwei Menschen zu opfern.«

Das war wahr. Aber es war dennoch eine Entscheidung, die sie unmöglich fällen konnte.

»Es geht nicht, Senhor Lost.«

Leander verstand durchaus, welche moralischen Bedenken Graciana Rosado davon abhielten, seinem Wunsch zu folgen. Dennoch nahm er nur ihre Unlogik wahr. Unterm Strich blieben in diesem Fall möglicherweise statt einem Toten zwei Tote: Senhor Esteves und er selbst.

»Bringen Sie bitte das Handy zu Senhor Esteves«, bat er sie, während er hochblickte zur Promenade. Dort standen nur noch zwei Gestalten, die sich offenbar entschieden hatten, nicht in Deckung zu gehen: Isadora Jordão und Cristina Sobral.

Carlos blickte erstaunt auf, als Graciana wieder auf ihn zukam. Er setzte an, zu protestieren, doch sie kam ihm zuvor und reichte ihm das Smartphone: »Es ist Senhor Lost. Er möchte dich sprechen.«

Carlos nickte und nahm das Handy entgegen.

»Senhor Lost, wie sieht es aus bei Ihnen? Neuigkeiten?«

»In der Tat. Ich bin froh, Sie zu hören.«

»Froh, mich zu hören? Wie meinen Sie das? Hatten Sie Sorge, ich lege den Gürtel ab?«

»Nein«, sagte Leander, der alleine auf dem Anleger saß – wieder im Schneidersitz, das Armband immer noch an seinem Handgelenk – und den Sprengstoffgürtel vorsichtig auf den Holzplanken vor sich ablegte, ohne dabei die Stromversorgung zu unterbrechen.

»Nein, die Sorge hatte ich nicht. Aber ich habe ihn gerade abgelegt.«

Was keine Lüge war. Denn er hatte den Gürtel ja soeben auf dem Anleger abgelegt.

In der Leitung wurde es sehr still.

»Wie war das?«

»Ich habe den Gürtel abgelegt, und Ihrer ist nicht explodiert.«

Auch das war keine Lüge. Er verquickte bloß zwei Tatsachen, die nichts miteinander zu tun hatten, auf eine Weise, als wäre die eine die Folge der anderen.

»Sind Sie wahnsinnig?«, schrie Carlos.

Graciana hatte noch nie einen Menschen so schnell vom Boden sitzend in die Höhe schnellen sehen. Schon gar nicht Carlos, der überhaupt nie Eile an den Tag legte.

Er riss sich das Armband von seinem Handgelenk und schleuderte den Gürtel in hohem Bogen davon. Im gleichen Atemzug sprang er nach links, packte Graciana und warf sie mit sich zu Boden, sodass sie hart auf dem staubigen Feldweg aufschlugen.

Duarte hechtete geistesgegenwärtig hinter seinen Jaguar.

21, 22, 23 …

Nichts passierte. Kein Lichtblitz, kein Knall. Carlos hob ein wenig den Kopf und warf einen vorsichtigen Blick auf die Stelle, an der der Sprengstoffgürtel jetzt lag.

»Was ist passiert?«, fragte Graciana.

Die blanke Empörung stand Carlos Esteves ins Gesicht geschrieben, das er ihr nun zuwandte: »Lost hat … dieser … Mistkerl hat seinen Gürtel abgelegt!«

»Senhor Esteves?«

Sie hörten die Stimme von Leander Lost aus dem kleinen Lautsprecher des Handys, das neben ihnen am Boden lag. Carlos griff wütend danach: »Danke, dass Sie mich im Stich gelassen haben! Was fällt Ihnen ein?«

»Das habe ich nicht«, kam es ruhig zurück.

»Haben Sie nicht? Sie haben gerade eben gesagt, dass Sie den Gürtel abgelegt haben!«

»Das habe ich auch. Daraufhin haben Sie das Armband abgestreift und den Gürtel weggeworfen, korrekt?«

»Ganz genau!«

»Gut. Sind Sie weit genug weg von dem Sprengstoffgürtel?«

»Ja. Wieso?«

»Weil ich jetzt auch das Armband abstreifen werde.«

Carlos sah in Gracianas Blick, dass sie ein paar Sekunden vor ihm begriffen hatte, zu welchem Trick der *Alemão* gegriffen hatte. Sein Kehlkopf wurde zu einem Kloß im Hals.

Zu einem richtig schweren.

Leander streifte das Armband ab und trat von dem Sprengstoffgürtel zurück. Nur er und der Sprengsatz auf dem Anleger. Das gelblich-warme Licht der Promenade.

Da hörte er Schritte hinter sich: Jordão und Sobral, die auf ihn zukamen. Die angespannt wirkten.

»Was ist mit Senhor Esteves?«, fragte Sobral gepresst.

»Ihm geht es gut«, antwortete Leander Lost, »das sind keine Sprengstoffgürtel, das sind sehr gut gemachte Attrappen.«

»Senhor Lost?«

Das war Esteves. Leander hob sein Handy zum Ohr. »Ja?«

»Ist mir eine Ehre, Sie zu kennen.«

»Ebenso. Es ist sehr nett hier mit Ihnen allen. Wirklich. Aber jetzt habe ich Hunger.«

Elder Garcés hatte den jungen *Alemão* von der Promenade aus beobachtet. Er selbst war ein Gesicht unter vielen. Ein Mann um die fünfzig, der Rücken ein wenig krumm, eine leicht gebeugte Haltung. Im Gegensatz dazu ein wacher, gerader Blick.

Kurz empfand er Bedauern über den Umstand, dass sich ihre Lebenslinien nicht unter besseren Bedingungen gekreuzt hatten. Elder Garcés hatte das Gefühl, es wäre für sie beide lohnend gewesen.

Aber dann schob er dieses Bedauern beiseite.

Unerkannt ging er durch die Menge der Schaulustigen, bestieg sein Wohnmobil, an dem er die Kennzeichen gewechselt hatte, und fuhr damit Richtung Osten. Richtung Sonnenaufgang.

30.

Gegen Mitternacht waren sie bei den Rosados in der Virgílio Inglês eingefallen. Soraia war aus der Villa Elias hinzugekommen.

Miguel Duarte und Cristina Sobral sahen die Dachterrasse von Raquel und António Rosado zum ersten Mal.

»Hat was«, gab Duarte zu. »In Sevilla sind sie schöner, aber immerhin.«

»Was macht die Nase?«, fragte António Rosado.

»Sie hat nur noch 82 Prozent Substanz.«

»Tröste dich, die Sphinx hat weniger«, entgegnete Graciana.

Carlos warf ihr einen langen Blick zu. Es lag dieselbe Zuneigung darin wie vor ein paar Abenden vor dem Haus. Aber jetzt verstand sie sie richtig und fühlte sich umarmt.

Isadora bediente sich mit Heißhunger an den *Petiscos,* die Raquel auftischte. Der Sternenhimmel lag leuchtend über Fuseta. Ein leichter Wind ging, und die Nachbarn auf der Terrasse neben ihnen spendierten eine Runde *Medronho,* Erdbeerschnaps. Im Gegenzug wurden sie mit *Almôndegas* in Tomatensoße versorgt und ein paar frisch gegrillten Paprika, deren Duft satt in der Luft stand und dann langsam weggeweht wurde.

Sobrals Wangen wurden mit jedem Schluck Vinho verde besser durchblutet, ihre Anspannung löste sich langsam, ihre Bewegungen verloren an Fahrigkeit. »Das ist ein kleines Paradies hier«, sagte sie, ohne zu übertreiben, »ich hoffe, Sie wissen das.«

»Ja, das wissen wir«, sagte Raquel Rosado. »Aber wir vergessen es manchmal, und dann ist es gut, wenn uns jemand daran erinnert. Obrigada.«

Als Leander aufstand, um zum Grill zu gehen, stand Graciana auf und folgte ihm. Sie hielt ein Glas Vinho verde in der Hand, stellte sich neben ihn, blickte über Fuseta und spürte das Leben bis in die Fingerspitzen.

»War Ihnen klar, dass Sie das überleben, heute?«

Leander sah sie an. Ihr Interesse schien echt.

»Nein. Die Wahrscheinlichkeit war mir gewogen. Es war kein großes Risiko.«

»Aber es war eines.«

Er nickte und schaute kurz über die Schulter zu Soraia. Sein Herzschlag gewann an Frequenz, es war wirklich Zeit für einen Termin bei einem Kardiologen.

»Ja, war es. Aber ich wäre Ihnen verbunden, wenn Sie das nicht Ihrer Schwester sagen würden. Ich möchte nicht, dass sie sich unnötig sorgt.«

»Es war aber nicht unnötig«, stellte Graciana freundlich fest.

»Ja, aber jetzt schon.«

Soraia und Leander kehrten am Ende jener langen Nacht gegen halb fünf zur Villa Elias zurück. Im Osten verschwand das Tiefschwarz im Himmel und machte der Morgenröte Platz. Die ersten Vogelstimmen ertönten. Hand in Hand gingen sie ins Haus, zogen die Schuhe aus – Leander richtete Soraias noch schnell gerade aus – und schlüpften unter die dünne Decke ins Bett.

Früher hatte er sich am geborgensten gefühlt, wenn er nachts nackt in den dunklen Pool gesprungen war und sich zu Boden hatte gleiten lassen. Dort hatte er ausgeharrt, solange er es ohne Atmen aushielt. Und auf diese Weise die komplizierte, anstrengende Welt um sich herum ausgeblendet.

Diese Möglichkeit stand ihm auch weiterhin offen. Aber der Effekt, wenn er sich hier am Rande der Nacht an Soraia schmiegte, war derselbe.

Nur nicht so nass.

EPILOG

Godofredo Barros und Fjodor Markow wurde der Prozess gemacht.

Barros verlor wegen Bestechlichkeit und Vorteilsnahme im Amt den Posten als Bürgermeister von Olhão. Er erhielt eine Bewährungsstrafe von einem Jahr. Die Bekleidung eines öffentlichen Amtes wurde ihm auf Lebenszeit untersagt.

Fjodor Markow wurde das Goldene Visum umgehend wieder aberkannt. Er verbüßte wegen Geldwäsche eine zweijährige Haftstrafe, bevor er wegen seiner Beteiligung an illegalen Waffengeschäften nach Den Haag überstellt wurde.

Júlio Moreno wurde zu einer einjährigen Freiheitsstrafe auf Bewährung verurteilt.

Ihm war dabei zugutegekommen, Graciana Rosado den entscheidenden Hinweis auf Elder Garcés gegeben zu haben. Er kehrte in den Norden des Landes zurück und beleuchtete die Geschehnisse an der Algarve in einer Reportage, die den Titel »Schwarzer August« trug.

Elder Garcés hatte ihm ein langes Schreiben hinterlassen. Er hatte darauf verzichtet, sich im Internet, auf YouTube oder auf irgendeiner anderen Plattform zu erklären, da er befürchtete, die Regierung werde umgehend auf die Löschung seines Manifests hinwirken. Oder ihn als gefährlichen Spinner diffamieren.

Bei Júlio Moreno fühlte er sein »Vermächtnis« gut aufgehoben.

Obwohl es eigentlich nicht seines war, sondern genauer genommen das seiner verstorbenen Tochter Patricia Garcés, die als Aktivistin versucht hatte, friedlich gegen all jene Machenschaften vorzugehen, die ihr Vater nun mit Gewalt hatte stoppen wollen. Denn das Vorgehen seiner Tochter hatte nichts bewirkt. Im Gegenteil: Es hatte sie in die Verzweiflung getrieben.

Elder Garcés hatte im Angesicht seiner Diagnose entschieden, dass der Selbstmord seiner Tochter nicht umsonst gewesen sein sollte. Und hatte dieses Fanal in der Hoffnung gesetzt, die Welt ein wenig besser zu verlassen, als er sie vorgefunden hatte.

Sein Wohnmobil fand man in der Nähe von Granada, in einem kleinen, verschlafenen Ort namens Güejar in den Bergen der Sierra Nevada. Alles von ihm konnte dort sichergestellt werden: eine Kopie seines Manifests, seine Brieftasche mit seinem Ausweis, seine Kreditkarten und auch sein Smartphone.

Nur von ihm selbst fehlte jede Spur.

Man hätte vermuten können, er hätte sich am Ende selbst irgendwo in die Luft gejagt. Ob er das getan hat, würde man nie erfahren, denn er blieb verschwunden.

Wie ein Geist war er im August aufgetaucht. Wie aus dem Nichts. Und so gestaltete sich auch sein Verschwinden. Er tauchte einfach unter im Nichts.

Weitere Fälle für den deutschen Kommissar an der Algarve

KiWi

Leseproben und mehr unter www.kiwi-verlag.de